国家出版基金项目
NATIONAL PUBLICATION FOUNDATION

国家社会科学基金重大项目
『中国现代文学中的乡贤文化研究』
（批准号：16ZDA192）最终成果

20世纪卷
中国现当代文学中的乡贤文化研究

李兴阳　冯仰操
余荣虎　朱言坤　等著

李静　主编

江蘇鳳凰教育出版社

图书在版编目(CIP)数据

中国现当代文学中的乡贤文化研究.20世纪卷/李静主编;李兴阳等著.—南京:江苏凤凰教育出版社,2023.12

ISBN 978-7-5743-0792-6

Ⅰ.①中… Ⅱ.①李…②李… Ⅲ.①中国文学—现代文学史—文学史研究—20世纪 Ⅳ.①I209.6

中国国家版本馆CIP数据核字(2023)第252413号

书　　名 **中国现当代文学中的乡贤文化研究(20世纪卷)**
主　　编 李　静
著　　者 李兴阳　冯仰操　余荣虎　朱言坤等
策　　划 章俊弟
统　　筹 李明非　周敬芝
责任编辑 王　岚
责任监制 石贤权
责任校对 李　丹
装帧设计 夏晓烨
出版发行 江苏凤凰教育出版社(南京市湖南路1号A楼　邮编210009)
苏教网址 http://www.1088.com.cn
照　　排 南京前锦排版服务有限公司
印　　刷 南京爱德印刷有限公司(电话:025-57928000)
厂　　址 南京市江宁区东善桥秣周中路99号
开　　本 787毫米×1092毫米　1/16
印　　张 18
版　　次 2023年12月第1版
2023年12月第1次印刷
书　　号 ISBN 978-7-5743-0792-6
定　　价 98.00元
网店地址 http://jsfhjycbs.tmall.com
公 众 号 苏教服务(微信号:jsfhjyfw)
邮购电话 025-85406265,025-85400774
盗版举报 025-83658579

目录

总序 · 001

绪论 · 012

第一章　近代中国的乡贤文化与乡贤叙事 · 027

第一节　近代乡贤文化与文人实践 · 027

第二节　新式史传中的乡贤叙事 · 047

第三节　新小说中的乡绅叙事 · 062

第四节　周氏兄弟的另类建构 · 077

第二章　现代中国的乡贤文化与乡贤叙事 · 091

第一节　五四乡土文学中的启蒙观念与乡贤叙事 · 091

第二节　京派乡土文学中的文化观念与乡贤叙事 · 104

第三节　左翼乡土文学中的阶级观念与乡贤叙事 · 115

第四节　解放区乡土文学中的革命观念与乡贤叙事 · 128

第三章　当代中国的乡贤文化与乡贤叙事(上) · 145

第一节　新中国成立后前三十年的阶级观念与乡贤叙事 · 145

第二节　“新时期”文学思潮更迭中的乡贤叙事 · 158

第三节 京派乡土文学传统的赓续与乡贤叙事 · 175
第四节 历史沧桑变幻中的“罪人”与“贤能者” · 186

第四章 当代中国的乡贤文化与乡贤叙事(下) · 198

第一节 “后新时期”的多元文化观念与乡贤叙事 · 198
第二节 传统乡贤文化的重新发现与叙事建构 · 209

第五章 乡贤文化与乡贤叙事艺术的嬗变 · 222

第一节 观念变革与传统乡贤形象塑造的嬗变 · 223
第二节 乡贤文化与乡贤叙事模式的嬗变 · 241

参考文献 · 269
后记 · 280

总序

2013 年，我成功申报了国家社科基金重点项目“城市化进程与乡村叙事的文化互动研究”，该项目围绕城乡文化互动这根轴线，借助城市社会学、文化社会学、生态美学等理论，展示乡村叙事所蕴含的思想张力和文化意义，力图为当下的城乡协调、城乡文化融合提供文学和文化意义上的学术支撑。 在研究过程中，我接触到几千年乡村文化的一个重要议题——乡贤文化，并对此做了初步探讨。 该项目结题后，我对乡贤文化的研究并没有结束，反而对此产生了更加浓厚的兴趣，于是在 2016 年申报了国家社科基金重大项目“中国现代文学中的乡贤文化研究”。 项目获批立项后，课题组成员召开了数次研讨会，几经磋商，定下了写作提纲和调研提纲，确定的五个子课题分别为：“乡贤文化的现代遭遇与文学书写”“乡贤文化的文学传播”“乡贤文化的当代重建与文学参与”“乡贤文化书写与中国现代文学史料整理汇编”“当代乡贤文化建设田野调查研究”。 此项目已于 2022 年顺利结项，共发表相关学术论文三十余篇，撰写调研报告十余万字，形成资料汇编八十余万字，完成学术专著三本共计八十五万字。 即将出版的《中国现当代文学中的乡贤文化研究（20 世纪卷）》《中国现当代文学中的乡贤文化研究（21 世纪卷）》《中国现当代文学中的乡贤文化研究（资料汇编卷）》浓缩了五大子课题的精华。 这是项目组全体成员历经六年多时间辛勤耕耘的学术成果，现在终于到了付梓的时候。 乡村文化是中国传统文化的“根”，而乡贤文化又是中国乡村文化的重要组成部分，对乡贤文化展开研究是揭开中国几千年历史文化真面目的重要途径。 数千年来，中国社会经历了无数次的战争和破坏，但乡村始终可以保持自己的原初性文化，在各种变化和破坏中不断调整、恢复和发展，乡村文化的生命力和内生性不容小觑。在现代化和城市化进程中，虽然乡村的价值观念、风俗习惯和生活方式发生了巨大的变化，但它们的文化根源依然存在，仍然是现代文化极其珍贵的思想和理论资源，这也正是本课题研究的重要意义所在。

一

作为传统优秀文化的重要组成部分，乡贤文化是千百年来乡村和谐稳定发展的一块基石。在传统社会，乡贤主要指乡村中德行高尚、在当地具有崇高威望的贤达人士。这类人办事公道、能力出众，是在乡里主持公共事务、执行风俗教化的领头角色，是整个宗族的“家长”或“长老”。中国农业社会交通并不发达，村庄与村庄之间几乎是相互隔绝的。乡村以自然村落为主，村民们以血缘、亲缘、地缘为纽带集聚在一起。在这种情况下，皇权很难触及基层，由此便形成了乡村自治的局面，而乡贤就是乡村自治的主要执行者。就传统乡贤的社会功能而言，主要体现在两个方面：一是通过制定、执行乡规民约，依靠宗族和家长制维持乡村自治；二是用道德伦理思想教化村民，以礼治文化和乡村民俗淳化、维系村庄的稳定和村民之间的关系。也就是说，传统乡贤既承担一定的行政管理职能，也担负着民风淳化、率先垂范的道德教化功能。乡贤文化正是在这样的基础上产生的。

晚清以降，乡贤逐渐退出历史舞台。一方面，是因为科举制度的式微。乡贤文化的生长延续与科举制度关系密切。发达的科举制度造就了大批有功名在身却无官位加身的读书人，使得他们诗书耕读，留在家乡，再加上致仕制度下大量退休官员返乡，乡贤大量出现。晚清科举制度废除以后，传统乡贤阶层逐渐衰落，代之而起的是接受新式教育的新阶层。所以，到民国初年，乡贤概念外延有所变化，主要包括受新式学堂教育出身和任职于各类新式学校的文化人。另一方面，从晚清到民国，随着国家科层化管理体制的逐渐完备，国家政权不断垂直下移，在村一级建立了政权组织。这意味着国家政权及其意识形态正在重新认识国家力量与乡村社会的关系，更多利用国家政权的垂直科层组织解决诸多乡村治理的难题。这也意味着宗族和乡贤不再成为乡村治理的主要力量，“自古皇权不下乡”的治理体制逐渐成为过去时。

新中国成立后，尤其是1978年改革开放以来，乡村社会又渐渐出现了乡贤，我们称之为新乡贤。新乡贤是指在传承文化、崇德向善、引领文明、促进发展方面取得实际效果，品行良好、处事公正、遵纪守法、威信较高，有一定影响力、号召力，深受民众尊重的贤达、贤德人士。这些新乡贤，不管是村干部，还是"农民企业家"，或者是其他身份人员，他们大多笃守诚信、做事公道、乐善好施，对筑路、修桥、建水库等公益事业十分热心，对有困难的乡民能慷慨解囊，凭着自己高尚的人格魅力，获得了村民的尊敬和爱戴，在当代乡村社会中扮演着类似于传统乡贤的社会角色。

相比较而言，当代乡村社会土生土长的新乡贤比较少，且由于一部分乡村精英的外流，"在地"的乡贤受学识与思想所限，许多人还没有形成系统的伦理道德与价值观念，这就导致他们自身虽然具备诸多优良品质，却无力推己及人，移风易俗。因此，在当前的乡贤文化建设过程中，出现了"官乡贤""富乡贤"比较多而"文乡贤""德乡贤"比较少，"不在场的"乡贤比较多而"在场的"乡贤比较少的现象。不管是政府推行的社会主义新农村建设，还是社会力量进行的各种乡村建设，都面临着一个共同困境：在乡村的现代化过程中，乡村社会精英持续流失，乡村社会内部缺乏组织、领导村民进行乡村现代化建设的本土精英。由于缺乏内生力量，许多外部援助无法内化为其自身的勃勃生机。因此，我们需要借鉴传统乡贤的治理经验，推陈出新，培育新乡贤，推动新乡贤文化建设。

20世纪90年代以来，城市化进程高歌猛进，加之城乡文化的二元对立，使得传统乡村文化不断衰落。面对乡村社会人心涣散、道德滑坡、邪教滋生等问题，人们开始回顾中国乡村自治的历史，研究乡贤对于乡村治理的重要意义，重新诠释乡贤在乡村基层治理和文化建设中的重要作用。当代乡村建设的根本问题是乡村文化建设，乡村文化重建要将传统优秀文化与现代理念相结合，构建符合社会主义新农村建设的新文化，而这就离不开乡贤的作用。大力培育新乡贤，研究构建乡贤文化的方法和路径，恢复乡村文化的自我修复与发展能力，成为乡村文化建设的当务之急。

在传统社会中，乡贤文化集中体现了乡村的人文精神，在宗族自治、民风淳化、伦理维系及激发乡土情感、维系集体认同感等方面起着无可替代的作用。尤其是乡贤的道德品质，乡贤对乡村文化的保存、发扬光大，以及对道德伦理思想的研究充实丰富了传统文化的内涵，其中很大部分成了传统优秀文化而影响至今。在宗族关系解体的现代社会，培育富有地方特色和时代精神的新乡贤文化是乡村文化建设中固本培元的根本之计，是乡村振兴的重要内容。“有乡贤的乡村才是和美的，有乡贤的乡村才是宜居的，有乡贤的乡村才有明天。”①

二

一百多年来，乡贤文化伴随着中国社会的现代化发展经历了由解构、复现到重构的过程。在从晚清到 21 世纪以来的一百多年历史中，中国乡贤文化变迁大致经历了四个阶段：第一阶段是从晚清到新中国成立前，第二阶段是从新中国成立到改革开放前，第三阶段是从改革开放到 20 世纪末，第四阶段是从 21 世纪初到现阶段。乡贤文化的变迁体现了乡村文化、乡村社会的变革，更反映了中国社会的发展和变迁。

（1）从晚清到新中国成立前

传统乡贤文化植根于儒家文化的土壤之中，通过经年累月的沉淀，发展出了适应传统中国乡村治理的一整套系统体系和模式，可以说是传统儒家文化与统治阶级意识形态有机结合的产物。自明清以来，乡贤就成为乡村社会中有品德、有文化、有能力的人士所追求的人生价值的体现，“一以报其功德，一以鼓励后人，使后之入庙者触目惊心，知居宦、居乡当如是”②。“古者，乡先生没则祭于社。今祀乡贤于学，即此意也。然祀之于学，则尤重矣。盖凡有功于圣门者，始得从祀。不从祀，而祀之学，其次也。”③但自晚清以后，尤其是随着五四新文化运动所宣传的新思想、新文化深入人心，乡贤、乡贤文化更多作为封建文化传统一起被否定，导致乡贤渐渐退出了历史舞台。西学东渐带来的科学民主思想对中国现代思想的形成和中国现代化进程的影响不谓不深刻，也深深地影响了新文学的主题内容，但文学作为社会

① 赵法生：《再造乡贤群体　重建乡土文明》，《光明日报》2014 年 8 月 11 日第 2 版。

② 崔应阶修，姚之琅纂：《陈州县志》，乾隆十二年刻本，卷二十六。

③ 林希元：《论乡贤》，见《林次崖文集》卷十一，《四库全书存目丛书》集部第七十五册，齐鲁书社 1996 年版，第 653 页。

现实的反映，对乡绅、乡贤的叙事描写从未缺席，从传统乡绅、乡贤到土豪劣绅，乡贤、乡绅形象在这个历史时期的乡村小说中多有书写，如鲁迅的《阿Q正传》《离婚》《祝福》以及茅盾、叶圣陶、师陀等现代作家的作品中都有这一类形象的反映和塑造。尤其是20世纪20年代末左翼文学兴起，乡村成为被关注的重点，乡绅形象在此类作品中经常出现。后来随着土改等政治运动和社会转型，出现了如《暴风骤雨》《太阳照在桑干河上》等涉及乡绅形象的作品。当然，在五四作家笔下，大部分乡绅往往代表着腐朽没落的旧文化，而那些农村基层的文化占有者，即乡村小知识分子，则在经济、文化和政治的多重重压下，呈现出灰色的人生状态，如叶圣陶的《潘先生在难中》《倪焕之》等作品中的主人公。在20世纪初中叶的中国乡土文学中，乡贤形象在现实主义和启蒙精神的视野下得到了一定程度的呈现。虽然此时的乡贤形象并不清晰，登场机会也不多，却隐隐勾勒出中国传统社会的衰落和变迁，特别是中国乡村社会的艰难转型，展现了乡贤文化的曲折变迁。

（2）从新中国成立到改革开放前

新中国诞生后，中国社会发生了翻天覆地的巨大变革，乡村的政权格局被打破，传统乡绅在乡村的原有治理模式无法继续维持，由“农村新人”组成的新的基层权力结构开始在乡村社会占据主导地位。这些“农村新人”在职能上有类似于传统乡贤的地方，是乡村社会运转的主要力量，但他们又与传统乡贤有着本质的不同。其一是这批新人产生的制度背景不同。传统乡贤的生存基础深深根植于封建宗法制度，而“农村新人”则是在新民主主义革命和社会主义建设时期孕育而生的。其二是他们的出身不同。传统乡贤多出身于大户人家，文化积淀深厚，有一定社会地位，而“农村新人”则多为在中国共产党领导下翻身做主的无产阶级贫苦农民，受教育程度普遍不高。其三是他们的思想理念不同。传统乡贤更多是儒家礼教的践行者，有较为深厚的文化底蕴①，而“农村新人”更多接受社会主义新思想，具有大刀阔斧改革、破旧迎新的革命精神。在《创业史》中，柳青细致、深刻地描述了1950年代中国农业合作化运动中乡村社会空间内社会关系的巨变。梁生宝是新人物的

① 参见王琳：《解放区乡土文学中的乡贤叙事研究》，《南昌大学学报》（人文社会科学版）2020年第2期。

代表。作品着重反映了他的成长以及其逐渐在蛤蟆滩上发挥影响力并掌握话语权的过程，和姚士杰、郭世富等蛤蟆滩上以前的能人逐步丧失影响力以及退出权力结构的过程。梁生宝体现了这一时代“农村新人”的两大特征：“集体主义思想”和“新的道德风尚”①。除了柳青创作的《创业史》，其他如《山乡巨变》《香飘四季》《汾水长流》《金沙洲》等小说中也有这类“农村新人”形象。

1960年代中后期至1970年代，小说创作和批评中的“农村新人”形象进一步发展为崇高的英雄形象，作为集体化、合作化榜样的“农村新人”让位于诠释忠诚、担当使命的“高大全”式的英雄人物，此时的人物形象开始走向一种极端。于是，一个个“鲜活的”工农兵英雄人物开始活跃于各类题材的文学创作中。如《艳阳天》中的萧长春，他全然无视敬人祖坟的传统道德，为了盖房娶妻，居然带着民兵砍伐了地主马小辫祖坟上的松柏做建材，还用马家祖坟的石碑来“垒拦河坝”，并在坟地里开挖排水沟。为了做到彻底大公无私，他甚至拒绝派人寻找、抢救自己的孩子。从某种意义上讲，这样的农民已经渐渐丧失了“人”的本性，成为高高在上的具有神格的“英雄”。

（3）从改革开放到20世纪末

进入改革开放时期后，乡贤形象也从消隐、解构进入了复苏阶段。这个时期出现了许多传统乡贤形象。尤其20世纪90年代市场经济的繁荣，进一步加剧了农村人口往城市的流动，这一现实状况导致农村人口凋敝、发展停滞，加之城乡之间的二元对立，中国乡村文化面临着日渐衰落的困境。面对乡村社会道德沦落、环境恶化、人心涣散等问题，人们开始回顾中国乡村自治的历史，探讨乡贤对乡村文化建设的积极意义。由此，传统乡贤再次出现在文学作品之中，乡贤文化也得以重生和发展。

《白鹿原》是此时期乡贤叙事的代表作品。《白鹿原》与同时期的其他重写乡绅的作品有所不同，它超越了观念化的历史以及对历史的简单演义法，不仅塑造了一个典型的乡贤形象——白嘉轩，而且揭示了被遮蔽的民族秘史，因而是重写乡贤的典范之作。《白鹿原》深刻地影响了后世的创作，成为乡绅叙事绕不过去的一部作品，它甚至对后来作家构成了一种“影响的焦虑”。

---

① 陈颙：《为社会主义农村新人雕像——关于话剧〈李双双〉的排演》，《戏剧报》1963年第12期。

包括叶炜的《福地》、陶少鸿的《百年不孤》、李伯勇的《旷野黄花》、老藤的《刀兵过》、黄复彩的《红兜肚》等在内的乡贤叙事作品，都自觉或不自觉地“模仿”了《白鹿原》。在这些作品中的乡贤形象身上，依稀可以见出白嘉轩的印记。尤其是赵德发在《君子梦》中塑造的许正芝等恪守儒家传统的乡贤形象，突出显示了优秀乡贤的言行对村民的示范、教化意义。

（4）从21世纪初到现阶段

21世纪以来，一部分作家在审视、反思乡村文化衰退的同时，不仅从传统乡贤身上寻找乡村文化重塑的有生资源，而且开始将目光集中于那些为乡村经济文化建设贡献力量的“在地”或“在外”的“贤人”“能人”身上，探索21世纪新乡贤产生的历史必然，希望于此发现一条能够黏合传统与现实的乡村建设新路。21世纪以来的新乡贤可以归纳为三种主要类型：一是有良知的乡村干部。如和军校《薛文化当官记》中的薛文化。在小说中，范技术员就认为薛文化是当代的梁生宝。薛文化自小就非常实诚，意外当选为村主任之后，其想法也很朴素——在其位就要把事情做好。薛文化最终以个人品质赢得了人心。二是有思想的乡村知识分子。如关仁山长篇小说《日头》中的金沐灶。他上过大学，当过副乡长，办过企业。他不仅处处为村民着想，帮村里招商引资，还为村民推销大米，收养孤儿，甚至为重建魁星阁一辈子未结婚。三是扶贫干部和其他外援干部。如赵德发《经山海》中的乡镇女干部吴小蒿。面对机关单位庸常无为的生活，她抓住了干部招考的机遇，通过竞争考核上岗被选拔为楷坡镇副镇长，来到海边小镇楷坡开启了全新的生活。她负责分管楷坡镇的安全、拆迁、环卫、文化等方面的工作，在工作中兢兢业业，依靠组织的帮助扶持，妥善处理了许多棘手的事情。

由于历史原因，乡贤形象曾长期遭到负面评价，在当今新的历史形势下，客观地还原历史、塑造真实丰满的乡贤形象，是文学创作需要面对的课题。遗憾的是，文学创作对当代新乡贤形象的表现和反映远远不够。特别是面对21世纪以来农村的巨变，乡土文化的重建迫在眉睫，需要更多的文学创作从人性、历史和审美的维度更真切地关注乡贤形象重塑和乡贤文化重构，挖掘新乡贤身上所葆有的人文关怀、乡土情结和现代特质，折射出农村未来的发展方向，唤醒更多读者的现代乡村意识。

三

乡贤文化的变迁既具有乡村内部历史变迁的必然性，又是中国社会不同阶段历史变迁对乡村冲击和影响的鲜明反映和印证。乡贤文化的基因其实一直植根于中华大地的土壤之中，只是随着时代的变迁展现出不同的面貌。以现代的眼光来看，封建社会的传统乡贤文化符合当时“皇权不下乡”的治理模式，以儒家思想治理乡村相对简约而有效。当这一模式被时代打破之后，乡贤文化就一直处于一种支离破碎又在努力适应环境的状态当中，从五四到左翼、从抗战到新中国成立初期，从新时期到新世纪，每一个历史时期的乡贤与乡贤文化都呈现出不一样的精神面貌，但又非常契合当时的社会文化内涵。在不断地解构和重构过程中，乡贤文化也终于找到了自己的出路，成为稳定且不断成长中的新乡贤文化。乡贤文化也正是在这种不断的变化中适应时代发展，延续至今。

乡贤文化的变迁反映了中国现代化进程的变迁。历史地看，中国的现代化进程一头连着城市，一头连着乡村，现代化不是城市的独角戏。“乡村关注，乡村人的生态关注，已经更加具备超越‘族’而体现出‘类’的性质。乡村的发展或沉沦业已跟城市息息相关，乡村的隐忧业已跟城市的隐忧形影相随，城市与乡村已经越来越无法规避那些共同的担当，城市和乡村物质和精神文明，在人类生存发展的前程中已经越来越成为相互制约、生死缠绵的共同体。”①因此，我们讨论乡贤文化的变迁，不仅仅是为了寻找乡村文化的复兴之路，也是从城乡互动的视角，寻找以乡贤文化为代表的乡村文化在人性异化和精神漂泊无定的现代社会中，是否可以通过对故乡美好的、温馨的记忆来构造和营建一个符合现代人精神需求的“诗意的栖息地”，满足人们对“精神家园”的追寻需求。从这个角度看，乡村文化“通过对乡村的想象和再造建构的‘精神家园’是文学作品新的人文价值建构的一种尝试，是对现代性带来的负面影响的某种调适或拯救”②。中华民族是

---

① 黄毓璜:《文学与乡村》,《文学评论》2007 年第 1 期。
② 李静:《20 世纪中国女性作家乡土小说的文化意义和叙事价值》,《学术研究》2013 年第 1 期。

农业文明延续时间最久、文化成就最高的民族，传统乡村文化是我们民族最为宝贵的集体文化记忆，而在任何时候一个群体的认同性和独特性的意识就依靠文化记忆[①]，因而，保存、传承传统乡村文化的精华在文化全球化语境中具有建构民族文化身份与文化认同的文化战略意义。因此，我们有理由相信，传统乡村文化内蕴的生命力可以焕发新的生机，它的有效资源可以参与城乡两种文化形态的良性互动，进而培育真正意义上的“现代城乡文化共同体”。

没有农村的现代化就没有中国的现代化。在农村现代化的进程中，文学或许扮演不了主力军的角色，但它依然可以发挥自己独特的作用。从乡土文学的本质和功能看，它最起码可以在以下两个方面有所作为：一方面，农村在经济社会结构、生产手段、生活方式以及人的素质等方面的整体现代化过程实质上就是农村和农民不断克服自身弱势的过程。在这一过程中，乡土文学可以最大程度地发挥其介入生活、指导现实的文化实践功能。乡土作家应保持对农村现实的敏锐关注，及时发现农村在经济结构转型、社会分层日益多元化、生活方式日益多样化的趋势下不断出现的各种新问题、新矛盾，关注农民在改革过程中的心灵裂变和命运沉浮，进而以直面现实的勇气和反思问题的品格来启示解决农村问题和农民问题的有效方法，提出消除城乡对立、促进城乡和谐发展的有价值的思路。另一方面，中国现代化的迅猛推进，既为百姓生活带来了更多的福祉，也不可避免地造成了乡村的贫困和衰退以及城市的异化和精神的贫血。面对这样的境况，乡土作家有责任对人类精神的困境进行思考，创造并建构新的民族精神文化。这种思考应该是基于现代化整体立场的思考，是基于传统与现代价值的充分融汇的批判性思考，既清除传统文化中有悖于现代社会民主、平等、科学、理性等原则的消极性内容，又将淳朴良善的人伦风情纳入现代性精神建构的基本框架，以“有根的现代性”为指导，重建新的城乡文化和民族精神。

有论者认为，作家的人文关怀表现在两个方面：一是对人类的终极关怀，

① ［德］哈拉尔德·韦尔策：《〈社会记忆〉代序》，见哈拉尔德·韦尔策编，季斌、王立君、白锡堃译：《社会记忆：历史、回忆、传承》，北京大学出版社 2007 年版，第 5—6 页。

二是对人的现实关怀[①]。以上对乡土文学功能两个方面的阐述恰好对应了作家人文关怀的两个方面。也就是说，在乡村现代化的进程中，乡土文学、乡土小说家无法逃避历史的重荷和所应承担的关怀与责任，小说家既要有对现实的深切关注和质询，也要积极参与对人文精神和民族文化的再造与重构。只有高扬人文精神的旗帜，才能直面市场经济所带来的信仰危机、价值失落、道德滑坡等一系列现象，才能在这个时代固守文学的精神家园。

习近平总书记在党的十九大报告中就“三农”工作提出很多新概念、新表述，并首次提出实施乡村振兴战略。乡村振兴战略是一个系统工程，涉及政治、经济、社会、文化、生态等各个方面，而乡村文化复兴是其中的一个重要方面。乡村文化复兴离不开乡贤的作用，离不开乡贤文化的推动。2014年，习近平总书记在主持中央政治局集体学习时强调：“要治理好今天的中国，需要对我国历史和传统文化有深入的了解，也需要对我国古代治国理政的探索和智慧进行积极总结。”2015 年中央一号文件提出要“创新乡贤文化，弘扬善行义举，以乡情乡愁为纽带吸引和凝聚各方人士支持家乡建设，传承乡村文明”。重视和发挥现代乡贤在地方发展和社会治理中的积极作用，正成为越来越广泛的共识。我们倡导新乡贤文化建设，正是为了弘扬优秀传统文化和社会主义核心价值观，为了探索乡村治理现代化的新路径，为了推进“乡村振兴”的重大战略。

这套书通过对 19 世纪末至当下文学创作中乡贤形象和乡贤文化的研究，勾勒出乡村文化的转折和嬗变，追溯乡贤形象传播的历程，揭示中国乡村历史的丰富性、复杂性，以期重新认识乡贤在乡村社会中的重要作用，并将乡贤人物的塑造与当下乡村文化、乡贤文化的复兴紧密结合，从一个侧面反映中国社会现代化发展的进程以及新乡贤对乡村振兴的意义和价值。这套书主要围绕如下方面展开：首先进行艰苦扎实的基础研究，对晚清以来中国乡贤书写的史料文献进行搜集发掘和整理汇编，为文学现象和文化理论的进一步研究提供材料。其次通过田野调查了解目前乡贤文化和乡村文化建设的现状与存在的问题，有针对性地提出对策建议，为文学创作和现实问题的解决提供

---

① 郝海洪：《乡村人的城市情结及其精神归趋——从“阿 Q”说起》，《哈尔滨学院学报》2007 年第 3 期。

参考。再次对现当代文学中乡贤叙事的文本进行全面分析和解读，系统研究百余年来现当代文学在中国社会转型过程中与乡贤文化的历史纠葛和现实互动，研究文学书写如何表现乡贤文化的历史过程，为文学参与乡贤文化乃至乡村文化建设提供历史依据。最后探讨文学参与乡贤文化重建的可能性与当代意义，为乡贤文化和乡村文化建设提供文学路径和理论支撑，并通过对文学中乡贤文化传播历史的研究，揭示乡贤叙事的意识形态传播策略，阐释文学传播在乡贤文化重建中的功能和意义。

作为课题负责人，由衷地感谢参与课题研究的各子课题负责人李兴阳教授、周凯教授、贺仲明教授、赵普光教授、季中扬教授和所有其他参与课题研究的成员，感谢在学术上鼎力关心支持此课题研究的丁帆先生、张福贵先生、何锡章先生、朱晓进先生、刘勇先生、姚文放先生、蒋述卓先生、李继凯先生、何平先生，感谢为书稿出版付出辛勤劳动的戎文敏、李明非、周敬芝、王岚、牟盛洁、薛柏等编辑老师。

乡土文学寄寓着人们的乡愁，乡愁牵动的是远离故土的当代人的灵魂。作为滋养生命和灵魂的文学，参与到乡贤文化和乡村传统的重建中，就是对文化之根的接续，对传统优秀文化的传承和弘扬。希望这套书的问世，能为大众和研究者呈现中国乡村数千年历史文化的变迁，深刻反映新时代以来乡村文化的振兴发展和创新变化。

李　静

2023 年 12 月写于南京山水华门

绪论

中国现当代文学中的乡贤叙事与命运多舛的乡村精英和乡贤文化是相互影响、相互构建的。人们习惯性地将自晚清至今一百多年的中国历史划分为近代、现代和当代三个阶段。这三个历史阶段虽有很多不同，但有一点是相同的，那就是中国社会对现代化与现代性的追求。这种历史追求或曰历史道路的选择，推动了中国社会由封建王朝向现代民族国家转型，由前现代向现代转型。在如此千年未有之大变局中，中国乡村精英和乡贤文化也不可避免地卷入曲折多变的历史浪潮中。其兴衰沉浮无不与中国乡村在现代化进程中面临的城市与乡村、传统与现代、继承与发展、德治与法治、民主与专制之间的二难选择有关。与之相应，中国现当代文学百年乡贤叙事中的乡村精英与乡贤文化也与时俱进。不同历史时期的叙事主体，因其历史认知、现实观察、未来想象、思想观念、价值立场等的不同，其笔下的乡村精英和乡贤文化也呈现出不同的历史面貌和时代色彩。这样的乡贤叙事不仅是历史与现实的叙事反映，也以叙事方式参与到中国乡村精英与乡贤文化的建构中，以分担历史道路选择中的迷思与焦虑。

一、乡村精英与乡贤文化的时代更迭

中国现当代文学乡土叙事中的乡村精英与乡贤文化，虽然不乏叙事主体基于特定思想价值观念的叙事想象，但毫无疑问都有其历史与现实的原型或曰基础。在自晚清至今的一百多年中，随着中国社会的权力更替与制度变迁，中国乡村精英及其所属的社会阶层也在不断变换，用以指认特定历史时期乡村精英的概念也随之变化，如“乡绅”“新乡绅”“乡贤”“开明绅士”“土豪劣绅”“新人”“劳动模范”“新农民”“红乡绅”等，这些出现在不同历史时期被冠以不同名号的乡村精英在社会权力结构中处于不同的位置，他们在乡村治理过程中起着不同的作用，推动或阻碍着中国乡村社会的发展。乡村精英不等于乡贤，如民国时期晋西北兴县的“乡派”士绅牛友兰、温鼎三、李绍荣等与“城派”士绅刘训三、白怀章、李聚兴等都不是乡贤，而是“乡霸”，他们争权夺利，互斗不已，使晋西北兴县地方长期纷扰不宁①，对当地乡村社会的发展产生了阻碍作用。乡贤是乡村精英中的有德有能者，如浙江省绍兴市柯桥区（原绍兴县）人大常委会副主任余茂法自请官降三级回到家乡冢斜村担任党支部书记，带领村民修复村庄古建筑、古道等，把昔日脏乱破旧的村庄改造成远近闻名的历史文化名村，发展乡村历史文化旅游，带领村民走向共同富裕。②像余茂法这样的乡贤，他们成长并立足于乡土社会，以其嘉言懿行影响、作用于乡土社会，既有益于国家，也有益于乡村百姓，对乡村社会的发展起着推动作用。乡贤所代表的文化才是真正的乡贤文化，正如有论者所言：“乡贤文化是一个地域历代明贤积淀下来的榜样文化、先进文化，是该地域有激励作用的思想、信仰、价值的一种文化形态。它是扎根故乡的母土文化，引导人们形成向上向善的力量。”③

在不同历史时期具有不同政治文化背景的乡贤所代表的乡贤文化是不同的，这里有必要对晚清至民国、新中国成立后前三十年及“新时期”以来的乡村精英及乡贤所代表的乡贤文化分别予以简要的描述和阐释。

晚清至民国时期的乡村精英主要有传统乡绅、土豪劣绅、“新乡绅”与“新人”等，与这几类乡村精英相关的有不同出身的乡贤，其所代表的乡贤文化是不同的。其一，晚清至民国时期的传统乡绅，主要由科举及第未出仕或落第士子、受过一定教育的地主、退职返乡或长期居乡养病的文武官员、宗族首领等人物构成，其在乡村最具影响力的时期是清末民初。这个时期的土豪劣绅控制乡村后，传统乡绅在乡村的影响力逐渐减弱。这些以传统乡绅为主

① 晋西区党委：《统一战线政策材料汇编——名人传略》，山西省档案馆 B6，第 40 页。
② 参见刘伟等：《从县官到村官到乡贤——余茂法辞官回乡保护古村落的故事》，《光明日报》2014 年 7 月 13 日第 4 版。
③ 杨军：《弘扬乡贤文化　发挥乡村新乡贤作用》，《文化学刊》2015 年第 5 期。

体的乡贤所代表的是传统乡贤文化,“他们深受儒家礼仪教化的熏陶,一向以治国平天下为己任,即便是退隐在野,也不忘教化乡里,热衷于地方公益事业,如设义田、修水利、办书院、赈灾民,等等”[①]。其二,晚清至民国时期的土豪劣绅,主要有两大类:一是在晚清制度变迁中由乡绅阶层蜕变而来的以团练为权力基础的土豪劣绅,二是民国时期由所谓“新乡绅”蜕变而来的土豪劣绅。日本学者田中忠夫将中国的土豪劣绅概括为八种人,即“退任军阀,退职贪官污吏,奉承于帝国主义的买办,在农村上作武断行为的乡董区长团防局长等,官阀财阀的子孙,教会的牧师与科举的遗孽,盘踞于地方的议员学阀,暴富、奸商、盐商、烟贩等”[②]。所有这些土豪劣绅都不是乡贤而是乡霸,都是现代革命的对象。其三,民国时期的“新乡绅”,出现于 20 世纪 20 年代末,主要由新式学堂培养的或留洋归来的新式知识分子和南京国民政府推行乡村基层政权建设过程中培植的新乡绅阶层构成,他们来源广泛,成分复杂。“新乡绅”之“新”有三点:一是大都接受过新式教育,二是认同国民党的“三民主义”,三是掌握着农村基层政权。他们是“乡村官治”的代理人和执行者。“新乡绅”中也有称得上是乡贤的“良绅”,但他们中的大多数后来都蜕变为“土豪劣绅”,危害乡里。对此,美国学者杜赞奇有这样的描述:“到了(20 世纪)二三十年代,由于国家和军阀对乡村的勒索加剧,那种保护人类型的村庄领袖纷纷‘引退’,村政权落入另一类型的人物之手,尽管这类人有着不同的社会来源,但他们大多希望从政治和村公职中捞到物质利益。村公职不再是炫耀领导才华和赢得公众尊敬的场所而为人追求,相反,村公职被视为同衙役胥吏、包税人、赢利型经纪一样,充任公职是为了追求实利,甚至不惜牺牲村庄利益。”[③]随着国民党政权在大陆的覆灭,“新乡绅”也被打倒消灭。其四,乡村“新人”,主要是指 20 世纪三四十年代由中国共产党在根据地和解放区培养的乡村精英。20 世纪 30 年代,毛泽东就提出:“要造就一大批人,这些人是革命的先锋队。这些人具有政治远见。这些人充满着斗

---

① 胡彬彬:《古代乡贤与乡村治理》,《文史知识》2016 年第 6 期。

② [日]田中忠夫著,李育文译:《国民革命与农村问题》上卷,村治月刊社、上海商务印书馆 1927 年版,第 86 页。

③ [美]杜赞奇著,王福明译:《文化、权力与国家:1900—1942 年的华北农村》,江苏人民出版社 1996 年版,第 149 页。

争精神和牺牲精神。这些人是胸怀坦白的、忠诚的、积极的、正直的。这些人不谋私利，唯一的为着民族与社会的解放。”①根据地、解放区造就的乡村“新人”成为乡村政治、经济和军事活动中的积极分子、劳动模范等，他们通过“村选政治”进入乡村各级政权，逐渐控制了乡村的政治生活，而传统乡绅、土豪劣绅及“新乡绅”等的影响力逐渐减弱直至最终完全消失。“乡绅权势地位的最终退出，才真正标志了一个时代的终结。”②乡村“新人”中的有德有能者都是具有革命意识的现代乡贤，他们身上既有传统儒家仁爱精神的遗存，更有革命思想、道德与价值观念的滋长与社会革命实践。他们所代表的具有革命意识的乡贤文化可成为当代乡贤文化的红色资源。

新中国成立后前三十年的中国乡村精英大致可划为两大类：一是传统乡村精英，二是社会主义乡村精英。所谓传统乡村精英是指新中国成立前的乡村精英，他们的来源与构成极为复杂多样，主要有传统乡绅、土豪劣绅、地主、富农、乡村工商业者，等等。这些乡村精英，在土地改革、合作化运动等社会政治运动中，大多被划入地富反坏右之列，不仅失去了原有的政治地位、经济基础和文化霸权，而且他们的生活方式、思想意识与价值观念等也受到彻底的批判。因而，这些曾经的乡村精英被拉下了“神坛”，替代他们的是社会主义乡村精英。所谓社会主义乡村精英主要是指不同历史时期乡村基层政权组织中的干部、劳动模范、先进代表等，如土地改革时期的贫协主席，合作化运动时期的互助合作组组长、合作社干部、人民公社干部、生产大队干部、生产小队干部、民兵干部等，除人民公社干部属于政府公职人员外，其余的虽然不是公职干部，但都是国家政权的乡村代理人，掌握着乡村政治、经济、文化、教育乃至武装等方面的生杀大权，他们的一举一动都关系到乡村农民的生存与福祉。乡村基层干部在复杂的现实生活中也发生了分化，有的蜕化变质为“土皇帝”“封建领主”，如张炜长篇小说《古船》中的赵炳、李佩甫长篇小说《羊的门》中的呼天成、蒋子龙长篇小说《农民帝国》中的郭存先等，他们虽然是文学人物，却是对现实的真实反映。他们中有人成长为具有

---

① 毛泽东：《为陕北公学成立与开学纪念题词》，见《毛主席论教育革命》，人民出版社 1967 年版，第 3 页。

② 王先明：《乡绅权势消退的历史轨迹——20 世纪前期的制度变迁、革命话语与乡绅权力》，《南开学报》（哲学社会科学版）2009 年第 1 期。

社会主义理想和道德的“新人”，如柳青长篇小说《创业史》中的主角梁生宝的原型——皇甫大队党支部副书记王家斌、现实生活中的焦裕禄等。他们是乡村基层组织和群众共同认可的农民带头人，更是具有革命意识的道德模范。他们身上既具有传统文化所推崇的善良、朴实、勤劳、正直等品格，又有社会主义、集体主义价值观与道德观，是从普通农民中成长起来的理想化的阶级精英。这些“新人”所代表的乡贤文化可视为现代乡贤文化。

改革开放后，中国乡村精英在市场经济大潮中出现了新的分化：其一，部分乡村精英流向城市或经济发达地区，谋求自身的发展。乡村精英的大量流失导致乡村空心化，使乡村社会发展失衡。其二，部分乡村精英“离土不离乡”，在家乡发展乡镇企业。他们中的部分人有德有能，能带领家乡人共同富裕，成为当地改革发展的带头人，是当之无愧的“新乡贤”，也有一些人有能无德，自己富裕了，却作威作福，欺压乡邻，让家乡人变得更加贫困，成为“新乡霸”。其三，家族势力、黑恶势力乘机崛起，用各种手段混进乡村基层政权组织，窃夺各种政治、经济资源，使乡村治理家族化、黑社会化和流氓化，使所在乡村的普通农民再度陷入苦难中。乡村精英的大量流失与“在乡”乡村精英的劣质化，使新农村建设的形势变得十分严峻。如何解决乡村治理过程中再度面临的诸多难题，从而建设好新农村，文学与政治不约而同地将目光投向了既历史悠久又与时俱进的乡贤文化。

乡贤文化于21世纪正式出现在当代政治话语中。2014年8月，《光明日报》连续刊文呼唤新乡贤的出现。2014年9月，时任中宣部部长在培育和践行社会主义核心价值观工作经验交流会上正式提出要弘扬乡贤文化。2015年和2016年，中央一号文件两次将乡贤文化列入农村思想道德建设中，指出：“创新乡贤文化，弘扬善行义举，以乡情乡愁为纽带吸引和凝聚各方人士支持家乡建设，传承乡村文明。”学界亦就乡贤文化与新农村建设等内容设立相关课题，展开大规模研究，这些都显示出召唤和培育“新乡贤”、继承和发展乡贤文化对新农村建设的重要性与紧迫性。

综上所述，乡贤是乡村精英中的有德有能者，乡贤所代表的文化就是乡贤文化。在自晚清以来的一百多年间，随着中国社会的现代化转型与乡村精英及乡贤的时代更迭，乡贤所代表的乡贤文化沿着两条历史流脉发展：一是传统乡贤所代表的传统乡贤文化，二是现代乡贤所代表的现代乡贤文化。传统乡贤文化以儒家思想、信仰和价值观念为核心，适应乡土中国与宗法乡村稳定与发展的需要，但与现代中国的现代性追求有一定的隔膜，因而在近百年的现代历史发展中受到了不小的冲击。现代乡贤文化是在现代中国的现代性追求中发展起来的，其思想、信仰和价值观念适应现代民族国家与乡村社会现代化建设的需要，虽然与传统乡贤文化有一定的疏离，但吸收了传统乡贤文化的精华。简而言之，现代乡贤文化与传统乡贤文化既有联系，又有区别，而不论二者有多少不同，其最大的共同点就在于以德为先，以能为辅，反哺桑梓，泽被乡里，教化乡民，重塑乡风，协调乡村官治与自治，推动乡村发展，传承乡村文明。

二、乡村精英与乡贤形象的历史蝉蜕

自晚清至20世纪，中国文学中的乡村精英与乡贤形象随着历史的变化而不断蝉蜕。晚清至民初文学中的地方精英和乡贤形象与五四以来中国新文学中的乡村精英和乡贤形象有着显著的差别，这是由晚清至民初的历史过渡性特征和五四以来现代中国的现代性追求所决定的。

清末民初，以地方精英及乡贤人物为叙事对象的文类主要是“新式史传”和“新小说”。

“新式史传”是以梁启超为代表的晚清文人为宣扬现代民族国家思想、建构现代民族国家认同，引进并创设的文学样式。“新式史传”中的“乡贤传记”所选择的叙事对象主要是“在外”与“在乡”的“乡之贤者”。这里的“在外”与“在乡”，不是以农村乡镇而是以比乡镇更大的“地域”或“地方”为地理参照的。不论是“在外”还是“在乡”的“乡之贤者”，进入乡贤叙事的主要是具有爱国主义精神与反抗精神的民族英雄及参与地方自治、实业救国、开疆辟土的具有现代色彩的新式英雄。如刘师培《孙兰传》中的孙兰、柳亚子《吴日生略传》《夏内史传略》中的吴易、夏完淳等都是作者家乡历史上的民族英雄，是作者引以为傲的家乡的乡贤人物。柳亚子《吴江志士陶亚魂小传》中的陶亚魂是一位投身地方自治的志士，佚名《云南大实业家赵老人传》中的赵老人是实业救国的地方乡贤，梁启超的《中国殖民八大伟人传》讲述梁道明等人在南洋开疆辟土的事迹，他们都是具有现代色彩的新式英雄。“新式史传”中“乡贤传记”的传主多为地方乡贤，他们的共同特点是都有民族国家观念，为他们作传就是要给各地人们提供可效仿的偶像，建构和强化人们对民族国家的认同。

清末民初的“新小说”中的地方精英与乡贤形象，不同于“新式史传”之“乡贤传记”中的历史人物或现实人物，他们通常是基于特定政治理念与政治期待而虚构出来的，主要有“志士”“贤绅”“劣绅”“没落士绅”等形象。“志士”多出身于士绅阶层，接受过新式教育，有新的政治理想，敢于实践，勇于牺牲。“志士”在实践政治理想的过程中，往往会得到“贤绅”的帮助。“贤绅”多为传统士绅中的有德者，如轩辕正裔《瓜分惨祸预言记》中的曾子兴、华永年、夏震欧、黄勃等都是晚清革命“志士”，帮助过他们的“贤绅”有刘千秋、甄得福等。这些“志士”“贤绅”虽然是清末民初小说家出于特定政治理念虚构的，但也是当时现实政治的影射，如“志士”黄勃就令人联想到革命党人黄兴。与“志士”“贤绅”相反的地方精英人物有“劣绅”“没落士绅”等，他们都是被揭露、讽刺和批判的对象，在现实中被革命党人列为打倒的对象。新小说家对士绅群体有较高的政治期待或不满，其塑造和评判人物形象的主要标准是道德。

中国现代文学中的乡村精英与乡贤形象主要出现在五四乡土文学、京派乡土文学、左翼乡土文学、解放区乡土文学中。在这些不同流派的乡土文学中，乡村精英通常被分为两大类，即传统乡村精英与现代乡村精英。简要分述如下。

中国现代文学中的传统乡村精英以传统乡绅为代表，具有封建旧文化色彩。传统乡村精英又以两种面貌出现：其一，以“劣绅”“地主”“恶霸”“没落士绅”的形象出现，如鲁迅小说《狂人日记》中的赵贵翁、《风波》中的赵七爷、《阿Q正传》中的假洋鬼子和赵太爷、《祝福》中的鲁四老爷、《离婚》中的七大人等都是“劣绅”，彭家煌小说《怂恿》中的牛七、叶圣陶小说《倪焕之》中的蒋士镳、王统照小说《山雨》中的吴练长等乡绅也都是“劣绅”。洪灵菲小说《在洪流中》中的二老爹、张天翼小说《三太爷与桂生》中的三太爷、端木蕻良小说《江南风景》中的李缙绅、丁玲小说《太阳照在桑干河上》中的钱文贵、周立波小说《暴风骤雨》中的韩老六等都是“地主”“恶霸”形象。吴组缃小说《一千八百担》中的宋氏义庄的管事宋柏堂等一众乡绅、茅盾小说《微波》中的李先生等都是“没落士绅”。这些“劣绅”“地主”“恶霸”“没落士绅”都是被揭露批判的对象。其二，以传统乡贤的形象出现，如彭家煌小说《今昔》中的芝大王爷，鲁彦小说《阿长贼骨头》中的深波先生，台静农小说《天二哥》中的吴六先生，叶圣陶小说《倪焕之》中的赵举人，废名小说《桥》中的史家奶奶，沈从文小说《边城》中的船总顺顺、《长河》中的商会会长等，都是传统意义上的乡贤。相比较而言，中国现代文学中塑造的传统乡村精英中“劣绅”“地主”“恶霸”“没落士绅”形象多，乡贤形象少。这种不平衡的乡贤叙事现象，虽与创作者基于特定观念所做的叙事选择有关，但其更深的原因还在于中国传统乡绅的现实蜕变与传统乡贤文化的衰落。

中国现代文学中的现代乡村精英以乡村新式知识分子和乡村“新人”为代表，具有现代新文化色彩。有些乡村精英蜕化变质，如洪灵菲小说《在洪流中》的小二老爹、王统照小说《山雨》中的陈葵园、张天翼小说《蛇太爷的失败》中的永士龙、叶紫《偷莲》中的汉少爷等都是出身地主家庭接受过新式教育的青年士绅，但他们的思想观念一点也不新，是封建剥削阶级的传承者。有些乡村精英成长为社会大变革时代的“新人”，这类现代乡村精英又以两种面貌出现：其一，乡村新式知识分子，他们大都走出乡村，在外面接受过新式教育，又因各种原因返回故里，从事乡镇中小学教育等工作。如叶圣陶小说《倪焕之》中的蒋冰如在江南小镇推行新式教育，参加社会变革。又如柔石小说《二月》中的陶慕侃在芙蓉镇创办中学，推行新式教育。其二，“新人”（亦称“农村新人”），这类人物最早出现在左翼乡土文学中，如茅盾小说《秋收》中的多多头、叶紫小说《丰收》中的立秋等都是开始有所觉悟的青年农民，是不同于父辈的新农民。戴平万小说《村中的早晨》中的魏先生和其战友简同志，则是活跃在乡村的青年革命者。更加成熟的“新人”出现在解放区文学中，如赵树理小说《小二黑结婚》中的小二黑、孙犁小说《荷花淀》中的水生和水生嫂、丁玲小说《太阳照在桑干河上》中的张裕民、周立波小说《暴风骤雨》中的赵玉林和郭全海、马加小说《江山村十日》中的金成和周兰、束为小说《土地和它的主人》中的王海生等都是成长中的“新人”形象。这些“新人”大都是在革命意识形态培育下成长起来的，具有新的道德观与革命价值观，是新的乡贤。

20世纪50至70年代中国乡土文学中的乡村精英主要有“旧乡村精英”

与“农村新人”等。代表过去时代的“旧乡村精英”，如地主、富农、旧式乡村知识分子等，在小说叙事中都被视为“阶级敌人”或“反派人物”，成为被揭露和批判的对象，他们所代表的传统乡贤文化也被视为封建文化，遭到批判。代表时代需要的“农村新人”在本时期小说叙事中通常是代表国家权力的乡村基层干部、积极分子等，如赵树理小说《三里湾》中的范灵芝和王玉生，康濯小说《水滴石穿》中的申玉枝，柳青小说《创业史》中的梁生宝和高增福，周立波小说《山乡巨变》中的刘雨生与陈大春，李准小说《不能走那条路》中的东山、《李双双小传》中的李双双，浩然小说《艳阳天》中的萧长春和焦淑红、《金光大道》中的高大泉和朱铁汉等。这些年龄、性别、身份、性格各异的农村新人，其共同点是他们都有社会主义理想、社会主义新道德，都是走集体化、合作化道路的榜样。他们在当时不可能被称为“乡贤”或“新乡贤”，但都是理想化的新乡贤。

20 世纪八九十年代，中国乡土文学中的乡村精英在乡村历史叙事与现实叙事中有了复杂多样的变化，主要表现在以下几个方面：其一，乡村历史叙事最突出的变化就是“重写地主形象”，部分“地主”由过去年代的“反派人物”经过“重写”变成了“传统乡贤”，这类“重写”作品中最有影响力的是张炜的《古船》和陈忠实的《白鹿原》。张炜小说《古船》中的隋迎之、陈忠实小说《白鹿原》中的白嘉轩等被塑造成“传统乡贤”的形象，与新中国成立后前三十年文学中基于阶级观念塑造的“地主”形象有很大差别。其二，过去年代的部分“农村新人”蜕变成“土皇帝”或改革年代的“保守派”，如路遥小说《平凡的世界》中的田福堂就是与梁生宝同时代的“农村新人”，是双水村合作化运动的带头人，后来长期担任大队书记，蜕变为双水村的“土皇帝”和“保守派”代表。张炜小说《古船》中的四爷爷赵炳、李佩甫小说《羊的门》中的呼天成等，也都早已由乡镇农民干部蜕变为当地的“土皇帝”或曰“封建领主”。其三，乡村现实叙事中的部分乡村干部、乡村能人和新富人蜕变为新的“乡霸”“村霸”，如张炜小说《古船》中的赵多多、谭文峰小说《走过乡村》中的倪土改、阎连科小说《日光流年》中的司马蓝等都是这类人物。其四，乡村现实叙事中的部分乡村干部、乡村能人和新富人中的“贤能者”成为新的乡贤，如张炜小说《古船》中的隋抱朴和李知常、贾平凹小说《浮躁》中的金狗、何申小说《村民组长》中的黄禄、刘醒龙小说《挑担茶叶上北京》

中的石得宝等。本时期乡土作家的历史反思、新启蒙观念、改革开放意识及其对中国乡村现代进程的思考，直接体现在对历史与现实乡村精英人物形象的塑造上。过去时代“旧乡绅”或“地主”中的“传统乡贤”与现实生活中乡村干部、乡村能人和新富人中的新乡贤，得到了叙事者们在文化、道德、政治等多方面的肯定，他们将应对乡村现实危机、带领农民走出困境、重建乡村文化的希望寄托在这些传统或现代乡贤身上。

总的来看，晚清至今百余年文学叙事中的传统乡村精英与现代乡村精英的历史蝉蜕，有不尽相同的演进轨迹。传统乡村精英多以“劣绅”“地主”“恶霸”“没落士绅”等负面形象出现，尤以新中国成立后前三十年的文学叙事为盛。传统乡村精英中的“传统乡贤”形象总量相对较少，多出现在清末民初的“乡贤传记”“新小说”和20世纪八九十年代“重写地主”的乡土文学中。现代乡村精英以“农村新人”为代表，其中的负面人物多是各个历史时期的蜕化变质分子，如革命时代的动摇变节分子、合作化时期只想个人发家致富的变质干部、计划经济时期的“土皇帝”、改革开放时期的“保守派”和“乡霸”“村霸”等。“农村新人”中的主流是各个历史时期的有德有能者，如革命时代坚定的乡村革命者、合作化时期走合作化道路的带头人、改革开放时期的“改革派”和“贤能者”等，他们是现代乡贤精神的传承者。传统乡村精英与现代乡村精英的历史蝉蜕，构成了晚清至20世纪文学乡村精英与乡贤叙事的两条主线。乡村精英与乡贤形象的历史蝉蜕是乡贤叙事百年嬗变最直观的艺术表现。

三、乡贤文化的历史选择与叙事选择

在中国现代历史进程中，乡村精英、乡贤与乡贤文化的时代更迭是历史选择的结果。如上文所述，晚清新政、国民政府的乡村自治运动等政治与制度的变革，都曾通过新学、政训等方式挑选符合其政治愿景的乡村精英作为皇权或国家权力的代理人，但这些被挑选或培育的乡村精英很快就发生了分化，一些有德有能者成为造福一方的乡贤，更多的乡村精英变质为“土豪劣绅”，成为晚清王朝或国民政府实现乡村治理政治愿景的最大阻力。清末民初政治革新中生成的“土豪劣绅”成为国民革命要打倒的对象。从国民政府地方自治运动培育的“新乡绅”中蜕变出的“土豪劣绅”，又成为红色革命要打倒的对象。替代过去时代旧乡村精英的是以“农村新人”为代表的现代乡村精英。随着中国社会现当代历史的阶段性变化，适应不同政治愿景需要的“农村新人”也有自身的代际更替与分化。改革开放前的“农村新人”曾是乡村社会主义改造与集体经济的参与者与实践者，他们中的一些有德有能者继续前进，成为改革开放的先锋，而另一些人则蜕变成“土皇帝”或“保守派”，成为改革开放的阻力与再改革的对象。在时代更迭中，能够代表历史前进方向的只能是不同历史时期乡村精英中的乡贤及其所代表的乡贤文化。历史在艰难前行中不断选择特定时代政治愿景所需要的乡村精英，每一次选择都是对前一次选择中出现的历史偏差的革命或革新。中国乡村也就在这样的历史选择与再选择的革命或革新中，从前现代向现代艰难演进。

中国现代历史进程中的乡贤叙事所做的叙事选择与中国社会的历史选择是相互影响的。在不同的历史时期，二者的选择既有一致的时候，也有不一致的时候。不同历史时期的叙事主体因其历史认知、现实观察、未来想象、思想观念、价值立场等的不同，其笔下的乡村精英和乡贤文化呈现出不同的历史面貌和时代色彩。其中，又以基于现代民族国家观念以及特定文化、道德、政治观念的不同价值取向对不同历史时期创作者的乡贤叙事选择影响最大。

现代民族国家观念与爱国思想是晚清以来乡贤文化应有的题中之义，自然也就是判定新旧乡贤的共同价值标准。乡贤爱乡亦应爱国，乡贤的最高境界应该是“国贤”和“天下之贤”。[①] 清末民初的乡贤叙事，不论是纪实的“乡贤传记”还是虚构的“新小说”，其选择乡贤传主、塑造乡贤形象的主要价值取向就是主人公必须具备现代民族国家观念与爱国思想。爱乡爱国并勇于实践的仁人志士就是乡贤，因一己之私而害乡卖国者就是劣绅。在对乡贤的价值判断中，创作者不仅强调其对晚清地方政治的影响，更强调其对整个国家或民族的影响，因而出现在叙事中的乡贤，不仅是其出生地的乡魂，也是超越一地之乡魂的国魂。创作者在乡贤与新民、乡魂与国魂之间建立关系，其最终的叙事指向就是要将乡贤、乡魂打造成理想的新国民、新国魂。出现

① 楼宇烈：《“乡贤文化”漫谈》，《中国文化研究》2017 年第 2 期。

在清末民初乡贤叙事中的爱家爱乡爱国的乡贤，既应和了中国近代面临亡国灭种危机之时的历史召唤，也是梁启超等创作者基于新民、新国政治理想的叙事选择。五四以来的中国新文学同样以现代民族国家观念与爱国思想作为判定新旧乡贤的共同价值标准之一。现代新乡贤暂且不论，传统乡贤在这一点上并没有什么不同，如晚清轩辕正裔小说《瓜分惨祸预言记》中的黄勃、20世纪30年代沈从文小说《长河》中的滕长顺与20世纪80年代张炜小说《古船》中的隋抱朴、20世纪90年代陈忠实小说《白鹿原》中的朱先生等都有着这样的价值取向。《古船》中的隋抱朴是隋氏家族文化的继承者，既有儒道文化基因，又受到过《共产党宣言》的思想滋养。这位集传统文化与现代思想于一身的“贤能者”也是一位爱国者，他毅然走出老磨屋，自荐担任濒临倒闭的洼狸镇粉丝公司的总经理，其动机之一就是要挽救驰名世界的“白龙”牌粉丝，为国争光。《白鹿原》中的朱先生是关中大儒，是传统乡贤白嘉轩的精神导师，他是当之无愧的传统乡贤。朱先生也是一位爱国者，抗战时期，他不仅亲自为牺牲的抗日将士举行公祭，还曾投笔从戎亲赴前线参加抗日。

文化价值取向也是晚清以来乡贤文化应有的题中之义，自然也是影响清末民初至20世纪末中国文学乡贤叙事选择的一个重要方面。在中国现代历史进程中，不同历史时期持不同文化观念的作家对乡村精英、乡贤与乡贤文化的价值评价与叙事选择是不同的。

传统乡绅、传统乡贤与传统乡贤文化以儒家思想文化观念为核心价值观。儒家思想文化是传统封建文化的代表，也是传统封建专制统治的思想基础，因而是五四启蒙文化与现代革命文化的批判对象与革命对象。以鲁迅为代表的五四乡土文学作家对儒家礼教文化持严厉的批判态度，将其视为“吃人”的文化，在五四乡土文学的人物长廊中也就很难看到传统乡贤的身影，出现在作品中的传统乡绅多为“劣绅”形象，如《阿Q正传》中的赵太爷、《离婚》中的七大人等都是“劣绅”，他们维护的是封建纲常伦理、等级秩序，毫无仁爱之心，赵太爷甚至极端到不允许阿Q姓赵。早期革命文学、左翼文学、解放区文学、20世纪50至70年代文学对儒家思想文化同样持批判态度，出现在作品中的传统乡绅、地主等大都被描写成“阶级敌人”，更难见到传统乡贤的身影。与之不同，以沈从文为代表的部分京派作家，以张炜、陈忠实为代表的部分当代作家，其对待传统文化的态度与前述五四乡土文学作家等有所不同。出现在废名、沈从文、汪曾祺等京派作家作品中的多为史家奶奶、船总顺顺、橘子园主人滕长顺及“民间能人”余老五、戴车匠这样的乡贤人物，几乎看不到“劣绅”。张炜的《古船》、陈忠实的《白鹿原》分别是20世纪80年代和90年代“重写地主”的代表性作品，这两部作品对以儒家思想为核心价值观的传统乡贤文化在个人品德修养和乡村自治中的积极作用做了适度的肯定。这些都表明以儒家思想文化观念为核心价值观的传统乡贤文化，曾在很长一段历史时期内遭到新文学叙事的厌弃与贬抑，但并未真正退场，在改革开放后的文学叙事中，其积极意义又重新被发现。

现代乡村精英中的“新人”“新能人”及现代乡贤文化是以革命文化观念为核心价值观的，因而具有较强的革命意识。革命文化的核心价值观是随着革命的性质与革命的历史进程而不断变化的。新民主主义革命、社会主义革命、改革开放及中国特色社会主义新时代都有符合其特定时代需要的核心价值观。譬如，中国特色社会主义新时代的核心价值观即有国家层面的“富强、民主、文明、和谐”，社会层面的“自由、平等、公正、法治”和个人层面的“爱国、敬业、诚信、友善”等。有研究者提出，“中国传统乡贤文化是当代中国社会主义核心价值观极其珍贵的思想资源”①，重构现代乡贤文化或曰新乡贤文化，应将传统乡贤文化的精华与社会主义核心价值观结合起来。现代乡贤文化与传统乡贤文化从曾经的对抗到现在的大融合，这是有意味的变化新趋势。简而言之，现代乡村精英、新乡贤及新乡贤文化在不同历史时期是不断变化的，与时俱进的现代乡村精英成为“新人”成长叙事与“新能人”叙事中的正面人物，亦即新乡贤，而停滞不前者则成为“落伍者”“保守派”乃至“蜕化变质分子”，成为历史选择的“弃儿”与文学叙事选择中的“被批判者”。

道德价值取向也是晚清以来乡贤文化应有的题中之义，自然也是影响清末民初至20世纪末中国文学乡贤叙事选择的又一个极为重要的方面。在中国现代历史进程中，不同历史时期持不同道德观念的作家对乡村精英、乡贤与乡贤文化的价值评价与叙事选择也是不同的。

传统乡绅、传统乡贤与传统乡贤文化是以儒家伦理道德为行为准则的。

① 胡彬彬:《乡贤文化与核心价值观》,《光明日报》2015年5月21日第11版。

孔子认为“人有五仪”，即人分为庸人（普通人）、士人（读书人）、君子（有德之人）、贤人、圣人五类，贤人和圣人是道德品行段位最高的人。何谓贤人，孔子说：“所谓贤人者，德不逾闲，行中规绳，言足以法于天下而不伤于身，道足以化于百姓而不伤于本；富则天下无宛财，施则天下不病贫。此贤者也。”①有研究者认为，“儒家整个学问可以说是一套‘成德之学’或‘内圣之学’。所谓成德、内圣或是为己，所指的都是把道德实践及德性的培养作为目的的一种活动。这种活动的最终目的是成圣成贤”②，就是成为道德上的完人。在新文化话语中，儒家伦理道德被视为传统旧道德，成为被批判的对象。出现在五四以来中国现当代文学叙事中的作为传统旧道德代表的传统乡绅、地主大都是品行卑劣的“劣绅”和“恶霸地主”。在京派文学、寻根文学及当代部分作家的作品中，传统道德中与现代新道德相通的具有普世价值的内容得到适度的肯定。

新文化倡导的新道德与革命文化倡导的革命道德，是现代乡村精英、新乡贤应该遵循的道德。新文化倡导的新道德以现代民主和科学为其思想观念内核，自由、平等、博爱等现代人道主义观念是其内在要义。新文化倡导的新道德是五四新文学选择叙事对象、评价笔下人物的主要参照。出现在五四启蒙文学中的乡村精英或主要人物形象多为具有“病态文化人格”的人物，很难见到具有现代新道德的乡村精英抑或新乡贤。革命文化倡导的革命道德，是早期革命文学、左翼文学、解放区文学和 20 世纪 50 至 70 年代文学选择、描写、评价“新人”的主要参照。革命道德也随着时代的变化而变化，但在要求革命“新人”为实现革命理想必须具备牺牲奉献精神、要“公而忘私”“大公无私”等方面则是不变的，其道德境界要高于儒家“成贤”的要求，“农村新人”成长叙事中的“新人”不仅走在“成贤”的路上，而且走在“成圣”的路上。

政治观念也是晚清以来乡贤文化应有的题中之义，自然也是影响清末民初至 20 世纪末中国文学乡贤叙事选择的又一个极为重要的方面。在中国现代历史进程中，不同历史时期持不同政治观念的作家对乡村精英、乡贤与乡

---

① 王肃撰，廖名春、邹新明校点：《孔子家语》，辽宁教育出版社 1997 年版，第 14—15 页。
② 石元康：《从中国文化到现代性：典范转移？》，生活·读书·新知三联书店 2000 年版，第 117 页。

贤文化的价值评价与叙事选择也是不同的。

清末民初的乡邦文献发掘整理、“乡贤传记”及“新小说”中的乡贤叙事，都是为当时的政治革新运动服务的，具有鲜明的政治色彩。其所选择的作为叙事对象的历史与现实中的乡贤或虚构的乡贤形象，不仅是一个地方的乡魂，还应是国魂，借此建构现代民族国家观念和爱国精神。

早期革命文学、左翼文学、解放区文学和 20 世纪 50 至 70 年代文学中的“新人”成长叙事是与现代革命、阶级斗争、民族解放和社会主义建设等紧密联系在一起的。传统乡绅、土豪劣绅、地主恶霸等作为革命的对象与阶级敌人，成为文学叙事中的反派人物，革命意识形态孕育的“新人”代替了传统乡村精英成为乡村革命和建设的主要力量。在现代革命和社会主义建设发展的不同阶段，不同时期的“农村新人”的代际更替也是特定时期在特定政治观念影响下的现实反映与叙事选择。20 世纪八九十年代的“农村新人”叙事和“新能人”叙事，既受传统政治观念的影响，更与本时期的改革开放意识密切相关。

综上所述，除了在现代民族国家观念与爱国思想的价值取向方面具有较多的共同点之外，晚清至今不同历史时期的文化、道德、政治观念的价值取向多有不同，在对传统乡贤与现代乡贤的认定与价值评价方面也有较大差别。创作者的叙事选择因此与不同时期的社会历史选择多有分歧或冲突。在历史选择与叙事选择的相互颉颃中，历史与现实中的乡贤文化与文学叙事中的乡贤文化相互影响，其新的发展趋向有待继续关注和研究。

第一章
近代中国的乡贤文化与乡贤叙事

近代，我国本土传统文化受到西方现代文化的冲击，有了全面而迅速的变化。在这一典型的转型时代，传统与现代碰撞出无数的火花，身处其间的文人学士无论保守或激进，大都利用固有的文化资源，解读或宣扬种种外来的思想文化，以实现救亡图强的时代目标。乡贤文化作为传统文化的重要组成部分，此时亦被广泛发掘和利用，开始了面向现代的转型。近代文人作为士绅型文人和知识分子型文人的混合体，积极参与政治革新、社会启蒙、文化整理等再造地方的诸多实践。文人们还通过文学方式对古今乡贤进行类型化的再现或创造性的想象，谱写了百余年来乡贤叙事的序章。

第一节　近代乡贤文化与文人实践

乡贤文化属于地域文化或乡土文化的一部分，由官方与民间共同建构，故整体上介于制度文化与非制度文化、官方文化与民间文化之间。费孝通曾将乡土与中国关联起来，指出“从基层上看去，中国社会是乡土性的”[①]。这一显著特征与中国历代的行政区划有关。无论是先秦的邦国林立，还是秦汉以来的郡县沿革，制度层面的地域分化始终显著，乡土观念、地域文化于是兴起，并蔚为大观。人以地名，地以人显，先贤作为一地文化的代表和精华，

① 费孝通:《乡土中国　生育制度　乡土重建》，商务印书馆 2011 年版，第 6 页。

备受地方社会的推崇和效仿，日积月累，便形成了乡贤文化。乡贤的内核是乡与贤，贤达唯有与故乡发生关系的时候，才能称之为乡贤。乡贤文化是在乡贤与地方社会的互动过程中产生的文化，虽然不同时代有不同的形态和特征，但是大体包括两个方面的内容：一是乡贤为地方做了什么，代表性的呈现方式是历代先贤治理地方社会、建构地域文化的经验和成绩；二是地方为乡贤做了什么，代表性的呈现方式是地方对历代先贤的书写、祭祀和传承。

一、传统乡贤文化的规范化与制度化

讨论近代乡贤文化的变化，明清时期无疑是理想的参照系，故有必要简要归纳明清时期乡贤文化的突出特征与主要趋势。明清时期是传统文化的总结期，此时期的乡贤文化亦呈现出规范化、制度化的倾向。

在维护现有秩序和意识形态的基础上，规范化和制度化成为明清乡贤文化的显著特征。自古以来，建构乡贤文化的力量无疑是多元的，而国家与地方精英是其中最重要的参与者。在明清社会，皇权政教合一，为了扩张基层权力和实施教化，当权者将推行乡贤文化作为重要的控制手段。在实际推行过程中，当权者不能不依赖士绅群体，将之视为最重要的合作者。在明清乡贤文化的建构中，国家意志与地方利益处于频繁的博弈中，官方为了宣扬国家意志，通过规划制度对地方进行引导和规范，但士绅群体并非一味服从，在具体合作过程中也会凸显地方利益。

明清政府均力图将权力下渗到县级以下，并将地方治理、乡贤祭祀、地方志编纂纳入国家制度，借此巩固社会秩序，宣扬国家意志。在多数情况下，官方与民间既有分歧和冲突，也有密切的协商与合作。明清时期，官方主动推动地方治理、乡贤祭祀、地方志编纂等方面的规范化和制度化建设，并与民间群体一起推广和实施。

尊奉和祭祀贤哲是中国的悠久传统，从宋代的先贤祠到明代的乡贤祠，最终确定了专门的乡贤祠制度。宋代并不分外来明贤与本土贤哲，但是到了明代初年，地方祭祀制度开始分列乡贤和名宦，至嘉靖十三年（1534），朝廷明正乡贤、名宦入祠资格，意味着乡贤祠制度的深化。[①] 在乡贤入祠的具体运作中，官方和士绅都发挥了很大的作用。从程序上看，首先是民间士人公推，接着是地方各级学官审核和复核，最后由朝廷审批公布。可见官方占据了核心位置，无论是制度创立的动机还是实施的过程，都体现出国家权力对基层的渗透和控制。[②] 当祭祀制度确立后，地方士人常常主动利用规则，通过祭祀著名的乡贤以宣扬和建构本地的地域文化。湖南一地的船山崇祀最为典型，近代湖南官绅通过刊印遗书、讲求船山学说，将王夫之作为地方偶像列入文庙祀典，最终将之纳入湖湘区域文化之中。[③]

与乡贤祭祀一样，地方志的编纂也在同期经历了制度化过程。宋代已经有了编纂地方志的基本规范，但到了明清时期，政府开始直接介入，明永乐十年（1412）颁布了《纂修志书凡例》十六则，系统规定了地方志的书写方式。与乡贤祭祀相比，地方志是对地方先贤更大规模的整理和评判。[④] 在具体运作中，官方和民间都发挥着重要的作用。如官修方志，从修纂人员的确定到修志经费的使用均体现了官绅合作的特点：在修纂分工中，往往是地方官员负责管理、监督和分纂、总纂，本地士绅负责采访、分纂等；修志经费的主要来源也是官员的捐俸和士绅的资助。

从制度的设计来看，乡贤文化是稳定地方秩序、宣扬国家意志的最佳载体，但是乡贤文化的具体实施和推广最终由民间社会所承担。在相对封闭的传统秩序中，民间社会虽然会利用规则维护地方利益，但整体上倾向于与官方合作，故对乡贤文化本身的整理和传承同样需要规范化。早自宋代开始，地方士人群体大量涌现，地方化成为整个时代的一大趋势。[⑤] 至明清时期，

---

① 魏峰：《从先贤祠到乡贤祠——从先贤祭祀看宋明地方认同》，《浙江社会科学》2008 年第 9 期。

② 牛建强：《地方先贤祭祀的展开与明清国家权力的基层渗透》，《史学月刊》2013 年第 4 期。

③ 户华为：《船山崇祀与近代湖湘地方文化建构》，《湖南大学学报》（社会科学版）2003 年第 6 期。

④ 明永乐十年颁布的《纂修志书凡例》包括对人物和诗文的编纂规则，前者规定“凡郡县名人、贤士、忠臣、孝子、义夫、节妇、文人、才子、科第、仕宦、隐逸之士，仗义以为保障乡间，尝有功德于民者，自古至今，皆备录其始末。其有虽非本处之人，后或徙居其地者，亦附收之”。后者规定“自前代至国朝词人题咏山川、景物、有关风俗人事者，并收录之”。这一凡例作为之后地方志框架的源头，影响深远。

⑤ 陈雯怡以元代婺州乡里传统的建构为例，指出当时已经出现诉诸乡里传统来定位和评判个人的基本模式，个人与地方的师友渊源、山川之气、家族认同建立了新的联系，“文化地方”在与天下的互动中逐渐彰显。参见陈雯怡：《“吾婺文献之懿”——元代一个乡里传统的建构及其意义》，《新史学》2009 年第 20 卷第 2 期。

在明清地方士绅、宗族势力大兴的背景下，地方化进入鼎盛时期，社会治理、文化传承的地方化更加显著。在乡贤文化地方化过程中，地方治理、地方文化传承都呈现出规范化的倾向。

在传统中国，因为制度设置、治理成本的制约，国家权力很难真正掌控基层社会，于是为正式权力和非正式权力的并存留下了充分的空间。① 在地方治理中，一个关键的问题是不同主体的权力界限和职责划分。明清时期，国家权力和民间士绅都很活跃，前者通过法令条文等发挥引导作用，后者则借助个体权威以及科举、宗教、宗族等文化网络发挥作用，形成了较为成熟的治理模式。加拿大学者卜正民将“士绅社会”一词定义为“一个由获得功名的精英主宰的社会”，以概括明清社会的典型表现，“既包括士绅的公益事业（国家统治的公共领域），又包括他们在国家监督之外所追求的社会文化活动”。②

在传统社会，所谓“士绅”主要是指在野的并享有一定政治和经济特权的知识群体，包括获得科举功名之士和退居乡里的官员。③ 士绅是与地方政府共同管理当地事务的地方精英，是唯一能合法地代表当地社群与官吏共商地方事务、参与政治过程的集团，拥有的是非正式权力。④ 士绅这一阶层介于官与民之间，只能凭借个人权威以及固有的文化网络发挥作用。从地方精英的社会治理来看，有保护型经纪和营利型经纪之别。⑤ 明清时期的士绅群体

① 关于国家与社会的关系，一直众说纷纭，对立说、互动说先后流行。这一分歧反映在乡土社会中国家与社会关系的研究，前一种主张认为国家权力有限，仅辐射到县一级，形成了“皇权止达于县”的典型说法，费孝通在《乡土中国　生育制度》中较早指出历代政府的行政治理基本局限在县一级，县以下则由士绅等势力所支配，温铁军则在《半个世纪的农村制度变迁》等文章中正式提出“国权不下县”的命题。后一种主张认为国家权力已经延伸到县以下，秦晖《传统中华帝国的乡村基层控制：汉唐间的乡村组织》、胡恒《皇权不下县？——清代县辖政区与基层社会治理》、萧公权《中国乡村：19 世纪的帝国控制》等从不同时代的个案出发，指出国家权力进入基层社会的事实。两种说法虽观点不同，但大体可将地方社会视为一个场域，国家政权、地方精英等均身处其中，至于各自的边界和互动尚待进一步探讨。

② ［加拿大］卜正民著，张华译：《为权力祈祷——佛教与晚明中国士绅社会的形成》，江苏人民出版社 2005 年版，第 26、31 页。

③ 研究者对士绅的界定众说纷纭，晚近方达成一致。参见徐茂明：《江南士绅与江南社会（1368—1911 年）》，商务印书馆 2004 年版，第 23 页。

④ 参见瞿同祖著，范忠信、晏锋译：《清代地方政府》，法律出版社 2003 年版，第 282—283 页。

⑤ 保护型经纪不是为了营利，而是要保护社区利益，营利型经纪将其职权视为牟利的手段，但二者的界限很容易被突破。参见［美］杜赞奇著，王福明译：《文化、权力与国家：1900—1942 年的华北农村》，江苏人民出版社 2010 年版，第 33—37 页。

有不同的类型，但整体上以正绅为主，所发挥的作用也以保护型为主。保护型士绅的存在，在国家和地方之间充当了缓冲带或润滑剂，保证了相对稳定和包容的地方秩序，正如著名学者张仲礼所言，“他们视自己家乡的福利增进和利益保护为己任。在政府官员面前，他们代表了本地的利益”。具体而言，士绅所承担的事务是“半官方”的，“他们承担了诸如公益活动、排解纠纷、兴修公共工程，有时还有组织团练和征税等许多事务。他们在文化上的领袖作用包括弘扬儒学社会所有的价值观念以及这些观念的物质表现，诸如维护寺院、学校和贡院等”，在具体的运作中，他们“充当了政府官员与当地百姓的中介人”“有时绅士受命于官宪而办事，或协助官府办事。有时官吏们倡议某些事，由绅士去干，并且让绅士放手去推行。还有的时候绅士倡议做某些事，然后由官府批准，往往还得到官府经费上或其他方面的实际支持。然而，绅士常常自行其是，官府只能默认或者勉强容忍”。①

在士绅的保护型经纪中，地方利益、地方荣誉高涨，乡贤文化的发掘、整理和宣扬普遍受到重视，因为士绅群体广泛分布在不同层级的地域社会，不同层级的乡贤和乡贤文化都受到了重视。在地方治理中，士绅群体借助宗族、宗教等文化网络来建构地域文化，并在传统与现实、国家与地方、正统与异端之间寻求动态平衡。

在经学层面，江南一带涌现出一些著名的经学家族，如苏州惠氏，扬州王氏和刘氏，桐城方氏和姚氏，常州庄氏、刘氏，等等，在各地形成了宗旨分明、传承有序的经学传统。各地经学的发展都以各自的方式呼应着历史和现实，如常州今文学派“求助于古典的重构来为现代授权”“有限地批评了帝国专治政治统治，但不打算以激进的方式取代儒家国家政治制度或我们称之为‘士绅’精英统治的局面”，可以说“帝制、地方士绅、儒家意识形态的发展已成为一个密不可分的网络”。②

在诗学层面，明清时期地域诗派的强大导致诗坛格局从以思潮和时尚为主导转向以地域性为主导。在此背景下，地域文学传统被有意识地建构起

① 张仲礼著，李荣昌等译：《中国绅士——关于其在 19 世纪中国社会中作用的研究》，上海社会科学院出版社 1991 年版，第 48—51 页。

② ［美］艾尔曼著，赵刚译：《经学、政治和宗族：中华帝国晚期常州今文学派研究》，江苏人民出版社 1998 年版，第 238—239 页。

来，具体的表现是：在理论上表现为对乡贤代表的地域文学传统的理解和尊崇，在创作上体现为对乡里先辈作家的接受和模仿，在批评上则呈现为对地域文学特征的自觉意识和强调。[①] 甚至在具体的写作中，地域文学传统的建构成为众多集序的重要构件，以致构成了一种常规的文学叙写方法。[②]

乡贤文化作为传统文化地方化的集中呈现，在明清时期进入兴盛期和总结期。在相对封闭的制度环境中，明清乡贤文化十分具有活力，在地方治理、文化传承等众多领域发挥着不可替代的作用。虽然明清政府竭力扩张权力的下限，却受限于管理成本、经济水平等众多因素，为地方社会留下了充分的自由空间，士绅、宗族、宗教等民间社团在社会治理、文化传承等方面进行了丰富而卓有成效的探索和积累。假设没有外来文化的冲击，中国的传统秩序不会如此迅速地崩塌和转型。在生产力始终处于瓶颈状态的传统社会中，今天看来保守的政治制度、文化体系，实际上适应和满足了多数人的生活欲求和文化期待。乡贤文化扎根地方，回望传统，在国家与社会、传统与现代之间寻求一种妥协和平衡，保障文化和社会有序发展，但是历史不能假设，传统秩序还未来得及自我调整或自救，便迎来了西方现代文化的致命冲击。近代，作为中国历史上为数不多的大变动时代，迎来了传统文化、乡贤文化的变迁或革新。

二、近代乡贤文化的现代化与边缘化

近代，正是著名历史学家张灏所归纳的转型时代（大体是指 1898—1920 年初），是中国思想文化由传统过渡到现代的关键时期，变化的主要是思想知识的传播媒介以及思想内容。在思想内容方面，主要表现为文化取向危机的出现，即传统文化价值的动摇与解体，以及新的思想论域的出现，主要是强烈的危机意识。[③] 在此转型时代，乡贤文化发生了许多新的变化。近代，官与

---

① 蒋寅：《清代诗学与地域文学传统的建构》，《中国社会科学》2003 年第 5 期。

② 徐雁平：《“地域文学传统的建构”成为一种文学叙写方法——以明清集序为研究范围》，《中山大学学报》（社会科学版）2013 年第 1 期。

③ 张灏：《转型时代在中国近代思想史与文化史上的重要性》，见《张灏自选集》，上海教育出版社 2002 年版，第 109—125 页。

民依旧发挥着重要的作用，但官方权威下降，民间力量更具主动性和创造性，传统士绅尤其是新式士绅等民间力量渐渐走到舞台的中心。伴随着建构力量的变化，乡贤文化的建构路径也发生了变化，明清时期旨在维护固有秩序，以传统文化为根基，而近代则力图再造新的秩序，竭力输入西方的现代文化或激活传统的边缘文化，表现出显著的现代化和边缘化倾向。

放眼整个历史进程，不难发现清廷与民初政府充当的仍是掌舵者角色，在很多重要的历史契机中发挥着不可替代的作用。晚清政府虽然大厦将倾，依然跛足行进，从维新运动到庚子之变，在国家层面主导了整个社会制度的变革。新政涉及制度的各个层面，1901 年 1 月 29 日颁布的“变法”上谕便包括“朝章国故，吏治民生，学校科举，军政财政”，自上而下开始了政治法律制度、教育制度和军事制度等多方位的改革。正是清政府的这一举措，全面拉开了中国百年来社会文化现代化的序幕。在当时的中国，只有清政府能成为全面变革的权力中心，但清政府的体制和权威却无力承担。① 在强烈的危机下，民间力量更具主动性，大多数时候充当了新思潮和新政策的先行者，反过来倒逼政府变革。一旦政府介入，整个社会变革加速，但当政府乏力甚至后退的时候，民间力量开始变得激进，甚至将现有秩序作为推翻的目标。

在近代乡贤文化的建构中，官方是整体制度的规划者和发令者，通过政策的制定和颁布来影响全国，然而官方在其中却显得迟钝和乏力。民间力量往往是新思想和新政策的源头，并且在与官方的互动中出现了分化，或者官民合作，或者官民对抗，最具创造力和积极性。

地方自治、乡土教育等是近代乡贤文化的新形态，它们都属于舶来品，最初停留在民间舆论层面。民间舆论的主要承担者是睁眼看世界的一群学人，他们通过各种途径接受各种现代思想文化，萌发了种种现代化的方案。除了进行舆论宣传，民间力量还是新政策的先行者、承担者，推动着官方的改革步伐，当冲突加剧时还会主动突破官方的限制，追逐理想的历史进程。接下来

① 萧功秦指出，“新政改革是在现存政治体制和权力运作方式不曾进行重大变动的情况下进行的”“在这种情况下，新政主持者的权威合法性资源，新政政策自由选择的空间，国家所能掌握的经济财力资源，受治者对该政权的服从和效忠的程度，行政命令贯彻的能力，均处于对于实施上述大刀阔斧的、急剧的、大幅度的变革十分不利的情况”。参见萧功秦：《危机中的变革：清末政治中的激进与保守》，广东人民出版社 2011 年版，第 111、115 页。

主要以地方自治作为典型个案展示国家与社会的各自作用和互动关系。

地方自治是近代乡贤参与地方治理的主要形式之一。在清政府正式推行《城镇乡地方自治章程》前，地方自治的思想宣传和零星实践已经开始，由民间团体和地方官员共同承担。地方自治思想的输入经历了四五十年，直到立宪运动期间才发展成一股澎湃的思潮。“不仅留日学界提出主张，国内舆论界也是喧（震）天价响。尤其是出使法国的大臣孙宝琦、刑部侍郎沈家本等人的上书，及五大臣的考察会奏更具影响力。他们都主张要实行立宪，必先奠定地方自治基础。至此，地方自治的观念，始为朝廷所接受，而以日本为模仿的对象。”①除了民间舆论，各地官绅也进行了零星的实验。1898 年，湖南保卫局和南学会最早进行了尝试，其后山西、东三省、上海、江苏、天津、直隶等地纷纷效仿，“或成立自治局筹划，或立会社研究，设所训练人才，发行报刊鼓吹等”“大致都由士绅主动发起，或官绅互相引导”“自治的形态仍旧是官绅合治”。②

正是在民间的推动下，清政府颁布了《城镇乡地方自治章程》《城镇乡地方自治选举章程》等一系列规范章程，并在全国范围内推行。清政府的一系列变革是中国政治现代化的起点，力图进行国家权力的扩张和社会的广泛动员，而地方自治正是其中之义。清政府在《城镇乡地方自治章程》中首先规定，“地方自治以专办地方公益事宜，辅佐官治为主”，强调以官治为主，为地方自治划定了具体的范围。地方自治、预备立宪都对既有的士绅阶层寄予了厚望，为其进入地方自治、预备立宪提供了制度化环境。清政府推行的地方自治从法律上为士绅权力的扩张提供了契机，但在官方权威下降的背景下，尤其是实际操作中官绅界限的模糊化，导致国家与社会的冲突进一步加剧。

在地方自治中，官方和士绅所在的自治机构均力图扩张权力，但是历史前进的脚步太快，两者还没有达成一致便分崩离析。当预备立宪加速后，最高权力机构为加强统治，不愿共享权力，有些裹足不前甚至开历史倒车，与之相对，各级地方自治机构中的立宪派在获得部分权力后，议政参政的积极性

---

① 沈怀玉:《清末西洋地方自治思想的输入》，台湾《“中央研究院”近代史研究所集刊》1979 年第 8 期。

② 沈怀玉:《清末地方自治之萌芽（1898—1908）》，台湾《“中央研究院”近代史研究所集刊》1980 年第 9 期。

高涨，竭力推动改革进程。两者的矛盾日积月累，最终难以调和。不难理解，当革命派发动的辛亥革命爆发后，与清政府离心离德的各地立宪派群起响应，共同颠覆了清王朝。清王朝坍塌后，各地地方自治并未受到太大影响，反而获得了一个理想的发展空间。当国家权力巩固后，官民矛盾再次凸显。也不难理解，为何 1914 年袁世凯政府直接下令取消地方自治。

通过地方自治的个案可知，民间力量更为主动和活跃，而官方常常步履维艰或被动行进。传统乡贤文化作为官民合作的产物，总体上比较保守，只在既有政治制度和文化秩序内进行调整和革新。近代乡贤文化在官方权威和传统文化权威沦丧后，倾向于跳出固有的框架或树立新的传统，将西方的现代文化和传统的边缘文化作为最重要的资源。

西方现代文化包括现代政治、教育、宗教、伦理、学术等，从根本上改变了乡贤、乡贤文化的认定标准和内容。西方现代文化的输入并非直线式的，它们在经历种种水土不服、讨价还价，甚至改头换面之后才落地中国，因此乡贤、乡贤文化的现代化是一种杂糅的现代化。

传统政治文化强调愚民或服从权威，即“治民”，与之相比，西方的现代政治文化更多是参与型政治文化，即“民治”。传统士绅的地方治理通常凭借非正式权力，在官方默许的社会公益领域发挥作用。西方地方自治制度的设计正是现代政治文化的典型表现，要求权力分工，充分调动地方民众政治参与的积极性。我国近代推行的地方自治制度，正式颁布的法律章程，设立的自治机构，如在城镇乡设立议事会，在府厅州县设立议事会、参事会，为士绅群体提供了进入体制的正式通道。士绅群体等地方精英拥有了法定的正式权力，公开参政议政，涉足《城镇乡地方自治章程》中所规定的学务、卫生、道路工程、农工商务、善举、公共营业、办理上述自治事务之筹款等事宜。

我国近代地方自治制度并非真正的“民治”，其以士绅为民众代表，并以辅佐官治为目标，这无疑是变形的地方自治。现代政治要求广泛动员，需要有训练有素的地方民众尤其是地方精英参与其中。晚清，作为社会基石的士绅阶层仓促上台，但伴随着传统制度的崩塌，他们很快走向没落。民国以后，接连兴起的地方精英和民众力量，始终缺乏足够的政治权威和自治能力，难以支撑真正的地方自治。现代政治要求权力的分工和协商，但是近代中央与地方、政府与自治团体一直处于混乱的争执中，致使其后上台的国民政府不断强化基层社会治理，以国家权威全盘替代了传统乡贤、宗族、宗教共存的自治空间。①

传统教育以修身为主，而现代教育强调分科治学。明清时期，政府将乡贤祭祀等作为社会教化的一部分，并没有纳入学校教育体系。近代的新式教育开始接纳乡贤文化，具体表现为乡土教育分布在历史、地理、格致等学科门类中。现代乡土教育思想最早由留日学界输入，最终影响到官方。1904年,《奏定初等小学堂章程》将乡土历史、地理、格致纳入初等小学课程，历史课学习“乡土大端故事及本地古先名人之事实”，地理课学习“乡土之道里、建置，附近之山水，次及于本地先贤之祠庙遗迹等类”。② 1905 年，官方又进一步推出《乡土志例目》，包括历史、政绩录、兵事录、耆旧录、人类、户口、氏族、宗教、实业、地理、山、水、道路、物产、商务等十五个门类，是乡贤文化与现代学科的融合。

现代乡土教育注重教育规律、实地体验，强调培养现代国民，但是官方推行的乡土教育旨在培养忠君爱国意识，如设置历史科的目的“在略举古来圣主贤君重大美善之事，俾知中国文化所由来及本朝列圣德政，以养国民忠爱之本源”。直到民国，乡土教育才做到注重培养现代国民，1916 年，教育部主张“教授地理宜先注意于乡土之观察，以引起儿童之兴味及其爱乡思想”。③ 从现存乡土志的样貌看，当时可谓新旧并存、五花八门，在体例上传统志乘和现代教材并存，在语言上文言、韵语、口语杂陈，在内容上也是新旧结合。④

除了西方的现代文化外，对传统乡贤文化产生巨大影响的还有固有的边缘文化。中国传统文化并非同质体，而是存在不同的文化资源，于是便有了

① 李怀印指出国民政府“试图绕开精英，并弱化其在乡村的影响，从而与村民建立一个更为直接的关系。为了把乡村纳入全国性行政体制中来，国民政府把自然村重组为行政乡，并以外加的新体制和法令代替先前的内生性制度”，1949 年后“土地改革和随后的农业合作化从根本上削弱了宗族纽带，扫荡了主导农民村社的权力结构和财产关系”。参见［美］李怀印著，王士皓校:《华北村治——晚清和民国时期的国家与乡村》，中华书局 2008 年版，第 246、314 页。

② 《光绪二十九年十一月二十六日（1904 年 1 月 13 日）奏定初等小学堂章程》，见朱有瓛主编:《中国近代学制史料》第二辑上册，华东师范大学出版社 1983 年版，第 178 页。

③ 《高等小学校令施行细则》，见《中华民国教育法规选编》，收入沈云龙主编:《近代中国史料丛刊》第 3 编第 11 辑，台湾文海出版社 1986 年版，第 150 页。

④ 参见王兴亮:《“爱国之道，始自一乡”——清末民初乡土志书的编纂与乡土教育》，复旦大学博士学位论文 2007 年，第 54—76 页。

中心与边缘之分。在传统中国，官方认同的儒家文化、精英文化占据中心，而与之相对的异端文化、民间文化则处于边缘。当民间力量大兴后，民间人士不再同官方亦步亦趋，而是探究边缘文化，寻求突破，于是发现了备受压抑的遗民文化和民间文化。

明清鼎革之际，大量不愿与新朝合作的遗民群体涌现，与之相关的遗民文化也应运而生。官方致力于消弭其影响，通过文字狱、编纂《四库全书》等一系列文化工程查禁、销毁、删篡相关著作，但民间社会仍旧保留着有关遗民的著作、传说、风俗习惯等。① 当晚清民间社会趋于激进后，以革命党人为首的精英群体纷纷刊印和宣扬遗民著作、遗民话语，以制造满汉矛盾、掀起反满革命。至民初，遗民文化的宣扬和研究进入常态化，进入地方崇祀和地方史志中，成为乡土文化的有机组成部分。②

明清时期商业发达，市井文化、民间文化虽发展迅速，却不登大雅之堂，几乎被乡贤文化所屏蔽，但在社会学、民俗学等西方学术的影响下，地方方言、民间文学、民间风俗等得到先驱者的关注。③ 另外，在各地底层启蒙运动中，为服务于地方民众，许多有识之士开始利用民间戏曲、歌谣等地方文学，并以地方先贤为借鉴。④ 民初以来，尤其是新文化运动兴起后，民间文化更是大行其道，各地的民间传统被建构起来。中心与边缘本是相对的，在不同时代会变动甚至易位。近代乡贤文化的建构亦是如此，之前被压抑的遗民文化、民间文化逐渐进入乡贤文化，甚至有占据中心的态势。

乡贤文化在不同时期有不同的表现形态和历史意义。从明清到近代，乡贤文化经历了从传统向近现代的转型。在明清社会，乡贤文化体现了国家意

① 王汎森详尽论证了清代官方的思想压抑和民间的自我禁抑，同时指出自我禁抑的两面性，不仅存在双重写作，也存在许多“漏网之鱼”，“因为宗族的理由、商业利益，或根本就是无知、忽略、胆大等原因，许多书籍、抄本、文件、实物还是以各种方式流传下来”。参见王汎森：《权力的毛细管作用：清代的思想、学术与心态》，台湾联经出版事业有限公司2013年版，第490—497页。

② 清末侯鸿鉴即在《锡金乡土历史》下卷中，为遗民、科学家等历代边缘人物留下了位置，如“忠义事略”涉及明季诸殉难者等，“近世名人事略”涉及制造家、算学家等。

③ 1906年刘师培发表《编辑乡土志序例》，在《乡土志目》中设置了方言志、文学志、风俗志等序列，为地方方言、地方文学提供了一席之地。

④ 典型的是晚清时期广东文人对招子庸的粤讴的发掘和借鉴。粤讴这一文学形式为广东南海人招子庸所开创，成为晚清各派文人竞相模仿的对象，无论是《新小说》的作者廖恩焘，还是《有所谓报》的创办者郑贯公，还有创办各地白话报的志士们，都以粤讴为启蒙利器，但是对招子庸粤讴的系统整理和研究，还要靠钟敬文等民国一代民俗学家的努力。

志和地方利益的动态平衡，被国家政权纳入制度建设范畴，也被地方社会积极建构，有助于地方治理、社会教化、文化传承的有序进行。在近代社会，乡贤文化同样被国家政权所重视，天平却向民间力量倾斜，变革甚至反叛的立场愈加显著，将西方现代文化和边缘传统文化作为借鉴或置换的对象，最终突破了固有传统和现有秩序。

三、近代文人群体的乡贤文化建构

推动乡贤文化变动的民间力量是一个渐变的群体。这一群体不同于传统士绅，也不同于后来的知识分子，而是介于二者之间，在社会行止、知识框架、价值取向等方面都是新旧夹杂，深受传统士绅立足地方的影响，同时受现代文化、都市文化的吸引。他们不像现代知识分子那样远离乡土，也不像传统士绅那样循规蹈矩，这也注定了他们只能是过渡时代的产物，他们越努力改造地方秩序，越是进一步挖空了自身赖以依存的基础，切断了自身与地方的联系，使整个士绅阶层成为历史。在这个群体中，文人是重要组成部分。文人的身份是相对复杂的，此处凸显的是以文学为志业。因为代际和立场的差异，近代文人群体分化为“士绅型文人”和“知识分子型文人”，两个群体都参与政治、社会、文化等层面的乡贤文化建构，却表现出不同的倾向，但他们都将文学作为重要的建构路径。

近代文人之所以介入乡贤文化，除了明清士绅传统的延续，还受到地方意识的深刻影响。中国人的地方意识向来浓厚，在不同时期有不同的表现，在晚清时期受到新兴的国家认同的影响，可以用当时流行的一句话来概括，即“爱国必从爱乡起”。其中，一个“必”字表达了时人对故乡的难以割舍，以及为乡土在变动的空间寻找位置的斩钉截铁。一个“起”字则概括了乡与国（小群与大群）的关系：一是轻与重的关系，国家认同是衡量其他认同的标准，在价值上优先于地方认同；一是先与后的关系，地方意识是国家认同的基础或起点，在策略上优先于国家认同。总之，“爱国必从爱乡起”一面强调国家认同的主导地位，一面为地方意识提供了空间。

近代文人在代际划分上主要包括 1850 年代出生代至 1890 年代出生代，他们正处于新旧交替时期。梁淑安主编的《中国文学家大辞典 · 近代卷》(中华书局 1997 年版）共收录了 950 人，其中江苏、浙江两省的文人有 416 人（占总数的 43.8%），在这 416 人中，1850 年以后出生的有 160 人。不妨以这 160 人为抽样对象，采取集体传记研究法整理和统计其科举功名的分布。在科举功名中，有上层士绅与下层士绅之分，其中上层士绅包括贡生、举人、进士、官吏等，下层士绅则包括例贡生、监生、生员等。[①] 列近代江浙文人科举功名分布表（见表 1）如下：

表 1　近代江浙文人科举功名分布表

科举功名 / 出生代	上层士绅（贡生、举人、进士、官吏等）		下层士绅（例贡生、监生、生员等）		合计（比例）
	名录	比例	名录	比例	
1850 年代出生代（26 人）	陈玉澍、陈廷焯、裘廷梁、朱铭盘、张謇、费念慈、夏孙桐、范当世、刘鹗、沈曾植、顾家相、黄绍箕、金蓉镜、朱孝臧、陈巘宸、王甲荣（16 人）	61.5%	邹弢、韩邦庆、沈汝瑾、李详、孙德谦（5 人）	19.2%	21 人（80.8%）
1860 年代出生代（26 人）	江标、周应昌、唐文治、章钰、孙雄、张鹤龄、曹元忠、彭诒孙、俞明震、汪康年、夏曾佑、张元济、俞陛云、蔡元培、蒋智由、徐珂、唐咏裳（17 人）	65.4%	吴国榛、凌应霖、黄人、李伯元、宋恕（5 人）	19.2%	22 人（84.6%）
1870 年代出生代（47 人）	丁传靖、王季烈、钱振锽、曾朴、冒广生、狄葆贤、夏仁虎、杨圻、汪荣宝、叶景葵、张尔田、冯幵、诸宗元、蒋鹿山、蔡东藩、陈蝶仙（16 人）	34%	张春帆、金松岑、李涵秋、陈去病、丁福保、许指严、包天笑、陈景韩、高燮、恽铁樵、王濬卿、周祥骏、王国维（13 人）	27.7%	29 人（63.8%）

① 张仲礼著，李荣昌等译：《中国绅士——关于其在 19 世纪中国社会中作用的研究》，上海社会科学院出版社 1991 年版，第 5 页。

(续表)

科举功名 / 出生代	上层士绅(贡生、举人、进士、官吏等)		下层士绅(例贡生、监生、生员等)		合计(比例)
	名录	比例	名录	比例	
1880 年代出生代(39 人)	孙景贤、周曾锦、王蕴章、刘师培(4 人)	10.3%	徐树铮、欧阳钜源、吴双热、吴梅、周实、柳亚子、王钝根、陈伯平、邵飘萍、吕南仲、邵瑞彭、严独鹤、郁华(13 人)	33.3%	17 人(43.6%)
1890 年代出生代等(22 人)		0		0	0
合计	53 人	59.6%	36 人	40.4%	89 人

由上表可知,抽样文人中获得科举功名的一共有 89 人,占总数的 55.6%(若考虑女性被排除在科举制度外,去掉女性,则占 58.9%)。从代际角度看,科举出身人数依次降低,1850 年代出生代、1860 年代出生代的文人大多获得了科举功名,并以上层士绅居多,至 1880 年代出生代,没有科举功名的文人占据多数,且获得科举功名的多为下层士绅。这一变化与 1905 年前后科举制度的剧变相应。根据张仲礼的统计,当时人们获得生员这一特权地位的平均年龄为 24 岁①,而当 1905 年科举制被正式废除时,1880 年代出生代的大多数人已经过了获得科举功名的平均年龄,所以他们是脱离科举制度的一代人。可见,处于 1850 年代出生代至 1860 年代出生代的文人主要是“士绅型”文人,处于 1880 年代出生代及之后代的文人主要是“知识分子型”文人,1870 年代出生代是最典型的过渡代。

社会、文化和政治是传统乡贤文化关注的主要领域,也是近代乡贤文化建构的重要领域,但是近代文人建构的乡贤文化有着崭新的内容,并呈现出代际差异。

在传统社会,士绅是与地方政府共同管理当地事务的地方精英,是唯一能

① 张仲礼著,李荣昌等译:《中国绅士——关于其在 19 世纪中国社会中作用的研究》,上海社会科学院出版社 1991 年版,第 95 页。

合法代表当地社群与官吏共商地方事务、参与政治过程的集团，拥有的是非正式权力。[①] 在国家危亡之际，政治成为整个社会的焦点，近代文人积极参与现实的政治革新(包括担任革命职务、组织或参与政治性社团等)，但文学的影响力不等于政治的影响力，文人涉足的政治领域有全国(含外省)、本省、本府县之分。整理近代江浙文人参与政治革新一览表(见表2)如下：

表2　近代江浙文人参与政治革新一览表

政治领域 文人代际	全国(含外省)	本省	本府县	合计(去重复)
1850年代出生代(26人)	张謇(立宪派领袖) 黄绍箕(京师大学堂提调)	张謇(江苏教育总会会长、江苏咨议局议长) 陈黻宸(浙江咨议局议长)	张謇(主持南通地方自治) 裘廷梁(无锡锡金学务公所总董) 王甲荣(参与嘉兴地方自治)	5人
1860年代出生代(26人)	江标(湖南学政) 唐文治(农工商部左侍郎兼署理尚书) 曹元忠(资政院议员) 孙雄(学部主事) 张鹤龄(京师大学堂总教习) 章炳麟(光复会会长) 俞明震(江南水师学堂督办) 汪康年(中国议会领袖) 宋恕(山东学务处议员) 蒋智由(组织政闻社) 夏曾佑(教育部社会教育司司长) 蔡元培(光复会会长、教育部总长)	唐文治(江苏教育总会会长)		12人

① 参见瞿同祖著，范忠信、晏锋译：《清代地方政府》，法律出版社2003年版，第282—283页。

(续表)

政治领域 文人代际	全国(含外省)	本省	本府县	合计(去重复)
1870 年代出生代(47 人)	冒广生(农工商部郎中) 夏仁虎(北洋政府国务院秘书长) 高旭(民初国会众议院议员) 汪荣宝(资政院议员、民初国会众议院议员) 丁传靖(总统府秘书)	曾朴(江苏省议会议员) 金松岑(江苏省议会议员) 狄葆贤(江苏咨议局议员) 陈去病(江苏讨袁军司令部秘书) 高旭(中国同盟会江苏分会会长) 包天笑(江苏教育总会干事) 蒋鹿山(浙江咨议局常驻议员) 秋瑾(同盟会浙江主盟人) 经亨颐(浙江省教育会会长)	金松岑(创建中国教育会同里支部) 高旭(金山县军政分府司法长) 周祥骏(光复徐州第一人) 陈蝶仙(代理浙江镇海县知事)	15 人
1880 年代出生代(39 人)	徐树铮(陆军次长兼国务院秘书长) 孙景贤(国务院参议) 邵瑞彭(民初国会众议院议员) 叶楚伧(粤军北伐军总司令部秘书兼参谋) 王钟声(参加上海光复之役) 陈伯平(参加安庆起义)	朱少屏(沪军都督府总务科长) 汤国梨(浙江"妇女保路会"负责人) 马叙伦(浙江都督府秘书) 邵瑞彭(同盟会浙江支部秘书) 邵飘萍(参加浙江光复之役)	孙景贤(筹组同盟会常熟支部) 邹铨(参与地方自治) 庞树柏(参加常熟光复活动) 周实(参加淮安光复活动) 阮式(参加淮安光复活动)	14 人
1890 年代出生代等(22 人)		汪东(参加江苏光复活动) 姚民哀(参加上海光复活动)		2 人
合计	25 人	19 人	12 人	

从表 2 可知，江浙文人参与政治革新的共 56 人次，去除重复者共 48 人（占总人数的 30%），其中，参与全国性政治活动的有 25 人（占总人数的 15.6%），参与地方政治（含本省、本府县）活动的有 28 人（占总人数的 17.5%）。上述统计足以证明文人对地方政治的关切。

在地方政治革新中，不同代际文人的关注视角与参与方式也不同。近代地方政治通常以现代地方自治制度为模板，在自治的过程中却有改良与革命之分。“士绅型”文人多倾向于改良，积极参与清政府主导的地方自治（省一级设咨议局，府县一级设县议会等），并且多位居核心位置，如张謇、陈黻宸、唐文治等人均为一省政治领袖。“知识分子型”文人则多倾向于异端革命，以返乡革命者的身份参与地方光复，多采用疾风骤雨式的革命方式，很少真正扎根于地方社会。

与政治革新相比，社会改良的成本较小，领域更广，因此投入者更多。在社会改良中，社会启蒙事业居于重心，以新式学堂、报刊以及社团等为代表。文人的本地参与也有程度上的差异，在此仅整理近代江浙文人开创本地社会启蒙事业一览表如下（见表 3）：

表 3　近代江浙文人开创本地社会启蒙事业一览表

改良事业 / 文人代际	新式学堂	报刊	其他	合计（去重复）
1850 年代出生代（26 人）	张謇（在南通等地创办新式学堂） 邹弢（创建养正学堂） 范当世（参与筹办南通小学堂） 陈黻宸（创建利济医学堂）	邹弢（1924 年在无锡创办《泰伯市报》） 裘廷梁（1898 年创办《无锡白话报》）	黄绍箕（1896 年创办瑞安学计馆，另创建务农会） 李详（1929 年创办审言图书馆，鼓励乡人阅读）	7 人
1860 年代出生代（26 人）	章钰（创办吴中学务，建立初等学堂四十余所） 蔡元培（任绍兴中西学堂监督）	黄人（1900 年创办《独立报》） 蒋智由（1903 年创办《浙江潮》）	张元济（1905 年任浙江铁路公司董事）	5 人

（续表）

改良事业 / 文人代际	新式学堂	报刊	其他	合计（去重复）
1870年代出生代（47人）	曾朴（与他人合办小学） 金松岑（创办同川学堂） 经亨颐（任浙江两级师范学堂、浙江两级师范学校校长）	包天笑（1901年创办《苏州白话报》） 汪荣宝（1903年创办《江苏》杂志） 陈去病（曾任《江苏》杂志主编）	钱振鍠（成立孝仁乡书会，鼓励乡人阅读） 丁福保（捐书给无锡县立第一高等小学） 周祥骏（创设不缠足会） 叶景葵（1908年任浙江兴业银行总经理）	10人
1880年代出生代（39人）	王钝根（于本邑创办小学） 汤国梨（任吴兴女子学堂校长）	吴双热（创办《虞阳晚报》） 柳亚子（1923年创办《新黎里》） 王钝根（在家乡创办《自治旬报》） 马叙伦（1906年前后创办《新衢州》杂志）	柳亚子（在同里组织成立自治学会）	5人
1890年代出生代等（22人）	范烟桥（任吴江县劝学所劝学员）	范烟桥（创办《同言报》和《吴江》报） 王德钟（1923年创办《新周庄》）		2人
合计	12人	13人	8人	

从表3可知，江浙文人主持或创办本地社会启蒙事业的有33人次，去除重复者有30人，占总体的18.8%。从全国范围来看，参与本地社会改良的文人更是数不胜数。

不同代际的文人有明显的差异。在“士绅型”文人中，影响全国政坛的有张謇、黄绍箕、蔡元培等和早期的报刊文人邹弢等，他们都将地方启蒙作为重要的支点。“知识分子型”文人虽然以新式学堂、报刊和社团为栖身之所，但对地方社会的投入每况愈下。

在地方文化建设方面，文人们多延续本地精英文化的传统，致力于地方文献的整理、地方史志的书写等。列近代江浙文人整理本地地方文化一览表(见表4)如下：

表 4 近代江浙文人整理本地地方文化一览表

地方文化 / 文人代际	地方文献	地方史志	合计（去重复）
1850 年代出生代（26 人）	李祥（汇刻《江都汪氏丛书》） 朱孝臧（辑《湖州词征》《国朝湖州词录》）	陈玉澎（纂修《盐城县志》） 裘廷梁（任无锡县志总编纂） 李祥（修订《江苏通志》及县志） 沈曾植（纂浙江省志） 朱孝臧（纂浙江省志） 顾家相（纂浙江省志） 金蓉镜（纂浙江省志）	7 人
1860 年代出生代（26 人）	曹元忠（收藏地方文献） 章钰（收藏乡邦文献） 章炳麟（整理张煌言等文献）	凌应霖（参订《黎里续志》） 唐诒裳（纂浙江省志）	5 人
1870 年代出生代（47 人）	丁福保（收藏乡贤著作） 冒广生（汇辑《如皋冒氏丛书》） 周祥骏（整理徐州二遗民文献） 金松岑（收藏地方文献） 陈去病（辑录《笠泽词征》） 高燮（整理陈子龙等遗民文集） 叶景葵（收藏乡贤著作）	陈去病（创作《五石脂》，1929 年任江苏通志馆编纂委员会常务委员） 夏仁虎（纂《秦淮志》） 高燮（主持修辑《金山县志》） 张尔田（纂浙江省志） 王国维（纂浙江省志） 曾朴（撰《孽海花》） 李涵秋（撰《广陵潮》） 陆士谔（撰《新上海》《龙华会址怪现状》）	13 人
1880 年代出生代（39 人）	柳亚子（编纂《吴江文献保存会书目》）	刘师培（编纂江苏省乡土志） 邹铨（编撰《练塘小志》） 孙景贤（编撰《轰天雷》） 吴梅（编撰《风洞山传奇》） 柳亚子（编撰《松陵新女儿》）	5 人
1890 年代出生代等（22 人）		范烟桥（编纂《吴江县乡土志》） 姚鹓雏（编撰《龙套人语》）	2 人
合计	13 人	24 人	

从表 4 可知，江浙文人参与整理地方文化的有 37 人次，去除重复者后还有 32 人，占总体的 20%。

明清时期，地方史志的编纂与地方文献的保存等盛极一时，备受官方与民间的推崇。至近代,官方设有江苏通志馆、浙江通志局,民间设有国学保存会、南社,延续了明清时期的传统。不同代际之间有明显的差异,“士绅型”文人相对保守,按部就班地收集、整理和出版地方文献①,并参与官方主持的地方志编纂。“知识分子型”文人在延续传统的同时,注重发掘和整理具有反满性质的晚明遗民文献,并且热衷于民间野史的虚构和乡土志的编纂。整体而言,近代文人整理的基本上是以文人为代表的精英文化,仅有章炳麟、刘师培等少数先驱致力于整理方言、民间歌谣等民间文化。

通过对江浙文人的抽样调查,可知近代文人多方位地参与了乡贤文化的再造。近代文人的文化再造以趋新为主,将现代文化秩序作为追求目标,在政治革新方面推行西方地方自治制度,在社会改良方面借助现代媒介推行现代思想,在文化整理过程中采用新的理论和工具。近代文人呈现出显著的代际差异。首先,“士绅型”文人积极参与地方政治、社会与文化再造,不仅人数众多,而且深入参与其中。“知识分子型”文人逐渐游离于地方秩序之外,经常居于返乡者的位置,并没有真正沉淀于地方社会。② 其次,“士绅型”文人多数坚守“士绅”传统,坚持官方主导的政治改良、社会启蒙和文化事业,而“知识分子型”文人多疏离于“士绅”传统,倾向于颠覆传统秩序的革命、文化事业。

在近代文人立足地方的过程中,乡贤文化建构与文学实践是相辅相成的。在乡贤文化建构中,文学书写无疑是一种重要的建构路径。对于文人而言,文学是最重要的象征表意方式。从全国性文人到地方性文人,其作品可能有立意、文采的高低,但他们都有立足地方的文学书写。全国性文人虽活跃于全国性舞台,但并未忘怀地方。例如,梁启超虽然有全国性影响,与广东的现实政治较为疏离,却最先开启了始于地方的文学书写。他与欧榘甲等人一起营造“新广东”的舆论,通过《新中国未来记》想象“新广东”与“新中国”,在著名的《新小说》上开设面向广东人的“粤讴及广东戏本”栏目,并创作了新编粤剧《班定远平西域》等,他们还借助新型史传发掘和塑造了广东一地的民族英雄等。地方性

① “注重地方文献的收藏,是近代江苏藏书的一大重要特点”“不仅注重地方文献的收集,还注重地方文献的整理、出版”,文人兼藏书家有丁福保、曹元忠、章钰、金松岑等人。参见江庆柏:《近代江苏藏书研究》,安徽文艺出版社 2000 年版,第 14、15 页。

② 史家将这些“知识分子型”文人称为“游士”,表现在政治方面即为“游走四方,寻觅新的政治领袖,志在重建独立、民主的统一国家”。参见许纪霖:《“土豪”与“游士”——清末民初地方与国家之间的士大夫精英》,《华东师范大学学报》(哲学社会科学版)2015 年第 4 期。

文人大多活跃在府县或省一级，与地方事务关系密切，是全国性文人在地方的响应者和追随者，贡献了极其繁复的地方性书写。例如，以南社文人为代表的地方性文人，以上海为中心创办了一系列报刊和丛书，编著乡土教材，整理乡邦文献，宣传辛亥先烈。地方性文人与全国性文人彼此声气相应，影响辐射全国。

在乡贤文化与文学实践的互动中，当下的乡绅和传统的乡贤都被凸显出来。近代地方政治经历了剧烈的变动，从清末地方自治到辛亥地方革命，再到民初地方政争，保守与激进、国家与地方占据着不同的位置，并且不断变动，与现实关系密切的新小说塑造了众多典型的乡绅群像，呼应现实中国多变的局势。近代乡贤、乡贤著作也经历了大的变动，最显著的是明清遗民、遗民著作的大量宣扬和发掘，与之相应，新式史传将之作为重要的传主，进行了时代性的记述和评判。

第二节　新式史传中的乡贤叙事

在乡邦文献或地方文献中，先贤的著作和事迹是重要组成部分。对先贤著作进行保存和整理的传统由来已久，在近代尤为兴盛，并出现了新的趋向。作为在野文人，近代文人在延续传统的同时，倾向于发掘向来被忽略或压抑的先贤著作，从中寻找建构民族主义的理想材料。其中，尤以激进的革命派文人最为活跃，从留日学界到国内的国粹学派，辑佚和编纂了大量明末清初的烈士遗民文献，并通过立场鲜明的按语和广告大加宣扬，以达成反满和建立新国的目标。与乡贤著作的发掘相应，以梁启超为代表的晚清文人还试图以地方为基础建构现代民族国家，尝试从地方乡贤中发掘理想的国民，于是便有了大量的乡贤传记。

一、乡贤著作的发掘

乡邦文献的整理在明清时期盛极一时。叶德辉指出，“荟萃乡邦郡邑之书，都为丛刻。自明人《梓吴》一书始，樊维城《盐邑志林》继之”，其下，至清代“力大者举一省,力小者举一郡一邑”。[①] 梁启超亦指出清代学者“好为大规模的网罗遗佚,而先着手于乡邦”“悉数之殆不下数十种,每种为卷殆百数十”。[②] 对于文人而言,整理乡贤著作的宗旨以清末缪荃孙《江阴先哲遗书序》所言较为全备:

> 士大夫居乡,收拾先辈著作,寿之梨枣,以永其传,有三善焉。一邑读书之士,能著述者,不过数十人,著述而能传者,不过数人,吉光片羽,蟫本为巢,及今传之,俾不湮没,其善一也。土风民俗之迁革,贤人才士之出处,贞义士女之事实,耳目近接,记载翔实,是传一人之诗文,即可传数人之行谊,其善二也。乡曲末学,志趣未定,贻以准则,牖其心思,俾志在掌故者,既可考订以名家工于词章者,亦能编纂而成集,佩实衔华,闻风兴起,其善三也。[③]

该文将保存文献、表彰先贤与启蒙后学视作乡邦文献整理的三大优点。近代文人的乡邦文献整理并未脱出以上范围,但除了常规的整理外,还特别凸显了整理另类乡邦文献的不同意义,其意义包括保存被官方压抑的烈士遗民文献、表彰反抗性的烈士遗民与激发今人的革命意识。

为了彰显民族国家的意识,激进的知识界专门以反满、挑战清廷权威为突破口,专门发掘与整理被视为具有违禁性质的文献,其中的违禁文献以明末清初的烈士遗民文献为主。明末清初的众多文献涉及满族入关与晚明抗清等史实,有碍于清王朝的统治,故被历代清廷列入禁毁的名单。王汎森指出,清代文字狱兴起后,大量前朝文献长期被压抑,甚至因涉嫌禁忌而被销毁或湮没,除了公开禁止的部分,高度的政治压力还产生一种无所不到的毛细血管作用,并形成了影响更为深远的自我压抑。[④] 尽管如此,大量文献并未彻底消失,而是以各种隐蔽的形态保存甚至流传,很多则依赖地方力量得以幸存,王汎森指出道光、咸丰年间在明季遗献复出的过程中,乡贤及族裔扮演了重要角色,“家族的口传

① 叶德辉:《书林清话》,中华书局1999年版,第252—253页。
② 梁启超:《中国近三百年学术史》,上海三联书店2006年版,第275页。
③ 缪荃孙:《江阴先哲遗书序》,《国粹学报》1909年第1期。
④ 王汎森:《权力的毛细管作用——清代文献中“自我压抑”的现象》,见《权力的毛细管作用:清代的思想、学术与心态》,台湾联经出版事业有限公司2013年版,第393—500页。

或沿承的文献与地方意识常是传递历史记忆的重要媒介”①。

禁忌文献的分地发掘首先在留日学界兴起原因有二：一是，日本作为现代思想的中转站为留学生提供了相对系统的民族主义思想资源；二是，留日学界摆脱了清廷的压制，为违禁文献和激进论点提供了自由空间。民族主义思想与固有禁忌文献相遇后，便产生了奇妙的反应，据刘声木观察：“自光绪末造，种族革命之说兴，一人倡之，千百人和之，遂至酿成宣统辛亥之变，而清社易屋。论者遂谓种族之见创自泰西，流被东瀛，四十年内，其说盛行于时。不知此种心理，其渊源早发见于三四百年以前，是当时之人，早已有此心理。其与近世相应者，盖亦有故。我朝入关之后，禁忌各书，检查毁灭尤甚严，难保无流入东瀛者。东瀛得以因之鼓荡中国人心，助成其事。”②

具有强烈地方性的留日学生刊物，有的设置单独的乡邦文献专栏或专刊，有的刊登零星的乡邦文献。例如，《浙江潮》设有“浙江文献录”栏目，《江苏》设有“记言”栏目，《梅州》设有“撰录”栏目，《湖北学生界》设有《旧学》增刊，《云南杂志》设有《滇萃》专刊。留日学生刊物多发掘明末清初的志士遗民文献，并通过点评和广告公开宣扬反满情绪。

留日学生对禁忌文献的发掘与宣扬，具有很强的影响力和示范性。如章太炎所发掘与推崇的张煌言很快成为青年一代的精神食粮。③ 由于章太炎、刘师培、陈去病、柳亚子、李根源等人的努力，留日学生最终在“国粹派”的大旗下聚合，以上海为中心面向全国产生了更加持久的影响。

发掘另类先贤著作之所以能成为全国性的潮流，应归功于当时国粹派的崛起。国粹派以国学保存会的成员为核心，在留日学生刊物上有不俗表现的刘师培、陈去病等人正是国学保存会的重要成员，章太炎也与之关系匪浅。

在文献征集过程中，先贤著作的收集成为众人关注和努力的焦点。在国学

---

① 王汎森：《道、咸以降思想界的新现象——禁书复出及其意义》，见《权力的毛细管作用：清代的思想、学术与心态》，台湾联经出版事业有限公司2013年版，第618页。

② 刘声木：《历代史料笔记丛刊·清代史料笔记·苌楚斋随笔　续笔　三笔　四笔　五笔》上册，中华书局1998年版，第349—350页。

③ 许寿裳常提及在编辑《浙江潮》时，鲁迅爱诵《〈张苍水集〉后序》。参见许寿裳：《亡友鲁迅印象记》，峨眉出版社1947年版，第16—17页；柳亚子1904年作《题〈张苍水集〉》中有“盲风晦雨凄其夜，起读先生正气歌”句。参见柳亚子：《柳亚子文集·磨剑室诗词集》上卷，上海人民出版社1985年版，第22页。

保存会公开征集的书目中,"第一次征书目录"全以地域为范围,其中陈去病列皖南北、江苏、歙州、吴江等地名人著作,黄节列岭南名人著作。①

在《国粹学报》同人的示范下,许多人加入整理乡邦文献的行列,从学报上设置的"国学保存会报告""绍介遗书"等栏目可略见一斑。将地方世代保存的先贤文献捐赠给国学保存会是时人普遍的选择,这里仅以《国粹学报》1907 年第 11 期中邓实的几篇跋文为例略加阐述。在《张文烈公遗诗跋》中,邓实言明,南明广东张家玉的遗诗为"东莞家汉光先生寄来"。在《留都见闻录跋》中,邓实言明,吴应箕的这部著作"亦其五世孙路道得之"。在《叶天寥年谱别记跋》中,邓实在详述吴江叶绍袁自撰年谱等时说,"吴江陆鸥安以予有国粹丛书之刊,寄予以其邑故明遗民叶氏天寥所著《自撰年谱》、《年谱别记》、《湖隐外史》、《甲行日注》四种,属为刊行"。② 地方先贤文献的重新面世被本地人视为"下邑之耀"③"吾邑之光荣也"④。

因《国粹学报》核心人物的籍贯多属东南一带,故乡邦文献的采集与整理以江、浙、皖、粤等地为众,随着影响力的扩散,该报成为各地文献集散的中心。⑤《国粹学报》以上海为据点,但从第二期起,遍及北京、天津、南京、成都、南昌、济南、武昌、汕头、广州、绍兴、宁波等地。作为一种面向全国的刊物,《国粹学报》对乡邦文献的征集开始获得东南地方之外人士的参与。如一山西人读到报上傅山遗著识语中对傅山遗民气节的推崇,感慨"此论从未闻诸乡先达",故捐出家藏傅山诗文集等十一册,期待"或采入贵报,或入国粹丛编,要使先生之大节至文,传播寰区"。⑥ 云南的李根源亦加入这一行列,寄出《江陵张文忠公(居正)与太和李中溪有道尊师三通》等文章,且寄出自己收集的《天叫脉望集残诗合刻》《旅滇闻见随笔》等书,为邓实激赏,认为"滇中去中原绝远,故往往其遗

① 陈去病:《第一次征书目录》,《国粹学报》1906 年第 10 期。

② 邓实:《张文烈公遗诗跋》《叶天寥年谱别记跋》《留都见闻录跋》,《国粹学报》1907 年第 11 期。

③ 黄式苏:《通讯》,《国粹学报》1907 年第 1 期。

④ 高燮:《陈卧子先生安雅堂稿序》,《国粹学报》1910 年第 1 期。

⑤ 参见秦燕春:《野史·小说·名物文章:文体决定下的内容》,见《清末民初的晚明想象》,北京大学出版社 2008 年版,第 296 页。孙之梅亦指出,清初的抗清运动主要集中于东南地区、岭南地区、湖湘地区,而近代革命亦主要由上述三个区域的知识群体联合进行,明清之际历史成为他们发掘反清排满思想的共同"话语"。参见孙之梅:《南社及南社研究》,《山东大学学报》(哲学社会科学版)2000 年第 6 期。

⑥ 老大帝国之老大区域人:《通讯》,《国粹学报》1907 年第 12 期。

民孤著不寓于中原士夫之目。今得此,不可为金马碧鸡之光哉”①。

《国粹学报》走的是典型的“学术加革命”路线,在借复古宣扬革命方面与留日学生如出一辙。受政治禁忌的晚明文献成为人们整理与出版的大宗。如整理社友赠书陆续出版三集四十八种的《国粹丛书》,第一集收“有关学术,极精而粹”,属著述类;第二集收“宋明遗老逸民之遗集”,属别集类;第三集收“宋明至今之野史私乘”“无愧直笔者”,属稗史类;其中第二、三集收录易代之际的兴亡故事,有强烈的政治倾向。② 人们对乡邦文献的搜集与整理亦倾向于晚明文献,并从中发掘政治性的“恶声”。《第一次征书目录》中的地方文献,陈去病、黄节的兴趣多与宋明遗民义士有关,如陈去病列吴次尾、方密之、陈定生、杨维斗、陈卧子、叶天寥、吴赤溟、潘力田,黄节列廖柴舟、陈元孝、李用、陈子壮等。③ 整理文献乃是为了彰扬文献暗含的政治性,邓实从乡贤张家玉遗诗中读出“慨慷悲愤,其忠爱故国,念念不忘,而攘外之思时溢于言表”④。“日惟搜罗乡邦文献”的袁承业所关注的亦是乡贤遗老“均能负气节”。⑤

《国粹学报》所主导的潮流为当时最大的文学群体——南社所延续。南社与国粹派多有重合,同样热衷于宋明遗民文化,致力于整理先烈遗集以及残编断简⑥,其中一个重要的方面便是乡邦文献,以至于郑逸梅在《南社社友事略》的回顾中,将之作为南社众多成员生平事迹的一大特色,除陈去病、柳亚子、高燮、姚光、李根源等代表人物外,尚有许半龙、沈昌眉、沈昌直、蒯文伟、周斌等人。⑦

人们彰扬先贤著作,唤醒了被压抑的历史记忆,最终影响到现实的反满革命,如谢国桢所观察到的,“自清末民初,章炳麟、李根源、柳亚子诸人提倡民族气节,章炳麟在日本东京刊印了明黄宗羲《明夷待访录》,张煌言《张苍水集》等书,提倡民族气节,发生了辛亥民主革命,终于推翻了清朝的政权”⑧。具体而言,如王汎森所分析,“历史记忆的复活使得人们把‘国’与当今的朝廷分开,最终拒绝止于

① 邓实:《滇南杨文襄公一清谢总督三边表略》等,《国粹学报》1909年第3期。
② 《国学保存会刊刻古籍广告》,《国粹学报》1906年第6期。
③ 陈去病:《第一次征书目录》,《国粹学报》1906年第10期。
④ 邓实:《张文烈公遗诗跋》,《国粹学报》1907年第11期。
⑤ 承业:《通讯》,《国粹学报》1909年第2期。
⑥ 参见孙之梅:《中国古典文学研究丛书·南社研究》,人民文学出版社2003年版,第308—331页。
⑦ 参见郑逸梅:《南社社友事略》,见《南社丛谈:历史与人物》,中华书局2006年版。
⑧ 谢国桢:《明清野史笔记概述》,《史学史资料》1980年第5期。

体制内变革”,最终“相当程度地影响了后来国家建构的基本蓝图,也使得晚清知识分子最后选择以拒斥满清皇帝作为进一步政治变革的前提”。①

辛亥革命成功后,民国政府开始纪念和表彰对革命有功的人士。有人建议将明室遗民等列入,如章太炎认为“追怀先烈,有造于我民国,如水火之有本源,民人之有谋主也”,他专门列出明末遗臣国亡以后百折不回者、耆儒硕学著书腾说提倡光复者、倡议起兵功烈卓著者三类。② 有人为明末反清志士请命设立专祠,如陈去病曾说:“窃自建虏入据,中原为墟。一时忠义之士,耻于屈辱。莫不奋戈投袂,以恢复为心。虽举事不成,死亡相踵,而浩气英灵,迄今未泯。后生小子,犹得于二百年后,溯其遗烈,感慨徘徊,以激发其民族之念。一二十年,终奏革命之绩,驱逐胡虏而去之。则先民之功,乌可没哉! 乌可没哉!”③

二、新式史传中的乡贤形象

历史传记虽然为中国所固有,但到了晚清,却不能不提及日本的中介作用。梁启超是一系列变革的先行者,同样是新式史传的推介者。在梁启超流亡日本时,“史传体裁文学在日本已至顶峰,硕果累累”④。受此影响,梁启超一方面以日本人创作的西洋史传为蓝本进行译介,一方面开始了本民族史传的创作。梁启超创办的《新民丛报》(1902)成为史传的策源地,他在第 1 号中便设置了“史传”栏目,其后“历史”与“传记”分设,刊载了大量西洋史传与中国史传。在梁启超与《新民丛报》的示范下,大量传记文学纷纷出世,如阿英所言:“传记文学的发展在当时,几乎成为绝大多数革命刊物不可缺少的部门。”⑤

在晚清传记中,最先流行的无疑是西洋史传,之后是本国本族的史传。发掘本民族的历史人物正是当时社会的重要倾向。如提倡弘扬国粹的章太炎称:

---

① 王汎森:《清末的历史记忆与国家建构——以章太炎为例》,见《中国近代思想与学术的系谱》,吉林出版集团有限责任公司 2010 年版,第 107 页。

② 章太炎:《稽勋意见书二》,见《章太炎政论选集》下册,中华书局 1977 年版,第 641—642 页。

③ 陈去病:《呈浙都督,请建吴长兴伯专祠文》,见《陈去病诗文集》上编,社会科学文献出版社 2009 年版,第 257 页。

④ [日]松尾洋二:《梁启超与史传——东亚近代精神史的奔流》,见[日]狭间直树编:《梁启超·明治日本·西方》,社会科学文献出版社 2001 年版,第 276 页。

⑤ 阿英:《传记文学的发展——辛亥革命文谈之五》,见《阿英全集》第 6 卷,安徽教育出版社 2003 年版,第 687—688 页。

“为甚提倡国粹？不是要人尊信孔教，只是要人爱惜我们汉种的历史。这个历史，是就广义说的，其中可以分为三项：一是语言文字，二是典章制度，三是人物事迹。”[①]又如为《竞业旬报》撰稿的少年胡适，号召“爱国的人，第一件，要保存祖国的光荣历史，不可忘记”，所谓“祖国的光荣历史”主要指人物事迹，如“中国历史(上)有个定鼎开基的黄帝，有个驱除胡虏的明太祖，有个孔子，有个岳飞，有个班超，有个玄奘，文学有李白、杜甫，女界有秦良玉、木兰”。[②]

于是在全国范围内，民族始祖以及历代民族英雄被前所未有地宣扬。如《国粹学报》上载有黄节的《黄史》，“条别宗法，统于黄帝，以迄今日，以述吾种人兴替之迹”[③]。又如《直隶白话报》上载有《全国名人传》，列黄帝等人。对此，沈松侨有深入的研究，他不仅探究原为神话人物的黄帝在晚清之际被塑造为“中华民族开国之始祖”的复杂过程，还分析了众多历史上的英雄被再造的过程，包括“抗御外族”的英雄，如岳飞、文天祥、郑成功等，与“宣扬国威”的英雄，如张骞、班超等，均被扯出历史的本来序列而重新排列，纳入民族英雄的系谱。[④]

此外，在地域认同的影响下，人们宣扬“爱国必自爱乡起”，典型者如《江苏》所言：“人未有不能爱其亲而能爱其乡党邻里者，即未有不爱其乡党邻里而能爱国者。今人之竞言爱国矣，而吾言爱国必自爱乡始。”但爱乡的终极目标是国家认同，即“以爱江苏者爱中国，各省亦竞以爱其本省者爱中国，驯致齐心一致以集注于爱国之一点”。[⑤] 于是，人们纷纷以地域为起点建构民族国家，在传记文学方面，同样存在以地方乡民建构理想国民的倾向，于是便有了以地方乡贤为对象的大量书写。正如《东莞旬报》上“史丛”一栏称：

> 夫中国者，吾之祖国也。吾邑者，中国之一支族也。今与人谈家声道往事，莫不夸其祖若父之美以自雄焉。祖若父之美不足称。则上下乎吾族

① 章太炎：《东京留学生欢迎会演说辞》，见马勇编：《章太炎讲演集》，河北人民出版社 2004 年版，第 7 页。

② 铁儿：《白话（一）：爱国》，《竞业旬报》1908 年第 34 期。

③ 黄节：《黄史·总叙》，《国粹学报》1905 年第 1 期。

④ 沈松侨：《我以我血荐轩辕——黄帝神话与晚清的国族建构》，《台湾社会研究季刊》1997 年 12 月第 28 期；《振大汉之天声——民族英雄系谱与晚清的国族想象》，台湾《“中央研究院”近代史研究所集刊》1999 年第 33 期。

⑤ 《江苏同乡会创始记事》，《江苏》1903 年第 1 期。

之光荣,以自饰焉。吾邑之事实,吾邑先民之遗迹,其有可以为祖国光国民仰者乎,支族之荣,即祖若父之荣矣。吾邑之盛矣,即中国之盛矣。①

各地文人以省或府或县为单位,纷纷发掘堪为代表的地方乡贤的事迹。梁启超同样是开风气者,除了译介西洋史传外,还创作了大量本国史传,有《南海康先生传》(1901)、《李鸿章传》《张博望班定远合传》(1902)、《管子传》《赵武灵王传》(1903)、《袁崇焕传》(1904)、《中国殖民八大伟人传》《郑和传》(1905)、《王荆公传》(1908)、《管子传》(1909),其中涉及广东一地的有《南海康先生传》《袁崇焕传》《中国殖民八大伟人传》等。

现在看来,晚清的乡贤传记主要集中发表于报刊与地方史志文集。在报刊的"传记"栏目中刊载了大量的单篇传记,其中地方乡贤传记占据了很大比例,尤其是地方性的报刊多设有以地方为范围的"传记"栏目,如《安徽俗话报》首推"安徽名人传",《安徽白话报》设"皖乘"一栏,列安徽一地朱元璋等人,又如《潮声》叙曾载"第五传记记贤人,英雄好汉出乡邦,愿俺潮人刻苦学,保乡辅国名声香"。② 此外,晚清文人还专门撰写了大量的地方史志,典型的有姚光的《金山卫佚史》、刘师培的《邗故拾遗》、陈去病的《五石脂》、苏曼殊的《岭海幽光录》等,收录的多为乡贤传记。

明清时期,乡贤乃是"凡有品学为地方所推重者,死后由大吏题请祀于其乡,入乡贤祠,春秋致祭"③。可知,在传统社会成为乡贤要具备很多条件,除了是本地人,具有道德事功学问外,还要经过官方的认可。晚清时期,时代思潮激荡,各地所发掘与书写的"乡贤"有了不同标准,具有更多民间与异端色彩。如留日学生刊物《湖北学生界》的湖北调查部专门调查"历史上之遗佚",致力于发掘"旧史诬蔑之英雄""旧史湮没之英雄"。④

与全国性人物传记一致,晚清的乡贤书写同样是将与民族国家有关的英雄作为最重要的对象。其中,英雄有各式各样的:既有远古的始祖,亦有宋明的遗民节士;既有前辈英雄,亦有新兴英雌;既有反抗异族的英雄,亦有现代性的时

① 侠仁:《史丛序》,《东莞旬报》1908年第1期。
② 《叙例》,《潮声》1906年第1期。
③ 商务印书馆编辑部编:《辞源》(修订版),商务印书馆1998年版,第3117页。
④ 《湖北同乡会缘起》附录《湖北同乡会章程》,《湖北学生界》1903年第3期。

代英雄。

在全国性地推举汉族始祖黄帝的同时，各地也开始发掘或书写本地历史乃至传说中的创始英雄。如浙江留学生在爱乡的激情中，宣扬“吾欲崇拜浙江，吾先欲崇拜造浙江之英雄，吾欲崇拜造浙江之英雄，吾先欲崇拜勾践”①。《福建白话报》上刊登了《无诸王传》，推举无诸王为“福建开疆始祖”，列举无诸王的世系，从上古的黄帝开始，历经四十世到无诸王，并明确指出“这位无诸王，是黄帝第四十世传嫡派的苗裔了”。最后将无诸王同西方的哥伦布、华盛顿相提并论，推举其为“古今豪杰第一”，并表明写传的目的：“我们做他子孙的，如今总要时常记念着无诸王的恩惠，时常学无诸王的人品才好哩。至于以后无诸王的后裔，因为自己不晓得保护同种同族，互相残杀，所以弄得后来国灭位失。你列位看了也可以做个榜样，才晓得爱同胞爱同种是要紧的啊！”②

除了各地的始祖外，历史上的英雄也被纷纷发掘出来。宋明时期反抗外族的英雄，因与当时的反满革命直接相关，所以更为各地所彰扬。1902 年，日本留学生在东京组织“亡国二百四十二年纪念会”，作为各省革命志士的聚会，号召将各地的明末烈士遗民作为反满的榜样：

> 凡百君子，同兹恫瘝，愿吾滇人，无忘李定国；愿吾闽人，无忘郑成功；愿吾越人，无忘张煌言；愿吾吴人，无忘瞿式耜；愿吾楚人，无忘何腾蛟；愿吾辽人，无忘李成梁。③

对地方英雄的发掘以江浙人士最为积极，这在某种程度上是针对江南一带地域文化中“文弱”倾向的反省。江浙人士普遍反省“文弱”的地域风气，江苏人称“乡人之受病果何在乎”“曰文与弱二字而已”④，浙江人亦称浙江“文明则未也，而先流于文弱”。⑤ 为祛除文弱之风，江浙人便在历史中寻找节义、尚武等强悍的民族精神，称“欲大复原人之美质，而去既开化者之流弊，以是养成武事之

① 公猛：《浙江文明之概观》，《浙江潮》1903 年第 1 期。

② 公孙：《无诸王传》，《福建白话报》1904 年第 2、3 期。

③ 章太炎：《中夏亡国二百四十二年纪念会书》，见《章太炎全集·太炎文录初编》，上海人民出版社 2014 年版，第 193—194 页。

④ 《民族精神论》，《江苏》1904 年第 8 期。

⑤ 同①。

特质”[①]。晚明遗民便成为江浙人树立理想乡民的最佳入口，因为“江浙人士，自近古以来，久以文弱暴著于天下，而当明之季，以坚锐鸣声多出南国衣冠。自江河以北，莫不望风喁喁，身先归附……即以一代春秋论之，北方之民气远不若南人之盛矣”[②]。

刘师培曾大量书写扬州一地的历史人物，借以颂扬当地的民族主义精神。如他的《攘夷实行家曾襄闵公传》叙述扬州人曾铣抵抗满族的事迹，宣扬其“真真是我们汉族的恩人”“排外的大家”[③]。《孙兰传》篇末专门彰扬民族主义情结：“明季遗民若黄宗羲，王锡阐，刘献廷，张尔岐，咸洞明太西学术，然各以高节著闻，抗志不表，盖学术之界可以泯，种族之界不可以忘也。”[④]又如柳亚子，其“自束发受书，即有志里中文献，尤喜考求宋明末造忠臣义士佚民遗老之书”[⑤]，并大力发掘“三吴非文弱国”的地方特质，历数先秦至太平天国时期的三吴人物，慨叹当下“城郭犹是，衣冠已非，士气不扬，全军尽墨”。[⑥] 柳亚子借助人物传记发扬民族主义精神，面向全国的作品有《郑成功传》《中国民族主义女军人梁红玉传》等，面向地方的作品则有《吴日生略传》《夏内史传略》等，他还以乡邦文献为基础做乡贤传记，《吴日生略传》“聊辑《南疆佚史》及县志所载”，借以期待“邦人诸友，其亦有发愤于种族之大防，不忍使先哲遗风，扫地以尽，而慨然兴起者乎？余将执鞭从之矣”。[⑦]

在各地英雄中，颇值得一提的是女性英雄的涌现。伴随西方女权思想的输入，中国人开始发掘和塑造堪为典范的女性。中西女性典范被大量塑造，如关于罗兰夫人、批茶女士等西方女性的传记风行一时，传统女性尤其是晚明女性被作为“为民族殉身”的历史记忆也得到重构。[⑧] 人们在彰扬女性英雄时，因材料缺乏而显得捉襟见肘，自古“炀于重男轻女之恶俗，而所谓‘列女节女’之篇，

① 铁生：《江苏改革之方针》，《江苏》1903 年第 1 期。
② 文诡：《浙声》，《浙江潮》1903 年第 2 期。
③ 光汉：《攘夷实行家曾襄闵公传》，《中国白话报》1904 年第 21—24 期合刊。
④ 刘光汉：《孙兰传》，《国粹学报》1905 年第 9 期。
⑤ 柳亚子：《潘节士力田先生遗诗序》，见《磨剑室文录》上，上海人民出版社 1993 年版，第 313—314 页。
⑥ 柳亚子：《悲吴篇》，见《磨剑室文录》上，上海人民出版社 1993 年版，第 210—211 页。
⑦ 张明观、黄振业编：《柳亚子集外诗文辑存》，上海人民出版社 2011 年版，第 15 页。
⑧ 参见夏晓虹：《历史记忆的重构——晚清“男降女不降”释义》，见《晚清女性与近代中国》，北京大学出版社 2004 年版，第 114—138 页。

皆奄奄无生气，且位置不足以占全史百分之一。女界伟人，乃群在若明若昧之间矣”①。各地所发掘的为数不多的女性英雄与男性英雄几乎有一样的特质。

《潮声》“传记”栏中，元末郭贤妇、宋末陈璧娘两位传主有共同的特点，会读书识字，讲究民族气节，正与当时推崇女学与民族气节的风气相合。如郭贤妇，“凡经史百家诗词，他件件都晓”，在地方面临大军围剿时，她作诗一首，竟然“保自己一家人，又并保了溪头寨一乡个人”，被称为“潮州第一个女丈夫、女豪杰”；陈璧娘亦是“知书理”“明大义”，并劝导乡人尽忠报国，在丈夫伴君赴死后，亦“不食饿死”，被称为“女中大豪杰”，当地人认为“真是我潮州大有脸事，亦即是我中国个大有脸事”。② 因材料难得，有人或将传说中的人物引为同乡。如花木兰，柳亚子曾作《中国第一女豪杰女军人家花木兰传》，慨叹其不见于正史，“读尽二十四姓之家谱，不闻其姓氏，翻遍二千余年之相斫书，不见其事迹”。③《安徽俗话报》将其作为乡贤写入《安徽名人传》，称其姓魏，出生于安徽亳州魏村，隋末唐初人。《木兰》用白话写成，全篇采用了当时流行的民族英雄叙事方式，将之刻画为爱国尚武的女英雄。木兰从小便不喜涂脂抹粉，偏爱骑马射箭，等到父亲被应征时，她想道：“我当初学了许多武艺，原想要和外国人打仗，显显我们中国的威风，叫他见了我中国人，不敢不恭敬，不敢不低头，于今北边事急，我正可趁这个时候，显了我的本事，一来杀败胡人，可以报国恩，二来替我爷去当兵，可以报爷恩。”除了木兰有爱国思想外，其母亲亦被赋予现代人气质，如她曾言：“我们身为女子，不能替国家出力，吃死饭，睡死觉，真真惭愧。女儿，你能去替国家出力，当兵打仗，杀退北边胡人，这件事，不但做母亲的脸上生了许多光彩，就是我们黄帝老祖宗，也要在地下含笑了。”④

乡贤传记不仅宣扬反抗异族、爱国尚武的英雄，还关注具有现代色彩的新式英雄，如投身地方自治、实业救国、赴海外学习的人物。

柳亚子在《吴江志士陶亚魂小传》中刻画了一位投身地方自治的志士，他渲染传主的各种事迹，如在黎里组织演说会、创办《新黎里》杂志、发起体育会

---

① 亚卢：《中国第一女豪杰女军人家花木兰传》，《女子世界》1904 年第 3 期。

② 参见模坤女士：《郭贤妇传》，《潮声》1906 年第 12 期；润：《陈璧娘传》，《潮声》1906 年第 6 期。

③ 同①。

④ 蘧照演：《木兰》，《安徽俗话报》1904 年第 6 期。

等。[①]《云南大实业家赵老人传》亦具独到的眼光，不叙述云南的忠义之士而选择叙述实业救国的赵老人之事迹，其理由是：

> 窃谓云南一省，普通当从禹域之名，而最近之历史，则云南殆为杨武愍公诸巨子之云南。至于钱南园先生辈与云南之关系，其所以贻留我后生者，不过宋明诸儒所自相标榜之气节文章四字，究其实，可以成文天祥陆秀夫之名，而不可以救陆沉之患。君子为我民族痛焉，杨武愍公之伟烈，容他日收集记载之，今先与我父兄子弟言赵老人之生平。

该传通过赵老人的事迹宣扬实业救国的重要性，指出当今世界是实业竞争的世界，"立国于二十世纪以后，几于有此则立，无此则不立。言富强于二十世纪以后，几于是此则富，非此则不富。此者何，矿业国也，制造国也，商业国也，陆海军国也"。赵老人是实业救国的典范，"老人之初试于开矿业事也败，再试又败，又再试，又再败，久之，巨万之家资倾其大半"。[②]

梁启超亦别树一帜，发掘广东、福建两地到东南亚发展的前贤作《中国殖民八大伟人传》，叙述梁道明等人崛起于南洋、开疆辟土的事迹。梁启超自感材料有限，试图求之于地方传闻，言："吾传八人而寥寥不及二千言，吾不敢于所有资料之外，铺张焉以诬先民，而前史之成文与故老之口碑，乃于此区区者之外而莫余畀，使我对于前贤满胸膜拜之诚，不克自献也，是乃深可悲也。(叶氏之事，去今未远，乡人当尚有能言之者，若赐邮教，岂胜大愿。)"他还宣扬海事思想与国民元气之关系，"九人之中(并潘和五)粤人七而闽人二也。自今以往，吾国若犹有能扩张其帝国主义以对外之一日，则彼两省人，其犹可用也。而其他沿海诸省乃至腹地诸省，亦何遽多让，在养之而已"[③]。

由上可知，在晚清的乡贤书写中，传主的范围完全溢出了传统乡贤的范畴。人们选择的地方乡贤，多以与民族国家的关系远近为衡量标准。这一标准显然是为了给各地人们提供可供寄托与效仿的偶像，进一步强化人们对民族国家的认同。

---

① 柳亚子：《吴江志士陶亚魂小传》，见《磨剑室文录》上，上海人民出版社 1993 年版，第 120—124 页。

② 失名：《云南大实业家赵老人传》，《云南》1906 年第 2 期。

③ 中国之新民：《中国殖民八大伟人传》，《新民丛报》1905 年第 63 号。

梁启超所推崇的西洋传记，不是呆板的叙述传主的史实，而要求对传主的功过与价值进行概括与评价，正如其在《李鸿章传》序例中所言："中国旧文体，凡记载一人事迹者，或以传，或以年谱，或以行状，类皆记事，不下论赞，其有之则附于篇末耳"，他推崇西人传记与司马迁《史记》的"夹叙夹议"。[①]

三、乡魂与国魂的政治互文

晚清的乡贤书写大致由两部分杂糅组成：一部分是乡贤事迹的叙述，另一部分则是乡贤价值的议论。晚清乡贤传记的时代特色表现在对传主类型的选择上，即与民族国家有关的英雄居于优先序列，更表现在对传主的价值判断上，即将传主置于地方、国家、时势的网络中加以定位。

无论古今，乡贤都是一地方堪为典范的人物，被视为一地方的精神支柱。如《东莞旬报》称：

> 吾邑山川钟毓，贤哲挺生，或以道德传，或以忠节著，或以事功显，或以文学名，以及瑰玮奇特之材，高尚独行之士，稽诸史乘，更仆难数，邑人宜如何慨慕前修，继承之而步武之乎。盖乡先生者，我东莞之魂也。[②]

晚清文人的乡贤书写通常发掘一地之乡魂，最终目标是树立超越一地之国魂，他们在乡贤与国民、乡魂与国魂之间建立关系，最终将乡贤、乡魂打造成理想的国民、国魂。

在乡贤传记中，人们聚焦的虽是一地一人，视野却是一国，在对乡贤的价值判断中，不仅强调其对一地的影响，更强调其对整个国家或民族的影响。因此，乡贤书写往往将传主置于乡与国的价值网络中，凸显传主对于乡与国的意义。

乡贤传记将个人纳入地方、国家等群体的写法，实与当时流行的新史学相关。1902 年，梁启超在《新史学》中论及历史书写中个人与群体的关系：

---

① 梁启超：《中国四十年来大事记》，见《梁启超全集》第一册，北京出版社 1999 年版，第 510 页。
② 璇三郎：《东莞旬报叙例》，《东莞旬报》1908 年第 1 期。

善为史者,以人物为历史之材料,不闻以历史为人物之画像;以人物为时代之代表,不闻以时代为人物之附属。中国之史,则本纪列传,一篇一篇;如海岸之石,乱堆错落。质而言之,则合无数之墓志铭而成者耳。夫所贵乎史者,贵其能叙一群人相交涉、相竞争、相团结之道;能述一群人所以休养生息、同体进化之状,使后之读者爱其群、善其群之心,油然生焉。①

即人物只是历史的材料和手段,因此传记的重心不在个人,而在"一群人",也就是个人之上的国家、民族以及时代。

早在 1901 年,梁启超为康有为作传,便将之纳入地方与国家的网络中:

吾粤之在中国,为边徼地,五岭障之,文化常后于中原,故黄河流域扬子江流域之地,开化既久,人物屡起,而吾粤无闻焉。数千年无论学术事功,皆未曾有一人出,能动全国之关系者。惟禅宗六祖慧能,为佛家钜子,风靡天下,然所及乃在世界外之世界耳。次则明代陈白沙、湛甘泉,以讲学鸣于时,然其学系之组织完善,不及姚江,故王学出而陈学衰。逮于近世,洪秀全、李秀成聚倡革命,蹂躏天下之半,实为吾粤人物最有关系于全国者,然其才略不敌湘淮,故曾军兴而洪军亡。微乎眇哉!粤人之在中国也。然则其关系之所及最大而最远者,固不得不谓自先生始。②

1904 年,梁启超为晚明乡贤袁崇焕作传,他的这种借个人彰显地方乃至中国的写法与此前如出一辙:

有人焉,一言一动一进一退一生一死,而其影响直及于全国者,斯可谓一国之人物也已矣。吾粤崎岖岭表,数千年来,与中原之关系甚浅薄,于历史上求足以当一国之人物者,渺不可睹。其在有唐,六祖慧能,大弘禅宗,作佛教之结束;其在有明,白沙陈子,昌明心学,导阳明之先河。若此者,于一国之思想界,盖占一位置焉矣。若夫以一身之言动进退生死,关系国家

① 中国之新民:《新史学·中国之旧史学》,《新民丛报》1902 年第 1 号。
② 任公:《南海康先生传》,《清议报》1901 年第 100 册。

之安危,民族之隆替者,于古未始有之,有之则袁督师其人也。

他将袁崇焕推崇为"明季第一重要人物",实借一人事迹叙述晚明政治、军事之变迁,分别叙述袁督师之时代、袁督师之履历及监军时代、袁督师之守宁远……极力推崇其"所谓无家而以中国为家"。[①]

受梁启超的影响,当时的乡贤传记均试图将乡贤与整个时代联系起来,将乡贤塑造为理想的国民。在乡贤书写由乡及国的修辞中,乡民、乡魂也便成了国民、国魂的化身或模范。借助地方性或全国性的报纸杂志,在晚清文人的宣传下,本地的著名文人学士(如明末清初三大儒,江苏顾炎武、浙江黄宗羲、湖南王夫之)进一步巩固地位,还使得原本影响仅限于一地的乡贤有了名扬全国的机会。经研究,即便是影响甚广的岳飞与郑成功,之前也仅限于浙江、福建、台湾等地的民间崇拜,只是到了 20 世纪以后,历经民族主义者的鼓吹,以及袁世凯和国民政府等的提倡,才被放大为全民族共同膜拜景仰的对象。[②]

随着报刊等新式媒介的出现,晚清文人借助地方性或全国性的报纸杂志,大量书写与传播本地的乡贤。大量乡贤传记的出现使得众多原本鲜为人知的另类乡贤,尤其是与民族国家有关的英雄人物被大量发掘与宣扬。这些乡贤传记通过由乡及国的书写策略,在某种程度上为当时的人们提供了理想的国民形象。

这些乡贤传记多将乡贤限定在地方与国家这些大群的意义网络中,而忽略了传主本身的丰富性。只有与民族、国家等宏大的意识形态联系,乡贤才被认可和宣扬,这必然导致乡贤复杂性与多面性的缺失。过度的政治取向使得大量乡贤传记全篇皆是议论、抒情,极少有个性化的描述。在乡贤这一群体中,宋明遗民得到最多的曝光,往往作为反抗异族的英雄被人们书写。但事实上,遗民群体并非清末人们想象的整齐划一的群体,其边界常常是模糊的,而且内部也是复杂的。[③] 个中原因,正如陈永明所言:"由于晚清以来,民族革命与民族自强之思

---

① 中国之新民:《袁崇焕传》,《新民丛报》1904 年第 46、47、48 号合刊。

② Ralph Croizier, Koxinga and Chinese Nationalism: History, Myth, and the Hero, 转引自沈松侨:《振大汉之天声——民族英雄系谱与晚清的国族想象》,台湾《"中央研究院"近代史研究所集刊》1999 年第 33 期,第 103 页。

③ 李瑄:《明遗民群体心态与文学思想研究》,巴蜀书社 2009 年版,第 88—118 页。

想日渐高涨，史家对于历代人物研究，自不免受到政治成见所左右，而对于南明遗民的评价尤甚，其政治意义往往大于学术意义。”[①]推及当时的乡贤书写，亦可以说其政治意义往往大于文学意义。

第三节 新小说中的乡绅叙事

在讨论新小说中的乡绅叙事前，有必要先梳理地方政治的典型变迁。地方与中央并存，地方政治也与中央集权一起产生。在商周时期，卿大夫们分土而治，各自为政，无所谓中央与地方，“由封建变郡县标志着地方行政制度的产生”。[②] 此后，地方政治有因袭有变化，至近代，受外力刺激与内在需求的共同影响，地方政治发生了更主动、更剧烈的变迁。建构现代民族国家是晚清开启的政治现代化的核心命题。自清末新政、辛亥革命至民初政争，现代国家的建构一波三折，地方政治亦是如此。

一、地方政治的新变

近代地方政治在权限划分上涉及中央政府与地方政府的关系，在内部治理上涉及官治与民间自治的关系，在变革程度上涉及激进与保守的关系。不同时期的地方政治都会面临这三种关系，但有不同的侧重，清末是官方主导下的地方自治，辛亥革命时期是立宪派与革命派等合力下的地方独立，民初则是不同政治势力的权力之争。

甲午战争以后，清政府的中央权威备受质疑，“自中日战争之后，在下皆知朝廷之不可恃，有志之士知非急图自立，不足救亡国亡种之祸”[③]。尤其是庚子之役(1900)后，“东南互保”事件发生，导致地方督抚与中央政府的矛盾进一步明显化，南方地方督抚不顾慈禧的宣战诏而与西方国家达成约定，进一步削弱

① 陈永明：《知其不可而为之：南明坚持抗清诸臣的抉择》，见《清朝前期的政治认同与历史书写》，上海古籍出版社 2011 年版，第 6 页。

② 周振鹤：《中国地方行政制度史》，上海人民出版社 2014 年版，第 8 页。

③ 欧榘甲：《新广东》，见张玉法编：《晚清革命文学》，台湾经世书局 1981 年版，第 3 页。

了中央政府的权威。在此背景下,地方政治成为备受关注的中心,民间力图从地方出发建构现代民族国家,而官方则要在分权与集权的博弈中重树权威。虽然官方与民间有不同的对策与设计,互相影响,但当时官方的权威合法性尚在,所主导的新政改革占据主流。

清末新政由中央政府自上而下推行,自 1901 年开始,至 1911 年结束,涉及政治、教育、军事、财政、法制、实业等众多方面。史家称"自 20 世纪开始以来的新政,是中国现代化历史上一个重要的发展时期和阶段。就变革的深度和广度而言,就其对中国此后的历史的影响而言,更为重要的是就这一全国性的变革运动对于现代化宏观理论价值而言,新政的重要性均已超过 19 世纪后期的洋务运动和 19 世纪末的戊戌变法运动"①。新政涉及地方政治的方方面面,重心是地方官制的改革与地方自治的推行,以地方自治的声势最大。

地方自治深受朝野上下的拥护,最流行的观念正如《东方杂志》所宣称的"中国今日之立宪,当以地方自治为基础"②。1906 年 9 月仿行宪政正式颁布后,地方政治的改革才全面展开,具体进程如下:

1907 年,光绪帝颁布《著各省速设咨议局谕》,号召"各省亦应有采取舆论之所,俾其指陈通省利弊,筹计地方治安,并为资政院储材之阶"③。

1908 年,清政府颁布《逐年筹备事宜清单》,规定:第一年,筹办咨议局,颁布城镇乡地方自治章程,编辑国民必读课本;第二年,举行咨议局选举,筹办城镇乡地方自治,设立自治研究所,颁布厅州县地方自治章程,筹办各省省城及商埠等处各级审判厅、厅州县巡警,限年内粗具规模;第三年,推行厅州县地方自治,厘定直省官制;第四年,颁布地方税章程,筹办直省府厅州县城治各级审判厅,筹办乡镇巡警;第五年,颁布新定内外官制;第六年,筹办乡镇初级审判厅,城镇乡地方自治一律成立;第七年,厅州县地方自治一律成立;第八年,乡镇初级审判厅一律成立,乡镇巡警一律完备;第九年,新定内外官制一律实行。④

1908 年,清政府颁布《各省咨议局章程》和《咨议局议员选举章程》。

---

① 萧功秦:《危机中的变革:清末政治中的激进与保守》,广东人民出版社 2011 年版,第 95—96 页。

② 《论立宪当以地方自治为基础》,《东方杂志》1905 年第 2 卷第 12 期;另《论地方自治为预备立宪之根本》,《东方杂志》1907 年第 4 卷第 1 期。

③ 故宫博物院明清档案部编:《清末筹备立宪档案史料》下册,中华书局 1979 年版,第 667 页。

④ 故宫博物院明清档案部编:《清末筹备立宪档案史料》上册,中华书局 1979 年版,第 61—67 页。

1909年,清政府颁布《城镇乡地方自治章程》《城镇乡地方自治选举章程》《自治研究所章程》。

1910年,清政府颁布《京师地方自治章程》《府厅州县地方自治章程》《府厅州县议事会议员选举章程》。

地方自治,作为西方的地方治理制度,在落地中国后涉及两大问题,一是地方的层级,二是自治的范围。

官方推行的地方自治,明确规定的有府厅州县与城镇乡两级,对于省一级比较摇摆。宪政编查馆认为,省咨议局的性质"既与联邦议会不同,亦与地方自治有别,实介于二者之间,而为一时权宜之法"[①],即介于立宪国家的联邦议会与自治议会之间,或兼而有之。之所以如此模糊,是因为中央政府对地方分权的顾忌,希望将咨议局作为提供咨询的机构,但又为其参政议政提供了空间,"从咨议局的职权和有关规定看,咨议局不仅有地方立法权,有议决监督财政权,而且有议决地方兴革大政、监督行政之权""是初级形态的地方议会,即还没有完全立法权的地方议会,是人民的代议机构,与督抚的咨询顾问机构完全不同"。[②]

对于地方自治,官方规定其范围与地位,如城镇乡"以专办地方公益事宜,辅佐官治为主",包括学务、卫生、道路工程、农工商务、善举、公共营业等。[③] 对于清廷而言,并非要原封不动地照搬西方政治制度,只想在集权之下进行有限的放权。正如孔飞力所言:"清代发起人所理解的地方自治这一名词,既不是指代议制政府,也不是指地方自治。它只是官治的补充。"[④]虽然官方将地方自治作为一种辅助,却又不得不向民间势力让渡权力,因为"就当时的政治情势来看,主要有两条道路可以选择:一是通过扩大官僚政治体系,增强地方政府的组织和权力,强化国家对社会的驾驭;一是开放部分地方政权,吸收各种新兴政治力量参与社会管理,实现社会政治的重组与整合。对清朝封建统治阶级而言,前者固然为上策,但已经没有足够的力量去实现;选择后者,虽然并不情愿,但

---

① 《〈咨议局章程〉及〈选举章程〉解释汇钞·奏折》(第6次),第1页。

② 侯宜杰:《二十世纪初中国政治改革风潮:清末立宪运动史》,中国人民大学出版社2011年版,第163、164页。

③ 《宪政编查馆资政院会奏宪法大纲暨议院法选举法要领及逐年筹备事宜附清单二》,见故宫博物院明清档案部编:《清末筹备立宪档案史料》下册,中华书局1979年版,第728—729页。

④ [美]孔飞力著,谢亮生等译:《中华帝国晚期的叛乱及其敌人:1796—1864年的军事化与社会结构》,中国社会科学出版社1990年版,第222页。

又有不得不为之势"[①]。

自咨议局成立后,"立宪派"应运而生,并且在各省乃至全国政治舞台上发挥作用。在省一级,从议案来看,各省咨议局主张强调咨议局的立法作用,保护咨议局的职任权限;保护主权,收回利权;纠举不法官吏,要求澄清吏治;发展各项实业;办理各项新政、宪政;剔除弊政,减轻人民痛苦和负担;保护发展森林,兴修农田水利等,并且表现出独立意识和不甘于督抚之下。[②] 在全国,以咨议局议员为代表的立宪派发起了三次全国性的国会请愿运动,推动了清末政治势力的分化和政治进程的加速。整体而言,"近代以来,清中央与地方的关系实际上走过了一条疏离和异化的道路。为了集权,结果却造成了分权;为了加强专制与皇权,结果却种下了民主和共和的种子;为了削弱地方,结果却造成了地方的强大。可以说,这是清末期中央与地方关系发展的基本规律"[③]。

在清末的地方政治舞台上,主要有地方官员、立宪派和革命派三种势力,至辛亥革命时期,三者合力推动了各地的独立。

与地方官员不同,立宪派、革命派有新的或现代性的政治追求,与体制保持着相对疏离的关系。其中,立宪派的发展更加稳健,追求在现有政权下逐步实现民主宪政,而革命派的发展趋于激进,力图推翻现有政权,建立全新的共和制度。二者的方向是一致的,都以地方为起点,差异在于实现的手段。辛亥革命的发生,在某种程度上回应了两派的政治追求。

1911 年辛亥革命爆发后,革命派分地开展活动,彼此之间并无统一的部署。革命分途发展的内部原因之一正是地域主义的盛行:

> 宣传革命的期刊如《湖北学生界》《浙江潮》《江苏》,宣传革命的书册如《新湖南》《新广东》均含有地域主义的色彩。就革命团体而论,兴中会主为广东人的团体,华兴会主为湖南人的团体,光复会主为浙江人的团体。即在同盟会时代,各派虽号称合而为一,同盟会本部对各省区的革命活动并无有效的控制。各支部、各团体多与地方势力结合,各行其是。最突出的

① 虞和平:《中国现代化历程》第一卷,江苏人民出版社 2001 年版,第 724 页。

② 侯宜杰:《二十世纪初中国政治改革风潮:清末立宪运动史》,中国人民大学出版社 2011 年版,第 173—177 页。

③ 马平安:《晚清变局下的中央与地方关系》,新世界出版社 2014 年版,第 240 页。

> 是同盟会中部总会,它不仅放弃了同盟会“平均地权”的纲领和边区起事的方略,更且与放弃同盟会“平均地权”纲领的共进会联合,共谋长江各省革命之进行。此种缺乏强力领导中心的内部结构,使 1911 年的革命变成了分省独立的情势,同盟会之所以不能建立全国性的政府,与此不无关系。①

在武昌起义后,革命得到了各方势力的响应,除了革命派之外,最有力的便是各省咨议局。因为“革命发生后,首当其冲的是地方。各省咨议局是地方上的民意机构,议员如果不以官方的意志为意志,可能便是敌对的。他们是地方上的间接领导者,平时推进建设,乱时出而维持秩序。武昌起义后,由于他们心理上的变异,大多站在革命一边”②。辛亥革命时期,湖北、湖南、陕西、江西、山西、云南、江苏、浙江、广西、安徽、福建、广东、四川、上海和山东等十五省先后宣布独立,“从起义之日起,立宪派人即大肆活动,在独立的省份,他们或直接参加,或间接影响;在未独立的省份,他们亦举足轻重,左右大局”③。

辛亥革命并未有太多的流血,是一场成本较小的革命,地方官员的妥协无疑发挥了重要作用。地方官员对清廷的向心力大大弱化,其中一个原因就是地方官制或外官制的改革,因为“在官制改革中与部院争夺权力已经心灰意冷的各地督抚,因不断被否决的‘中央政务官’身份,以及不断被迫强化的‘地方官’意识,纷纷托言保境安民,实际上但求自保而不愿相维”。④

在多种地方势力的合力作用下,各省纷纷独立,“官僚政治的、财政的、立法的甚至军事的自治,被大多数省政府广泛采用”⑤,各省的临时约法等,多规定军政府由本省人民在固定区域内组织,军政长官由人民公举产生,或由议会选举临时产生。⑥ 在地方独立过程中,不同政治势力之间有妥协也有冲突,关系极为复杂。各种势力之间存在种种关联,因为在政治倾向上没有绝对的激进和保

---

① 张玉法:《清季的革命团体》,北京大学出版社 2011 年版,第 513 页。

② 张朋园:《立宪派与辛亥革命》,上海三联书店 2013 年版,第 192 页。

③ 同②,第 104 页。

④ 关晓红:《从幕府到职官:清季外官制的转型与困扰》,生活·读书·新知三联书店 2014 年版,第 544—545 页。

⑤ [美]费正清著,杨品泉等译:《剑桥中华民国史:1912—1949 年》上卷,中国社会科学出版社 1994 年版,第 253 页。

⑥ 沈晓敏:《处常与求变:清末民初的浙江咨议局和省议会》,生活·读书·新知三联书店 2005 年版,第 77 页。

守，在人际纽带上更是你中有我、我中有你。

辛亥革命爆发后，各省脱离中央，宣告独立，一个突出的问题出现了：省与中央应保持什么样的关系。在现实层面，自民初直至五四时期，经历了地方分权到中央集权再到地方分权三个明显的阶段。舆论界则更加复杂，各种声音并存，尤其是关于联邦主义的讨论一直存在。围绕着地方分权与中央集权之争，由国到省的政治发生了急剧的动荡，上层政治的动荡深刻影响了地方自治的废立、变更与推行。

自民国初建到二次革命，是地方分权显化的时期；自二次革命到袁世凯去世，是中央集权主导的时期；袁世凯去世之后，复归地方分权时期。

在民初地方自治中，省作为地方的最高层级，成为民初政争的关键。在反对袁世凯帝制运动中，其他各派势力借助报刊纷纷发表联邦思想，具有代表性的有中华革命党系的《民国》杂志、进步党系的《中华》杂志、欧事研究会的《甲寅》杂志等。至1920年前后，联邦制思想的讨论再次兴盛，《时事新报》《改造》《太平洋》《东方杂志》《努力周报》等杂志参与其中。省自治的舆论在当时盛极一时，各省报刊纷纷鼓吹：

《湖南》(1919年7月20日)："况今日国家已酿成一不能战不能和之局势，徒使一般人民，颠沛流离，莫知所届，真不如划分区域，实行自治，使本地之人，治本地之事，各悬一政治向上之标的，集群力以赴之。"①

《新湖北》(1920年9月20日)："主张省民自治。""联邦共和，由省民自行组织省民大会制定省宪法，自行公布施行。"②

《新安徽》(1920年12月25日)："方今湘、粤、苏、鄂、鲁、豫各省，群竭力以从事自治运动，设吾人犹不乘时急起，以图振拔，驱当路之豺狼，建自治之规模，诚恐祸水方长，流毒益普。"③

《新浙江》(1921年2月1日)："是全浙江人之浙江；而非一二蠹绅劣董

---

① 《湖南发刊词》，见中共中央马克思恩格斯列宁斯大林著作编译局研究室编：《五四时期期刊介绍》第2集下册，人民出版社1959年版，第573页。

② 《新湖北出版宣言》，见中共中央马克思恩格斯列宁斯大林著作编译局研究室编：《五四时期期刊介绍》第3集上册，人民出版社1959年版，第531页。

③ 《新安徽发刊词》，见中共中央马克思恩格斯列宁斯大林著作编译局研究室编：《五四时期期刊介绍》第3集上册，人民出版社1959年版，第534页。

之浙江也。""故爱浙江者,以浙江人治浙江为第一之志业。"[①]

除了舆论的鼓吹,在现实中更是组织了壮阔的联省自治运动。湖南最先发起,颁布并实施了省宪,之后四川、浙江、广东、福建、江苏、江西、湖北、安徽、云南、贵州、广西等省均参与其中。此时的联省自治还未成为地方政治的真正出路,很大程度上被各省军阀所掌控。正如陈独秀所批评,"武人割据是中国政象纷乱的源泉,建设在武人割据的欲望上面之联省论,不过冒用联省自治的招牌,实行'分省割据''联督割据'罢了"[②]。亦如朱希祖所言,"联邦自治,今日尚在理想时代,而非实行时代"[③]。1923 年,联省自治运动破产[④],旨在促进统一的国民大革命开始。

二、清末新小说中乡绅形象的建构

在近代地方政治的变迁中,乡绅群体从整体上经历了从传统士绅向现代知识分子的转变,正如许纪霖对中国的观察,"执掌改革牛耳的社会重心,却是一个倒过来的从中心流落到边缘的逆向过程:首先是体制中心的官僚士大夫,其后是体制边缘的文人士大夫,最后是因科举制废除而被抛到体制外部的革命'游士'"[⑤]。近代,虽然地方精英已经发生了分化和嬗变,有官绅商学各界,但他们整体上仍被视为士绅。士绅群体内部纷繁复杂,无法简单归类,自清末以来呈现阶段化和脸谱化的趋势,而近代文学是重要的推波助澜者。近代文人在书写乡绅群体时,最关注的是士绅群体的分化和嬗变,尤其是其中的新兴知识分子。在乡绅群体的想象和再现中,有不同的代表性形象:一是理想的士绅,主要

---

① 《新浙江发刊词》,见中共中央马克思恩格斯列宁斯大林著作编译局研究室编:《五四时期期刊介绍》第 3 集上册,人民出版社 1959 年版,第 534 页。

② 独秀:《联省自治与中国政象》,《向导》1922 年第 1 期。

③ 朱希祖:《联省自治商榷书》,《北京大学日刊附张》1922 年 7 月 29 日。

④ 胡春惠分析其原因,如未获武人与国民的有力支持,1922 年秋国会复会,法统恢复有望,国人根深蒂固的大一统意识,反对分权,拥护集权,等等。参见胡春惠:《民初的地方主义与联省自治》增订版,中国社会科学出版社 2011 年版,第 261—262 页。

⑤ 许纪霖:《世代、阶级和惯习:知识分子研究的新路径》,见许纪霖、刘擎主编:《知识分子论丛第 15 辑·西方"政治正确"的反思》,江苏人民出版社 2018 年版。

指向新兴的志士和传统的贤绅；二是反面的士绅，包括虚伪的志士和腐化的权绅劣董；三是没落的士绅，如生计艰难的守旧者和东奔西突的趋新者。总体而言，近代地方精英的书写切实反映了不同时期人们对政治的期待与渴望，并且构成了不同时期文学变迁的重要特征。

当人们在展望未来的中国时，他们推崇的是现代政治制度，寄望的领袖正是传统的士绅阶层。

早在甲午战争之后，普遍觉醒的中国人转向地方，士绅成为救亡的主力。梁启超在湖南维新时最先发出呼声，言“欲兴民权，宜先兴绅权”①。士绅群体开始登上政治现代化的舞台，但真正占据中心的是士绅中分化出来的群体，即接受过新式教育或西方现代知识的知识分子。② 晚清尤其是预备立宪开始后，士绅成为地方政治变革的主要力量，获得了更大的支配权，在地方自治、辛亥革命中发挥着不可替代的作用。西方的地方自治基于西方的文化理念，即以个人权利本位为自治的核心，但输入中国后，却成了一种变形的地方自治，追求的只是本地人治本地。③ 早自日本留学生输入地方自治思想开始，便寄望于地方士绅，认为“绅士者，实地方自治之代表也”④。

当近代文人书写地方精英时，他们无疑以士绅群体为主，但他们最关注的并不是传统的士绅，而是从士绅中分化出来的新知识分子（时人称“新党”）。所以当新小说家借政治小说等宣扬其地方政治理想时，在选择理想的承担者时，通常将目光投向新兴志士，多为新知识分子（新式学生或留学生）。在众多书写中新兴志士是被赋予众望的先行者和领袖，而贤绅（还有清官）则是他们的追随者和拥护者。最为独特的是，人们还塑造了一批地方女性英雄形象，并且大大抬高了女性英雄的政治地位。

当新小说家借政治小说等宣扬其政治理想时，新的志士与旧的士绅便成了相辅相成的理想人物配置。

---

① 梁启超：《论湖南应办之事》，《湘报》1898 年 4 月第 26—28 号。

② 金观涛等人证明自清末新政到民初共和政治都由士绅（特别是接受过部分西方现代教育的城市化士绅）所推动，参见金观涛、刘青峰：《试论儒学式公共空间》，见《观念史研究：中国现代重要政治术语的形成》，法律出版社 2009 年版，第 87 页。

③ 周松青：《上海地方自治研究（1905—1927）》，上海社会科学院出版社 2005 年版，第 282—285 页。

④ 攻法子：《敬告我乡人》，《浙江潮》1903 年第 2 期。

志士从事救亡、启蒙工作,合作者往往是地方贤绅。如改良小说《黄绣球》(1905)以自由村象征当时的中国,以黄通理等志士为中心,描绘了一幅理想的改良图景,各级士绅之间互相支持,"李太史、胡孝廉及各家女学生的父兄,均能竭力要挽回地方恶俗,开通文明风气"(第二十五回)。当黄绣球等人开通当地后,进而开化其他地方。他到了另一地后,联系的仍是当地的绅士,并得到孔员外的支持(第二十七回)。又如革命小说《瓜分惨祸预言记》(1903)中同样以志士为主角,如北方商州的曾子兴等人与南方兴华府的华永年、夏震欧等人,并描写了与志士合作的贤绅。华永年打算自保地方,在城里有内阁大学士刘千秋支持其办乡团,提供办公场所,而且变卖家产相助(第三回),在乡下有乡绅甄得福响应其自治,将十顷田尽数献出用于筹办款项(第四回)。

新小说的主角通常是志士,他们往往是有理想并敢于实践的人物,接受过新式教育,多具有新式学生或留学生的身份,为了推行一种新的政治理想历经苦难乃至献出生命。这些志士游历各地,或以一国为范围,如黄克强、李去病(《新中国未来记》)、狄必攘(《狮子吼》)、苏华梦(《情天债》)等,但更多是立足故乡,以一地为范围,如黄绣球(《黄绣球》)、黄孙(《苦学生》)、廷彦夫妇(《泡影录》)等。这批理想志士的形象大同小异,具有某些相同的构型要素。

首先,理想的志士虽出身于士绅阶层,却不同于传统士绅,多接受过新式学堂(内地或海外)教育,具有新的政治理想。

《瓜分惨祸预言记》开篇所提及的江苏人黄勃最为典型。他出身于士绅之家(父亲是秀才),自小"自尊自大,目空今古,专好摘出书中古人言语,恣意批驳",对传统知识不无怀疑,却对西学充满向往,打算"去外洋游学一回,练成一个智勇兼全之士",并以"再造中国的大英雄"为目标(第一回)。其后出现的主要人物均有新学背景,如曾子兴是美国留学生,华永年是武备学堂学生,唐人辉是日本留学生。又如《黄绣球》中的黄绣球,她最初目不识丁,在承担改造地方的使命前,便有了"梦中授读英雄传"的奇特经历,她一夜之间成了独立的女豪杰,开始放开小脚,创办女学,甚至倡导地方自立。她做梦时获得的新知也是西学,她梦中所见的外国女子姓白,实是清末流行的外国女英雄——罗兰,所象征的正是西方文化(第三回)。

其次,志士敢于将新的理想付诸实践,甚至舍生取义。

志士们部分或直接投身救亡事业,以加入秘密组织或参与起义为途径,前者有狄必攘，“入内地暗结英豪”（《狮子吼》第六回），后者有唐人辉等，在国难之际“痛悼灭亡志士联盟归故国”（《瓜分惨祸预言记》第五回）。除救亡外，无论是革命还是改良，志士们在投身地方自治时均以启蒙为重心。兴学、办报、演说等正是凸显志士形象的主要事迹。以兴学为例，它是志士从事最多的一项事业，见于各种新小说中，如《黄绣球》中黄绣球在自由村办女学，《苦学生》中黄孙在故乡湘潭办学，《瓜分惨祸预言记》中曾子兴在商州办自立学校，《泡影录》中邦杰夫妇在溧水开办学堂等。

与士绅作为主角不同，底层平民往往是被志士启蒙乃至改造的对象，且很少像五四新文学中描绘的一样成为表现社会的主角。虽然有“兴民权”的呼声，但农与工等“下流社会”或“下等社会”中的人物只是被启蒙的一群人。新小说中的主要人物基本上是志士、官绅等上层社会中的人物，不识字或粗通文墨的下层社会中的人物即便出现，也只是一群面目模糊的等待志士唤醒的人。平民或以觉醒者的面目出现，如《黄绣球》中的王老娘、曹新姑，受黄绣球感化，最终成为黄绣球宣讲新知的代理人。平民或以愚昧无知的面目出现，如《狮子吼》中文明种到湖北宜城县教书，却受到一群“愚民”的围攻，因为愚民反对将灵官庙改成学堂，将文明种视为祸首。无论开化或愚昧，平民的出现只是为了衬托志士的理想形象，他们很少能成为新小说的主角。

清末新政一开始是零碎不成体系的，在日俄战争后，中国上下均以立宪为目标，开始全面系统的变革，在行政、法律、教育等方面的改革，推动了中国政治的现代化进程，同时也引发了一系列问题，最突出的是绅权扩张引发的绅民冲突与对立。当时的社会舆论对新政尤其是对地方新政的反思多指向承担新政的主体——士绅，以致劣绅、权绅成为士绅这一群体的代名词。

西方的地方自治以个人权利本位为自治的核心，但中国的地方自治追求的只是本地人治本地。[①] 所谓本地人，也仅指地方士绅阶层，清廷开始在全国推行地方自治后，以法定的形式为地方士绅提供了合法化组织。如省咨议局，宪政编查馆将设立该机构的任务交给士绅阶层，“慎选公正明达官绅创办其事，即由各属合格绅民公举贤能作为该局议员”，“合格绅民”的标准只是为士绅所设。[②] 从省

---

① 周松青：《上海地方自治研究（1905—1927）》，上海社会科学院出版社 2005 年版，第 282—285 页。

②《宪政编查馆会奏各省咨议局章程及案语并选举章程折并章程》，见上海商务印书馆编译所编纂：《大清新法令：1901—1911》（点校本）第 1 卷，商务印书馆 2010 年版，第 77—82 页。

到乡的各级地方自治团体实为各级地方士绅所把持,清末新政只是将已有的地方士绅权力加以合法化。伴随“绅权”的膨胀,进行社会改革所产生的重负却由一般平民所承担,于是爆发了一系列的绅与官、绅与民的冲突。面对不理想的社会政治变革,大致自1905年起,小说家积极采用写小说的形式参与政治反思,所使用的小说体裁由侧重理想色彩的政治小说转到侧重批判色彩的社会小说。[①] 众多小说对士绅的批判,主要以绅权的膨胀与异化为中心,揭露士绅“权”获得的不正当与“劣”的种种表现。

绅权自清末新政以来逐渐达到与官权相抗衡的地步,《绅董现形记》(1908)中芸从言:“因目下的官没得从前好做,绅权渐渐伸张起来,反不如居家做一个绅士,倒比从前的权力膨胀得多,盖从前绅士的权力是从地方官借得来的,现今绅士的权力是从地方官夺得来的,从前名叫偷弄官权,现今名叫保全民权。”(第二回)尤其是地方自治法规推行后,地方士绅获得了组织地方团体,参与地方学务、政务的权力,但这一权力能否代表民权,吴趼人在《预备立宪》(1906)中表示了质疑,借一吸鸦片者言:“汝未解立宪国被选及选举之章程者也,夫立宪国之政体,必视所纳税之多寡而轻重其人,故每岁能纳若干税于国家者,乃得有选举权,有选举权者,始得投票举议员,又必每岁能纳若干税于国家者,乃得有被选举权,有被选举资格者,始得受他人之举为议员。”

更有新小说家专门以地方自治团体选举为切入口,借不公平的选举展现士绅权力的不正当性。陆士谔的《新水浒》(1909)借水浒人物叙现实政治,第三回讲到郓城县选举,选举票并非人人可获得,必须缴纳一定茶资方有,以致“每送一券,则索取茶资二三十文,听得说,乡间有索取一二百文的”。获得选举权的士绅,除了公开拉票,“有的设席请学界,有的张筵款绅界”,更有相互诽谤拆台的,“有派人到各处演说,称说某人可举,某人不可举的;有颁发名片,教乡人摹写的,种种运动,不止一法”。如此被选举的士绅是否真的有资格呢?第四回“咨议局绅士现恶形”讲述根据清末各种选举法,吸鸦片者是被排除在外的,但在咨议局中却有绅士吸鸦片,正戳穿了选举的名不副实。刍狗的《自治地方》(1910)标为“地方自治小说”,形式很是独特,全为两人对话组成,叙述了地方自

① 王向远指出“中国的社会小说带有一定的政治性,也可以说是政治小说的一种变体。它消解了政治小说的理想主义色彩,同时又保持了政治小说的社会批判精神”。参见王向远:《近代中日小说的题材类型及其关联》,《齐鲁学刊》1997年第3期。

治筹备与选举两个环节，立意全是批判。设立地方公所时，魏自治代表的新士绅与真自尊代表的旧士绅处处争权，因魏自治独揽公所大权，真自尊等人甚至要求取消地方自治（第五章）。选举人以资产五千元为界分甲乙两级，至投票时，“乙级投票二百人中，只有九十九人到场，九个人填错票子，九票作废”。选举后，“得钱的安享，没事的没事，并没议什么，也没办什么”（第十三章）。

除了选举权的不公正外，新小说家更关注劣绅的劣行，所谓劣行主要是指对平民的侵害。《绅董现形记》“单表一种刁绅劣董，外面戴着一副维新的假面，口里讲的是新学，身上穿的是新派，手里开办的是新政，试问他的肚皮里，还是那一种揽权敛财的思想，所以立宪的预备，反被他们弄得一塌糊涂”，并依此从新政的各方面揭露劣绅的丑恶。如为了兴学夺了当地的寺庙作为校舍，为了办学务而公开敛财。

地方自治过程中的绅民冲突，以饮椒的短篇小说《地方自治》（1907）对新裁判所的描写最为入骨。小说设置了两个场景，前一个场景是一位豪客坐黄包车克扣车钱，并将车夫送入新裁判所，一老者为车夫打抱不平；后一个场景是新裁判所所长审讯众人，对老者言：“你着了粗布的衣服，还像中流社会的人。但不过人各有职业，把职业荒废掉了，替这种下流社会的车夫出场，想他甚么呢？”又对车夫言：“你们下流社会的，见了外国人，很欢喜替他拉车，常想发一注大财。有时逢着一文不给，你们也没奈何。今天这位坐车的贵公子，已经给你两个铜元，你还要争多争少，实在是没得爱国心。”新裁判所的裁定刻意将中流社会与下流社会加以区分，并以维护中上层利益为准。

纵观清末小说，其内里洋溢着同样的乐观精神，正如萧功秦所归纳的“制度主义”或“制度决定论”，即无视制度实行的前提而执意将之作为解决中国问题的工具与方法。[①] 社会小说虽以揭露地方新政、地方自治造就的劣绅形象为主，但与政治小说正反相依，借批判来推动社会的进步。《自治地方》最后展望“后来的自利自尊，未必永远和现在的自利自尊一样，后来的议长总董，未必个个和现在的议长总董一样”。吴趼人借《新石头记》表达其政治理想，他虽然期待理想的文明专制，但仍旧赞同当时的立宪政治，“地方虽有恶绅，却未必个个都是

① 参见萧功秦：《危机中的变革：清末政治中的激进与保守》，广东人民出版社 2011 年版，第 96、127 页。

恶绅,议员又不是一个人,还可以望利害参半,逐渐改良”。新小说家对政治的想象或批判多不指向政体本身,而是热衷于人事,赋予士绅群体过多的期待或不满,将道德作为塑造和评判人物形象的主要标准。

三、民初新小说中乡绅形象的建构

“种族革命至辛亥十二月已告成功,而政治革命迄今尚未成事实。”①民初政治不尽如人意,几乎是民初舆论的普遍共识。辛亥革命是一场流血很少成本很低的政治运动,但正因如此,除了清政府垮台,既有的政治势力并没有太大的变动,袁世凯代表的官僚群体、立宪派代表的士绅群体以及同盟会代表的革命家群体共同活跃着。在民初政坛上,袁世凯政府虽然拥有最高权威,但并没有真正掌控全局,不仅有众多政治党派鼓吹各种舆论,并且南方众多省份蠢蠢欲动,在这种政治社会结构没有巨变的情况下,士绅等传统精英仍旧发挥着重要的作用。但是经过现代政治洗礼的中国人不能忍受一池死水的局面,尤其是经历了二次革命、袁世凯称帝、张勋复辟等接二连三的挫败之后,他们对现代政治进程的不满日益强烈。不同领域的人们开始反思民初政治,并将焦点投向士绅这一传统社会的中坚阶层。民初小说家以礼拜六-鸳鸯蝴蝶派等文人为主,这批文人与清末文人有重合,也有新变,他们并非后来新文学家口中的刻板形象,既有传统士人的文化趣味和报刊文人的商业敏感,也有一以贯之的社会责任感,他们创作了大量与时俱进的社会小说,以独特的方式参与了反思的进程,多认为士绅群体不可信赖并将走向没落,故塑造的人物多为生计艰难的守旧士绅和无所适从的趋新士绅。

民初小说仍旧多以士绅群体为主角,并且书写了辛亥革命、政党斗争、袁世凯复辟、张勋复辟等重要历史事件中的士绅群体。其中,李涵秋的社会小说《广陵潮》(1908—1919)最为典型,小说以扬州一地中下层士绅为主体,对志士和劣绅均有反映,折射了不同士绅寻求出路或走向没落的镜像。

李涵秋的《广陵潮》自清末写到民初,涉及时代也是清末与民初参半,是民国最负盛名的社会言情小说,事无巨细地再现了近现代历史进程中扬州各色人

① 柳诒徵:《中国文化史》,《学衡》1929年7月第70期。

等的生活和命运。与清末小说家不同，李涵秋虽然关注政治变迁，却没有图解政治、充当传声筒的欲望，故其叙述重心从政治转移到了大千社会，他只是将政治作为一种氛围或背景，凸显历史转折时期不同士绅阶层的处境和选择。李涵秋专门在书中剖明心迹："只好就社会上的状态，来叙出他们些事迹，好让读书诸君知道，他们大人物在上面革命，我们小人物在下面受罪，才不失我这社会小说的宗旨。"（第五十六回）正是由于秉持了这种平实的态度，李涵秋营造了一个更为靠近现实的小说世界，小说涉及近百人物，上至督抚，下至三教九流，叙述或详或略，却一一顾及人物的家庭、生计甚至命运结局。在各色人等中，占据核心的正是士绅阶层，他们类型各异，在地方社会中的位置和作用亦不同。具体而言，有石茂椿、伍晋芳等影响一地的上层乡绅，也有何其甫、刘祖翼等生计艰难的底层士绅；有保守旧道德、旧政治的保守士绅，也有紧跟潮流参与革命或干预新政的趋新士绅。总体而言，李涵秋笔下的士绅多为大时代下的没落者，守旧者生计艰难，趋新者也无所适从。

小说虽然写了众多的时代关口，却重在叙写变中的不变，而叙写重心正是士绅等地方当权者的位置和手段。关于辛亥以来的时事，李涵秋写到了辛亥革命、两次议会选举、两次复辟，其中，辛亥革命、议会选举都是政治现代化的努力，而复辟则是政治现代化的逆转。在小说中，民初政治没有新的气象，辛亥革命、议会选举成为既得利益者的游戏，而复辟更是一场场闹剧。

辛亥革命爆发后，扬州光复的过程兵不血刃，二十五区的区长带人排队恭候革命党的到来，盐运使和知府纷纷逃走。商会维护绅权，曾是道台的大乡绅石茂椿借着"绅权时代"的东风，转身成了光复扬州的民政长，与会党出身的革命党人孟海华一起分割了军政大权。富有戏剧性的是，知县毕升后来参加了县知事考试，还做上了民国的官。在李涵秋看来，革命并没有带来什么新变化，只是为乡绅提供了进入地方权力中枢的机会。很快第一次选举开始，选举本是民主政治的重要进程，但为新士绅的兴起创造了机会。小说中聚焦的是田福恩——商铺店主的儿子，他在清末并没有绅士资格，但是在江都县的初选中通过运作成了议员，于是"成全了他一个小绅士的资格"。到第二次选举的时候，经营人力车公司的乔家运通过运作成了选举的调查主任，并准备了种种舞弊发财的办法。李涵秋借人物之口指出"不过办理选举，在表面上看起来，原是中华民国尊重民意的大典，但是都为一班半绅衿式的人物把持，任你怎样公正的人去办,也不能廓清他们的积弊”(第九十一回)。

在民初的几次复辟中,登场的是遗老和腐儒,包揽了士绅的上下两个阶层。在小说中,腐儒是一直存在的,以何其甫等人为代表。这一群体多为底层士绅,从事塾师的职业,固守旧的秩序,无论是知识还是道德都表现出迂腐甚至虚伪的一面。何其甫等人在清末组织敬惜字纸的聚会,在辛亥革命后表演殉节,在白话文兴起后成立文言统一研究所。在李涵秋的笔下,这群腐儒恰恰是名实不副,其行为充满了表演性和虚假性。当他们要为大清灭亡而殉国的时候,却互相推脱装模作样,旁观者一针见血地指出“大清亡国与秀才有什么相干,他们偏要乌烟瘴气地向这明伦堂上来寻死觅活,还编出一个殉节的大题目来骗人。我们小百姓都只当既是殉节的人,自然是些正人君子,却料不到正人君子做的事,便连我们小百姓也还不如”(第六十五回)。遗老则是到了民国才出现,并且都是上层士绅。这一群体同样固守旧秩序,是复辟的积极参与者。辛亥以后,扬州巨绅程宗敬私下里与张勋联系,并在张勋复辟时积极赞助。小说同样戳破了遗老的光环,将之与腐儒同列,第八十五回的回目非常贴切,“遗老拜牌演成趣剧,腐儒说梦志在科名”。

李涵秋借小说回应民初政治失败的命题,其塑造的新旧士绅都没有作为,他们将民初政治变迁作为自己得利的契机。新的士绅正是小说中所言的“半绅衿式的人物”,是议会选举造就的一群得势者,他们只是一味捞钱。旧的士绅,即遗老和腐儒,更是现代政治的绊脚石。城里的士绅无所作为,乡下的士绅更是胡作非为。小说最后讲到清乡一事,仍旧是官绅合办,由本乡士绅主持。各乡乡董趁机勒索,“有些劣董,都借着清乡为名,凡有些缝眼可钻的,不说他是窝家,就指他为匪类。其实他们和这些人民并没有十分大仇,无非想靠着一个名目,敲敲竹杠”,李涵秋直言“什么叫匪类?什么叫做乡董?恐怕那些乡下的劣绅,大半是匪类的变相哩”(第九十八回)。

《广陵潮》虽然是大圆满结尾,内核却是悲剧性的,尤其是对士绅群体而言,他们是注定没落的一群人。时代在不断变化,但他们并没有找到自身的位置,也没有什么光彩的结局。其中,守旧的底层士绅几乎都面临生计艰难的问题,充当塾师的士绅命运惨淡,如失馆的雷先生在新式学堂开学之际悄无声息地倒毙在学堂外(第五十一回)。其他士绅被迫从事其他旧生计,张公馆主人在失馆之后开了一家秘密烟馆,杨靖等人借扶乩骗财营生,刘祖翼甚至在街上摆摊算命。趋新的士绅们或不断投机，或无奈旁观。云麟可谓全书的主角，整体上处于新旧之间，涉足了众多维新的事业，辛亥革命时被视为富玉鸾的同党，民初试行政党政治时做了扬州国民党支部部长，后来又做了清乡的文牍主任，但究其实，云麟几乎都是被动参加，并没有多少积极的表现，更像是一个时代的旁观者。他是时代的边缘人物，他更在意的是儿女情长，以致连家里的生计都难以支撑。

在李涵秋等民初小说家笔下，士绅群体的形象更为多元和复杂，共通之处是他们不再是现代社会政治变革的偶像和希望。大多数士绅品行恶劣，只顾中饱私囊，毫无利民利国之心。无论大乡绅还是革命党人，在革命爆发后，他们或趁机占得高位，如石茂椿，或自此腐化堕落，如真济美。在他们创作的为数不多的几位正面人物中，投身革命的富玉鸾在革命爆发之际被杀，儿女情长的云麟多数时候只是社会的旁观者。中国社会的变迁仍在继续，呼吁着新的改革者和革命家，被近代小说所建构和宣扬的劣绅和失意志士甚至成了下一波革命的对象。

近代小说家对士绅形象的建构并非是对现实单纯的描写和叙述，而是出于特定的政治理念与政治期待而人为建构的。从新小说家到鲁迅，虽然多属于或出身于士绅阶层，同时属于士绅阶层向现代知识分子分化的阶层，为了践行西方现代政治理念或思想观念，最终放弃并葬送了士绅阶层。民国以后，虽然士绅群体仍大量存在，但劣绅的脸谱化形象充斥中国，影响了现实政治的进程，最终成为 1927 年国民大革命打倒的对象。

第四节　周氏兄弟的另类建构

近代文人的乡贤叙事有主流与支流之分。以上几节所讨论的正是主流，人们在重建地方乃至民族国家的过程中，将乡贤文化作为可利用或改造的资源或材料，由此产生的乡贤叙事带有强烈的政治功利性。在此主流之外，还有一些人与时代思潮保持着若即若离的关系，倾向于从学术的、文学的角度整理或书写既有的乡贤文化。这一支流，恰恰开启了后来新文学的某些脉络。为了揭示这一支流的面貌，周氏兄弟——鲁迅(周树人)和周作人，是合适的切入点。

一、周氏兄弟的乡土实践

周氏兄弟是1880年代出生代，从人才递嬗的角度看，他们应该崛起于近代文坛，但事实上他们在近代文坛可谓寂寂无闻，却在其后的五四新文坛上大放异彩，成为新文学的发起人和奠基者。他们的文化理念和文学倾向与近代的主流观念有许多差异，可谓近代的一支潜流、五四的先河。他们从民初开始便对乡贤文化进行了集中发掘和整理，并且投入了很大的精力。这一时期他们对地方政治、乡贤著作的态度和做法，彰显出独特的取向，并且在后来的文学创作中不断有所体现。

在讨论周氏兄弟的独特建构前，我们首先梳理一下他们民初以绍兴为重心的生活和创作史实。

周氏兄弟是士绅子弟，出身于绍兴的大家族，祖父是进士，父亲是秀才。二人早年的经历如出一辙，虽然家道中落，但在晚清时期接受了完整的中西方教育。他们从小接受传统教育，为科举考试做了一些努力，但不久便放弃了，开始转向新式教育。他们先在南京学习，后到日本留学，留学归国后回到浙江做新式学校的教师。自1912年至1917年，鲁迅远离绍兴，在南京、北京做教育部的小官吏，而周作人基本上待在绍兴，在省立第五中学、绍兴县教育会中担任重要的职务。

从空间上看，周氏兄弟与绍兴的距离并不相同，但是细细勾勒，可知绍兴是民初周氏兄弟生活和工作的一大焦点。周氏兄弟的民初日记中保留了他们日常生活的原初一面。文人的日常生活，除了衣食住行外，主要包括交游和阅读。先看待在绍兴的周作人，他生活的圆心自是绍兴无疑。不妨列周作人1914年正月的几则日记：

> 一日，晚阅《萝庵游赏小志》。
>
> 二日，下午书估王晴阳持《会稽掇英集》来……予洋三元，并前凡八元也。
>
> 四日，下午编《月刊》了。
>
> 八日，上午至公署纳地丁税。至教育会一转，买《小说月报》(七)及商

务《童话》一册，总得十九本。

九日，寄北京书四包，内《掇英总集》《笠泽丛书》《初学记》等共十六本。

十一日，上午至县署，见金知事及第三科长阮。

十八日，叒社方假地开会，遇陈、施诸人，属主小说编辑事。

廿二日，夜半祝福、祀神。信房值年。

廿五日，晚祀祖分岁，又同乔风携灯至清道桥一游，由大云桥归。

从这些片段可知，周作人的交游对象主要有两类：一是鲁迅、周建人等兄弟、族人，二是县署、教育会、叒社等地方政界、学界人物。与这些交游相应，周作人还参与家族的祭祀、地丁税，并且积极介入地方的学务和教育。在购书和阅读方面，周作人保持了较高的频率，将乡贤著作作为一个重心（此外，主要是英文和日文书、新出小说和小说杂志等）。从交游和阅读两方面看，民初的周作人过着类似传统乡绅的生活。

鲁迅自1912年离开绍兴后，主要在北京教育部任职，与故乡的关系相对远了。也列鲁迅1914年正月的几则日记：

二日，午后得二弟所寄《叒社》杂志一册……晚五时教育部社会教育司同人公宴于劝业场小有天。

三日，往留黎厂买《听桐庐残草》一本，一角，亦名《会稽王孝子遗诗》；又《陆放翁全集》一部，内文稿十二册……

九日，耕南索《绍兴教育会月刊》①，以三册赠之。

十六日，晚顾养吾招饮于醉琼林，以印二弟所译《炭画》事与文明书局总纂商榷也……写《舆地纪胜》中《绍兴府碑目》四叶。

二十三日，夜绍人沈稚香，陈东皋来，持有二弟书，十八日写。

二十八日，晚季市来，赠以《绍教育会月刊》第四期一册。

三十一日，午后同徐吉轩游厂甸，遇朱逷先，钱中季，沈君默。下午魏福绵同一许姓名叔封者来，乞作保人，应知事试，允之，为签名而去。

---

① 鲁迅日记中九日提到的《绍兴教育会月刊》和二十八日提到的《绍教育会月刊》均指《绍兴县教育会月刊》。

从上面的片段可知,鲁迅的交游对象也有两类:一是教育部同事,二是浙江尤其是绍兴同乡,其下可分同学的章门弟子、来京的同乡以及居乡的兄弟等。与交游相应,鲁迅除了从事教育部的本职工作外,还参与了绍兴一地的众多活动,包括为同乡作保甚至赞助、为兄弟接洽书稿等。在购书和阅读方面,鲁迅主要集中于古籍,同样将乡贤著作作为重心。由此可知,鲁迅虽然旅居在外,但仍旧被各种同乡关系所包围,从留日时期的浙江同乡会到民初的绍兴会馆,直到后来北大的"某籍某系",一直从同乡那里收获友谊和支持,可以说他生活在一个泛绍兴的网络中。在这个网络中,绍兴会馆、亲朋好友以及来自故乡的书刊构成了一个个节点,如《绍兴县教育会月刊》《会稽郡故书杂集》等是用于同乡友朋交际的礼品。

民初周氏兄弟的交游、阅读的绍兴化或泛绍兴化,应该是没有疑问了。无论是居乡,还是旅居,民初周氏兄弟都将绍兴作为重要的根基,并相互协作投身其中。之所以如此,一是他们所处的环境所致,地缘仍旧是当时整个社会的重要纽带,尚未登上全国性舞台的周氏兄弟,在此时能依赖的正是或只有地缘关系,正是由于有地缘的支撑,他们在绍兴或北京才拥有了较为稳定且舒适的生活圈;二是他们的主动选择,周氏兄弟虽然接受了各种新文化的熏陶,但骨子里还保留着对传统文化尤其是乡邦文化的热爱甚至迷恋,而且他们能够在现代和传统之间找到契合点,便在本职工作或业余事务中小试牛刀,将乡贤文化的整理作为一飞冲天前的准备和实验。

接下来,我们同样从地方政治和乡贤著作两个方面出发,具体讨论周氏兄弟的乡贤文化建构路径及在文学中的表现。

自清末到民初,地方政治经历了新政、革命以及政争等阶段,涉及制度的选择、权力的分配以及大大小小的改革。对于绍兴一地的政治变革,周氏兄弟或多或少参与其中,但他们很少参与具体的政治博弈,而选择从教育、舆论等层面介入。

鲁迅1909年从日本回国后,先在杭州,后在绍兴教书,1912年离开浙江。鲁迅唯一介入地方政治的时间是绍兴光复前后。鲁迅最关注的应该就是辛亥革命,虽然他后来回忆说"没有做过什么工作,只是高兴得很"①,但他并没有置身事外,在绍兴光复前夕,鲁迅便和越社同人一起组织中学生上街巡行,迎接王金

① 景宋:《民元前的鲁迅先生》,《抗战文艺》1940年第6卷第4期。

发等革命军队的到来，在光复后支持越社创办《越铎日报》，发表各种监督舆论。

总体而言，鲁迅对现实政治是疏离甚至悲观的。鲁迅虽然支持绍兴光复并呼吁地方自治，但很快便因绍兴政局以及地方革命领导者的变化而去意已决，并因好友范爱农的遭遇而愈加悲观。早在辛亥革命爆发前，鲁迅便对地方社会表现出厌倦，不断向许寿裳感叹"越中棘地不可居""闭居越中，与新颢气久不相接，未二载遽成村人"。[①] 绍兴光复的第二天，鲁迅便指出"貌虽如此，内骨子里是依旧的，因为还是几个旧乡绅所组织的军政府"[②]。当范爱农被迫离职落水而死后，鲁迅在日记中悲叹"君子无终，越之不幸也，于是何几仲辈为群大蠹"[③]。

与鲁迅相比，周作人待在绍兴很长一段时间，并且长期参与绍兴一地的地方自治实践。在1911年回国前，周作人便在《绍兴公报》上发表了众多时评。辛亥革命发生时，周作人"一直躲在家里，虽是遇着革命这样大事件，也没有出去看过"[④]，但在民国成立后，他开始在地方报刊上频频发表文章，并且担任绍兴教育会会长，具体承担绍兴一地教育的诸多事务。

周作人很早便对地方自治产生了浓厚的兴趣。1910年，周作人肯定地方自治，宣扬地方选举的重要性，"畀以选举之权，使择其仁富谨厚众望素孚者以为代表，不特可以免前弊，抑地方之幸福，且由是而增进"。[⑤] 但究竟谁能担当重任，周作人显然对传统的乡绅阶层充满了质疑，"因地制宜，不得不借旧日绅董为他山之助，势也。然以彼刁绅劣董之擅弄威福，横行乡里已久，今又假手于若曹，民已惴惴焉惧。虽竭诚尽虑，为地方谋幸福者不乏其人，然祥麟威凤，不易数觏；而把持垄断，借公益以阴济奸私转什而八九"[⑥]，并将绍兴各县毁学的起因归之于绅，"上不在官，下不在民，而在于绅"[⑦]。当绍兴光复后，周作人期待能够

---

① 鲁迅：《书信·110307致许寿裳》《书信·110731致许寿裳》，见《鲁迅全集》第11卷，人民文学出版社2005年版，第345、348页。

② 鲁迅：《朝花夕拾·范爱农》，见《鲁迅全集》第2卷，人民文学出版社2005年版，第324页。

③ 鲁迅：《日记·1912年7月19日》，见《鲁迅著译编年全集》第2卷，人民出版社2009年版，第50页。

④ 周作人：《知堂回想录》，见《周作人散文全集》第13卷，广西师范大学出版社2009年版，第424页。

⑤ 周作人：《选民释义》，见《周作人散文全集》第1卷，广西师范大学出版社2009年版，第173页。

⑥ 周作人：《宪政编查馆致各督抚稽查自治员电文书后》，见《周作人散文全集》第1卷，广西师范大学出版社2009年版，第160页。

⑦ 周作人：《论馀上新嵊毁学案》，见《周作人散文全集》第1卷，广西师范大学出版社2009年版，第191页。

出现新的局面,“予生于越,不能远引以观其变,今唯以越一隅为之征。当察越之君子何以自建,越之野人何以自安;公仆之政何所别于君侯,国士之行何所异于臣妾”①。

周作人所期待的“越之君子”,实际上正是他们这一群接受过新式教育的人。他与兄弟一起呼吁“比者华土光复,共和之治可致,地方自治,为之首涂”,但他们理想的进入途径是教育,“治之良否,则以公民程度为差,故国民教育实其本柢”,进一步指出“上论学术,未可求全于凡众,今之所急,惟在能造成人民,为国柱石,即小学及通俗之教育是也”。② 其后,周作人除了短时间担任浙江省教育司视学外,还开始负责绍兴县教育会,通过教育会开始了长期的自治实践。

教育会是典型的地方自治机构。教育会早在清末便大量出现,不仅是“地方绅士控制的近代社团组织,而且也成为派生其他团体的‘雏形’(如农会、自治公所),或者成为绅士们过问地方事务的中心”。③ 民初成立的绍兴县教育会是官方认可的民间组织,“以筹议本县教育事宜,力图教育发达为宗旨”,具体事务包括学校教育事件、教育经费事件、学校设置及变更事件、风俗改良事件、戏曲及通俗文学检查事件、古迹及美术品保存事件等十项。④ 教育会还创办了会刊,并附设调查部和学术讲演会。周作人自1913年4月到1917年3月担任两任教育会会长,并担任《绍兴县教育会月刊》(1914年11月20日改名为《绍兴县教育杂志》)首任主编。教育会是自治机构,常组织选举和评议等常规活动,为周作人等人提供了实行自治的操练平台。在教育会杂志上,几乎每期都有本会纪事,大都是评议会关于具体事务的表决结果,此外还刊登大量的短评,对具体事件提出有针对性的批评和建议。

教育会虽为民间组织,却带有官方色彩。周作人在担任教育会会长期间,领县署的津贴,可参加县教育行政会议议事,并在省教育联合会和县署之间协调教育事务。周作人等人更乐于从事研究性活动,“会长言,本会宗旨在研究教育,为教育会性质,非补助教育行政之机关,故于研究一项似应加重。王子余君言,宜每月开研究会一次,会员得以研究所得寄至本会编入月刊,分发以备开会

① 周作人:《望越篇》,见《周作人散文全集》第1卷,广西师范大学出版社2009年版,第224页。
② 周树人、周建人:《维持小学之意见》,《越铎日报》1912年1月19日。
③ 王先明:《近代绅士——一个封建阶层的历史命运》,天津人民出版社1997年版,第261页。
④ 《绍兴县教育会章程》,《绍兴县教育会月刊》1913年10月15日第1号。

时讨论”[①]。从实际的工作看，周作人做的较多的也正是关于教育方面的研究和调查，至晚年回忆时他自己也认为所接触的“单说绍兴本地，而且只是教育文化一面的事情”“给公家做的事并不多，剩下来做的都是私人的事”。[②]

总体来看，在介入地方政治时，周氏兄弟的表现有同有异。鲁迅的介入非常短暂，他所在意的是理想状态的地方政治，厌恶甚至拒绝更为复杂的现实政治，后来他很快便离开绍兴去南京就职。周作人的介入非常持久，几乎贯穿了整个乡居时期，直到离乡去京的前几天他才辞去教育会会长一职。在任职期间，他能够有条不紊地推行自己的教育理想，而且始终未显疲态。在某种程度上可以说，对于地方政治而言，鲁迅是破坏的革命家，而周作人是改良的新乡绅，他们有一个共同点，即他们都身处地方政治的边缘地带。在地方政治中，中心和边缘同在，无论是鲁迅还是周作人，都没能进入权力中枢，也未真正影响绍兴一地的政治走向。

周氏兄弟早年在地方政治中的经历和体验，在很大程度上影响了他们之后的选择和事业。鲁迅的地方政治体验无疑是个性化的，对革命后的时局思考很少有政治层面的，更多是精神层面的[③]，并且无法像政治家那样提出真正的解决方案。正如美国汉学家哈雷特·密尔斯所言：“他没有谈论中国面临的‘重大’政治问题；他触及的范围很狭窄……然而真要拿出切实的改革计划时，鲁迅变得比在日本的时候更加含糊其辞，只能拿出一些空泛的议论来应付。”[④]与鲁迅相比，周作人更热衷于输入理想的社会建设方案，甚至引领了中国新村运动的潮流。新村运动是无政府主义思想影响下的社会改造方案，是一种和平改革的同人社区方案，追求个体乃至人类的充分自由，在某种程度上独立于整个社会之外，带有强烈的空想性。新村运动虽然是理想化的，却在某种程度上回应了周作人乡绅理想中积极的一面，即通过个人努力实现社区的理想自治。当新村运动落潮后，周作人开始退出改造社会的活动，转而宣扬个人化的“自己的园

---

① 《本会纪事》，《绍兴县教育会月刊》1914 年 1 月 15 日第 4 号。

② 周作人：《知堂回想录》，见《周作人散文全集》第 13 卷，广西师范大学出版社 2009 年版，第 436、446 页。

③ ［日］丸山升：《辛亥革命与其挫折》，见王俊文译：《鲁迅·革命·历史——丸山升现代中国文学论集》，北京大学出版社 2005 年版，第 37 页。

④ ［美］哈雷特·密尔斯：《鲁迅：文学与革命——从摩罗到马克思》，见乐黛云编：《国外鲁迅研究论集（1960—1981）》，北京大学出版社 1981 年版，第 10 页。

地”“十字街头的塔”“闭户读书”，展现出乡绅理想的另一面，即保障稳定的书斋生活。

二、周氏兄弟的乡贤叙事

接下来看看周氏兄弟的乡贤叙事。与鲁迅相比，周作人创作的小说很少，且鲜为人知。实际上，周作人自清末至五四时期也创作了十多篇小说，其中涉及乡绅的有《江村夜话》(《中华小说界》1914年7月1日第7期)。小说注重场景的呈现，一开始便是乡间风景的铺排，由此切入饮酒者的交谈。通过塾师和农夫的谈话呈现了一个悲剧故事，城中富豪看中佃户之女，下乡催租时在农家过夜，不久农家女怀孕，老农上城被拒，而后全家被抓，农家女一夕暴病而死。小说依旧以场景的呈现结束。在此故事中，城中富豪完全是负面形象。从小说史脉络看，该小说与当时的社会小说大同小异，对乡绅的塑造并没有什么特别之处。真正突破既有格局的是鲁迅的小说。

鲁迅1918年开始创作白话小说，始终不能忘怀他早年的乡村生活和挫折体验，在众多小说中书写了近代故乡的人和事，并进行了极具个性的建构。

从历史进程来看，近代民众启蒙、政治改良呈现出前所未有的局面。鲁迅认为在各阶层没有充分变革的情况下，地方的革命或自治都是换汤不换药。他的小说虽然对准了一个大变动的时代，却没有任何新的气象，充斥着令人压抑的各色人等的悲剧。在鲁迅的小说中，主要有三类人物，即不被人理解的革命者、保持惯性的保守乡绅和被侮辱的底层民众。这三类人似乎都不能承担变革的重任，鲁迅对他们都持一种质疑的态度，甚至赋予他们种种固定的形象，即革命者的孤独、乡绅的丑态、民众的蒙昧，等等。但是从叙事的突破性上看，鲁迅小说最显著的特色是颠覆了近代乡绅叙事的人物等级，将小说叙述的重心从绅转向了民，民成为主角，绅成为民的陪衬。

小说人物等级变化后，农民、小市民的精神和行动成为作家刻意凸显的对象，而士绅很少拥有独立的世界，常常成为工具性或隐喻性的角色。在阿Q、祥林嫂、爱姑这些丰满而独特的形象面前，无论是保守的赵太爷、鲁四老爷、七大人，还是趋新的假洋鬼子等人，都相对逊色，这些士绅形象的主要功能是构成一种乡村秩序或氛围，似乎都是为了凸显前者的存在而存在。在这一叙事宗旨下，乡绅群体依旧拥有显赫的权势，但整体是负面的，这里的负面主要不是表现在经济、政治层面，而表现在礼教、宗族和精神层面。由于鲁迅对政治革新的隔膜或无感，其小说中的新士绅同样没有新的气象，其中以假洋鬼子最为典型，他空有其表，没有任何新的作为。与新士绅存在交集的是知识分子，这些知识分子实际上正是鲁迅对自己这一代人的隐喻，他们接受过新式教育，早年参加过地方革命或改革，或者像夏瑜一样牺牲，或者像"我"、魏连殳等人一样离乡漂泊。鲁迅笔下的知识分子带有浓烈的悲剧、落魄色彩，都不能被民众和乡土社会所理解或接纳，最终只能游离于乡土。总体来看，鲁迅笔下的人物序列构造了一个死水般的世界，维系秩序的是乡绅，受侮辱的是平民，被隔离的是知识分子。

对于个体而言，地方是非常复杂的存在。从时间维度看，有记忆中的地方和当下的地方；从构成层次看，有文化的地方和政治的地方。大体而言，周氏兄弟对记忆中的地方和文化的地方有较多的温情和尊崇，却对当下的地方和政治的地方有许多隔膜，甚至给予了批评。与在地方政治中被边缘化不同，周氏兄弟在地域文化的整理和发掘方面做了非常多的贡献，并且在成名以后将绍兴一地的乡贤和著作推向了全国性舞台。民初正是周氏兄弟集中整理地域文化尤其是乡邦文献的时期。

周氏兄弟从政治转向文化的线索，在鲁迅《会稽郡故书杂集》序中有隐约的表露：

> 作人幼时，尝见武威张澍所辑书，于凉土文献，撰集甚众。笃恭乡里，尚此之谓。而会稽故籍，零落至今，未闻后贤为之纲纪。乃刱就所见书传，刺取遗篇，絫为一袠。中经游涉，又闻明哲之论，以为夸饰乡土，非大雅所尚。谢承、虞预且以是为讥于世。俯仰之间，遂辍其业。十年已后，归于会稽。禹勾践之遗迹故在。士女敖嬉，睥睨而过，殆将无所眷念，曾何夸饰之云，而土风不加美。是故叙述名德，著其贤能，记注陵泉，传其典实，使后人穆然有思古之情，古作者之用心至矣！[①]

---

① 鲁迅：《会稽郡故书杂集》，见《鲁迅著译编年全集》第 2 卷，人民出版社 2009 年版，第 280—281 页。

这段文字涉及“幼时、游涉、十年已后”三个时间点，完整再现了周氏兄弟几次转变的内在原因。首先是幼时，周作人后来回忆“不知道在戊戌前的哪一年，买到了一部《二西堂丛书》，其中全是古逸书的辑本，有古史传，地方志，乡贤遗集，自此抄书更有了方向，后来《古小说钩沉》和《会稽郡故书杂集》就由此出发以至成功”①。对乡邦文献的重视实是当时整个社会的风尚，周氏兄弟亦受时代的感染。其次是留日时期，留日学界省籍意识高涨，有“明哲”对“省界”提出批评，鲁迅也对“省界”产生了质疑。再次是辛亥返乡时期，伴随着新政的推行，各地在破迷信的号召下漠视甚至破坏传统遗迹，面对此现实，鲁迅开始重新反思乡邦传统，并开始了更为深刻的追求，力图发掘传统的精髓，为乡人提供借鉴。

从三个时期的变化可知，周氏兄弟之所以热衷于地域文化，除了受固有的地方意识的影响外，还受到现代文化观念的浸染。对于周氏兄弟而言，现代民族国家的建构，文化、精神的重建远比物质、政治更为重要。1908 年，鲁迅呼吁“精神界之战士”，要求“掊物质而张灵明，任个人而排众数”，具体的做法是“外之既不后于世界之思潮，内之仍弗失固有之血脉，取今复古，别立新宗”。② 既然要复古，真正的古只能“见诸古人之记录，与气禀未失之农人”。③ 1910 年，周作人也指出“一国文化之高下，以国民灵蠢之异为差，故趣味好尚之节，似属细微，然其影响甚大”，呼吁“革除故习，施以教养，使高上其趣味，以渐进于灵智，是迹似微末，实为文明之基础也”。④ 兄弟二人在中西之间寻找到了平衡点，在西方人类学、民俗学等现代学术的烛照下，开始在本国历史传统中寻找理想的对应物。在本国历史传统中，绍兴成了最理想的标本。

周氏兄弟有非常密切的合作，但又有各自努力的方向。

周氏兄弟在以绍兴为焦点时，虽然所处位置不同，一个在京城，一个在绍兴，但是他们一个在上倡导，一个在下推行，通过书信、报刊等多种方式传递信息，实现了同步互动或配合：

---

① 周作人:《抄书》，见《周作人散文全集》第 11 卷，广西师范大学出版社 2009 年版，第 684 页。

② 鲁迅:《文化偏至论》，见《鲁迅著译编年全集》第 1 卷，人民出版社 2009 年版，第 295 页。

③ 鲁迅:《破恶声论》，见《鲁迅著译编年全集》第 1 卷，人民出版社 2009 年版，第 305 页。

④ 周作人:《文明之基础》，见《周作人散文全集》第 1 卷，广西师范大学出版社 2009 年版，第 168—169 页。

周作人《征求日书》(《天觉报》1912 年 12 月 10—12 日第 40—42 号)载:“今欲得《嘉泰会稽志》及《续志》一部、《会稽掇英总集》一部、《越中金石志》一部,以供参考。”

周作人《论保存古迹》(《天觉报》1912 年 12 月 12 日第 42 号)载:“越地故国名胜,保存之谋,今不容忽。祠墓固无论矣,他凡史迹胜景,佛寺神祠,苟于国民文化有所关者,皆宜一律保存,无轻为变易,致改旧观,此为大要。”

鲁迅《拟播布美术意见书》(《教育部编纂处月刊》1913 年 2 月第 1 卷第 1 册)提倡人们从事“美术”建设、保存、研究的工作,在保存事业中,涉及著名之建筑、碑碣、壁画及造像、林野等,在研究事业中,涉及国民文术研究会的建立,“以理各地歌谣,俚谚,传说,童话等;详其意谊,辨其特性,又发挥而光大之,并以辅翼教育”。

周作人《古迹调查》(《绍兴县教育会月刊》1913 年 10 月 15 日第 1 号)涉及王羲之祠、唐将军墓、石篑山房。

周作人《风俗调查》(《绍兴县教育会月刊》1913 年 11 月 15 日第 2 号)涉及越地风俗。

周作人《征求绍兴儿歌童话启》(《绍兴县教育会月刊》1914 年 1 月 20 日第 4 号):“作人今欲采集儿歌童话,录为一编,以存越国土风之特色,为民俗研究儿童教育之资材。”

如果揆诸二人的日记,会发现周氏兄弟互动的细节数不胜数。周氏兄弟都将“美术”作为精神、文化的寄托物,所谓“美术”,具体包括雕塑、绘画、文章、建筑、音乐等。其中,乡贤文章或乡邦文献是一大焦点。周氏兄弟虽然都致力于整理乡贤著作,却有不同的领域和做法。

虽然周氏兄弟有很多交集,甚至在具体工作上也相互扶持,但是仍有许多差异。如在朝代上,鲁迅倾心魏晋,周作人专注明清;在类型上,鲁迅偏于史传地志,周作人侧重小品笔记和民间文学;在整理方法上,鲁迅注重文献学的学术考订,而周作人偏爱文学性的赏鉴和民俗学的调查。

民初,鲁迅除了本职工作外,把大量时间都投入到乡邦文献的整理中。早在 1911 年,鲁迅辑录《旧绍兴八县乡人著作目录》,同时频繁购阅乡邦文献,并进行抄录和校勘,于 1915 年出版了《会稽郡故书杂集》,此外他用力最多的是《嵇康集》。前人曾指出,鲁迅辑校古籍,一大特色在于“以会稽郡为横坐标,以魏晋时代为纵坐标”[①]。

晚清的国学保存运动走的是典型的“学术加革命”路线，到了鲁迅那里，革命色彩淡去，学术色彩渐浓。在不理想的地方现实面前，地方历史文化的价值被凸显出来，同是在1911年，鲁迅言“近读史数册，见会稽往往出奇士，今何不然？甚可悼叹！上自士大夫，下至台隶，居心卑险，不可施救，神赫斯怒，湮以洪水可也”，并感叹“吾乡书肆，几于绝无古书，中国文章，其将殒落”。[②] 鲁迅疏离并否定现实的地方社会，进一步体验到地方历史文化的可贵，对辛苦整理的《会稽郡故书杂集》充满期待：“书中贤俊之名，言行之迹，风土之美，多有方志所遗，舍此更不可见。用遗邦人，庶几供其景行，不忘于故。”[③]此外，鲁迅不无将地方文化传承作为学术志业的规划，曾经期待与好友许寿裳一同奋斗，“开拓越学，俾其曼衍，至于无疆”，甚至“拟立一社，集资刊越先正著述，次第流布”[④]，并且组建了越社。1914年，鲁迅为《会稽郡故书杂集》作序，谈及其效仿的对象，“幼时，尝见武威张澍所辑书，于凉土文献，撰集甚众”[⑤]。张澍对周氏兄弟的影响另有周作人的回忆为证，“很喜欢张君所著书，不但是因为辑古逸书收存乡邦文献，刻书字体也很可喜”[⑥]。至于其整理古籍所展示的朴学方法，更为后来学者所乐道，如石祥通过对鲁迅《会稽郡故书杂集》众多稿本的精细比对，指出鲁迅辑录工作的核心关切是审查佚文与书籍的关系、考察佚文本身的真伪正误、考察佚文内容及相关史实的关系，“从学术精神而言，这体现了鲁迅审慎严谨的治学态度”。[⑦]

鲁迅辑录的《会稽郡故书杂集》也包含了周作人的努力。[⑧] 周作人同样收藏了大量乡贤著作，“在绍兴城内做中学教师，忽发乡曲之见，想搜集一点越人著

① 徐小蛮：《鲁迅辑校古籍手稿及其研究价值》，《鲁迅研究月刊》1987年第8期。

② 鲁迅：《书信·110102致许寿裳》，见《鲁迅全集》第11卷，人民文学出版社2005年版，第341页。

③ 鲁迅：《〈会稽郡故书杂集〉序》，见《鲁迅著译编年全集》第2卷，人民出版社2009年版，第281页。

④ 鲁迅：《书信·101221致许寿裳》《书信·110412致许寿裳》，见《鲁迅全集》第11卷，人民文学出版社2005年版，第337、346页。

⑤ 同③，第280页。

⑥ 周作人：《关于鲁迅》，见《周作人散文全集》第7卷，广西师范大学出版社2009年版，第431页。

⑦ 石祥：《〈会稽郡故书杂集〉诸稿本的文献学研究》，《鲁迅研究月刊》2015年第1期。

⑧ 顾农：《周作人：鲁迅整理古籍的重要伙伴》，《鲁迅研究月刊》2014年第2期。

作，这且以山阴会稽为限”[①]。周作人别有抱负，不同于鲁迅述而不作的文献整理[②]，他撰写了大量的评述文字，并且发掘雅俗两类传统，前者以晚明小品文为代表，后者以《越谚》、民间歌谣为代表。

周作人后来回忆，“小时候，我于乡先生中有最佩服的两个人：一是乌程汪谢城，一是会稽的范啸风”“《湖雅》与《越谚》详记一地方的风物或言语，性质有点相近，但体例不大一样，前者略近《埤雅》《尔雅翼》，所谓亦雅诂之支流也；后者则全以俗语为主，随语记录，不避俚俗”。[③] 汪谢城、范啸风均为近代文人，地位不同、影响不一，但正是这些“乡先生”构成的地方文化氛围，让周作人一开始便亲近看似迥异的两种传统。从其民初日记所载的图书看，涉及近百种本省本府的乡贤文学，代表性的有《放翁集》《徐文长集》《陶庵梦忆》《文饭小品》等诗文别集，也有《全浙诗话》《会稽掇英总集》《越风》《上虞诗集》《越三子诗》等地方性总集。除了繁多的精英文学外，周作人也涉猎了民间文学。此时的周作人对本地文献不再停留于兴趣方面，开始了主动探究。周作人主动阅读或整理本地文献，在其日记中出现的有范啸风的《越谚》、茹敦和的《越言释》、章鞠僧的《民国新年越中竹枝词》等，并多次提及《越谚》的抄录或重订。

从 1915 年开始，周作人在《绍兴教育杂志》上刊登《读书杂录》，多为乡邦文献的读书笔记，作为其后来理论和创作关键的文人或作品悉数出现。在精英文学方面，周作人历数徐文长、张岱、王思任、李慈铭等的游记文，对张岱评价最高，“以文言道俗情，并冰爽绝伦，如握冰雪”。[④] 在民间文学方面，则盛赞范啸风的《越谚》为“空前之作”“信口记述，不加改饰，至为有识”，[⑤]并提及徐文长的故事，“儿时闻乡人谈及文长逸事，多荒诞可笑”。[⑥]

顺着这一时期的脉络，周作人在成为新文学、民间文学的旗手后，更为系统

---

① 周作人：《文饭小品》，见《周作人散文全集》第 6 卷，广西师范大学出版社 2009 年版，第 359 页。

② 周作人回忆说“他最初抄碑虽是别有目的，但是抄下去他也发生了一种校勘的兴趣，这兴趣便持续了好几年，后来才被创作和批评的兴趣替代了去”，亦可见鲁迅当时的状态。参见周作人：《抄碑的方法》，见《周作人散文全集》第 12 卷，广西师范大学出版社 2009 年版，第 155 页。

③ 周作人：《〈越谚〉跋》，见《周作人散文全集》第 6 卷，广西师范大学出版社 2009 年版，第 124 页。

④ 周作人：《越中游览记录》，见《周作人散文全集》第 1 卷，广西师范大学出版社 2009 年版，第 435 页。

⑤ 周作人：《范啸风》，见《周作人散文全集》第 1 卷，广西师范大学出版社 2009 年版，第 404 页。

⑥ 周作人：《徐文长》，见《周作人散文全集》第 1 卷，广西师范大学出版社 2009 年版，第 402 页。

地建构种种以乡贤、乡贤著作为坐标的新文学和民间文学理论。

周氏兄弟对地方历史文化的温情和喜爱，在之后持久发挥着影响，当他们以文学家的身份崛起后，早年体验过的地方历史文化以各种方式进入他们的艺术世界，以致“曼衍，至于无疆”。鲁迅的乡土小说、周作人的小品文都烙上了他们早年的印记。当潜流成为显赫的主流后，周氏兄弟终于将源自绍兴的乡贤文化推向了全国性舞台，并成为中国现代文学乃至文化的创造性组成部分。

清末民初，国家观念、爱国意识、“爱国必从爱乡起”等作为重要的正面价值被广为宣传，并迅速成为核心的价值体系。在五四时期，从国家到地方的中层意识均备受质疑，甚至被视为亟待打倒的对象。人们反省与质疑的武器主要来自世界主义、个人主义、无政府主义等新思潮，尤其是对世界与个人的推崇。人们对国家、地方意识的反思并非全盘推翻，而是某种程度的调整与重构。五四以后，中国政治、社会、文化的博弈更加剧烈，但是地方依旧是一种极为重要的价值生产场域。“把地方理解为一种不朽价值观念的场所的倾向并不限于保守的、民俗的、文学的或历史的实践范围之内，它也受到现代科学学科的同等程度的保护。事实上，到20世纪30年代为止，中国的人类学、社会学、地理学也同样参与了知识的生产，并与之缠结在一起，声称要对不朽价值观念在村落或地方(乡土)当中的再生产给以科学的解释。”①在这一背景下，新文学家开始重新审视地方传统，尤其是乡绅传统，并通过文学开始了新一轮的乡绅叙事。

---

① ［美］杜赞奇著，褚建芳译：《地方世界：现代中国的乡土诗学与政治》，见王铭铭主编：《中国人类学评论》第二辑，世界图书出版公司2007年版，第27页。

第二章 现代中国的乡贤文化与乡贤叙事

现代中国的乡贤文化是中国现代文学叙事的重要组成部分。现代中国的乡贤文化，在中国社会特别是乡村社会的历史大变革中，起伏不定，变动不居，命运多舛。现代中国乡贤文化的每一次变化都会在中国现代文学的乡土叙事中得到及时的反映或事后的历史反思与历史重构，考察中国现代文学乡土叙事中的乡贤叙事，不仅可以重现乡贤文化的历史面影，知其命运变化的历史因由，重估其对乡村治理的影响，为当下乡村社会的治理提供历史经验，而且也为重新认识和评价中国现代文学的现代性，提供过去被忽略的文化参照。

在中国现代文学中，关注中国乡村社会，叙述乡贤故事，表现和评价乡贤文化最多的是五四乡土文学、京派乡土文学、左翼乡土文学和解放区乡土文学。不同文学社团、流派和思潮中的乡土作家有不同的历史、政治与文化观念，对中国社会特别是乡村社会也就有不同的认识，对中国社会特别是乡村社会的历史发展与未来道路有不同的选择，因此对中国传统乡贤文化的认识与评价也就存在很大差别。所有这些不同及其带来的差别都影响到中国现代文学的乡贤叙事，也体现在各自独具特色的乡贤叙事中。

第一节　五四乡土文学中的启蒙观念与乡贤叙事

晚清至民国是中国历史上一个非常特别的时期，一方面，政局动荡，兵连祸结，民生维艰；另一方面，纲常瓦解，西潮东渐。至五四时期，即 1910—1920 年代,以"民主"和"科学"为旗帜的启蒙观念对旧伦理旧道德进行了全面而猛烈的抨击。被旧伦理旧道德浸染日久而求新能力微弱的无疑是偏远的乡村和小镇,故而,五四新文学的作者们大都将艺术视角伸向各自的故乡,书写他们的乡愁,其中既有对故乡的思念,但更主要的是启蒙书写,即以现代观念作为参照,批判故乡的蒙昧与落后,呼唤把"人"从旧文化旧习俗中解放出来。

启蒙视域是建立在民主和科学思想之上的西方价值,而其时乡土社会遵循的是以儒家文化为内核的传统价值,两种价值观对"人"的理解相距甚远。那么,在五四新文学作者的视域中,传统社会所倚重的深受儒家文化熏陶的乡贤是何面目?谁才是真正的乡贤?受政治及战争灾祸最为严重的乡土社会中到底存不存在乡贤?换而言之,启蒙观念如何进行乡土叙事?下文拟对此做初步探讨。

一、启蒙观念与鲁迅的乡绅批判

众所周知,在五四新文化运动的先驱中,鲁迅算得上是最坚定的启蒙者。民主与科学、自由与平等是鲁迅终生不渝的信仰,因而,在反传统的道路上,鲁迅真正做到了勇敢决绝,义无反顾。在创作前期,鲁迅多将自己反传统的思想表现在小说文本之中,后期则以杂文为"匕首"和"投枪",直接抨击一切倒向传统的言论和行为,可谓始终如一,至死不渝。在前期的小说创作中,鲁迅凭借丰富的人生阅历和敏锐的艺术触觉,描绘出乡土社会中种种"非现代性""反现代性"的存在,引领了乡土小说的创作潮流,成为五四乡土文学的开山之祖。

鲁迅后来在回顾自己的创作目的时,说得很明白:"说到'为什么'做小说罢,我仍抱着十多年前的'启蒙主义',以为必须是'为人生',而且要改良这人生。"[①]启蒙主义在鲁迅的乡土小说中体现得特别鲜明,它最直接的表现就是彻底解构儒家文化,因为儒家文化作为传统文化的主流,可谓树大根深,影响深远,只有消解儒家文化以及因之而形成的风俗习惯的正当性,才能为"现代"踏出一条路来。

在传统社会中,由于教育普及率低下,乡间百姓大多不懂礼法,教育民众、

① 鲁迅:《我怎么做起小说来》,见《鲁迅全集》第4卷,人民文学出版社2005年版,第526页。

传播政令的责任就落到乡绅头上，即所谓“皇权止达于县”。乡绅因之成为一个特殊阶层，这个阶层非官非民，但上通各级官员，下达寻常百姓，对乡土社会的正常运转以及礼俗文化的传承功不可没，封建王朝对之多有倚重，还专门规定了给予乡绅的种种特权和礼遇。[①] 乡绅中品德、能力杰出者即为乡贤。至晚清及民初，乡贤依然在乡村日常生活中发挥着至关重要的作用。作为一个接受儒家文化教育的群体，乡贤的文化人格受到儒家基本思想的培养和塑造，但恰恰是乡贤所信奉的儒家文化，决定了他们在五四乡土文学中的隐退。

正如有学者所言：“儒家整个学问可以说是一套‘成德之学’或‘内圣之学’。所谓成德、内圣或是为己，所指的都是把道德实践及德性的培养作为目的的一种活动。这种活动的最终目的是成圣成贤。”[②]儒家重视个人的道德修养，致力于培养道德上的完人，但作为一个有七情六欲并受现实羁绊的个人，能多大程度地践行儒家学说呢？这些活跃在乡间大地的儒生，真的能“成圣成贤”吗？在具有现代思想的鲁迅看来，这些是值得怀疑的问题。

鲁迅站在人性论的立场上，描绘了“成圣成贤”的虚妄。宋明以后，儒家特别强调对个人欲望的压制，提倡“存天理，灭人欲”。儒家认为欲“成圣成贤”，就必须“灭人欲”，但鲁迅认为，人欲是无法灭掉的。《肥皂》里的四铭表面上道貌岸然，但不由自主地流露出对年轻女性身体的欲望，在四铭的教养中，这样的欲望是不该有的，因而有意压抑，被压抑的欲望进入潜意识，却以另一种形式表露得尽人皆知。四铭太太说得直接：“你们男人不是骂十八九岁的女学生，就是称赞十八九岁的女讨饭：都不是什么好心思。”《高老夫子》形神兼备地描绘了一个中老年男人高干亭被压抑的欲望。高干亭抱着去“看看女学生”的心思接受女校聘书，上课前顾影自怜，课堂上贪睹女生容貌，同时又生怕被女生看破，一听到台下有笑声就神经过敏。鲁迅以旧式读书人灭不掉的欲望戳破儒家学说的神话，把士子描绘为或被欲望驱使，或压抑欲望的凡人。鲁迅从“人欲”这一点解构儒家文化，可谓正中要害。儒家文化强调对欲望的压抑，并日益走向极端，严重违背了人的本性，而五四新文学运动在思想上的最大贡献就是以现代人学观捍卫人的权力，正视人的欲求。

---

① 参阅岑大利：《中国历代乡绅史话》，沈阳出版社 2007 年版，第 31—66 页。

② 石元康：《从中国文化到现代性：典范转移？》，生活 · 读书 · 新知三联书店 2000 年版，第 117 页。

在鲁迅笔下,传统士子不仅在"人欲"方面,而且在道德品行上也乏善可陈。《孔乙己》中的丁举人因孔乙己在自己家小偷小摸,竟然将他的腿打折了,导致谋生乏术的落魄书生孔乙己走向穷途末路;《离婚》中的慰老爷和七大人以势压人;《阿Q正传》中的赵太爷专横刻薄,贪婪自私;《风波》中的赵七爷小肚鸡肠,幸灾乐祸;《长明灯》中的四爷贪婪阴险,如此等等。鲁迅以犀利的文笔刻画了这些活跃在乡土社会中的士子,其中,既有对自私人性的洞察,也有对传统、对儒家文化的嘲弄和批判。鲁迅在《祝福》中则从整体上揶揄、讽刺儒家学说。小说先以鲁四老爷书房中语出朱熹《论语集注》的对联一半脱落,一半仍在,隐喻士子与经典之间的精神联系已经松垮,后来,鲁四老爷的行为也证实了儒家文化并没有赋予他高于常人的精神境界,其冷酷自私反而甚于常人。

在以儒家为核心的传统文化与西方现代文化二元对立、非此即彼的历史语境中,鲁迅没有别的选择。选择现代,就必然要抨击传统,换而言之,抨击传统是为了更坚决地选择现代。在第一本杂文集的后记中,鲁迅说得明白:"或者简直可以说,在进化的链子上,一切都是中间物。当开首改革文章的时候,有几个不三不四的作者,是当然的,只能这样,也需要这样。他的任务,是在有些警觉之后,喊出一种新声;又因为从旧垒中来,情形看得较为分明,反戈一击,易制强敌的死命。"①因此,尽管鲁迅的思想、行为多受儒家文化的影响,但在公开发表的文字中,鲁迅对包括儒家文化在内的传统文化,一直保持批判的姿态。鲁迅决绝的反传统是历史发展的需要,鲁迅的叙事立场与基调,对其后的作者产生了巨大的影响,由此导致五四乡土小说中乡贤形象的匮缺。

二、旧乡贤的模糊身影与新乡贤的初露锋芒

五四时期,乡土文学成为创作潮流与鲁迅系列乡土小说的启发与示范有直接关系,不用说追随鲁迅、与鲁迅有交往的青年作家,就连与鲁迅较为疏远的沈从文也承认受其影响:"从小又读过《聊斋志异》和《今古传奇》,新作家中契诃夫和莫泊桑短篇正介绍进来,加之由鲁迅先生起始以乡村回忆做题材的小说正受

① 鲁迅:《写在〈坟〉后面》,见《鲁迅全集》第1卷,人民文学出版社1973年版,第264页。

广大读者欢迎，我的学习用笔，因之获得不少勇气和信心。”[1]鲁迅乡土小说之所以能够产生巨大影响，可归因于其精湛的艺术技巧、富有感染力的白话语体，但更重要的则是小说所传达的现代理念，换而言之，鲁迅乡土小说与时代精神的高度契合为那些被时代唤醒的青年指引了一条“感时忧国”的道路，于是，乡土小说创作蔚然成风。

虽然在五四青年作家的眼里，乡贤是与没落的社会与陈旧的文化连在一起的，属于落后乃至反动的人物，但这些作家大多抱着“改良人生”的创作目的，具有很强的现实主义精神，他们比鲁迅的乡土经验更为丰富，对乡贤有更多的了解与接触，因而在他们的笔下，多多少少留下了乡贤们的真实身影。虽然乡贤很少作为小说的主人公，但他们偶尔出场也显示出不同凡响的道德境界和影响力。接受儒家文化熏陶的旧乡贤为五四作者所关注的主要品格有以下三点：

其一，讲礼仪，具有仁爱思想，富有正义感。彭家煌的《今昔》《怂恿》、鲁彦《阿长贼骨头》可为代表。《今昔》讲的是在1916—1926年中国社会的沧桑巨变中，湖南东北部农民的遭遇。十年前，即1916年，军阀混战殃及无辜农民，他们遭受“清乡委员”的敲诈、刑讯与杀戮；十年后，即1926年，在农民运动中牛贩子出身的农协委员借下乡之机敲诈私自酿酒的两个农民。小说以今昔对比的方式，书写农民在不同历史时期相同的被压迫、被鱼肉的命运，同时，也描绘了农民始终不绝的反抗，委员今昔易人，身份亦不同，但都遭掌掴，颜面丧尽。特别是十年前，芝大王爷痛打清乡委员，可谓理直气壮。其实，芝大王爷与清乡委员并无私人恩怨，只是委员多次对士绅无礼，“见了绅士不起身，不脱眼镜”，被芝大王爷一拳打碎了眼镜，“脸上当场挂了彩”。从身份上看，芝大王爷做过一任知府，又是候补道，属于士绅，其责打傲慢官员的行为，深得民心，被传为美谈，谓之乡贤，不为过誉。芝大王爷捍卫的是士绅的面子，讲的是儒家礼仪，故而，委员也无可奈何。村民对芝大王爷壮举的传颂，既含有对官员倨傲不恭的不满，也有对礼仪文化的认同，有学者指出“（自汉代始）儒教大传统确实逐渐渗透到民间日常生活之中”[2]，当为确论。《怂恿》讲的是湖南乡间老实人被利用、被

---

① 沈从文：《〈沈从文小说选集〉题记》，见《沈从文全集》第16卷，北岳文艺出版社2009年版，第374页。

② 余英时：《士与中国文化》，上海人民出版社2013年版，第166页。

捉弄的闹剧。闹剧的幕后操纵者是劣绅牛七,其中夹杂了两个家族的明争暗斗。耐人寻味的是,牛七的哥哥四爷,“在清朝算得个半边‘举人’”,对牛七的播弄是非不以为然,他特别珍重生命,牛七教唆老实的政屏以妻子上吊要挟对方,但四爷说:“如果二娘子有个什么,就是裕丰倾了家,政屏有什么了不得的乐趣!”对头裕丰老板的二哥雪河在省城“教过多年洋学堂的书”,与县官交情匪浅,“为人刚直,发起脾气来,连年尊派大的活祖宗雅骂的”,却没有参与这场闹剧。四爷、雪河这样的士子,虽非完人,但明辨是非,知人爱人,也算得上是乡贤。在《阿长贼骨头》中,阿长偷盗成性,骚扰妇女,挑拨离间,却百般抵赖,无耻至极,村中最有权威的判事深波先生当众对阿长说的是:“河盖并没有盖着!”言下之意就是,“不能做人,跳河去吧!”深波先生所言从正面支持了众人对阿长的谴责,显示了乡贤的正义感。

其二,为人正派,颇具声望。叶圣陶的长篇小说《倪焕之》描绘的是五四时期具有现代意识的爱国青年倪焕之从推行新式教育到投身社会改革的失败旅程。故事的重心是江南小镇上旧劣绅蒋士镳对新乡贤蒋冰如教育改革的种种阻扰。外号蒋老虎的蒋士镳身上集中体现了传统文化中的阴暗面:贪婪、奸诈、投机、钻营。脆弱而充满希望的新事物、新事业就是被这样的旧势力所破坏的。一部《倪焕之》就是新与旧的斗争。然而,叶圣陶并没有全盘否定旧势力,他以“闲笔”引出与蒋老虎不一样的旧式士子赵举人。赵举人在书中先后三次出场。第一次是在茶馆里,作者介绍赵举人是“有头等资望的老辈”,当蒋老虎胡诌学校准备用来办农场的荒地是他家的时候,赵举人据实说:“记得那块地方向来是荒地。”他劝蒋老虎不要跟蒋冰如打官司。第二次是金佩璋的哥哥树伯请他充当倪焕之、金佩璋的证婚人,身为教师的树伯认为“论齿论德,都只有他配”。这两次出场都突现了赵举人的良好人品和声誉。最后一次是五四运动的消息传到镇上,赵举人喜不自胜,在茶馆里发表了慷慨激昂的爱国言论。三次出场完整地刻画了一个正派、温和、爱国的旧乡贤形象。谓之“闲笔”是因为小说的主旨是描绘具有民主思想的现代知识分子遭受各种旧势力旧思想的束缚、困扰与打击,而赵举人的言行与此无关,甚至有所抵牾,因为作为旧势力中的一员,赵举人对新人新事并未阻挠。作者之所以精心刻画赵举人这一旧乡贤形象,就是想真实地描绘当时江南小镇人文风习的全貌,《倪焕之》在真实性方面的成就,夏丏尊早就指出来了:“十余年来中国的教育界的状况,乡村都会的情形,家庭的风波，革命前后的动摇，遂如实在纸上现出，一切都逼真，一切都活跃有生气。”①江南小镇真实的情形乃是旧式士子中既有蒋老虎之流的劣绅，也有赵举人一类的乡贤。鲁彦在《一个危险的人物》中描绘了一个蒙昧、落后的村庄，但村中也不乏乡贤，他写道：“现在有两个秀才都还活着。有两家人家请着先生在教子弟。象林元，虽已改了业做了医生，但他笔墨的好是人人知道的，他从前也是一个童生。年青的象进安，村中有什么信札都是他代看代写。评理讲事有丹生。募捐倡议有芝亭。此外还尽有识字能文的人。”在宽泛的意义上，秀才、医生等这些“识文断字”的人都属于乡贤，他们都能得到村民的信服，承担着地方上的文化教育与公共事务。

其三，心地善良，宽厚，世故。台静农小说《天二哥》中的吴六先生，在天二哥无理取闹、用硕大的身体压住小柿子痛打的时候，“看得有些不忍，用力将天二爷拉开”，从而将可怜的小柿子解救出来，而此时众人对天二哥送去一片喝彩，阿谀之声不断，两相对照，越发凸显吴六先生的善良。在许杰的《隐匿》中，彩珠的舅舅江峰是“剪了辫的上等人”，但在处理彩珠因丈夫外出多年而与人私通致孕一事时，丝毫不见道学家的迂腐与冷酷，他把彩珠藏在自家楼上待产，出面与彩珠突然归来的丈夫周旋。在江峰身上体现出乡贤的宽厚仁慈。论文化程度，鲁彦《许是不至于罢》中的财主王阿虞算不上乡贤，但论经济实力和为人处世的方式，他又属于乡贤一类人物。王财主平时为众人调解纠纷，不惜以钱财结交四邻，但疑遭强盗打劫时，王财主敲锣报警，却无一人出手相助。第二天，许多人假惺惺地前来慰问，王财主却圆滑地与之周旋，不肯怠慢、得罪任何人，王财主的世故只是为了与众人保持良好的关系。

虽然五四乡土小说中的旧乡贤在品格上有值得肯定的一面，但作者毕竟是站在五四新文化的立场上评价旧人物，在他们笔下，旧乡贤身上不可避免地带有陈腐、没落的气息。例如，《倪焕之》中的赵举人，作为证婚人，他认为当众演说粗俗，改为以朗诵八股文的腔调，摇头晃脑、神气十足地诵读长篇祝词，令众人忍俊不禁，完全是一个过时的旧人物形象。《怂恿》中的四爷、雪河都略显自私和狭隘。在更多小说中，旧乡贤作为次要人物，出场机会少，性格单一，作者

① 夏丏尊：《关于〈倪焕之〉》，见叶至善等编：《叶圣陶集》第三卷，江苏教育出版社2004年版，第274页。

着墨较多的是新乡贤。

新乡贤是指生活在农村或小镇上的接受过新式教育,具有现代思想的知识分子。五四时期的新乡贤有理想、有追求,属于乡土社会的“新人”,在五四乡土文学中,新乡贤大致也可分为三类。

第一类是不成熟的“新人”。这类人物多出现在叶圣陶笔下的江南小镇上。从1912年中学毕业初为小学教师,到1923年进入商务印书馆,这十二年中有八年多的时间,叶圣陶在苏州附近担任小学教师,熟悉当地的新旧知识分子,对当时苏州近郊小镇的风土人情也有深入的了解,因而,他能传神地描绘出赵举人一类的旧乡贤,也能形象地描绘出蒋冰如一类的新乡贤。叶圣陶在《校长》《搭班子》《倪焕之》等小说中,塑造了性格相似的小学校长形象。作者不是将视点单一地限定于校园或教育,而是在小镇多重的、复杂的关系网中,描写不同人物的性格,这些人物的命运是与小镇连在一起的,与其说小说反映的是他们和小镇校长的烦恼,不如说反映的是小镇上具有现代思想的知识分子——新乡贤的烦恼。他们坚信民主与科学,对教育充满热情,为人正派,家境富裕,在他们身上显示出新乡贤所特有的理想和热情,洋溢着新的时代气息。但新乡贤的力量还不够强大,当他们试图以新的观念进行改革之时,或受邪恶势力的钳制,或受人情的束缚,或受劣绅的掣肘,他们空有一腔热血,最终都遭受挫败。新乡贤的挫败既有外在原因,也有自身原因,叶圣陶对新乡贤自身弱点的刻画相当深入。他们人品可靠却缺乏应对复杂人事关系的策略,有改革之心却缺乏果敢的行动力,属于不成熟的“新人”。

第二类是初露峥嵘的新乡贤。柔石小说《二月》中芙蓉镇的中学创办人、校长陶慕侃即属此类。论及《二月》中的人物,读者多注重萧涧秋、陶岚,而忽略陶慕侃,事实上,陶慕侃也是小说的重要人物,他不仅连结着萧涧秋、陶岚、钱正兴等性格志趣各异的新知识分子,同时,也负责处理开风气之先的学校与落后的小镇之间的关系。作为一个以教育立身的新乡贤,陶慕侃与叶圣陶笔下的小学校长所面对的情形相似,即面对着新与旧的冲突,但陶慕侃比蒋冰如更善于应付这种复杂局面。从知识信仰方面看,他属于新知识分子,能包容陶岚的任性,接受萧涧秋的出格,容忍钱正兴的庸俗自私;在处理世务方面,他善于与旧势力周旋,能使他执掌的中学在保守落后的环境中平稳运行。在作者看来,陶慕侃还“新”得不彻底，他称之为“中庸的校长先生”①，但正是在“中庸”的外表下，陶慕侃保护、扶持了新的事物，同时，他自己也得到乡土社会的认可，成为少数具有较强务实能力的新乡贤。

第三类是被旧时代吞噬的新乡贤。鲁彦的《一个危险的人物》和柔石的《旧时代之死》从不同角度塑造了这类新乡贤形象。《一个危险的人物》中的子平，家产有二十几亩田、几千元现款，接受过新式教育，担任过大学教师，算得上是个举足轻重的人物。作者没有明确交代子平突然回乡的目的，但暗示与参加农民协会的工作有关。不管子平是不是共产党员，他对共产主义理论是认同的，因此，子平回乡是想解救故乡的百姓，但恰恰是最底层的农民成了杀死子平的最有力的帮凶。子平从衣着到行为都是新的，诸如，外衣不扣扣子，与男女同事、学生合影，在卧室穿睡衣，不吃落在桌上的饭粒，在林中爬树，在溪中洗澡，在月下练剑，因为有这些不同于旧式士子的生活方式和习惯，他竟被村民视为“恶魔”，正是他们联合起来在其贪婪而狠毒的叔叔惠明先生面前，指称其为“共产党”，才引发了惠明贪占财产、变相谋杀的恶行。在最后关头，还是阿武婶、史法之类最底层的庸众自觉地看住子平，并为荷枪实弹的士兵带路，使之殒命于本有机会逃出的山中。子平之死，有人性的贪婪之故，但更重要的是子平作为新派知识分子与旧伦理旧习俗之间的尖锐对立，儒家文化教条式地渗入了村民的意识，形成顽固、狭隘、鄙陋却自以为是的观念、习惯与风俗，加上人性中的自私和贪婪，共同谋杀了乡土社会中稚嫩的“新人”。《旧时代之死》讲述青年大学生朱胜瑀于贫病交加，极度苦闷、失望之际，在同村好友李子清的护送下，回到离上海不太远的故乡。可是，他无意之中引得未婚妻自杀身亡，朱胜瑀悔恨、自谴，并亦自尽。朱胜瑀是一个现代知识分子，尽管沾染了五四落潮后的悲观、颓废情绪，但仍不失为一个有良知、有理想的知识分子，属于新乡贤。跟多数新乡贤一样，朱胜瑀没有改变乡土社会，反而迅速地被其吞噬。朱胜瑀之死的直接原因是未婚妻自杀而产生的愧疚，而深层原因是新旧婚恋观的冲突以及旧伦理旧习俗可怕的“吃人”力量。两篇小说都将批判的矛头指向了旧时代。旧时代中根深蒂固的观念——无论是关于知识分子行为举止的观念，还是婚姻观，都足以毁灭子平、朱胜瑀这样脆弱的“新人”。

---

① 柔石：《二月》，上海书店 1929 年版，第 51 页。

上述三类新乡贤都带有“新人”的弱点,但他们是20世纪中国文学中乡土社会新人形象长幅画卷中最早的一批“新人”,他们的身上不仅承载了乡土社会的希望,也代表了时代和历史前进的方向,他们对后来左翼小说中的革命新人形象、十七年文学中的社会主义建设新人形象,都产生了重要影响。

三、乡贤缺位的后果:乡村治理乱象与宗教崇拜

前文我们初步爬梳了五四乡土文学中新旧乡贤形象的类型与性格特征,但综观五四乡土文学,其中乡贤形象总体匮乏,只有叶圣陶、鲁彦、彭家煌、柔石、台静农等少数作家塑造了乡贤形象,更多的作家,如鲁迅、胡也频、许钦文、许杰、蹇先艾、废名、沈从文等笔下均未出现过新旧乡贤(只有沈从文后来描绘过旧乡贤),而叶圣陶等人也仅在为数极少的创作中描绘过乡贤。总体而言,五四乡土文学作者对当时乡土社会的认识基本一致,他们认为更多的乡间上层人士贪婪、自私、暴戾,缺乏贤者应有的仁心和公心。

乡贤是村民日常生活中的实际领导者,如果乡贤缺位,则直接导致乡村治理的种种乱象,各类矛盾迅速激化,特别是宗族矛盾和乡间上下层人士之间的矛盾。

这里所说的宗族矛盾,更准确的说法,应是发生在村落之间的族群矛盾,但它往往会升级为宗族矛盾。在许杰的《惨雾》中,环溪村和玉湖庄为了一块荒地的开垦权,先是两村中几个人私下打斗,既而玉湖庄一人被对方偷袭丧生,进而两村正式械斗,最后双方宗族介入,演变成惊心动魄的正式的阵地战。玉湖庄有两族聚居,各以一个“文人”为首——春舟和肖峰。作为“文人”,他们两人都有一定的法律意识,内心并不想挑动大规模的械斗,春舟说“叫警察”,肖峰想请人“正式的讲和”,但他们两人都缺乏旧乡贤一言九鼎、力排众议的威望和胆识,从而使事态一步步恶化。胡也频的《械斗》描述了浏村和濮村因一桩强奸案而引发大规模械斗,数十人毙命。最初,浏村村长也想“讲理”,但对方不但不认错,反而出言不逊,并将前去交涉者的手指砍掉了。乡间没有乡贤,就不能公平、合理地处理生活中的偶发事件,最终可能演化成族群矛盾,并埋下宗族矛盾的种子。两篇小说都描绘了普通村民的愚昧盲目、冲动好斗,如果离开了乡贤的引导,小事件也可能引发村落、宗族之间的不共戴天之仇。

乡间上下层人士之间的矛盾在五四乡土文学中是一个普遍存在的社会现象。如地主残暴逼租。在叶圣陶的《晓行》、台静农的《人彘》《井》等小说中，欠租者都是老实善良之人，且欠租都事出有因，但地主毫无人性，租户或死里逃生，或家破人亡。又如恃强凌弱。鲁彦的《最后的胜利》、许杰的《七十六岁的祥福》、彭家煌的《陈四爹的牛》等小说描绘地方上层人士或小有财产者任意欺凌弱者，毫无怜悯之心。再如上层的淫乱。在台静农的《负伤者》中，张二爷强占人妻；在彭家煌的《节妇》中，祖孙三代先后把丫鬟出身的阿银作为玩物。值得注意的是，这些为非作歹的乡间上层人士往往与警察署长、低级军官等基层官方人员相互勾结，或本身即为公职人员，百姓真正惧怕的是他们背后的官方势力，因此，乡土社会中上下层人士之间的矛盾本质上是官民矛盾，这一矛盾在 1930 年代上升为尖锐的阶级矛盾。

乡贤缺位不仅使乡村陷入矛盾重重的境地，更为严重的是，乡民失去精神信仰。在受教育程度普遍不高、生活环境相对闭塞的乡镇，乡贤是人们的精神领袖，有学者在总结士绅必备的种种条件之后，总结为"建立起一种威望和崇高的地位，受人尊敬，被人信服"①。乡民少有甚至没有可以尊敬、信服的人，必然会引发信仰危机。这一缺憾并非在风调雨顺的太平日子里发生，其时，战火频仍，民不聊生，乡民们面临肉身存续的种种苦难，如置身于落后的文化与习俗之苦②，遭受贫穷与败落之苦③，经历兵灾之苦④，以及饱受道德沦丧之苦⑤。在如此困境中，人们对精神的需求更为迫切，于是转向宗教，寻找精神依赖就成了必然。

有学者指出，"宗教之真正的最终根源在于人的依赖感"⑥。精神依赖在本质上是肉身生存遭受压力所催生的心灵和情感需要，如果这种需要在宗教中得不到满足，人们就会转向迷信或神话。鲁迅在《祝福》中深入描绘了这一现象。

---

① 史靖：《绅权的本质》，见吴晗、费孝通等：《皇权与绅权》，观察社 1948 年版，第 158 页。

② 鲁迅的《祝福》、许杰的《惨雾》《台下的喜剧》《大白纸》、许钦文的《疯妇》《老泪》、叶圣陶的《遗腹子》、废名的《浣衣母》等中短篇小说都涉及这一问题。

③ 鲁迅的《故乡》、柔石的《为奴隶的母亲》、台静农的《蚯蚓们》、许钦文的《石宕》、蹇先艾的《到家的晚上》等都涉及这一问题。

④ 胡也频的《一个村子》《四星期》、台静农的《新坟》、叶圣陶《火灾》等都涉及这一问题。

⑤ 胡也频的《活珠子》《傻子》、彭家煌的《节妇》等都涉及这一问题。

⑥ ［德］恩斯特·卡西尔著，甘阳译：《人论》，上海译文出版社 1985 年版，第 117 页。

祥林嫂两度丧夫、独子丧生、饱受歧视，在人间找不到温暖，因而想在阴间重逢死去的亲人，如果没有关于死后阎王会将其锯开分给两个丈夫的顾忌，祥林嫂一定是心甘情愿地、快乐地死去，然而，作者偏偏让祥林嫂听信了这个传说，在恐惧与期待中死去。小说体现了作者鲜明的启蒙立场：迷信并不能为像祥林嫂那样生无可恋的妇女带来幸福，重要的是用行动改变世界，寻找新的生活，如作者在《故乡》中所说的："他们应该有新的生活，为我们所未经生活过的。"

较之于迷信，宗教的力量更大。如果有机会，祥林嫂们当然乐意成为教徒，因为入教，就能在一个更系统、更庞大的精神体系中得到慰藉。台静农《为彼祈求》中的陈四哥即是如此。陈四哥少失双亲，幼年行乞，被人收养却受尽虐待。后来，他逃出主人家，因勤劳和善，有所积蓄，买妻成家。不久又遇水灾，逃荒途中妻子染病而死，他半生辛劳，却落得一无所有。此时，他接触到天主教，牧师收留了他，并待他很好，陈四哥因此生活得很幸福。小说前面的大量铺陈其实是在说明陈四哥信奉天主教的原因，而教堂和牧师确实为其提供了生存之所，同时，也使其获得了内心的平静。小说中的牧师、教堂都以正面形象出现，显然，作者对陈四哥皈依天主教是赞同的，小说开篇即描写了村民信教的盛况："村里做礼拜的非常的多……可以看见大路上的老人，少妇，青年的姑娘们，从容地往教堂走去。"台静农笔下的乡民或受权势者欺凌，或自身愚昧蛮横，或遭兵祸，尽是世间不幸之人，少见如此平和、从容的景象，其中包含了作者对生活在道德失范境遇中的农民走向宗教的理解与认同，甚至可以说是作者有意开出的一剂救世药方，这种意图在柔石的《旧时代之死》中表现得更为明显。

《旧时代之死》中的朱胜瑀回故乡后，住进妙相庵养病，本是为了清净，但在听了尼姑讲述自己的不幸经历以及对于生命的理解之后，他一扫满腔的郁闷与悲伤，"他听完了她的话以后，他决定，他要在今夜完全忏悔他的过去，而且也要在今夜从她的手里，讨了一条新生的路。这时，他想象他自己是一个婴儿，他几乎要将他过去的全部的罪恶的秘密，都向她告诉出来"①。

因受佛力感化，朱胜瑀将尼姑认作"精神的母亲"，似乎获得了新生。在大都市，朱胜瑀经受权贵的压迫、疾病的折磨与情欲的煎熬，失望而归，而在家里，又受母爱的束缚，亦难长留，只有在妙相庵，朱胜瑀才能放下所有的怨恨，找到

---

① 柔石：《旧时代之死》，见《柔石小说全集》上册，时代文艺出版社2000年版，第175页。

生活的方向，有了活下去的勇气。

耐人寻味的是，朱胜瑀并不是蒙昧的庸人，而是有新思想的知识分子，他最后在宗教中寻找到慰藉，甚而，找到“精神的母亲”，作者是否真的以为宗教能拯救朱胜瑀？答案显然是否定的，因此，作者让朱胜瑀无意间犯下致命的错误，并因之勇气尽失，了断残生。

鲁迅、台静农、柔石等人不仅描绘了处于动荡现实中的弱小者心灵世界对宗教（或迷信、传说）的迫切需要，而且写出了这一需要的“合理性”，但其中又包含了作者的无奈与悲哀。虽然鲁迅对佛学有很深的研究，并且化用佛家的修行方式，好用佛家语，但现代思想才是鲁迅的精神底蕴，因此，他把在绍兴会馆看佛经、抄古碑的日子称之为“用了种种法，来麻醉自己的灵魂”[①]。既然认为佛教只能引人逃避现实，自我麻痹，他自然会更加排斥迷信，那么，为何鲁迅在《祝福》中对祥林嫂的迷信表现出深切的同情？不只祥林嫂，作者对《故乡》中闰土选择香炉和烛台，同样表示理解。此中寄寓了作者对道德崩溃、时无贤者的乱世中弱者的同情，只有迷信能给予他们安慰，尽管这种安慰是虚幻的。

从鲁迅到台静农、柔石，可谓一脉相承。台静农、柔石都不主张以天主教徒、佛教徒的态度应对现实的苦难与不平，但他们最终还是认为，当现实中没有可以信赖的贤者、心灵没有可以信服的人物时，宗教必然要承担替代性功能，故而，他们小说中的牧师和尼姑都不失贤者风采，向置于苦难、迷茫中的弱者伸出了救赎之手。有学者认为，“佛教教义繁复，宗派林立，但无论何宗何派，其理论的根本指归都在于教导芸芸众生认识世间苦以及求得根本解脱这世间苦的妙法途径。所以，哪一个时代给予人们的苦难特别深重，哪一个时代的人们在心理上、情感上就特别容易与佛接近”[②]。基督教、天主教也是如此，越是处于苦难中的人，越容易与之接近。因而，五四时期不乏为乡民开出宗教“药方”的作者，另如许地山和废名，面对苦难深重的民众，他们或显或隐地企图以宗教对抗外在侵扰。五四时期的苦难可谓多矣，但乡土社会信仰坍塌，物欲横流，缺乏乡贤是最大的苦难之一。

乡贤之“贤”在于其言行符合某种文化关于人的能力、品格的最高理想，古

---

① 鲁迅：《呐喊·自序》，见《鲁迅全集》第1卷，人民文学出版社1973年版，第273页。

② 谭桂林：《佛学与中国现代作家》，《文学评论》1993年第4期。

代社会的乡贤践行的是儒家文化,现代中国推崇的是以民主和科学为旗帜的现代文化,不同文化之间的隔膜必然导致评价标准的不同,因而,五四作家视域中的旧乡贤可谓寥若晨星。有意思的是,现代作家眼中的新乡贤,如《一个危险的人物》中的子平,在村民眼里简直无异于妖魔鬼怪。如此看来,每一种文化都会培养自己的乡贤,并且不同文化之间难以"对话"。同时,我们还必须面对另一个事实,五四时期正值社会转型,局部战争不断,政局朝夕变化,礼崩乐坏,世风日下,处于社会最底层的农民只能默默忍受各种灾难。此时,要他们恪守儒家文化信条,成为贤者,终非易事,而新乡贤由于年龄、资历、观念等原因,还难以对乡土社会产生广泛影响。因此,五四乡土文学中乡贤稀少,既有价值观、评价标准方面的原因,也有社会本身的原因。

第二节　京派乡土文学中的文化观念与乡贤叙事

"京派"是中国现代文学史上有独特文化观念和美学风格的文学流派,活跃于 20 世纪 20 年代末期至 40 年代,其影响至今绵延未息。在卓有成就的京派作家中,废名、沈从文、萧乾、芦焚、汪曾祺等都创作过具有特定文化观念的乡土小说,如废名的《竹林的故事》《桃园》《菱荡》《枣》和《桥》、沈从文的《柏子》《萧萧》《丈夫》《边城》和《长河》、芦焚的《谷》《里门拾记》和《果园城记》、汪曾祺的《邂逅集》等。这些小说中的乡村各具特色,如废名小说中的"黄梅故乡",沈从文小说中的"湘西世界",芦焚小说中的"北方农村",汪曾祺小说中的"苏北乡镇"等。生活在这些各具特色的"宗法乡村"里的人有着不同的"生命形式",而具有传统美德的乡贤就是其中最重要的"生命形式"。京派乡土文学通过对人性美善的仁厚长者、诚信友善的民间能人等颇具传统色彩的乡贤形象的塑造,去弘扬中国传统文化中值得提倡的人类文化品格。

一、人性美善的仁厚长者

废名、沈从文都是京派小说名家,都在小说中塑造过有影响的人性美善的仁厚长者形象,这与他们的文化观念和创作理念有关。沈从文对自己的创作目的曾做过观点不尽相同的多种表述："我只想造希腊小庙……这神庙供奉的是'人性'。"[①]"我很愿意尽一份时间来把世界同世界上的人改造一下看看。"[②]"使他的生命'深'一点，也可能使他生存'强'一点。"[③]"用作品燃烧起这个民族更年轻一辈的情感，增加他们在忧患中的抵抗力，增加一点活力。"[④]实践这些独特创作理念的小说作品有《边城》《长河》《萧萧》等。在这些广受人称道的小说作品里，沈从文塑造了一系列善良健全、单纯透明或复杂多样的湘西人物，有翠翠、三三、夭夭和萧萧这样清莹温婉的湘西少女形象，也有老农、渔夫、猎人、木匠、石匠、小贩、私娼、土匪、兵士和荒村隐者等形象。在这些湘西人物中，一些人性美善的仁厚长者，如《边城》中的船总顺顺、《长河》中的橘子园主人滕长顺等，都是具有传统文化色彩的乡贤人物。沈从文特别推崇并引为同路人的是京派作家废名，"把作者与现代中国作者风格并列，如一般所承认，最相近的一位，是本论作者自己。一则因为对农村观察相同，一则因背景地方风俗习惯也相同……用同一单纯的文体，素描风景画一样把文章写成"[⑤]。废名在《竹林的故事》《浣衣母》《桥》等作品中，也塑造了一系列善良健全、单纯透明的湖北鄂东人物，其中不乏一些人性美善的仁厚长者，如《桥》中的史家奶奶、《浣衣母》中的李妈等都是具有传统文化色彩的乡贤人物。

废名、沈从文在小说中塑造的人性美善的仁厚长者形象，虽然身份、地位、性别、年龄、性格、职业及生活地域不同，但有如下几个共同特点：

其一，勤劳能干，辛勤持家，劳动致富。沈从文小说《边城》中的船总顺顺曾在晚清军队里当过兵，后来又在革命军中做过什长，退伍后，"回到了家乡，把所积蓄的一点钱，买了一条六桨白木船，租给一个穷船主，代人装货在茶峒与辰州之间来往。气运好，半年之内船不坏事，于是他从所赚的钱上，又讨了一个略有

① 沈从文：《〈从文小说习作选〉代序》，见《沈从文文集》第 11 卷，中南出版传媒集团、湖南人民出版社 2013 年版，第 41 页。

② 沈从文：《湘行散记 · 一个爱惜鼻子的朋友》，见《沈从文文集》第 9 卷，中南出版传媒集团、湖南人民出版社 2013 年版，第 300 页。

③ 沈从文：《续废邮存底 · 学习写作》，见《沈从文文集》第 11 卷，中南出版传媒集团、湖南人民出版社 2013 年版，第 354 页。

④ 沈从文：《续废邮存底 · 给一个军人》，见《沈从文文集》第 11 卷，中南出版传媒集团、湖南人民出版社 2013 年版，第 350 页。

⑤ 沈从文：《论冯文炳》，见《沈从文文集》第 11 卷，中南出版传媒集团、湖南人民出版社 2013 年版，第 99 页。

产业的白脸黑发小寡妇。数年后,在这条河上,他就有了大小四只船,一个妻子,两个儿子了"①。后来,他成了当地的有钱人,团总、王乡绅都争着与他结亲家。《长河》中的橘子园主人滕长顺与船总顺顺一样,"年青时两手空空的,在人家船上做短程水手,吃水上饭。到后又自己划小小单桅船,放船来往沅水流域各码头,兜揽商货生意,船下行必装载一点山货和蔬菜,上行就运零碎杂货。因为年纪青,手脚灵便,一双手肯巴,对待主顾又诚实可靠,所以三五年后就发了旺,增大了船只,扩张了事业。先是作水手,后来掌舵把子,再后来且作了大船主。成家讨媳妇时,选中高村一个开糖坊的女儿,带了一份家当来,人又非常能干。两夫妇强健麻利的四只手不断的作,积下的钱便越来越多"②。滕长顺又在萝卜溪买房置地,成了当地首屈一指的大户人家。船总顺顺、橘子园主人滕长顺都是靠勤劳能干、夫妇同心发家致富的。用儒家"成贤"的标准之一"富则天下无宛财"来衡量,二人虽然还未"富有天下",但现有的财富不会令人产生怨恨,因为他们的财产来源清楚、明白、正当,都是合理合法所得。

其二,宅心仁厚,关爱家人,家庭和睦。《边城》中的船总顺顺对自己的妻儿特别有爱心,为了训练儿子成才,他总是陪着儿子出远门锻炼,给儿子打下手。他的两个儿子也都很孝顺,后来老大天保不幸溺亡,老二傩送因情伤离家,船总顺顺也忍着内心的悲伤,以如山般的父爱帮儿子料理身前身后的各项事情。《长河》中的橘子园主人滕长顺对待妻子儿女也特别有爱心,一家人称得上是父慈子孝,夫妇和顺。小说对滕长顺一家人温暖有爱的日常生活有非常细致的描绘:

这一家人都俨然无宗教信仰,但观音生日,财神生日,药王生日,以及一切传说中的神佛生日,却从俗敬香或吃斋,出份子给当地办会首事人。一切附予农村社会的节会与禁忌,都遵守奉行,十分虔敬。正月里出行,必翻阅通书,选个良辰吉日。惊蛰节,必从俗做荞粑吃。寒食清明必上坟,煮腊肉社饭到野外去聚餐。端午必包裹粽子,门户上悬一束蒲艾,于五月五

① 沈从文:《边城》,见《沈从文文集》第6卷,中南出版传媒集团、湖南人民出版社2013年版,第81页。

② 沈从文:《长河》,见《沈从文文集》第7卷,中南出版传媒集团、湖南人民出版社2013年版,第40页。

日午时造五毒八宝膏药，配六一散痧药，预备大六月天送人。全家喝过雄黄酒后，便换好了新衣服，上吕家坪去看赛船，为村中那条船呐喊助威。六月尝新，必吃鲤鱼，茄子，和田地里新得包（苞）谷新米。收获期必为长年帮工酿一大缸江米酒，好在工作之余，淘凉水解渴。七月中元节，作佛事有盂兰盆会，必为亡人祖宗远亲近戚焚烧纸钱，女孩儿家为此事将有好一阵忙，大家兴致很好的封包，用锡箔折金银锞子，俟黄昏时方抬到河岸边去焚化。且作荷花灯放到河中漂去，照亡魂升西天。八月敬月亮，必派人到镇上去买月饼，办节货，一家人团聚赏月。九月重阳登高，必用紫芽姜焖鸭子野餐，秋高气爽，又是一番风味。冬天冬蛰，在门限边用石灰撒成弓形，射杀百虫。腊八日煮腊八粥，做腊八豆……总之凡事从俗，并遵照书上有所办理，毫不苟且，从应有情景中，一家人得到节日的解放欢乐和严肃心境。①

在这段不厌其烦的细致描绘里可以看出，滕长顺一家人都非常和顺，他们一年到头的日常生活，“凡事从俗，并遵照书上有所办理，毫不苟且”，虽然一点也不“现代”，但“从应有情景中，一家人得到节日的解放欢乐和严肃心境”。②

其三，热心助人，救济孤寡，邻里和谐。废名短篇小说《浣衣母》中的李妈一生多灾多难，她年轻时丧夫，儿子走失，女儿驼背，靠为城中的富人家庭和士兵洗衣谋生，日子过得很艰难。虽然命运多舛，她却宽厚仁慈，对邻里乡亲都很友善，她家茅屋前那块冬有阳光、夏有荫凉的空地是村民爱来小憩，儿童爱来玩耍的地方。李妈的贤淑品德受到乡民的尊重爱戴，她是一位“‘神圣’的‘公共母亲’”③。《桥》中的史家奶奶是一位在岁月的风风雨雨中坚韧前行的老人。她丧夫丧子，与孙女相依为命，虽然生活非常贫困，但她敞开胸怀，将无家可归的三哑叔收作长工，并且像家人一样真诚对待。三哑叔尽心尽力地干活，用实际行动来回报史家奶奶的恩情。对待小林和琴子这对“金童玉女”，史家奶奶也是关怀备至，呵护有加，用真挚的爱融化着这对孤儿内心深处的冰块。她带着他们去给琴子的母亲上坟，教他们如何烧香和作揖，用最简单的话语循循善诱地教

① 沈从文：《长河》，见《沈从文文集》第7卷，中南出版传媒集团、湖南人民出版社2013年版，第43—44页。

② 同①，第44页。

③ 丁帆：《中国乡土小说史》，北京大学出版社2007年版，第75页。

导他们最基本的孝顺和礼仪。沈从文小说《边城》中的船总顺顺为人慷慨,总是济人之急。他能"明白出门人的甘苦,理解失意人的心情,故凡因船只失事破产的船家,过路的退伍兵士,游学文墨人,凡到了这个地方,闻名求助的,莫不尽力帮助"①。顺顺虽家庭富裕,但他自己也是从一条船只辛苦起家的,他深知创业的艰难,所以从不以贫贱和富贵来看待他人。不幸的是,顺顺的两个儿子同时爱上老船夫的孙女翠翠,大儿子天保决定退出后意外溺亡,顺顺由此对老船夫心生芥蒂,但在听闻老船夫去世后,依然携管家第一时间带着一口袋米、一坛酒、一条大腿猪肉来看望翠翠,并且叫翠翠不要发愁。顺顺身上明显有"仁者爱人"的儒家思想,因此他在当地有很高的声望,成为乡里乡亲的精神领袖。长篇小说《长河》中的橘子园主人滕长顺在那个急剧动荡的年代,不但关爱家人,也体贴邻里乡亲。老水手虽然是他的远亲,但滕长顺依然让老水手住到自己家里,且视为家人。邻里乡亲碰到什么难处,他总是积极上前,尽力帮助,因此颇有威望,人人敬重。用儒家"成贤"的标准之一"施则天下不病贫"来衡量,史家奶奶、船总顺顺、橘子园主人滕长顺虽然尚未达到"布施天下"的程度,但他们热心助人,救济孤寡,不鄙视贫穷,视被救济者为家人,他们就是难得的"贤人"。

其四,热心公益,协调官民关系,积极参与乡村自治。沈从文小说《边城》中的船总顺顺,"虽然脚上有点小毛病,还能泅水;走路难得其平,为人却那么公正无私。水面上各事原本极其简单,一切皆为一个习惯所支配,谁个船碰了头,谁个船妨害了别一个人别一只船的利益,皆照例有习惯方法来解决。惟运用这种习惯规矩排调一切的,必需一个高年硕德的中心人物。某年秋天,那原来执事人死去了,顺顺作了这样一个代替者"②。《长河》中的滕长顺与船总顺顺有点相似,他"既于萝卜溪安家落业,在村子里做员外,且因家业、年龄和为人义道公正处,足称模范,得人信服,因此本村中有公共事务,常常做个头行人,居领袖地位。遇有什么官家事情,如军队过路派差办招待,到吕家坪乡公所去开会时,且常被推举作萝卜溪代表。又因为认识几个字,所以懂得一点风水,略明麻衣相法,会几个草头药方,能知道一点时事……凡此种种,更增加了这个人在当地的

---

① 沈从文:《边城》,见《沈从文全集》第6卷,中南出版传媒集团、湖南人民出版社2013年版,第81页。

② 同①。

重要性”[1]。沈从文在边叙边议中，肯定并称赞了船总顺顺与滕长顺两位“绅商”在当地乡村自治中的地位、作用与贡献。

孔子说：“所谓贤人者，德不踰闲，行中规绳，言足以法于天下，而不伤于身，道足以化于百姓，而不伤于本。富则天下无宛财，施则天下不病贫，此则贤者也。”[2]依照孔子的观点和标准，上述京派乡土小说中的人性美善的仁厚长者都称得上是践行传统儒家文化的传统乡贤。

二、诚信友善的民间能人

在京派作家中，汪曾祺创作于20世纪40年代的《最响的炮仗》《鸡鸭名家》《戴车匠》《异秉》等小说，在文化观念、审美风格上，与废名、沈从文的小说一脉相承，但在主要人物形象选择上大异其趣，他多以民间能人为叙事主角。汪曾祺笔下的民间能人从事五行百业，有做炮仗的，有做木器的，有“炕鸡”“养鸭”的，有做熟食的，个个天赋异禀，技艺高超，诚信友善，令人惊奇和敬佩。汪曾祺笔下有德有能的民间能人虽各不相同，但也有如下几个共同特点：

其一，天赋异禀，技艺超群。《最响的炮仗》中的孟老板是开炮仗店的，他的炮仗店是当地最好的一家，炮仗店的高端产品是烟火，“烟火是秘传，孟老板自己配药串信子，老师傅都帮不了忙”[3]。《戴车匠》中的戴车匠是用车床做器具的木匠，手艺精绝。戴车匠能制作各种大型木质器械与劳动工具，如船上用的滑车、滑轮等，也能制作各种日常生活小用具，如擀面杖、烧饼槌子、木碗、木勺、活动衣架、捻线棰等，还能制作各种各样的儿童玩具，如风筝绕线轮、陀螺、空钟、水枪、竹蜻蜓、兔儿灯、螺蛳弓等，戴车匠“随处可以看见自己手里作出来的东西在人手里用”[4]。《鸡鸭名家》中的余老五和陆长庚分别是“炕鸡”和“养鸭”高手，技艺出神入化。余老五是“炕鸡”即孵小鸡行当的“状元”。他炕孵出来的小鸡特别大，这一绝活别人无法企及。这一绝活的秘诀就是要把握好“炕鸡”出壳的

---

① 沈从文：《长河》，见《沈从文文集》第7卷，中南出版传媒集团、湖南人民出版社2013年版，第42页。

② 王肃撰，廖名春、邹新明校点：《孔子家语》，辽宁教育出版社1997年版，第14—15页。

③ 汪曾祺：《最响的炮仗》，《益世报·文学周刊》1946年第21期。

④ 汪曾祺：《戴车匠》，《文学杂志》1947年第5期。

恰当时辰。行内人大都做不到,只有余老五能把“炕鸡”出壳的恰当时辰做到极致。更令同行赞叹不已的是,余老五自掌炕以来,从未出现过失误。与余老五不同,陆长庚不会“炕鸡”,却是位“养鸭”高手,因此得诨号“陆鸭”。陆长庚似通鸭语,只要他撑着蒿子在水面扑打,然后嘴里念叨点什么,分散在芦苇里的鸭子们仿佛得了军令一般,立即从四面八方汇聚至小船四周,而后井然有序地游向岸边。陆长庚数鸭也是一绝,有三千多只鸭子的鸭群,他一眼数尽,多一只或少一只鸭子也都看得出来。他称量鸭子也是一绝,单凭手感便能准确报出鸭子的斤两来,分毫不差。《异秉》中的王二是做熟食的,仿佛天赋异禀,生意越做越大。孟老板、戴车匠、余老五、陆长庚、王二都是有一技之长的民间能人,他们把作为生存之道的一技之长练到“庖丁解牛”般出神入化的境界,展现出高于常人的劳动智慧与充满生命激情的创造能力,这些是他们受人尊重的原因。

其二,忠于职守,敬业乐群。《最响的炮仗》中的孟老板、《戴车匠》中的戴车匠、《鸡鸭名家》中的余老五和陆长庚、《异秉》中的王二等民间能人都有忠于职守、敬业乐群的传统美德。他们对待自己所从事的手艺都一丝不苟,兢兢业业,精益求精,就如孔子所说的那样,“执事敬”“事思敬”“修己以敬”。如《鸡鸭名家》中的余老五,平常爱喝酒聊天,四处闲逛,一到“炕鸡”的时节,他就突然像变了一个人,特别是到了“炕鸡”的关键环节,他会全身心地投入到自己的工作中:

> 那两天他整天不离一步……余老五这两天可显得重要极了,尊贵极了,也谨慎极了,还温柔极了。他话很少,说话声音也是轻轻的。他的神情很奇怪,总像在谛听着什么似的,怕自己轻轻咳嗽也会惊散这点声音似的。他聚精会神,身体各部全在一种沉湎,一种兴奋,一种极度的敏感之中。熟悉炕房情况的人,都说这行饭不容易吃。一炕下来,人要瘦一圈,像生了一场大病。吃饭睡觉都不能马虎一刻,前前后后半个多月!他也很少真正睡觉。总是躺在屋角一张小床上抽烟,或者闭目假寐,不时就着壶嘴喝一口茶,哑哑地说一句话。一样借以量度的器械都没有,就凭他这个人,一个精细准确而又复杂多方的“表”,不以形求,全以神遇,用他的感觉判断一切。[①]

① 汪曾祺:《鸡鸭名家》,《文艺春秋》1948 年第 3 期。

直到小鸡都以最佳状态出壳，“啾啾啾啾，叫成一片”，余老五才会放松下来，“沉沉睡去”。日本民艺学家柳宗悦说，传统工艺会“培养人们忍耐、健全、诚实的德性”①。诚如此言，孟老板、戴车匠、余老五、陆长庚、王二等民间能人都在自己从事的手艺行当里养成了“忍耐、健全、诚实的德性”，把传统的忠于职守、敬业乐群美德在自己的技艺劳作中发扬光大。

其三，诚信友善，童叟无欺。《最响的炮仗》中的孟老板、《戴车匠》中的戴车匠、《鸡鸭名家》中的余老五和陆长庚、《异秉》中的王二等民间能人既是手艺人，也是售卖自己手工产品的商人，在独家产品产供销的每一个环节，他们都能做到诚信友善，童叟无欺。如戴车匠的手工产品中就有各种儿童玩具，孩子们可以定制，可以自己选材料让他现场制作，譬如做螺蛳弓，“我们看着他做，自己挑竹子，选麻线，交他一步一步做好，戴车匠自己在小几上蓝花大碗中拈一个螺蛳吃了，螺壳套在‘箭’上，很用力的样子(其实毫不用力)拉开，射出去，半天，听嘚嘚地落在瓦沟里，(瓦匠扫屋，每年都要扫下好些螺壳来)，然后交给我们”②。《鸡鸭名家》中的倪二把几千只鸭子赶丢了，求陆长庚帮忙，双方讲好价钱，如约履行，互不赖账。陆长庚虽好赌博，但生意往来还是讲诚信的。余老五“炕鸡”有名，许多外家看中其手艺，想高价挖他，都被他回绝。余老五其实是可以跳槽的，“余老五是余大房炕房的师傅。他虽也姓余，炕房可不是他开的，虽然他是这个炕房里顶重要的一个人。老板和他同宗，但已经出了五服，他们之间只有东伙缘分，不讲亲戚情面。如果意见不合(和)，东辞伙，伙辞东，都是可以的”。余老五太有名了，“什么时候，他前脚跨出那个大门，后脚就有人替他把那把紫砂壶接过去了，每一家炕房随时都在等着他。每年都有人来跟他谈的，他都用种种方法回绝了”。③ 余老五不跳槽，不是受家族伦理的牵绊，也没有受现代商业合约的束缚，而是东家的将心换心赢得了余老五的信任与忠诚。

其四，邻里相助，热心公益。《最响的炮仗》中的孟老板、《戴车匠》中的戴车匠、《鸡鸭名家》中的余老五和陆长庚、《异秉》中的王二等民间能人既受人帮助，也乐于帮助邻里，热心公益。如《鸡鸭名家》中的余老五“好管闲事。跟他毫无关系的事，他也要挤上来插嘴，而且声音奇大。这条街上茶馆酒肆里随时听得

---

① ［日］柳宗悦著，石建中、张鲁译：《民艺四十年》，广西师范大学出版社2011年版，第79页。

② 汪曾祺：《戴车匠》，《文学杂志》1947年第5期。

③ 汪曾祺：《鸡鸭名家》，《文艺春秋》1948年第3期。

见他的喊叫一样的说话声音。不论是哪两家闹纠纷,吃'讲茶'评理,都有他一份。就凭他的大嗓门,别人只好退避三舍,叫他一个人说!"[①]在小说中,"我的父亲"也是乐于助人的,倪二养鸭子,就是"我的父亲"帮忙出的钱。作为回报,倪二也帮"我的父亲"代养了一百只鸭子。再如《最响的炮仗》中的孟老板很会做生意,也特别热心做公益,他到古月楼茶馆去喝茶,与茶友们谈的都是公益。"孟老板从前是这里的老主顾,几乎每天必到。来喝喝茶,吃吃点心,跟几个熟人见见面,拱拱手,由天气时事谈下去。谈谈生意上事情,地方上事情。如何承办冬防,开济贫粥厂;河工,水龙,施药,摆渡船,通阴沟,挑公厕里的粪,无所不谈。照例凡有须孟老板出力处他没有不站出来的,有须出钱处,也从不肯后人。凡事有个面子,人是为人活下来的,对自己呢,面子得顾。"[②]

汪曾祺笔下具有上述四个共同特点的民间能人是生活在故乡民俗风习中的,他们是民俗风习的创造者,也是民俗风情画的画中人。汪曾祺说:"风俗使一个民族永不衰老。民族感情是抽象的,看不见摸不着,但它确实存在着。民族感情常常体现在民俗中。风俗,是具体的。"[③]风俗中的器物与器物文化是民间能人创造的,他们是"本乡的贤达,亦即本乡有德行、有才能的名人。他们以自己的德行和才能,为自己生活的时代做出了贡献,因此受到当时和后世人们的崇仰、爱戴……翻开每位乡贤的历史,都有一个个动人的故事。它记录着一个个奋斗者的自励、有为者的自警。浸淫其间,莫不让人折心动容,并奋起直追。一个个乡贤在我们面前树起一支支永远不倒的标杆"[④]。汪曾祺小说中塑造的民间能人形象就是"永远不倒的标杆"。

三、文化重造的情感倾向与审美想象

京派小说是中国现代文学史上重要的文学流派,20世纪20年代崭露头角,30年代发展壮大,40年代因战乱而逐渐消退。以废名、沈从文、凌叔华、萧乾、林徽因、汪曾祺、李广田等人为代表的京派作家提倡自由,远离政治。"他们站

---

① 汪曾祺:《鸡鸭名家》,《文艺春秋》1948年第3期。
② 汪曾祺:《最响的炮仗》,《益世报·文学周刊》1946年第21期。
③ 汪曾祺:《汪曾祺全集》第三卷,北京师范大学出版社1998年版,第350页。
④ 赵畅:《话说乡贤文化》,《人民日报》(海外版)2002年12月24日。

在中国古今文化与中外文化的交汇点上，以文化重造的保守主义姿态，规避激进的时代主流话语，高蹈于现实功利之上；以自身不同流俗的生命感悟与取向别致的现代意识，从容平和地整合中国传统文化的深厚底蕴与西方现代主义思潮的审美特质；以'和谐、圆融、静美的境地'为自己的美学理想，创造出具有写意特征的独具美感的抒情小说文体，在中国现代小说艺术中独树一帜。"[①]这里所谓的"独树一帜"，其重要体现就是对传统乡贤形象的文化重造。就艺术价值而言，乡贤形象非常明显地承载了京派作家的情感倾向和审美想象。他们通过乡贤形象谱写出一曲曲恬静舒缓的田园牧歌，绘制出一幅幅浪漫无比的山野画卷，开拓出一处处远离政治的梦幻桃源，建立起一座座美轮美奂的心灵"神庙"。

京派作家通过两种方式来塑造乡贤形象，并借此表达自己的情感倾向和审美想象：一种是直接呈现，另一种是通过与城市的比较进行呈现。前一种方式在废名和汪曾祺的作品中体现得比较明显。沈从文认为废名小说"充满了一切农村寂静的美。差不多每篇都可以看到一个我们所熟悉的农民，在一个我们所生长的乡村，如我们同样生活过来那样活到那片土地上。不但那农村少女动人清朗的笑声，那聪明的姿态，小小的一条河，一株孤零零长在菜园一角的葵树，我们可以从作品中接近，就是那略带牛粪气味与略带稻草气味的乡村空气，也是仿佛把书拿来就可以嗅出的"[②]。这种"农村寂静的美"不是通过与城市相比较得出的，而是直接呈现出来的。短篇小说《桃园》是废名描写乡村宁静淳朴之美的力作。主人公王老大住在桃园，以种桃为生。他就是桃园，桃园就是他，二者难分彼此。十三岁的阿毛是他唯一的女儿，不幸得病，且不断加重。因为病痛，她无法入眠，王老大跟她聊天，问她想吃什么。她说想吃桃子。在不是桃子成熟的季节，王老大只好设法到街上买了三个玻璃桃子。玻璃桃子虽不能吃，却承载着王老大对女儿浓浓的爱。不料玻璃桃子被顽皮的孩子撞碎，其实，碎的不只是玻璃桃子，还有王老大的一颗心。此情此景，充分彰显出真挚的父女之情。废名短篇小说《菱荡》中的陶家村浸润在青山绿水间，仿若世外桃源。只见瓦屋重重，石灰墙在太阳底下发着光泽。屋后是竹林，绿叶茵茵，河水从旁边潺潺流过。河边小路蜿蜒曲折，时有人挑水走过……张老汉、二老爹、陈聋子等

① 丁帆：《京派乡土小说的浪漫寻梦与田园诗抒写》，《河北学刊》2007年第2期。

② 沈从文：《沈从文文集》(11)，花城出版社1984年版，第97页。

人就生活在这样的山水画卷中。废名儿子名“纯”，女儿名“慈”。这“纯”和“慈”显示出废名对美好世界的无边想象：古风“纯”朴，人人“慈”祥。汪曾祺也是一名诗意乡村的忠实构建者。他有意疏远政治，反对文学成为政治工具，极力避免政治生活对民间生活和个人生活产生负面影响。汪曾祺曾言：“我是个安于竹篱茅舍、小桥流水的人。”[①]当其他作家将目光集中于乡村社会的藏污纳垢之处时，汪曾祺却从审美的角度透视乡村社会自由的生命力、深厚的人情味，从而呈现出诗意的民间世界。在这个世界里，乡贤是一个独特的存在，他们没有“先天下之忧而忧，后天下之乐而乐”的豪迈情怀，没有“安得广厦千万间，大庇天下寒士俱欢颜”的远大理想，他们的眼中只有世俗的乡村生活，如剃头、卖糖、作画、修鞋、赶车、做饭、收废纸。他们身上时刻散发着劳动的美和诗意，他们是地地道道的“乡贤”。

另一种方式是通过与城市的比较来呈现的，也就是说，京派乡土小说在塑造乡贤形象时，总喜欢在乡贤旁边设置一些城市人物。其情感倾向非常明显，那就是认为“乡村风景比城市风景优美，乡村生活比城市生活优越，乡村风俗与制度比城市体制和习俗美好，乡村人比城市人善良、单纯、正直、勇敢……总之，乡下比城里好”[②]。沈从文的小说在表现湘西社会原始、淳朴、唯美的诗意时，经常将乡下人与城里人并置，进而体现出褒乡村而贬城市的情感倾向。对于物质化和欲望化的现代城市文明，沈从文是明确反对的。他认为：“城市中人生活太匆忙，太杂乱，耳朵眼睛接触声音光色过分疲劳，加之多睡眠不足，营养不足，虽俨然事事神经异常尖锐敏感，其实除了色欲意识以外，别的感觉官能都有点麻木不仁。这并非你们(城市人)的过失，只是你们的不幸，造成你们不幸的是这一个现代社会。”[③]沈从文的短篇小说《三三》就是解读其褒乡村而贬城市情感倾向的理想范本。少女三三和她的母亲住在山湾里，这里比屋连甍，嘉树成荫，无数山田如堆积的蒸糕。三三纯真、美丽、热情、开朗、多情，是沈从文心目中自然美和人性美的化身。母亲为了不打扰三三纯净的内心世界，几乎不问三三的任

---

① 汪曾祺：《汪曾祺全集》第五卷，北京师范大学出版社1998年版，第193—194页。

② 范家进：《“最后一个浪漫派”的退场——论沈从文乡土小说中的风俗描写》，《华东师范大学学报》(哲学社会科学版)2000年第5期。

③ 沈从文：《习作选集代序》，见《沈从文选集》第5卷，四川人民出版社1983年版，第230—231页。

何事，这样一来，连鱼知道的都比母亲知道的多。三三到了谈婚论嫁的年龄，遇到了从城里来治病的年轻人。于是，她纯洁的少女情感开始朦胧地觉醒，憧憬、羞涩、激动、不安、惆怅……多种心理活动交织在一起。从城里来养病的年轻人是城市文明的象征。他的一言一行对三三来说都是新奇的，就连他脸庞白皙，三三都认为可能是唱戏的小生唱戏后忘记将粉擦去。可惜这位城里年轻人意外死亡，三三的所有憧憬都化为了泡沫。城里年轻人的死亡象征着城市文明在沈从文心目中的萎缩。显然，沈从文希望清风明月般的田园梦能够长久持续。沈从文褒乡村而贬城市的情感倾向在《边城》《长河》等小说中均有所体现。

如上文所述，传统乡贤形象在体现京派作家的情感倾向和审美想象时有单纯的和与城乡对比的两种表现方式，在第一种方式中，城市文明是缺席的；在第二种方式中，城市文明是在场的。城市文明无论缺席还是在场，都是京派乡土小说在塑造乡贤形象时的批判对象。

恰如《红楼梦》是曹雪芹身处京城时对早年南京生活的一次长久回望和想象一样，京派乡土小说中的乡贤形象也是京派作家置身京城时对乡野田园生活不尽的回忆和重构。费孝通在《乡土中国》一书中指出："道德观念是在社会里生活的人自觉应当遵守社会行为规范的信念。它包括着行为规范、行为者的信念和社会的制裁。它的内容是人和人关系的行为规范，是依着该社会的格局而决定的。从社会观点说，道德是社会对个人行为的制裁力，使他们合于规定下的形式行事，用心维持该社会的生存和绵续。"[①]乡贤就是美好道德品质的化身，他们是维系乡土中国发展的重要力量。京派乡土小说对乡贤形象的塑造并不意味着京派作家是在复古逆行，而意味着他们对充满爱、美和自由的理想人生境界有着无限的向往，并且在这种向往中排遣着城市生活带来的孤寂、焦虑和不安。

第三节　左翼乡土文学中的阶级观念与乡贤叙事

如果从史料中追寻 1930 年代中国的乡土社会，我们会发现存在于不同史料中的乡土社会是大致相同的，但是，如果从文学文本中重构 1930 年代的乡土

① 费孝通：《乡土中国》，北京大学出版社 2012 年版，第 51—52 页。

社会,存在于不同派别的文学文本中的乡土社会则大相径庭,这里无意讨论是历史还是文学更真实,我们要追问的是,在同一片土地上,在同一历史时段,为什么会出现多种相互龃龉的"文学乡土"? 也许美国思想史家海登·怀特为这一现象做了最合理的阐释:"事实漂流在历史中并可以与任何观念结合,而历史'真实'只能出现在追求真实的话语阐释和观念构造之中。"①左翼、右翼、自由主义作家与各自的观念结合,构建出各自的"文学乡土"。左翼作家将1930年代的"事实"与阶级观念结合,创造出独特的"文学乡土",其中的任何人物、事件都服从于阶级观念,乡贤叙事当然也不例外。

在讨论左翼乡土文学的阶级观念及其对乡贤叙事的影响之前,有必要先界定左翼文学的范畴。众所周知,中国左翼文学发生于1928—1936年间。虽然左翼文学思潮起始于1920年代中期前后,如1923年郁达夫发表《文学上的阶级斗争》,1924年蒋光慈发表《无产阶级革命与文化》,之后,郭沫若、蒋光慈、成仿吾、郁达夫等相继发表论文,出版译著,为左翼文学思潮推波助澜,但其真正风行是在1928年李初梨、钱杏邨等党员作家、批评家以更为激进的姿态进入文坛之后,而文学创作略为落后于理论倡导,因此,这里考察的左翼乡土文学的时间上限是1928年,当无疑义,但将1936年作为讨论左翼乡土文学的时间下限似有不妥。当然,1936年,左联解散,左翼文学运动戛然而止,大多数左翼作家响应党的号召,转而创作抗战文学,文学风潮为之一变也是事实,1936—1949年间,有部分非解放区的左翼作家(解放区乡土文学宜做总体考察,在此不述),如沙汀、艾芜、端木蕻良等,依然采用左翼文学的立场、观念和叙事模式,亦应纳入讨论的范围。就作家身份而言,左联成员自然是讨论的主要对象,但在组织上未加入左联,却与左联关系密切或思想"左倾"的作家,如许钦文、许杰、王统照、吴组缃、毕奂午等人的创作,亦是讨论的对象。

一、左翼文学与阶级斗争理论

1930年代中国左翼作家所接受的左翼文艺理论,主要是马列文论。由于接受渠道、人生历程、社会阅历及思想深度千差万别,左翼作家对马列文论的理解与阐

① 转引自王岳川:《后殖民主义与新历史主义文论》,山东教育出版社1999年版,第204页。

发各有侧重，甚至互有抵牾，却有一个基本共识，那就是接受、信服马列理论中的阶级斗争理论。何谓阶级？列宁曾说："所谓阶级，就是这样一些集团，由于它们在一定社会经济结构中所处的地位不同，其中一个集团能够占有另一个集团的劳动。"[①]简而言之，阶级之间是剥削与被剥削、压迫与被压迫的关系，因此，遭受剥削与压迫的被统治阶级只有通过阶级斗争的方式来获得自由、正义和平等。马克思把阶级斗争的使命赋予无产阶级，他指出："无产者在全社会面前负有消灭一切阶级和阶级统治的新的社会使命。"[②]虽然马列主义的阶级斗争理论主要是为了解决资本主义社会中日益尖锐的阶级间的不平等而提出来的，但是，马克思、恩格斯也将阶级斗争视为推动历史前进的根本动力，《共产党宣言》开宗明义说："到目前为止的一切社会的历史都是阶级斗争的历史。"[③]1930年代，中国社会处于重重危机之中，马克思、恩格斯此论极大地启发了寻求国家出路的左翼作家。

在经过短暂的预热之后，鲁迅、茅盾、周扬、成仿吾、蒋光慈、冯乃超、李初梨、冯雪峰、郁达夫、郭沫若等众多颇具影响力的作家、批评家大张旗鼓地讨论、宣传阶级斗争理论，使之迅速风行，"阶级""阶级斗争（革命）"成为左翼文学名副其实的关键词，用鲁迅的话说，就是"阶级意识觉醒了起来，前进的作家，就都成了革命文学者"[④]。事实确实如此，当时大多数作家"左转"，据考证，左联成员"有根有据，实名可考的，至少在300人以上"[⑤]，而经常写作的大约100—200[⑥]人。在1930年代的文坛上，如此数量的作家群无疑是一支庞大的队伍，其影响力远甚于右翼作家和处于中间状态的作家，以致招来国民党政府的围剿和"第三种人"讥讽左翼文坛"霸占文学"。[⑦] 1930年代的作家何以如此服膺阶级斗争理论？

---

① 列宁：《伟大的创举》，见中共中央马克思恩格斯列宁斯大林著作编译局编：《列宁选集》第四卷，人民出版社1995年版，第11页。

② 马克思：《〈法兰西内战〉初稿》，见中共中央马克思恩格斯列宁斯大林著作编译局编：《马克思恩格斯选集》第三卷，人民出版社1995年版，第94页。

③ 马克思、恩格斯：《共产党宣言》，中央编译出版社2005年版，第26页。

④ 鲁迅：《〈草鞋脚〉小引》，见《鲁迅全集》第6卷，人民文学出版社2005年版，第21页。

⑤ 张大明：《中国左翼文学卮言》，社会科学文献出版社2016年版，第21页。

⑥ 王锡荣在《"左联"与左翼文学运动》中估算，"经常写作的，不会超过200人"（上海人民出版社2016年版，第162页）。张大明在《中国左翼文学卮言》中的估算是"活跃在30年代左翼文坛的作家，大大小小，不下一百家"（社会科学文献出版社2016年版，第26页）。

⑦ 苏汶：《关于〈文新〉与胡秋原的文艺论辩》，见贾振勇编：《左翼十年——中国左翼文学文献史料辑》，人民出版社2015年版，第216页。

从外因来看，1930 年代全世界都在传播马克思主义，即通常所说的“红色的三十年代”，中国必然受其影响；再者，鲁迅、郭沫若、茅盾等著名作家具有巨大的影响力，对于推动左翼文学思潮的发展产生了不可小觑的积极作用，但是，这些都不是决定性因素，左翼文坛能聚集数百人之众，成一时风气，原因有二。

其一，乃五四精神发展的必然结果。五四运动创造了一个关于“人”的神话，而国共第一次合作破裂又打破了这个神话，依靠个人的力量根本无法实现民主和科学，也无法获得自由和平等，但民主和科学、自由和平等的观念一旦为世人接触，就必然成为人们孜孜以求的奋斗目标，因为它们源于人性最真切的欲望。既然个人的力量无能为力，依靠集体的力量就是合乎逻辑的选择，马列主义的阶级斗争理论可谓雪中送炭，不仅为苦闷的时代找到了出路，而且在苦难深重、数量庞大的“第四阶级”中找到了正义性。

其二，乃新的社会阶层的崛起所致。1930 年代进入文坛的作家主要来自小地主、小商人、小官吏、小知识分子家庭，他们大多濒于破产，处于社会中下层，与底层社会有更多更直接的联系，对阶级不平、阶级压迫有亲身体验，即如叶紫所说：“我只是老老实实地想把我的浑身的创痛和所见到的人类的不平，逐一地描画出来。”[①]阶级斗争理论为叶紫这样出身于社会中下层的作家发泄内心的郁积和反抗提供了理论支持。

阶级分析方法对于左翼作家具有方法论的意义，启迪他们通过地租、高利贷、税收等经济制度的不合理来认识旧中国，认识“一个集团”是如何“占有另一个集团的劳动”。不同于鲁迅等五四作家从思想蒙昧的角度来解释民众的困境，1930 年代的左翼作家认为他们借助阶级斗争理论找到了更具体更实在的原因，因而他们认为：“(鲁迅)不但不曾超越时代，而且没有抓住时代；不但没有抓住时代，而且不曾追随时代。”“他(鲁迅)的思想是走到清末就停滞了。”[②]左翼作家因掌握了阶级分析方法而自信地走到了时代的前列，而且，他们把人还原到经济关系中，因而将抨击旧制度的罪恶与揭露统治阶级的伪善、凶残结合起来。阶级分析方法不仅为左翼作家指明了应该站立的位置——无产阶级行列，而且

① 叶紫：《我怎样与文学发生关系》，见郑振铎、傅东华编：《我与文学》，上海生活书店 1934 年版，第 40 页。

② 钱杏邨：《死去了的阿 Q 时代》，见中国社会科学院文学研究所鲁迅研究室编：《1913—1983 鲁迅研究学术论著资料汇编》第 1 卷，中国文联出版公司 1985 年版，第 327 页。

还为之指明了实现社会正义的方法——斗争。在左翼作家看来，越是描写旧制度的黑暗、旧人物的可憎，就越能显示斗争的合理性，从此，“阶级”和“斗争”就成为左翼文学的叙事重心。值得注意的是，左翼作家提倡阶级斗争，共同的目的是为被压迫阶级争取自由和平等，用蒋光慈的话说就是：“创造一个比较光明的，平等的，以集体为中心的社会制度。”①因此，左翼文学是五四文学的逻辑发展，自由和平等依然是其追求的目标，只不过主体不再是个体，而是穷苦大众。

左翼文学的阶级斗争叙事主要集中于乡土文学，因为当时的中国在总体上是乡土性的，现代化、工业化程度非常低②，工业、工厂、工人数量稀少，社会影响不大，左翼作家缺乏与之相关的直接经验，而对乡土社会，他们具有丰富的生活经验，在阶级理论的启发下，左翼作家对地主、农民、地租、高利贷等都产生了新的认识，地主与农民成了其落实阶级斗争理论的最富生活实感、最直接的对象，乡贤叙事因之成为阶级叙事的一部分。

二、没落的乡贤：写实与象征

乡贤属于乡绅阶层，乡绅中能处事公平、服务乡里、赢得乡民尊重和爱戴者为乡贤；反之，勾结官吏、鱼肉百姓、擅作威福者为劣绅。在传统社会里，虽然乡贤数量不多，却是乡土之魂，他们既是乡土社会的精神偶像，又是解决纠纷、评断是非、操办实务的领导者，乡土社会的运行与发展在相当程度上依赖他们。然而，在左翼文学中，作为乡土之魂的乡贤消失了，代之以一个个平庸的乡绅形象，大致有以下三类：

其一，因观念落后而成为时代的落伍者。总体而言，1930 年代的乡土社会是闭塞的，风俗习惯及人们的思想行为都受到儒释道文化的制约，乡绅堪称这种文化的代表，在融合了五四精神与马列思想的左翼作家笔下，他们是可悲，甚至是可笑的。胡也频在带有自传性质的小说《他和他的家》中讲述一个为逃婚离家而参加革命的青年八年后回家探亲的故事。小说中“他”的乡绅父亲是一个冥顽不化的老顽固，把“孝”的观念灌输给十二三岁的儿子，使之信服并躬行

① 蒋光慈：《关于革命文学》，见《蒋光慈文集》第 4 卷，上海文艺出版社 1988 年版，第 171 页。

② 至 1949 年，中国的工业净产值仅占全部国民收入的 12.6%，工业职工仅占全部社会劳动者的 2%。参见翟立功、朱铁臻主编：《中国工业产业的发展》，中国发展出版社 1993 年版，第 9 页。

“孝道”，而“孝道”是与五四理念背道而驰的，在“他”看来，“应该成为新时代人物的他的弟弟，却已经不幸地染上了旧家庭的很深的习惯了”。小说中的父亲除了被“许多圣贤的书”“弄成了一个铁的顽固的头脑”[①]之外，还中了冷漠、自私、荒淫之毒，因此，“他”反抗父亲既是现代对传统的颠覆，又是进步青年对腐朽的乡绅阶层的革命。小说中的乡绅既缺乏五四精神，又远离革命潮流，是双重落伍者。在鲁彦的《惠泽公公》中，七十多岁的惠泽公公因儿子在省城安家而被接来“享福”，可是在对待六七岁的孙子的教育问题上，惠泽公公溺爱、迁就，不讲科学，而且自以为是，在儿子科学、严格、现代教育观念的对照下，显得愚昧而落后，惠泽公公完全是与时代脱节的人物。

其二，因经济原因而趋于没落者。茅盾的《微波》《子夜》、鲁彦的《桥上》、彭家煌的《喜讯》等作品都刻画过这类乡绅的形象。《微波》中的李先生是被时代压垮的旧乡绅。李先生拥有五六百亩田，却经济紧张，一方面因田租不抵税收，“据说一亩田倒要赔贴半块钱”[②]，另一方面，摊派负担重。加之乡下不太平，土匪常常绑票。于是李先生把家搬到上海。为了贪图银行利息，李先生将全部钱款放进同一家银行，结果银行很快倒闭，除了乡下的土地，李先生变得一无所有。《子夜》中冯云卿的行事风格、眼界和命运与李先生颇为相似。作为乡绅的李先生们根本不懂现代都市的经济法则，乡下人的精明和盘算恰恰显露出短视和狭隘，而乡下亦非其适宜的栖身之所，他们似乎注定要成为时代的牺牲品。《桥上》中的伊新叔是被“现代”压垮的旧乡贤。财力雄厚的轧米船老板用高效率的现代机器轧米，以亏本压价的方式挤兑伊新叔。伊新叔传统的经营方式在现代机器和恶意商业竞争策略的进攻下，迅速失败，变得无立足之地。《喜讯》中拔老爹“破费了无数田地”[③]，培养出一个师范毕业生儿子，在家中负债累累、难以为继的窘境中，拔老爹一筹莫展。面对急剧变化的时代风云，拔老爹既无经营实务的能力，又无灵敏的政治嗅觉，抱残守缺，最终落得穷途末路。

其三，威望渐失的乡贤。左翼乡土文学中还塑造了一批名副其实的乡贤形象，但他们已经没有传统社会中乡贤一言九鼎、力挽狂澜的雄风。王统照的长篇小说《山雨》通过奚大有的人生经历揭示了1930年代席卷全国的农民革命的

① 胡也频:《他和他的家》，见《胡也频选集》下册，福建人民出版社1981年版，第606页。
② 茅盾:《微波》，见《茅盾代表作选》，上海全球书店1937年版，第149页。
③ 彭家煌:《喜讯》，见《彭家煌小说选》，湖南文艺出版社1987年版，第52页。

深层原因：不是穷人造反，而是农村全面破产。农村破产的信号是乡贤的缺失和边缘化。其时，农村危机重重，各种经济负担当然也会波及地主、乡绅，但他们又将其转嫁给佃户，如小说中的李家少爷们，“曾读过书，有的还干着差事，他们对这些事计算得比一般的地主还精”①。小说中的李家少爷、吴练长、陈葵园等乡绅都朝劣绅转化，而身份、地位、财产都逊于前者的陈庄长虽不失乡贤本色，却被边缘化。陈庄长周旋于村民与基层政权之间，在他身上体现了乡贤文化的精髓——“孝德亲善，美美与共”②。可是，吴练长及其上级只将他作为搜刮民财、役使民力的工具，没有半点尊重之心。对村民而言，陈庄长无法解决大家生活中的实际困难，只是个无用的“好人”而已。最后，陈庄长被士兵打伤，并负伤而亡。一个本应生前受爱戴、死后享哀荣的贤者，却活得窝囊，死得寂寥，这向乡土社会传递了一个信号：国家的核心价值完全否定了乡土社会祖祖辈辈的精神信仰。贤者见弃，坏人横行，自然会动摇乡土社会的基石，此乃国家动荡的根本原因。鲁彦短篇小说《岔路》中袁家村的村长袁筱头和吴家村的村长吴大毕相互谦让，有乡贤风范，但他们的儿子好狠斗勇，蛮不讲理，把一场联合祈福仪式变成了两村的仇杀，袁筱头和吴大毕都无力控制疯狂的村民。叶紫中篇小说《星》中的四公公、关胡子和李六伯都是贤者，他们牵头营救因参加农会运动被关押且生下一男婴的梅春。四公公等人与梅春并无多少交情，也不太认同梅春的新潮言行，但他们珍重生命，有仁慈之心，但在日常生活中，四公公们只是几个因世事变幻莫测而忧心忡忡的“看客”，无力主导村中事务。《山雨》《岔路》《星》描绘的是不同地域的乡村，其中的乡贤性格各异，面对的矛盾也不一样，但地位边缘化、影响力弱化是其共同命运，茅盾的《秋收》、丁玲的《水》对为灾情而出面周旋、协调的乡绅也做了淡化处理，它昭示着乡土中国进入了一个新的时代，一个传统乡贤逐渐被淘汰的时代。

虽然1930年代的左翼乡土叙事是现实主义文学，上文所论及作品中的乡贤形象具有极强的写实性，但是，这些乡贤形象同时又具有浓重的象征意味，在他们身上凝聚了一个阶层的人格、身份、地位与命运，他们所代表的旧观念被以民主和科学为旗帜的新观念所否定，而现代经济模式也动摇了其经济地位，再

---

① 王统照：《山雨》，见《王统照文集》第三卷，山东人民出版社1981年版，第284页。

② 王泉根：《中国乡贤文化研究的当代形态与上虞经验》，《中国文化研究》2011年第4期。

加之新阶层的崛起,使之最终成为旧时代的殉葬品。因此,这些没落的极具写实色彩的乡贤形象,象征了一个阶层的沦落。左翼作家虽然对他们有所同情,但少有惋惜,因为左翼作家坚信自己是历史前行的推动者,是正义的代言人。

三、阶级视域与劣绅的种种劣迹

在左翼作家看来,劳苦大众获得公平的途径是阶级斗争,而左翼作家自我承担的使命就是以艺术形式揭示阶级的存在和阶级斗争的合理性。瞿秋白指出:"它(新兴阶级的文艺运动)只要指出一些文学的真面目——阶级性。它只是在思想战线文艺战线上和反对势力斗争。"[①]周扬则要求作家"一定要站在无产阶级的立场,百分之百地发挥阶级性,党派性"[②]。作家对阶级性的感性经验主要来自父母和其他亲属。作为熟悉的家庭成员,作家对他们难免有一定程度的好感,但是,在左翼作家眼里,他们毕竟属于反动的、即将被推翻的阶级,因而,胡也频、台静农、许钦文、丁玲、吴组缃、端木蕻良等人在塑造自己的父亲或其他亲属时,也会将其打上腐朽阶级的印记。不过,值得玩味的是,他们笔下的母亲大多是慈爱、善良的正面形象。左翼作家对在非家庭叙事中的地主、乡绅没有亲情顾忌,故而这些形象更具有阶级的典型性。吴组缃的《官官的补品》是阶级性的一个绝妙隐喻。穷人用血、用奶滋养着地主的儿子,可是,他们如果稍有反抗,就会被杀戮,穷人只能是地主阶级的驯服的"补品",阶级的不平于斯而极。

在1930年代左翼乡土文学中,地主阶级的残忍、贪婪、钻营、好色四种阶级本性(同时也是劣迹)被描绘得最多。

残忍是指地主、劣绅在肉体上折磨乃至消灭穷人。地主、劣绅打人最常见的原因是佃户拖欠租子。欠租挨打的情节最初出现在蒋光慈1926年出版的中篇小说《少年漂泊者》中,少年汪中的父亲汪老二因遭遇旱灾交不出租子,被地主打伤并很快身亡。之后,欠租挨打成为左翼文学中常见的情节。台静农的

---

① 瞿秋白:《文艺的自由和文学家的不自由》,见贾振勇编:《左翼十年——中国左翼文学文献史料辑》,人民出版社2015年版,第226页。

② 周扬:《到底是谁不要真理,不要文艺?》,见贾振勇编:《左翼十年——中国左翼文学文献史料辑》,人民出版社2015年版,第230页。

《人彘》、洪灵菲的《归家》、丁玲的《母亲》、端木蕻良的《科尔沁旗草原》中都出现过此类情节。穷人犯其他小错也可能被打，如罗得胜因摸吴太爷太太身边的丫鬟被吊打（艾芜《荣归》），邵安娃因小过被易老喜打伤（艾芜《丰饶的原野》），张举人责打帮佣的伙计（蒋光慈《咆哮了的土地》），阿元哥被张家偷袭（许杰《放田水》），土豪劣绅联合殴打、镇压盐场工人（楼适夷《盐场》）……更有甚者，地主、劣绅动辄害人性命，如，阿进的父亲被二老爹借官方之手杀头（洪灵菲《在洪流中》）；大地主薛梅将与婢女秋荣相爱的小雷打得遍体鳞伤，秋荣则被打死（毕奂午《村中》）；最邪恶的莫过于三太爷将不听话且有反抗意识的桂生连同其无辜的姐姐一起活埋（张天翼《三太爷与桂生》）。左翼文学中地主、劣绅的残忍不是个人品质，而是一种阶级本性。

地主劣绅的贪婪主要体现在荒年不减租，佃租过高，放高利贷和侵吞穷人土地、财产等方面。荒年歉收，地主与佃户因租子打六折还是打对折发生争执，阿如老板一掌将阿曼叔打死（鲁彦《野火》）；田主“凶年不减租，天灾也不减租”[①]，由此引起了激烈的武装冲突（阳翰笙《暗夜》）。佃租过高是左翼乡土文学中地主的一大罪恶。在夏征农的《禾场上》中，庄稼收入的七成归佃农，三成归地主，但佃户租用耕牛又分去七成中的一半，因此，佃户实际只分得三成半。而叶紫的《丰收》中是佃农占三成，地主占七成。在茅盾的《残冬》中，地主占有收入的 43%[②]。包括茅盾在内，左翼作家都认为佃租过高，但夏征农、叶紫、茅盾等人小说中的佃租相差很大，实际上，茅盾对佃租的介绍最准确，据考证，1930年代，“中国各省的田地租率平均约为 43%”，湖南偏高，平均为“44.22%”，浙江略低，约为“42.44%”[③]，各地相差都不大，叶紫等人显然是有意夸大佃租率，以强化地主、劣绅的贪婪。

地主放高利贷是左翼作家深恶痛绝的社会现象之一，许多作家都描绘过高利贷的危害，如在蒋光慈的《咆哮了的土地》、洪灵菲的《在洪流中》、张天翼的《同乡们》、吴组缃的《天下太平》、叶紫的《丰收》、蒋牧良的《师爷当家》、茅盾的《秋收》、许钦文的《难兄难弟》等小说中，高利贷轻则使人陷入困顿，无法自拔，

---

① 阳翰笙：《暗夜》，见《阳翰笙选集》第一卷，四川人民出版社 1982 年版，第 340 页。

② 《残冬》原文“一亩田收了三担米，五亩田十五担，去了‘一五得五，三五十五’六石五斗的租米”，意即地主在每亩 3 担中抽 1.3 担，占 43%。

③ 高王凌：《租佃关系新论：地主、农民和地租》，上海书店出版社 2005 年版，第 15 页。

重则使人流离失所。凡被逼借高利贷者,大多无力及时偿还,因此,催逼还债的场景往往是人间惨剧,有的拆屋还债(吴组缃《天下太平》),有的家破人亡(蒋牧良《师爷当家》)。左翼作家痛恨高利贷,不仅是因为其在这种不合理的经济关系中体现了地主阶级的贪婪本性,更重要的是高利贷的可怕后果完全悖逆了作家的人道主义精神。

地主的贪婪还表现为倚强凌弱,侵吞他人财产。祥福的儿子将一丘肥田抵押给就近的财主,被财主设计夺去(许杰《七十六岁的祥福》);陈老奶的大儿子亡故后,老板与镇长沆瀣一气,伪造证据,不仅侵吞了其子在本店的存款,而且把陈家在其他店里的存款也讹诈去了,弄得陈老奶婆媳一无所有(鲁彦《陈老奶》);为了霸占老吴的良田,王老太爷诬告他通匪(台静农《被侵略者》)……左翼乡土作家描写地主不择手段地图谋他人土地或钱财,从而完成了对这些人从地主到恶霸的阶级身份的塑造。

钻营是指地主、劣绅为了自身的经济利益或权力欲望而与奸商、军队、警察、官府相勾结的行为。为了经济利益而钻营的常见形式是地主与奸商相勾结。丰收成灾、谷贱伤农,在旧社会是一个荒诞而真实的社会问题,严重挫伤了普通农民的生产意愿、损害了普通农民的利益,但善于钻营的大地主,不仅没有损失,还能得到更多好处(张天翼《丰年》)。另一种钻营更可恨,那就是地主、劣绅结交军政官员,并假借其权势鱼肉乡里,如鲁彦的《野火》、蒋牧良的《南山村》、蒋光慈的《咆哮了的土地》等作品都描写了地主、劣绅搬来军队或民团,使用武力镇压群众。在茅盾的《残冬》中,李老虎骂了张剥皮几句,就被警察捉去坐牢,如此等等。无论是哪一种钻营,对于左翼作家而言,都是地主劣绅丑恶阶级本性的显露,是“从无产阶级的立场去揭发”“小资产阶级,资产阶级,绅士地主阶级的一切丑恶,一切残酷狡猾的剥削和压迫的方法,一切没有出路的状态,一切崩溃腐化的现象”。[①] 因而,很少有左翼作家不描绘地主、劣绅的种种钻营行径。

好色是指地主、劣绅戏弄、勾引、强暴穷家女子。左翼作家描绘了地主、劣绅形形色色的荒淫好色行为,有乱伦的(蒋牧良《干塘》、茅盾《小巫》),有诱奸并

① 史铁儿(瞿秋白):《普罗大众文艺的现实问题》,见北京大学、北京师范大学、北京师范学院中文系中国现代文学教研室编:《文学运动史料选》第二册,上海教育出版社 1979 年版,第 382 页。

变态的(张天翼《笑》),有性骚扰并变态的(张天翼《背脊与奶子》),有因嫉妒而杀人的(毕奂午《村中》),有关押父亲并逼其女儿就范的(台静农《被侵略者》),等等。好色在五四文学中是作为人性的正常欲望被表现的,因此作者的态度至多是微讽,1930 年代,左翼作家之所以不约而同地将地主、劣绅的好色与个人淫威联系起来,是因为此时作家不是从人的本能欲望层面理解色欲,而是从阶级立场揭示色欲的阶级属性。

当然,残忍、贪婪、钻营、好色往往是混杂在一起的,一个地主、劣绅的身上往往汇聚了其中数种劣迹或品性,它们共同形塑了一个阶级的丑恶面貌。

有意味的是,与即时性描绘当时社会中地主、劣绅的丧德败行相对照,丁玲的《水》、彭家煌的《风头》、王统照的散文《乡村偶记》等都有感慨现实中乡绅堕落的描写,怀念"以前的乡贤"有道德有威望,这是否意味着除了阶级观念之外,现实中的乡贤确实在减少?从约定俗成的责任及长远利益等方面考虑,大多数乡绅并不愿意当劣绅,因为"传统士绅有着关怀与保护宗族的道德义务"[①],所以,他们会与村民保持良好的人际关系,维护自己的声望,而一旦撕破温情、公正的面纱,他们就会失去村民的拥戴和尊敬,因而,他们不会轻易自毁形象。一旦如此,就预示他们已自顾不暇,风雨欲来。

四、新阶级、新乡贤与新信仰

阶级观念使左翼作家从道德、行为及存在的合理性等方面全面否定传统士绅,同时,也促使作家构建新的乡贤形象。总体而言,左翼作家塑造的新乡贤形象比较模糊,因为左翼作家虽然在情感上认同穷苦大众,但穷苦大众何以淬火重生,锤炼成对乡土社会的运行、发展具有广泛影响的新乡贤却是一个难题,更何况,当时左翼作家的主要任务是解构旧乡贤。当然,"破"与"立"是辩证统一的,有"破"就会有"立"。左翼文学作品中的新乡贤形象主要有两类:一类是革命队伍中的干部,另一类是草泽英雄。

乡贤原初的含义就是乡里的贤者,何为贤者?墨子曰"有力者疾以助人,有财者勉以分人,有道者劝以教人"就是"为贤之道",简而言之,有能力且愿意帮

---

① 章开沅等:《中国近代史上的官绅商学》,湖北人民出版社 2000 年版,第 372 页。

助他人者即为贤者。依墨子的观点,无论是以体力、财力,还是以道德学问助人,都内含教化百姓的意图,而教化的前提是施教者须为贤者,“凡所使治国家、官府、邑里,此皆国之贤者也”。因此,乡贤必须承担帮助和教化百姓的双重职责。在左翼作家看来,既然地主阶级是反动的、腐朽的,新乡贤必然要从新兴的、最有前途的第四阶级中产生,革命队伍中的干部作为新乡贤形象出现在左翼乡土文学中就是势所必然。戴平万的《村中的早晨》和胡也频的《同居》中都塑造了此类人物形象。在《村中的早晨》中,老魏因儿子参加革命而生活在“人们的白眼,富人的怒骂,村中的无赖者的嘲笑”[①]里,但在见到儿子“魏先生”和其战友简同志的生活和战斗情况后,特别是在简同志的启蒙教育下,他终于理解了儿子。魏先生和简同志不仅乐于帮助、教化农民,而且舍生忘死地战斗在枪林弹雨之中,他们为新乡贤赋予了新的品质——为全体穷苦大众而战斗。《同居》描绘的是在中国苏维埃政权下一对夫妇自由离婚并各自找到“爱人”的故事。起初,吴大姐向丈夫王大宝提出离婚并拟于次日与另一男子结婚,但王大宝并不愿意,他找到“委员长郑同志”,提出不离婚或得到离婚补偿的要求,“委员长郑同志”以苏维埃政权下婚姻自由的政策教化王大宝,使之心悦诚服,最终王大宝如愿以偿地得到了一个“爱人”。在苏区,已经不是“地主豪绅的时代”[②],学徒出身的革命者郑同志担负起维持乡土社会运行并教化农民的重担,农民也信任、爱戴他,郑同志在实际生活中替代了旧乡贤,成为新时代的新乡贤。

草泽英雄式的新乡贤出自向培良的《在堤上》。雄大哥的手下和尚老三“强奸未遂,刀伤事主”,而事主是贫弱无依的母女俩,按江湖规矩,应该由雄大哥处罚和尚老三,但是,雄大哥在外地,于是,另一帮派的云大哥义不容辞地为事主讨公道。和尚老三连伤云大哥手下两人,最后被云大哥杀死。整个事件本与云大哥无关,但他为了惩奸除恶、伸张正义,不惜以身犯险。在云大哥身上看不到流氓、黑社会的自私、歹毒与狭隘,看得到的是急公好义、一身正气,作者毫无保留地敬佩、颂扬他,显然也是在否定旧乡贤之后,为乡土社会找寻能主持公道、为人信服的新人物、新力量。

上述两类新乡贤的“新”不在于新的教育背景或道德信仰,而在于是否匡扶

① 戴平万:《村中的早晨》,见上海文艺出版社编,巴金序:《中国新文学大系(1927—1937)·小说集一》,上海文艺出版社 1984 年版,第 695 页。

② 胡也频:《同居》,见《胡也频选集》下册,福建人民出版社 1981 年版,第 678 页。

正义并为人信服、尊重。与五四乡土文学中的新乡贤形象不同，在左翼乡土文学中，接受过新式教育的人并不意味着一定能成为新乡贤，相反，接受过新式教育的年轻士绅滑入劣绅行列者不乏其人，如前文提及的洪灵菲小说《在洪流中》的小二老爹、王统照小说《山雨》中的陈葵园、张天翼小说《蛇太爷的失败》中的永士龙，以及叶紫小说《偷莲》中的汉少爷等，这些接受过新式教育的青年士绅的家庭大多属于地主阶级，在左翼乡土文学中，他们是腐朽阶级的传承者。

阶级斗争理论并非独立的理论体系，它与剩余价值理论、无神论等理论相互依存，因此，左翼作家才强化甚至夸大地主阶级的经济剥削，同时，也书写了宗教的虚妄。五四乡土文学以民主与科学为旗帜，大多数作家并不信教，但承认宗教的纯净及其慰藉心灵的功能，如许地山的《缀网劳蛛》、台静农的《为彼祈求》，柔石 1929 年出版的《旧时代之死》也持这种态度，但在左翼乡土文学中，对宗教的批判就变得严厉了，如张天翼的《报应》《善女人》《笑》等。《报应》中的泰一夫妇信佛，但庙里的师父并不慈祥，反而跟市井恶霸一样贪婪、势利，诚心信佛的泰一反受其害。《善女人》中的老师太贪图钱财，面目凶狠，世俗之心远甚于常人。《笑》中的李道士也开始崇拜恶霸九爷，因为九爷完成了从赤贫到真富的转变。张天翼笔下的尼姑、道士披着宗教的外衣，却比市井中人更鄙俗、更贪婪、更无耻，信徒往往被骗、被剥削、被欺负。综观 1930 年代左翼乡土文学，已经见不到奉真牧师（许地山《缀网劳蛛》）、天主教牧师（台静农《为彼祈求》）、“精神的母亲”[①]式的尼姑（柔石《旧时代之死》）。马克思指出：“废除作为人民幻想的幸福的宗教，也就是要求实现人民的现实的幸福。”“彼岸世界的真理消逝以后，历史的任务就是确立此岸世界的真理。”[②]阶级斗争谋求的是现世的幸福，宗教注重的是来世的好运或死后的幸福，而且宗教的宿命论、因果报应论都与阶级斗争理论相抵牾，因而消解宗教的神圣性，也就从侧面强化了阶级斗争的正当性和必要性，阶级斗争因之成为新的信仰。

总体而言，左翼乡土文学中的新乡贤形象虽然是零散而模糊的，但共同特征还是非常鲜明的，即他们来自或者栖身于劳苦大众之中，富有强烈的斗争精神，并且站在斗争的最前沿。

---

① 柔石：《旧时代之死》，见《柔石小说全集》上册，时代文艺出版社 2000 年版，第 172 页。

② 马克思：《〈黑格尔法哲学批判〉导言》，见中共中央马克思恩格斯列宁斯大林著作编译局编：《马克思恩格斯选集》第一卷，人民出版社 1995 年版，第 2 页。

全面考察左翼乡土文学中的乡贤叙事,不难发现,此时的乡贤形象处于新旧交替之中,旧式乡贤在前进的左翼作家看来,或乏善可陈,或罪孽深重,且终将为时代所抛弃。新乡贤形象虽然留有明显的概念化的痕迹,未能深入描绘新乡贤如何扎根乡土社会,新乡贤丰富、独特的个性如何与其服务桑梓的精神相结合,但此时已确定了新乡贤必须具备的基本品格。三类乡贤(劣绅是变坏的乡贤)叙事分别传递了作者怜悯、否定、肯定三种情感态度,它们完整地体现了左翼作家的阶级观念,传达出那个时代特有的思想内涵和文学风尚。

在三类乡贤中,新乡贤形象最为单薄,这不是因为作家用力不勤,所思不深,而是由于他们缺乏生活基础。作家赋予新乡贤的身份和品格可谓其来有自,因为它就是马克思主义阶级斗争理论在乡土社会的实践。遗憾的是,当时乡土社会正处于空前的劫难之中,那是一个动荡不堪的时代,一个倚仗武力的时代,一个需要英雄的时代,一个唯独不需要也无法产生乡贤的时代,士绅阶层自顾不暇,甚或朝不保夕,又岂能奢望其成为乡贤?!直到1949年之后,海内承平,这一理念才落地生根,梁生宝(柳青《创业史》)、刘雨生(周立波《山乡巨变》)、萧长春(浩然《艳阳天》)等许多基于这一理念的新乡贤形象就活跃于1950—1960年代的乡土文学之中。

第四节 解放区乡土文学中的革命观念与乡贤叙事

解放区乡土文学是特定历史时期的产物,革命的言说是其最重要的价值指归。这一时期的文学承载着一个急需实现的政治目标,即通过无产阶级意识形态对封建传统理念进行改造与替换,建构出一套与新生政权相适应的革命话语体系。其中,最富有时代特色的当属“乡贤叙事”,如何巧妙处理文学与现实的关系,描摹适应革命发展的乡贤形象,在乡土文学实践中具有重大意义,值得归纳总结。

一、社会革命的激荡与乡村秩序的重构

20世纪40年代,中国社会遭遇严重危机,旧的封建残留依然存在,新的

民族矛盾日益尖锐，加之国民党的腐朽统治及频繁的自然灾害，广大乡村常年战火纷飞、民生凋敝、伦理失序，农业经济处于崩溃的边缘，引发了社会各界的关注。在经历了戊戌变法、庚子新政、辛亥革命、国民革命等一系列社会改革之后，包括中国共产党在内的各种社会政治力量都意识到乡村是中国社会的根基，争取广大农民的合作是取得革命胜利的关键。如毛泽东在《湖南农民运动考察报告》中所言，“中国的人口百分之八十是农民”“中国的革命实质上是农民革命”。因此，中国共产党力图在救治乡村危机的过程中，建构起全新的乡村秩序，实现政权的合法化，成为主导中国社会的力量。

（一）传统乡贤的式微与蜕变

“乡贤是扎根于乡土社会文化的社会力量，在动态的历史进程和特色不一的地域文化中，其认同的标准和资质或有所差异，但其一定是乡里德行高尚，且于乡里公共事务有所贡献的人。某种意义上，它与乡绅的概念具有较多的重合性。”①士绅阶层是乡贤群体最主要的构成者，他们长期作为地方精英而存在，在乡村社会建设、风习教化、乡里公共事务等方面起到主导作用，是乡村权力的实际掌控者。这与我国长期实行的“自上而下的国家统治”与“自下而上的乡村自治”相结合的双轨制度密不可分。从夏商周至清代，县域之下的治理均采用自治模式，乡村治理长期依赖乡贤或乡绅的力量，兼具人治与法治混合模式的特征。士绅阶层对外防止皇权专制权力滥用，对内以维护“乡村共同体”整体利益为根本立场对乡村内部加以管理，成为连接国家政权与乡村自治的中介力量。其中乡贤被视作乡村的灵魂人物，是一方风气和文化的象征或表征，从而有“身为一乡之望，而为百姓所宜矜式，所赖保护者”②的说法。作为一种客观存在的社会分层，乡绅阶层随着历史发展发生阶段性的流动与分化。伴随封建制度的衰落、西学的传入与科举制度的废除，乡贤力量继替的制度保障发生了历史性断裂。失去政治庇护的乡贤群体开始大规模地向城市单向流动，他们或巧妙改变身份，成为新兴商人学者，或受利益驱使，蜕化为劣绅、豪绅，最终乡村乡贤大量流失。国民党统治时期，国家权力进一步下沉，一部分投机倒把的劣绅、豪

---

① 王先明：《“新乡贤”的历史传承与当代建构》，《光明日报》2014年8月20日。

② 《绅衿论》，同治壬申五月一日《申报》，1872年5月1日。

绅、地主趁机混入乡贤队伍，夺取地方权力，导致社会矛盾激化与乡村危机爆发。

由于与国家政权存在着天然的联系，乡贤群体被视作封建制度的维护者，成为各种社会政治力量革命与改造的对象，其社会处境十分艰难。他们在乡村治理中的历史功绩完全被忽略，连同其所代表的民族传统文化与品德内涵也一起受到打压。抗战爆发之后，为了建立抗日民族统一战线，中国共产党适时调整政策，从1927年湖南革命“打倒一切土豪劣绅”的暴力夺权到1937年抗日革命根据地确定“联合一切力量抗日”的抗日民族统一战线，在政治上推行“三三制”民主政权结构，在经济上实行减租减息的土地政策。在阶级矛盾缓和的背景下，虽然一些具有代表性的“开明绅士”浮出水面，如李鼎铭、张闻天等，但仍阻挡不了乡绅阶层的衰落与消失。与此同时，传统乡贤主导的乡村自治模式已经不能适应新时代的发展，建构全新的乡村秩序迫在眉睫。

(二)“革命新人”式的乡贤变奏

“农民——这是中国军队的来源。士兵就是穿起军服的农民，他们是日本侵略者的死敌。农民——这是现阶段中国民主政治的主要力量。中国的民主主义者如不依靠三亿六千万农民群众的援助，他们就将一事无成。”(毛泽东《论联合政府》)重构新的乡村秩序，建立民主政权，必须先争取农民阶级的政治认同与文化支持。因此，中国共产党迅速在抗日革命根据地开展了一系列乡村运动，进行意识形态宣传，注重阶级观念渗透，培育新的乡村代理人。

为了瓦解传统乡村政权存在的制度基础，同时争取农民的支持，中国共产党首先推行了影响深远的土地革命运动。在意识到小农思想、礼法秩序、宗族关系等根深蒂固的乡村秩序观对革命的阻碍之后，中国共产党将马克思主义理论中“阶级”的概念巧妙嵌入动员话语中，重塑了农民与地主的身份，并且通过“诉苦”“批斗”等“剧场政治”策略，消解了旧政权的统治权威，从而建构起农民与无产阶级政权的想象性认同关系。在此过程中，中国共产党有意识地选拔与培养新的基层力量，并将大部分农民纳入农业委员会、妇女代表会、青年团等组织，实现了国家权力的下移。传统的乡绅-地主精英统治格局被打破，由“革命新人”组成的新的权力结构日益形成，乡村社会秩序得以重建。

作为新的乡村权威，这些“革命新人”在功能上类似于传统乡贤，是乡村社会运转的主导力量，但他们又与传统乡贤有着本质区别。其一是制度背景不同，传统乡贤的生存基础深深根植于封建宗法制度，而“革命新人”则是在无产阶级的社会主义革命中孕育而生的；其二是出身不同，传统乡贤多出身于大户人家，文化积淀深厚，有一定社会地位，而“革命新人”则多为在共产党领导下翻身的无产阶级贫苦农民，受教育程度普遍不高；其三是思想理念不同，传统乡贤更多是儒家礼教的化身，兼具深刻的民族烙印与文化精神，而“革命新人”除了承继民族精神中先进的品德外，更具有平等、民主、自由的现代意识及大刀阔斧改革、破旧迎新的革命精神。因而“革命新人”对传统乡贤文化既有延续又有超越，可视作传统乡贤在新的历史条件下的变体。虽然在特定的历史背景下，革命新人也有一些局限性，如不受传统伦理制约，目光短浅、急于求成，缺乏管理经验等，但是他们在中国共产党的领导下，积极开展乡村运动，参与乡村治理，投身乡村建设，为乡村权力的调整、政权的建设与秩序的重构做出了不可磨灭的贡献。

二、阶级裂变语境下乡贤群像的文学表征

乡土文学紧叩时代脉搏，做出重大调整，其中最显著的变化即为阶级话语体系的确立，以二元对立的模式书写乡村社会现实，呈现出明朗刚健的艺术风格。解放区乡土作家高扬《在延安文艺座谈会上的讲话》（以下简称《讲话》）精神，通过书写新人物与新生活来建构新的国家认同，具有极高的颂歌意识与理想主义情怀。作家笔下的“革命新人”是农民中的优秀代表，或是乡村运动中的“领袖人物”，或是革命战争中的“战斗英雄”，或是农业生产中的“劳动模范”，抑或是个性解放中的“时代先锋”。“这些人具有政治的远见。这些人充满着斗争精神和牺牲精神。这些人是胸怀坦白的、忠诚的、积极的、正直的。这些人不谋私利，唯一的为着民族与社会的解放。”[①]在乡村治理与乡村建设方面，他们不仅身兼传统乡贤的功能，而且具有超越传统乡贤的现代意识与革命精神，因而可视为传统乡贤在新时代背景下的延续与变奏。与之形成鲜明对比的是，对于作

① 毛泽东：《为陕北公学成立与开学纪念题词》，见《毛主席论教育革命》，人民出版社 1967 年版，第 3 页。

为对立阶级代表的地主、土豪、劣绅等形象的刻画,作家则更多运用艺术典型化的手法加以夸张变形,这些形象具有单一脸谱化的特征。

(一) 乡贤变奏:“革命新人”的想象性书写

丁玲、周立波、赵树理、孙犁、马烽、孔厥等身处解放区的作家们在新的意识形态话语指导下,纷纷深入考察现实生活,真实记录了在中国共产党领导下乡村社会的新变化,动情地描绘了新的理想的国家形象。其中,乡村新的历史创造主体——乡贤即“革命新人”被作家当成最有力的武器,来冲击乡村腐朽的封建秩序、失衡的社会关系、传统的伦理纲常。在解放区乡土作家的助推下,新的乡村社会空间与权力秩序得以重建。作家主要通过对自己深入乡村运动、参与乡村治理、投身乡村建设等方面的想象性书写,来完成无产阶级意识形态对现实民众的某种启迪。这些“革命新人”的形象基本上可以分为两类:一类是坚定的革命干部形象,一类是成长中的新型农民形象。

1. 坚定的革命干部形象

革命干部形象是解放区作家政治理想的化身,代表了他们对新国家形象的想象。这些干部往往是贫雇农出身,被剥削压迫的程度极深,经过解放区作家的革命叙事浸染,他们与革命便有了天然的联系。在中国共产党的领导下,他们怀揣着对新政权的美好向往,在艰苦的斗争中逐渐成长为具有坚定政治立场的无产阶级代表。相较于传统乡贤,他们已经完成了从传统人格向革命人格的转化,具有先进性;相较于普通的农民新人,他们更具有革命前瞻性、政治道德品格与组织领导能力,因而迅速成为乡村新生基层民主政权运转的主导力量。

土地革命是中国革命史上规模最大、时间最长、影响最深远的乡村运动。作为这场运动的参与者、宣传者与记录者,解放区作家纷纷将自己的所见所闻诉诸笔端,着力表现革命干部身上的优秀品质,以突出农民阶级在革命中的先进性与主体性。最具代表性的当属周立波的长篇小说《暴风骤雨》,该作品将东北农民在中国共产党领导下进行的土地改革演绎为一首激昂的翻身进行曲,热情颂扬了赵玉林、郭全海等理想化的干部新人,以凸显土地革命的合理性与正义性。外号“赵光腚”的赵玉林是恶霸地主韩老六家的长工,他勤劳踏实却被压榨到全家衣不蔽体的地步。经过党员小王的动员,他的阶级意识开始觉醒。在诉苦大会之后,他第一个拿起枪杆子闹革命。在党的领导下,赵玉林建立起元茂屯第一个农工联合会，广泛吸纳会员，成立自卫队，发动武装斗争，变革旧的乡村秩序。在政治翻身的同时，赵玉林逐渐摆脱了自私狭隘的小农意识。在分配胜利果实时，他主动将物质资源留给更需要的人，表现出鲜明的集体主义精神。他收留被地主毒打的小猪倌，救济无家可归的郭全海，体现了共产党员的先进性。直到与土匪韩老七战斗牺牲时，他还不忘嘱咐同志拿走自己的枪。党的教育使赵玉林从一个苦难麻木的贫农成长为土地改革的中坚力量，再到怀有自觉解放意识的先锋战士，这样的成长轨迹在同类作品中具有典型意义。在小说下半部，农会主任郭全海基本上重复了"被压迫—被党唤醒—走向革命"的模式，只是他的性格更为内敛，他善于谋略，与赵玉林急先锋式的性格互为补充。他从小受尽迫害，父亲惨死在地主门前，复仇的种子早已发芽。赵玉林牺牲之后，他义无反顾地接过革命的火炬，继续带领元茂屯群众智斗特务韩老五，表现出坚定的革命立场与过人的领导才干。参军后，郭全海以身作则，毅然离开新婚仅二十天的妻子，奔赴抗战前线，引发了全屯的参军热潮，成为新型农村干部的典范。这两个理想化的革命干部形象在解放区引起了较大的轰动，一度被认为是革命话语与乡土经验成功结合的典范。面对"美化"人物的质疑，周立波用革命话语的"典型论"予以反驳，"革命的现实主义的写作，应该是作者站在无产阶级立场上站在党性和阶级性的观点上所看到的一切真实之上的现实的再现。在这再现的过程里，对于现实中发生的一切，容许选择，而且必须集中，还要典型化，一般地说，典型化的程度越高，艺术的价值就越大"①。类似的理想化的革命干部形象还有秧歌剧《钟万财起家》（延安军法处秧歌队集体创作）中悉心教导群众、无私提供生产资料的村主任，小说《病了的郝二虎》（孔厥著）中的带病工作、为革命献身的优抗主任郝二虎等。以《洋铁桶的故事》（柯蓝著）为代表的新英雄传奇小说更是将塑造"典型人物"的艺术手法推到顶峰，土生土长的农民吴贵在党的感召下，积极组建乡村民兵自卫队，作者精心渲染了他昂扬的斗志与英雄主义品格，他身怀绝技、足智多谋，总能以一当百、逢凶化吉，是无产阶级理想化英雄的化身，具有鼓舞人心的力量。

与《暴风骤雨》中"赵玉林式"理想化的运动领袖相比，丁玲《太阳照在桑干

① 周立波：《现在想到的几点——〈暴风骤雨〉下卷的创作情形》，见李华盛、胡光凡编：《周立波研究资料》，湖南人民出版社1983年版，第287页。

河上》中的革命干部形象则显得更为复杂。她善于将人物放在广阔的历史语境中进行细致的性格剖析,在努力挖掘他们敢于反抗、勇于革命的本质时,并不刻意回避他们身上的缺陷与不足,尤其注重展现他们在新旧思想的激烈冲突中,实现精神转变的艰难过程。如支部书记张裕民,与赵玉林一样也是受压迫最深的贫雇农出身,却更多因袭了小农意识中的麻木保守,消极地逃避革命。在党的关怀下,他感受到了温暖,逐渐走上了革命之路,成为暖水屯的第一个党员。张裕民对党忠诚、重义轻利、有勇有谋,然而在革命形势不明朗时,他也出现过动摇。他谨小慎微,对地主钱文贵的阶级判断犹豫不决,具有明显的右倾倾向。同时,他善良感性,被反动分子张正典的花言巧语所蛊惑,盲目附和大家的意见,错误开除了积极分子刘满的党籍。农会主席程仁的性格比张裕民还要立体些,作者通过描绘他对地主侄女黑妮爱情态度的反复来渲染其犹疑的性格弱点。程仁长期在痛苦中摇摆不定,最终在党的感召下选择了参加革命,解放了自己,也解放了爱人。正如丁玲所言:"我不愿把张裕民写成一无缺点的英雄,也不愿把程仁写成了不起的农会主席。他们可以逐渐成为了不起的人,他们不可能一眨眼就成为英雄。但他们的确是土改初期走在最前边的人,在那个时候实在是不可多得的人。"①这样的处理丝毫没有损害这些干部新人的光辉形象,反而在一定程度上揭示出人性的斑驳与复杂,显现出作者在"人性与政治"之间新的探索。类似的干部形象还有小说《高干大》(欧阳山著)中任家沟合作社副主任高生亮,他"大半个是共产党员,小半个还是农民"。高生亮大胆创新、锐意改革,以一己之力使合作社扭亏为盈,跻身边区前列。他无私奉献,真正为人民服务,一度因劳成疾。他疾恶如仇,坚决同一切阻碍革命的势力做斗争。同时,他新的精神特质中夹杂些许旧的印记,如封建迷信残留、传统人伦牵绊、半文盲状态、品位格调不高,作者甚至调侃他"面貌丑陋""猩猩似的走路样"。作者直言,"我们是写'理想',但不能离开真实去写空想"②,因而他并没有过多渲染高生亮的英雄壮举,而是塑造了一个普通的正在成长中的乡村实干家。

女性革命干部形象的大量涌现也是解放区革命叙事作品中的一道亮丽的

---

① 丁玲:《〈太阳照在桑干河上〉重印前言》,见《生活·创作·修养》,人民文学出版社1981年版,第289页。

② 欧阳山:《为恢复革命现实主义的传统而斗争》,见《欧阳山文集》第十卷,花城出版社1988年版,第3920页。

风景线。小说《孟祥英翻身》(赵树理著)中的妇救会主任孟祥英,即是在党关怀下翻身做主的女性干部典范。她带领妇女们反抗封建父权、夫权及恶婆婆的欺压,提倡个性解放,接受新式教育,投入火热的乡村建设。开荒、挖渠、捞柴、采摘、养殖她样样行,孟祥英被评为劳动模范,她的事迹还上了报纸。她时常去各地宣讲经验,激发了广大妇女参与生产的热情。这种女性叙事将女性个体解放融入"生产自救"的时代主题,巧妙地避免了传统父权夫权与革命之间的冲突,是当时文艺创作中普遍采用的叙事手法。歌剧《刘胡兰》(魏风等著)改编自真实的历史人物,作者颂扬了革命干部刘胡兰大义凛然、慷慨赴死的英雄品格。她政治觉悟极高,十岁加入儿童团,十四岁出任妇救会主任,一面带领积极分子斗地主、分田地,一面组织周西村妇女配合敌后武工队作战。歌词真挚感人,曲调昂扬激进,起到了良好的教育作用,农民和战士们在看了演出之后"激起了阶级敌忾,燃起了复仇的火焰,他们愤怒地叫出'为刘胡兰复仇'的响亮口号,有的部队还组织了'刘胡兰复仇小组'"①。小说《一个女人翻身的故事》(孔厥著)中描绘了受尽折磨的童养媳折聚英被红军女干部成功解救后参加红军的故事。她在工作、学习、生产上都万分努力,取得了突出成就。她从一个文盲、童养媳、旧社会妇女成长为一名优秀的文化骨干、劳动模范、革命战士、妇救主任、边区参议员。与孔厥之前同类作品《受苦人》哀怨低沉的笔调相比,这篇作品明显受到《讲话》的影响,以更加明丽高昂的格调完成了对新社会女性干部精神面貌的想象性叙事。类似的女性干部还有毅然与传统封建道德决裂,投身革命队伍的青年干部桂英(梁彦《磨麦女》);坚决带领村民土改,多次智斗汉奸的女村长蔡英坤(王林《女村长》);热心宣传新道德,组织妇女识字的妇联主任董桂花(丁玲《太阳照在桑干河上》)等。这些女性干部形象均被打上了鲜明的阶级烙印,以阶级解放置换个性解放,女性的性别被模糊处理,成为与男性并驾齐驱的无产阶级乡村政权的维护者。虽然这些新人形象的塑造还不够成熟完满,但已逐渐显现出灵动鲜活的个性特征。

2. 成长中的新型农民形象

在解放区作家笔下,一批有别于以往传统农民的青年一代农民经过革命的洗礼后逐渐成长起来。他们不再像父辈那样背负沉重的封建思想包袱,不再把

---

① 周扬:《新的人民的文艺》,见《周扬文集》第1卷,人民文学出版社1984年版,第520页。

土地作为生存的唯一条件，开始重新思考和选择新的生活道路，渴望通过社会变革来改变现有的生活秩序。他们毅然同旧的封建历史决裂，坚信在中国共产党的领导下，整个乡村社会及自己的命运一定会发生翻天覆地的变化。作家们并未像前文所提到的那样在描写革命干部时刻意拔高人物，而是着重描写普通农民新人在党的领导下由阶级意识觉醒到自我抗争的过程。这些农民新人虽然具有较强的革命意识与执行能力，却缺乏长远的大局意识与灵活的组织能力，仍然处于革命人格的早期萌芽阶段。最初的新人形象是通过先进青年追求婚姻自由、个性解放的方式来完成的，如赵树理在小说《小二黑结婚》中塑造的大胆反抗封建桎梏的小二黑与小芹，丁玲在小说《我在霞村的时候》中塑造的被革命挽救、重燃生活希望的贞贞。随着革命形势的深入及解放区文艺创作的成熟与规范，一大批积极投身乡村政治、经济、文化建设的理想化新人形象大量涌现，成为作家建构底层人民与新政权想象性认同关系的有力工具。同时，为了更好地体现意识形态的训导作用，作家对农民新人的叙事想象总是围绕着中国共产党在乡村推行的革命运动、政策法令等展开，形成了一种独特的互文关系。

广大农民在中国共产党的领导下进行了一系列卓有成效的乡村经济建设，如土地所有制改革、生产自救运动、农业互助合作化运动等，不仅改善了农民的生存状况，调动了农民的生产积极性，也为实现新旧秩序的转化奠定了物质基础。土地所有权的变革是经济建设的根本，因而成为中国共产党在乡村最早发动的革命运动。解放区作家怀着高度的政治责任感，热情宣扬这场运动的历史正义性，塑造出一批积极投身阶级斗争的理想化农民新人形象，如马加小说《江山村十日》中的金成、周兰，束为小说《土地和它的主人》中的王海生，李季诗歌《王贵与李香香》中的王贵、李香香，丁玲小说《太阳照在桑干河上》中的周月英、刘满，周立波小说《暴风骤雨》中的白玉山，赵树理小说《李家庄的变迁》中的铁锁、冷元、二妞等。小说《租佃之间》(束为著)中的无赖地主金卯长期以抽地提租的卑劣手段制造佃户之间的摩擦，以达到破坏土地运动的目的。深受剥削之苦的贫农二小子多次夺地未果，在党组织的群众大会上带头揭发地主的阴谋，激起了佃农们的革命热情，取得了斗争的初步胜利。作家将二小子塑造为在党的感化下觉醒的新型农民代表，他逐渐意识到传统封建土地制度的不合理性，勇敢同阶级敌人做斗争，争取土地所有权。由于小农意识的残留，他们也出现过动摇与迟疑，但最终在党的帮助下，成功走上了革命道路。在推进土地改革的同时，共产党在根据地持续开展了轰轰烈烈的劳动生产运动，涌现出一大批劳动英雄、模范工作者，他们成为解放区作家直接的创作素材，被直接、迅速、大规模地反映在文艺作品中。如马烽的小说《张初元的故事》即根据真实人物改编，成功塑造了“一手拿枪、一手拿锄”劳武结合的新型农民张初元的形象。该作品深受广大群众的喜爱，还获得了晋绥边区“七七七”文艺二等奖。为了突出张初元的无产阶级属性，马烽渲染了其在旧社会的悲惨境遇，他早早被剥夺了土地，八岁起做长工，备受折磨，后又被黑心窑主骗工，申诉无门。在晋西北政权成立后，张初元重获新生，首创民兵与农民相结合的劳武模式，边生产边战斗，得到了党中央的高度肯定，并在各根据地推广开来。再如康濯在小说《灾难的明天》中不遗余力地刻画了在劳动中重获新生的农民新人春妮的形象，她本是被封建意识严重伤害的童养媳，终日受尽折磨、以泪洗面。1942 年，边区的灾荒使得她的家庭关系更为紧张，在民主政权生产自救政策的感召下，春妮率先打破了妇女不宜外出劳动的封建禁忌，积极参加妇救会组织的纺织运动，不仅提高了家庭的经济收入，还以实际行动激发了家人的生产热情，一个崭新的和谐的边区劳动家庭就此诞生。康濯通过对劳动新人形象的想象，来寄托新时代劳动改造旧人物、旧生产关系的愿景。类似的还有秧歌剧《兄妹开荒》（马加著）中的妹妹、哥哥，叙事长诗《吴满有》（艾青著）中的吴满有，小说《家庭》（林漫著）中的媳妇，歌曲《种菜圣人黄立德歌》（贺敬之词、张鲁曲）中的黄立德等。

在鼓励农民实现经济翻身的同时，中国共产党还在乡村大规模推行民主选举制度，及时将农民阶级纳入新的乡村基层权力体系，从而激起他们参与乡村治理的政治热情。受文化程度的限制，“豆选法”代替“票选法”成为边区乡村民主选举的主流方式，广泛流传的《豆选诗》及木刻画、宣传画都很好地印证了这一点。赵树理的小说《李有才板话》即围绕“模范村”阎家山三次乡村政权改选展开，是较早正面反映新旧权力更迭的作品。其中涌现出李有才、小顺、小保、小明等优秀的“小字辈”农民，他们善良乐观、团结友爱，自发通过“放冷炮”“扭扭劲”、编板话等形式来反抗封建统治。板话“自从有村长，一当十几年”揭露了地主阎恒元长期暗箱操作选举的真相，他伪装开明绅士，实则拉帮结派，腐蚀干部，瞒报土地，虚假减租，一手遮天。在党员老杨的帮助下，这些“小字辈”农民行动起来，成立工农妇青各救会，展开艰难的阶级斗争。赵树理此时作品中理想化的新型农民形象多是以集体群像形式出现，其中的人物各具特色，李有才热心沉稳,善于出谋划策、统筹全局;小保斗争经验丰富,领导力强;小顺伶牙俐齿,擅长宣传动员;小明群众基础好,负责组织工作。最终在大家的通力合作下,取得了让地主退田退租的初步胜利。为了真正能够当家做主,“小字辈”们发动阎家山第三次村政权改选,废除旧的封建权力机构,建立起新的乡村基层民主政权。小说对乡村复杂的阶级关系把握得十分准确,首次暴露了乡村基层政权中的鱼龙混杂,农民干部腐化堕落,党外派工作人员脱离群众等问题,具有现实指导意义。在解放区作家的叙事想象中,农民新人勇于同一切破坏新生民主政权的恶势力做斗争。小说《红契》(束为著)描写的是贫苦佃户苗海其在农会干事福生子的鼓励下,奋起反抗、抵制压迫,敢于公开带头清算暗中破坏土地运动的恶霸地主胡丙仁,并成功夺回地契,翻身做了土地的主人,消解了地主的封建权威。小说《邪不压正》(赵树理著)中两次被逼婚的积极分子软英敢于在群众大会上公开揭发乡村恶势力代表小旦的恶行。小旦是投机分子的典型,他原先是地主刘锡元的帮手,后来趁机混入革命队伍,成为积极分子,夺取民主政权。战争对政权的影响最大,因此在当时的作品中出现了多个农民战士的形象,他们或踊跃参军、奔赴前线,或自发组织乡间民兵小队,或大力提供后勤保障,如长篇章回体小说《吕梁英雄传》(马烽、西戎著)中的雷石柱、孟二愣,短篇小说《荷花淀》(孙犁著)中的水生、水生嫂,长篇小说《新儿女英雄传》(孔厥、袁静著)中的黑老蔡、牛大水、杨小梅、张金龙等。

为了实现乡村文化秩序的重构,树立革命文化价值观,中国共产党在解放区大力推行先进的新民主主义文化,主要体现在三个方面:其一,扫除封建迷信,普及科学文化;其二,打破落后封建伦理,树立全新道德观念;其三,整治流氓土匪,改良社会风气。解放区作家怀揣改变农民意识的强烈愿望,在作品中争相宣传先进的新民主主义文化,刻画了具有新道德观念的农民新人艺术典型,起到了良好的教育作用并具有示范意义。最具代表性的当属赵树理的小说《小二黑结婚》,小二黑与小芹被视作第一代农民新人形象,他们反对千百年来包办婚姻的封建恶习,渴望实现新式民主婚姻。小说改编自一个真实的故事,赵树理将一个旧时代的爱情悲剧转变为新社会的团圆喜剧,既符合农民的接受心理,又巧妙配合了根据地新颁布的《婚姻暂行条例》的宣传,引得青年男女纷纷效仿。赵树理对乡村社会的文化冲突有深刻洞察,通过一对青年男女恋爱的小故事牵出背后隐藏的三种文化力量的博弈。落后文化势力是封建旧秩序的维护者,深陷迷信泥潭的"二诸葛"将属相不合视为大忌,并早就为小二黑挑选好了八字合适的童养媳,小二黑强烈反对、拒不妥协;饱受封建婚姻桎梏的"三仙姑"则守着"父母之命不可违"的传统价值观念,将小芹许配他人,小芹据理力争、离家而去。反动文化势力则以村中恶霸金旺兄弟为代表,他们多次从中作梗,甚至上演"捉双"的闹剧。当然,作者也讴歌了极具先进性的进步文化力量。最终三股文化力量齐聚区政府,落后的封建势力被消解转化,反动势力被清除出局,进步力量成为乡村文化格局中的主流。类似的新人形象还有快板《婚姻要自由》(马烽著)中的翠香、刘永祥,戏曲《刘巧儿告状》(袁静著)中的刘巧儿,小说《我的两家房东》(康濯著)中的金凤、栓柱,小说《纠纷》(菡子著)中的寡妇来顺妈、长工刘二。阮章竞在长诗《漳河水》中精心塑造的荷荷、苓苓与紫金英是同类形象中的佼佼者,阮章竞通过她们的境遇分别展示了三种不同的封建婚姻状态及个性差异造成的不同选择。作家热情讴歌了荷荷活泼坚韧的革命性格,在新社会光辉照耀下,她大胆"飞出铁笼",步入自由婚姻,并热心解救受苦姐妹,为广大接受者树立起一面旗帜,也流露出作者对农民新人实现主体意识觉醒的美好期许。新民主主义文化带动了乡村的现代化与文明,一批相信科学、热爱学习、具有主体意识的新人形象出现在文艺作品中,如葛洛《卫生组长》中整治乡村卫生、传播现代医学的老乔,马烽《祈雨风波》中反对祈雨唱戏、宣传防旱备荒的刘富根,欧阳山《黑女儿和他的牛》中由保守抗拒走向积极宣传牛瘟疫苗的白黑女儿。马加的秧歌剧《夫妻识字》想象建构了主动学文化求翻身的新人形象刘二夫妻,他们直言"受苦人变成了当家的人,睁眼的瞎子怎能行",题材亲切、调子轻快,在群众中广为流传,巧妙地配合了边区普及知识的文化运动,同时寄托了作家对农民个体主体意识觉醒的美好希冀。

(二) 阶级敌人形象的艺术化变形

"地主"最初属于中性称谓,直到阶级概念提出后,才被赋予了浓厚的政治色彩。毛泽东 1933 年在《怎样分析农村阶级》中对其的界定是"占有土地,自己不劳动,或只有附带的劳动,而靠剥削农民为生的,叫做地主"[1]。由此可见,地主更多的特征为对经济层面生产资料的占有与剥削,并未有过多"土豪""恶霸"

---

[1] 毛泽东:《毛泽东选集》第一卷,人民出版社 1991 年版,第 127 页。

"劣绅"等社会阶层所蕴含的负面社会与文化内涵。抗战时期政治局势风云变幻，地主阶级现实处境相对复杂，有进步与落后之分，评判标准也随着历史演进而有所变化。为了配合政治宣传，解放区多数乡土文学作品迎合了革命话语的需求，将复杂的社会矛盾简单化，以鲜明的二元对立模式架构叙事，将现实中分属不同社会阶层的"土豪""恶霸""劣绅""地主"合流，共同组成与农民阶级相对立的地主阶级，从而来回应现实中激烈的阶级斗争。

不同于早期乡土作家侧重描绘地主阶级对农民的精神戕害，解放区作家更注重书写地主阶级对农民的经济盘剥与政治压榨，以此来表现阶级之间的矛盾冲突。他们的作品中出现了大量的地主形象，主要归为以下三类：其一是适应时代的开明地主，他们只出现在个别作品中，如小说《地板》(赵树理著)中地主出身的小学教员王老三，他不仅亲自下地劳动，还苦口婆心地劝说弟弟王老四配合双减政策。眉户剧《王德锁减租》(西戎等著)中也出现了一个思想先进、"通达正派"的地主刘日新，他积极配合党领导的乡村改革，还积极进言献策。其二是抗拒变革的落后地主，这类人物多出现在土地革命前期的作品中，他们虽然自私贪婪，顽固维护封建统治，但普遍懦弱无能，且良知尚存。如《谈判》(束为著)中的马寡妇不同于往常地主凶神恶煞的形象，全然一副柔弱女人的状态，出场即慢条斯理、低声细语地与佃户商量租金的问题，被拒绝后并未恼羞成怒，而是继续持观望状态。《红契》(束为著)中对地主胡丙仁的描绘有一些喜剧色彩，他催租逼账时总是笑眯眯的，因而人称"笑面虎"，他巧取豪夺了大量土地，却搞不清楚都分布在哪里，所有地契都被严严实实地藏在炕洞里。听闻邻村革命，他胆战心惊，主动交出全部地契，假意配合革命。后又以旧伦理为掩护，继续维持封建剥削，但他内心惧怕革命，千方百计阻止佃户揭发自己，甚至以死相逼，"如果你报告农会，我就在你家门口上吊"。听说佃户要上村公所，他便扑通跪倒在地，讲起乡情求饶。这些不合时宜的行为，宛若小丑般滑稽可笑，作家在批判这类人物的同时，给予了辛辣的嘲讽。这里"乡情"作为博取同情的一种手段也成为作者批判的对象，为日后革命对传统伦理观念的消灭提供了合理的依据。类似的还有眉户剧《王德锁减租》(西戎等著)中的赵卜喜、小说《太阳照在桑干河上》(丁玲著)中的李子俊、小说《老婆嘴退租》(束为著)中的王丙虹、《刘二和与王继圣》(赵树理著)中的地主婆、《租佃之间》(束为著)中的地主金卯，作家对他们的刻画虽然夸张变形，但尚未达到极端。其三是贪婪残暴的恶霸地主，这类人物多出现在阶级矛盾空前激化的土改后期，作家对他们做了高度艺术化的概括，全方位描绘了他们在经济、政治、文化上对农民的剥削，如小说《暴风骤雨》（周立波著）中的韩老六、小说《太阳照在桑干河上》（丁玲著）中的钱文贵、小说《李有才板话》（赵树理著）中的阎恒元、小说《村仇》（马烽著）中的赵文魁、歌剧《白毛女》（贺敬之执笔）中的黄世仁、歌剧《赤叶河》（阮章竞著）中的吕承书、叙事长诗《王贵与李香香》（王季著）中的崔二爷。周立波对地主韩老六的形象做了高度艺术化的概括，他是集封建主义、帝国主义、恶势力于一身的恶霸地主典型，他一方面勾结土匪哥哥韩老五，长期在屯里横行霸道、奸淫掳掠，一方面暗通汉奸弟弟韩老七，发国难财，夺取乡村的统治权，明目张胆地破坏土地革命，因而在作者的描述中他的罪行罄竹难书，身上背负多达二十六条人命。革命开始后，他煽动亲友引导舆论、淡化矛盾，多次成功逃脱制裁；他粗俗下流，严重破坏了乡村的道德原则，引发众怒。这种阶级斗争的话语方式致使人物完全沦为标签，性格扁平，缺乏变化。相较而言，钱文贵的形象要丰满一些，他是个读过私塾、上过北京的“斯文人”，一不做官，二不经商，但是极有手腕，与国民党、日本人、共产党都能攀上关系，儿子参加了八路军，女儿嫁给了村干部。他深谋远虑，在土地革命开始之前，假装与两个儿子分家，变身为中农阶级，成功躲过了第一轮斗争清算。表面伪善的钱文贵暗中分化新生政治机构，拉帮结派，腐化干部，散布谣言，破坏革命，利用军人家属、干部家属及旧时乡村精英等多重身份巧妙周旋。他是比韩老六更难对付的厉害角色，他身上旧时代的乡村权威光环仍未消退，屯里农民仍是怕他的，甚至带几分敬畏，因而作者对他性格的刻画是复杂的，也更贴近历史的真实。

虽然表现风格不同，但作家均以鲜明的阶级立场来回应革命年代政治对文学的特殊要求。农民阶级身上体现着真、善、美，而地主阶级却往往被刻意污名化，首先他们的外形都奇丑无比，如《晴天》（王力著）中对地主“四臭肉”的揶揄，他“五十多岁，瘦长条子，长脸，活像一支黄蜡烛，稀朗朗的两撇胡，半身不遂，走起路来拄着文明棍，就像仙姑下神似的，浑身乱呼颤”；《江山村十日》（马加著）中的地主婆“白瓜瓤脸、一脸横肉、牛粪盘头”，给人中年油腻的厌恶之感；《暴风骤雨》（周立波著）中的韩老六“因为抽大烟，人很瘦，鬓角又秃”，看上去比实际年纪要苍老得多，“秃鬓角”更是作为人物的负面标志在小说中多次出现；《太阳照在桑干河上》（丁玲著）则对钱文贵凶狠的眼神反复渲染，尤其是其在斗争大会上的眼神,“这两颗曾经使人害怕的蛇眼,仍然放着余毒,镇压住许多人心”。除了这些丑陋的皮囊外,作者更加形象地描绘了他们低劣的灵魂,如歌剧《赤叶河》(阮章竞作词)中将地主比作“手不摇,膀不摆,吃人不见血的狼”;《血尸案》(孔厥、袁静著)中“做梦也剥削穷人”的地主钱占新被冠以“钱钻心”的外号;小说《瞎老妈》(洪林著)中的地主何家宝靠“放高利,收重租,靠着喝穷人的血,弄了四五顷地”,完全是乡间道德、伦理原则的破坏者。在主流意识形态革命话语的规约下,地主阶级被放置于二元对立阶级模式的想象中,他们被简单化、脸谱化,清一色地处理为阶级敌人,是被批判与改造的对象。究其原因,可以归结为三点:其一,被泛化的地主阶级被当成旧时代的乡村权威,成为新民主主义政权必须打倒的对象,这也是国家权力机构下移的必要条件;其二,作家纷纷站在农民阶级的立场,证明新民主主义革命的历史必然性与合理性;其三,满足农民复仇的快感,呼应无产阶级意识,促使农民阶级参与历史建构。因而,解放区作家作品中的地主常常以反面人物形象出现,承担着道德批判、情感宣泄与社会教育等复杂的功能。

三、解放区乡贤叙事话语的文化观照

中国乡土文学自诞生之日起就与乡村社会现实保持着天然的联系。尤其是 1942 年延安文艺座谈会召开之后,这种联系变得空前紧密,文学的政治功利性再次得到体认。“文艺为工农兵服务”这一原则的贯彻标志着阶级话语体系的确立。解放区作家们纷纷响应号召,陆续进入“社会主义现实主义”的乡贤叙事状态。形成这样的局面主要有以下三方面原因:其一,作家个人政治意识的觉醒。国难当头的 20 世纪 40 年代,民族解放和阶级解放与个性解放交织,而前两者又成为革命的首要任务,作家们以手中的笔为武器投身火热的革命文学创作浪潮。其二,中国共产党文艺政策的直接引导。1942 年的《讲话》将革命文艺确定为文学发展的新方向,将革命叙事与乡土经验巧妙结合的“赵树理模式”成为乡土文学生产的标准,他的作品被认为“是文学创作上的一个重要收获,是毛泽东文艺思想在创作实践上的一个胜利”①。其三,满足广大农民的现实需

① 周扬:《论赵树理的创作》,《解放日报》1946 年 8 月 26 日。

求。中国革命本质上是农民的革命，因而文艺创作需要向农民的文化价值观念靠拢，满足农民的根本需求、迎合农民的审美趣味、指导农民的现实革命，这些是作家创作时需考虑的重要因素。

乡贤叙事的革命书写主要有三大特征：其一是具有新闻写实倾向。解放区的乡贤叙事与现实呈现出胶着的状态，重大运动、先进人物及政策法令总是会直接、迅速、大规模地反映在文艺作品中，这些作品兼具记录与史料的价值。有些文艺作品直接改编自真实人物、真实事件，如《吕梁英雄传》《刘胡兰》《张初元的故事》《一个翻身女人的故事》等，经过作者的艺术处理，这些革命新人成为农民形象艺术长廊中战斗英雄、劳动模范、改革先锋的典型代表。有些文艺作品虽然不是直接改编自真实事件，但也注重与现实的关联，甚至完全是图解政策之作，“要在具体的政治思想、政策思想上去帮助他们”“帮助解答他们在工作中所碰到的问题”[①]，如赵树理的《小二黑结婚》是为了配合根据地新婚姻法的宣传，束为的《红契》暴露了土改政策实施过程中的一些实际问题，周立波的《暴风骤雨》完全是革命话语的叙述，《江山村十日》中多次出现干部讲解政策的场景。其二是具有典型化倾向。解放区作家高扬文学工具论的旗帜，以先进的无产阶级思想为指导，通过简化与提纯，形成一套独特的叙述符码。他们有意忽略复杂的社会矛盾与革命斗争，以二元对立的阶级模式划分人物，用典型的脸谱化艺术手法进行书写。马克思曾言：“每一个社会时代都需要有自己的伟大人物，如果没有这样的人物，它就要创造出这样的人物来。”[②]塑造新民主主义革命新人是乡贤叙事最重要的价值指归，而二元对立的革命逻辑能最大限度地发掘新人人格结构的优越性，在先进、落后两种力量的博弈中，生动展现无产阶级革命力量的集聚与壮大，颂扬阶级斗争的历史正义性。其三是具有大众化倾向。解放区乡贤叙事在内容与形式上都进行了有意义的探索。在内容上，作家深入现实生活，以广阔的乡村社会风貌为基础，演绎风云变幻的阶级斗争，塑造出土生土长的农民新人形象，充满了地域特征与民族色彩。在形式上，偏重对民族独特的传统文学形式的承继与发展，如评书体小说、章回体小说、古体诗歌、民间戏曲。在技巧上，更多借鉴传统叙事学的写作手法，如起承转合的传奇叙事、大

① 周扬：《关于政策与艺术——〈同志，你走错了路〉序言》，《解放日报》1945 年 6 月 2 日。

② 马克思：《1848—1850 年的法兰西阶级斗争》，见中共中央马克思恩格斯列宁斯大林著作编译局编：《马克思恩格斯选集》第一卷，人民出版社 1972 年版，第 450 页。

团圆的结局、长工斗地主的复仇模式等。这些革命话语对民间艺术加以改造以满足广大群众文化需求的同时,有效地促进了无产阶级意识形态的渗透。

解放区乡土文学主动将乡贤叙事整合进理想的现代国家形象的建构之中,带有明显的想象色彩。对革命新人形象的想象性建构意味着对新民主主义国家政权合法性的认同。其具体体现是作家作为叙述者,先建构起一套政治符码,将预设的革命新人形象填充进去,使他们成为政治符号,带有强烈的公式化、概念化色彩。在某种程度上,“占据这类作品主导地位的,其实是革命的意识形态,而掌握了革命意识形态并因此被认为天然地代表了包括农民在内的劳动人民的最大利益的革命政党,才是其真正的主人公”①。这些潜在的革命话语在农民阶级的接受过程中潜移默化地内化为其主体意识的一部分,从而对现实中的阶级斗争具有精神指导意义。不可否认,解放区乡贤叙事话语在民族存亡的战争年代发挥了重要的历史作用具体体现在以下三个方面:其一,这些带有独特历史印记的革命新人丰富了乡土文学中农民形象的艺术长廊,留下了浓墨重彩的一笔;其二,它承担着不可替代的建构无产阶级意识形态的叙事功能,宣扬了革命精神与英雄主义,广泛调动了广大群众的积极性,具有极强的思想价值与示范意义;其三,它既是国家意识形态机器,又作为“文化部队”实际参与到破除旧的国家机器、建立新的国家文化领导权的政治实践中来。然而,对文学政治功利性的过分追求,强调言说话语的高度统一化,无疑损害了作家的主体意识,影响到他们历史叙说的全面与深入,造成对现实的某种遮蔽与美化,甚至将农民的某些低级趣味、暴力倾向合理化。更为关键的是,文学反思意识的缺席潜隐着巨大的危机,出现了新中国成立后文艺创作对战时状态长时期延续的反常现象。总体而言,解放区乡贤叙事作为乡土文学史上一个独特的文学景观,有值得总结之处,同时它呈现出的纷繁复杂的状态也引发我们进一步思考。

---

① 钱理群:《1948:天地玄黄》,山东教育出版社1998年版,第203页。

第三章 当代中国的乡贤文化与乡贤叙事（上）

中国当代文学有三个大的发展阶段，即20世纪50至70年代的“前三十年”文学、20世纪80至90年代的“新时期”与“后新时期”文学、21世纪的新世纪文学。与之对应的中国当代社会也有三个发展阶段，这三个阶段在政治、经济、文化等方面的发展既有某种内在的连续性，又有很大的不同。中国传统乡贤文化在既有连续性又有很大不同的三个阶段，其现实遭遇与历史命运也很不一样。中国当代文学的乡贤叙事因此具有十分明显的阶段性特征。

新中国成立后前三十年的乡土文学秉持的是阶级观念、社会主义理想与集体主义精神，对中国传统乡贤文化持批判态度，将传统乡贤文化的代表者——旧乡村的知识分子、地主等传统乡村精英人物视为社会主义革命的对象，以理想化的具有社会主义精神与道德品质的“农村新人”取代传统乡贤在乡村治理中的地位与作用。“农村新人”形象在新中国成立后前三十年社会变迁的历史与现实叙事中，其内涵与外延也在不断变化。20世纪80代的乡土文学既有对历史的反思批判，亦有对现实改革开放的关注。汪曾祺创作于此时期的小说、张炜的《古船》等对中国传统乡贤文化进行了历史反思，重新发现与评价了传统乡贤及乡贤文化在乡村治理中的历史意义与现实作用。

第一节 新中国成立后前三十年的阶级观念与乡贤叙事

乡贤是传统文化所孕育和催生的，在乡贤的文化人格中，虽然部分地保留有佛家、道家的出世精神,但占主要成分的还是儒家的入世情怀,因此,五四以降,无论在文化批评还是文学书写中,乡贤往往作为传统文化的体现者而被批评或贬抑①,这一情形在 1930—1940 年代的左翼乡土文学中逐渐凸显,而新中国成立后前三十年的农村社会主义改造与建设是在对传统经济基础的全面否定中进行的,因而必然否定建立于旧经济基础之上的文化及意识形态,而"乡贤"恰恰带有鲜明的旧文化、旧意识形态的印记,被否定、被"遮蔽"就成为一种历史的选择。因此,在 20 世纪 50 至 70 年代的文学中,几乎不见旧乡贤的踪影,取代旧乡贤的是一批"农村新人"。

在 20 世纪 50 至 70 年代,"农村新人"也被称为"英雄人物""先进人物",有意味的是,许多作家自觉地塑造新人形象,而文学批评界着力倡导、颂扬新人,尽管作家与批评家对新人的理解不尽相同,但两者在对新人形象之社会意义及美学意义的认同上,却是高度一致的。之后的 1980—1990 年代,基本上沿袭了前三十年的理路,以批评家积极倡导、作家自觉描写新人为主,也有个别学者梳理了新中国成立后的新人理论。

2000 年以来,"农村新人"形象则进入学术史,得到系统的梳理与阐发,"农村新人"的理论来源和形象特征也被深入研究,同时,也有学者注意到"农村新人"与特定时期的政策、土地制度之间的因果关系。② 在当代文学史中,"农村新人"不仅是系统性人物画廊的组成部分,也是一种重要的文学现象,上述研究深化了人们对"农村新人"形象的美学意义及政治意义的认识。然而,"农村新人"不仅是政治产物,也是文化产物。如果说传统文化催生了旧乡贤,那么,现代文化则酝酿出"农村新人"。

一、文化立场、阶级观念与旧乡贤的退场

自现代文学发轫以来,在叶圣陶、王统照、沈从文、萧红等诸多作家的创作

① 余荣虎:《五四乡土文学的启蒙观念与乡贤叙事》,《江苏社会科学》2019 年第 2 期。

② 相关的代表性论文分别是余岱宗的《"红色创业史"与革命新人的形象特征——以二十世纪五六十年代中国农村题材小说为中心》(《文艺理论与批评》2002 年第 2 期)和李兴阳的《"农村新人"形象的叙事演变与土地制度的变迁——以〈太阳照在桑干河上〉、〈创业史〉、〈平凡的世界〉和〈麦河〉为中心》(《文学评论》2015 年第 4 期)。

中，均能见到旧乡贤的身影，但在新中国成立后的前三十年文学中，旧乡贤已近乎绝迹，这种现象尽管显得突兀，但它既是现代文学发展的合乎逻辑的结果，也有现实依据。

现代文学以文学形式进行文化的现代性追求，虽然经历了“启蒙与救亡的双重变奏”[①]，但始终没有放弃对以民主和科学为核心的现代性的追求，而在这一过程中，中共接受了马列主义。在新中国成立前夕，毛泽东说：“和中国旧的封建主义文化相比较可以被艾奇逊们傲视为‘高度文化’的那种西方资产阶级的文化，一遇见中国人民学会了的马克思列宁主义的新文化，即科学的宇宙观和社会革命论，就要打败仗。”[②]此中的文化立场非常鲜明：资产阶级文化优于中国旧文化，而马列主义文化又优于资产阶级文化。毛泽东的文化立场在新中国成立后迅速全面落实于经济、教育、艺术等领域。

乡贤文化是最具特色的中国传统文化之一。尚贤传统可以追溯到中华文明之初，上古时代禅让制的选择标准是贤与能，禅让制以传说的方式构成民族文化的古老记忆，尚贤尚能也从此进入民族文化的血脉之中，春秋战国时期已将其理论化。《论语》中有二十多处谈到“贤”，孔子主要是从道德方面来讨论“贤”，他称伯夷、叔齐为“古之贤人”，赞颜回“一箪食，一瓢饮，在陋巷，人不堪其忧，回也不改其乐”为“贤”。《墨子》以专章论“尚贤”，认为尚贤是政治之根本，关乎政通人和、国家繁荣、长治久安之大计，所谓“夫尚贤者，政之本也”。此后，尚贤用贤成为历代有远见的君主、政治家的自觉行为。诸葛亮劝诫刘禅“亲贤臣，远小人”，隋文帝杨坚自陈“求贤若渴”[③]，都是耳熟能详的例子。

孟子是第一个从地域和影响力两个方面评价并区分贤者的先贤。在孟子看来，有的贤者影响力在一乡，有的在一国，有的在天下：“一乡之善士斯友一乡之善士，一国之善士斯友一国之善士，天下之善士斯友天下之善士。”影响力在一乡的，孟子称为“一乡之善士”，此语意近“乡贤”，而“一国之善士”“天下之善士”从地域而言，当然也是乡贤，但从影响力而言，属于大贤，后世由此有“大贤”“小贤”“乡贤”之别。尽管乡贤的身份各不相同，如退隐士大夫、私学先生、落第儒生、文化名流，他们的财力差别也很大，但有三点是一致的，即他们有较高的

---

① 李泽厚：《中国思想史论》下，安徽文艺出版社 1999 年版，第 823 页。

② 毛泽东：《毛泽东选集》第四卷，人民出版社 1991 年版，第 1514—1515 页。

③ 魏徵等：《钦定隋书》卷 46—50，五洲同文局 1903 年版，第 36 页。

文化艺术素养、良好的道德声誉以及较大的影响力。因此，乡贤在历代政治和社会生活中，既受到政府的器重，又得到乡民的拥戴。有学者指出："乡绅充当了政府与乡民之间联系的重要角色，为维系乡村社会的稳定和发展起到了无可替代的作用。"[①]乡绅中的劣绅勾结官府，鱼肉乡里，为民所怨。真正为政府倚重的是乡贤，政府利用他们教化乡民、协调官民关系、领导地方公益事业。乡民在依靠乡贤的同时，也因地域、亲缘等原因产生强烈的自豪感，由此在以往漫长的历史中形成一道令人瞩目的文化景观。从"唐天宝十三年(754)，朝廷下诏令各地建先贤祠"[②]起，各地不断建先贤祠，虽名"先贤祠"，但各地大都用于纪念本地名人，已有乡贤祠之实。先贤祠经宋元的发展，规模和范围都蔚为可观，至明清时期，各地开始以"乡贤祠"命名建祠，数量多，影响广，已成为各地的文化地标。各地也积极编撰乡贤志、乡贤传、乡贤诗文书画集，此风一直绵延至民国时期。1912—1949年间，不少省份都出版了本省乡贤传记。[③] 乡贤文化可谓中国旧文化中历史悠久、影响深远的大传统，在明确而急切的现代性追求的背景下，其作为旧的封建文化被否定、抛弃乃势所必然。

在政治制度和政治生活中，新中国进一步强调阶级斗争。地主阶级、官僚资产阶级被定性为反动阶级和反动派，是"帝国主义的走狗"，要对他们"实行专政，实行独裁，压迫这些人，只许他们规规矩矩，不许他们乱说乱动"[④]。尽管乡贤各人的经济状况相距甚远，但他们无疑都属于地主阶级和官僚资产阶级。在中国近现代革命史上，"左倾"的乡贤也被称为"开明绅士"，对于他们的阶级属性及经济地位，毛泽东早有明确的判断，"许多中小地主出身的开明绅士即带有若干资本主义色彩的地主们"[⑤]，也即开明绅士的出身大多为中小地主，而不是大地主、大官僚，因而具有进步性。然而，在新中国成立前夕，毛泽东发表的《论人民民主专政》不再区分大地主和中小地主，而将他们合称为"地主阶级"。地

① 岑大利：《中国历代乡绅史话·前言》，沈阳出版社2007年版，第1页。

② 魏峰：《从先贤祠到乡贤祠——从先贤祭祀看宋明地方认同》，《浙江社会科学》2008年第9期。

③ 如陕西省教育厅编撰的《陕西乡贤事略》、江西省教育厅编撰的《江西乡贤事略初稿》、江苏研究社编撰的《江苏乡贤传略初稿》、郑贞文编撰的《闽贤事略初稿》等，搜集、编写乡贤事迹的风气自上而下，各县亦有所为，如1926年丁锡田编著四卷本《潍县乡贤传》，1941年莫一庸辑录《广西乡贤文选》。

④ 毛泽东：《论人民民主专政》，见《毛泽东选集》第四卷，人民出版社1991年版，第1475页。

⑤ 毛泽东：《中国革命和中国共产党》，见《毛泽东选集》第二卷，人民出版社1991年版，第638页。

主阶级和官僚资产阶级在政治上属于“反动阶级”，是必须“消灭的”阶级。[①] 对于乡贤而言，其阶级身份决定了他们在政治上丧失了存在的合理性和合法性，“对于反动阶级和反动派的人们，在他们的政权被推翻以后，只要他们不造反，不破坏，不捣乱，也给土地，给工作，让他们活下去，让他们在劳动中改造自己，成为新人”[②]。这里所说的“反动阶级和反动派的人们”就是指地主阶级和官僚资产阶级，值得注意的是，此时没有将开明绅士区别对待，而在中国革命史上，对于地主阶级中的开明绅士，即同情、支持革命并具有影响力的“左倾”乡贤，向来是中国共产党团结的对象，他们在旧中国是一个重要的群体，一直受到革命队伍的重视。1948 年，毛泽东估计全国的开明绅士“大约有几十万人”[③]。这些开明绅士从抗日战争到解放战争，都曾与中共革命有过密切合作，做出过一定的贡献，何以在新中国成立伊始即将其归为地主阶级、官僚资产阶级，并剥夺其政治、经济权利？有论者认为“中共与开明绅士的合作始终是一种政治上的策略”[④]，固然有事实依据，但若从理论上探究其缘由，亦有两点理由使之不得不然：其一，阶级斗争观念的强化使包括开明绅士在内的地主阶级日益成为“反动派”的代名词，并使阶级属性遮蔽了个人品性。其二，前文已论及，乡贤是封建文化所孕育出的旧时代的精英，而新中国选择的是“科学的革命的新文化”[⑤]，在文化价值上，两者终究有云泥之别。因而，即使昔日被誉为“开明绅士”的左倾乡贤也只能消失在阶级斗争的时代洪流之中，成为沉寂在并不遥远的历史时空中的感伤“传说”，更遑论那些于革命毫无贡献的中立乡贤以及与革命扞格不入的右倾乡贤。

旧乡贤在现实生活中已经绝迹，他们成为被斗争、被改造的对象，而此时的文学潮流已归于现实主义，忠于生活的作家在农村、在工厂兢兢业业地体验生活，当然不可能虚构出已被社会淘汰的旧乡贤形象。再者，此时的现实主义文学早已告别写实主义，文学为政治服务，文学宣传政策，成为作家的自觉选择，

---

① 毛泽东：《论人民民主专政》，见《毛泽东选集》第四卷，人民出版社 1991 年版，第 1477 页。

② 同①，第 1476 页。

③ 毛泽东：《关于民族资产阶级和开明绅士问题》，见《毛泽东选集》第四卷，人民出版社 1991 年版，第 1290 页。

④ 杨东：《谁为绅士，何以开明——中共视野中的开明绅士与根据地民众的乡土映像》，《福建论坛》（人文社会科学版）2012 年第 6 期。

⑤ 毛泽东：《唯心历史观的破产》，见《毛泽东选集》第四卷，人民出版社 1991 年版，第 1515 页。

旧乡贤被政治所否定,绝大多数作家是了然于心的,因而,旧乡贤形象不仅消失于 1950—1970 年代的农村叙事中,甚至连"贤者""贤人"这样带有旧文化气息的称谓也极少出现。①

二、"新人"理论的形成与新人形象的现实需要

既然旧乡贤连同其所承载的政治文化价值都被否定了,新社会就必然会培养、寻找、树立可以取而代之的新典型。英国哲学家罗素认为,"如果一个社会要取得进步的话,它需要一些特殊的个人"②,"社会主义新人"就是"特殊的个人",但发现并构建"新人"理论是一个漫长的摸索过程。

早在 1928 年,太阳社和后期创造社中的激进成员高调攻击鲁迅,否定鲁迅以《阿 Q 正传》为代表的系列乡土小说,最根本的原因是他们不满意阿 Q 愚昧、麻木、软弱的形象,认为阿 Q"可以代表中国人的死去了的病态的国民性",但"十年来的中国农民是早已不象(像)那时的农村民众那样幼稚了",说白了,就是要求作家塑造具有"革命性"的、不那么"幼稚"的农民形象。③ 可以说,自左翼文学发轫之初,农民以何种形象进入公众的阅读视野就成为一个重大的理论问题。之后,在 1930 年代的文艺大众化讨论中,瞿秋白为大众文艺拟定了一个中心口号:"揭穿一切种种的假面具,表现革命战斗的英雄。"④1935 年,又有人提出"前进的农民"的概念,并认为"花一般的理想,火一般的感情,铁一般的意志,都从他们(指农民——笔者按)底现实的生活或英勇的行为中表现出来"⑤。从以上简单的梳理可以看出,从进入文学史意义的 1930 年代开始,左翼文坛一直试图寻找一个可以替代旧式农民的新概念,但无论是"革命战斗的英雄",还是"前进的农民",都未能成为一个流行的公认的新概念。当然,此时左翼文坛提倡描写新的农民形象是为了"埋葬"⑥阿 Q,即塑造进步农民形象以增强革命的

---

① 就笔者有限的阅读而言,只有在王杏元发表于《作品》1963 年第 4 期上的短篇小说《"铁笔御史"》中用了"忠臣贤人""贤人"等词汇来形容农业生产队的记工员李镇平。

② [英]伯特兰·罗素著,肖巍译:《权威与个人》,中国社会科学出版社 1990 年版,第 34 页。

③ 钱杏邨:《死去了的阿 Q 时代》,《太阳月刊》1928 年第 3 期。

④ 宋阳(瞿秋白):《大众文艺的问题》,《文学月报》1932 年 1 卷 1 期。

⑤ 任白戈:《农民文学底再提起》,《质文》1935 年第 4 期。

⑥ 同③。

信心，而较少考虑其对旧乡贤的替代作用。

将新人形象问题初步理论化的是1942年毛泽东的《讲话》。《讲话》把塑造新典型的要求与特定的地域、特殊的时代相结合。所谓特定的地域就是“革命根据地”，特殊的时代就是“到了中国历史几千年来空前未有的人民大众当权的时代”①，地域和时代都是因革命而新，塑造新典型也就成为革命事业的重要部分，毛泽东告诫作家，即使是大后方的读者，也“不需要从革命根据地的作家听那些早已听厌了的老故事，他们希望革命根据地的作家告诉他们新的人物，新的世界”②。所谓“新的人物”就是“工农兵群众”，他们是革命新时空中进步的新人。1949年之后，地域和时代的所指基本覆盖了全国，奠定了此后农村题材小说在塑造新人方面的理论基础。但到底何为“新的人物”？为什么需要塑造“新的人物”？“新的人物”该承担何种社会责任？这些理论问题是在对当时农村题材小说的批评中逐渐明晰并确定的。

在1949年7月召开的第一次文代会上，周扬提出“英雄模范人物”“英雄人物”的概念，称他们“如此平凡，而又如此伟大，他们正凭着自己的血和汗英勇地勤恳地创造着历史的奇迹”③。1953年，周扬在第二次文代会上强调，“当前文艺创作的最重要的、最中心的任务：表现新的人物和新的思想”④，并提倡使用“新的人物”“英雄”“先进人物”等。这些显然是对《讲话》精神的进一步发挥。《讲话》在当时的文艺批评中具有“元典”性质，加之周扬阐发的权威性，决定了此后相当长的一段时期内文艺批评的导向与话语。“新的人物”“英雄”“新英雄”“先进人物”“生产英雄”等概念自此长期共存，这些概念具有鲜明而强烈的导向性，引导了一个时代的文学潮流，“英雄”“先锋”抑或“先进人物”都属于“新的人物”，但“新的人物”不是一个规范的文艺批评概念，较早将“新的人物”提炼成“新人”⑤并运用于当代文艺批评是从1955年《大众电影》上介绍孙谦的剧本《夏天的故事》开始的。

从“新的人物”到“新人”是长期摸索的结果，至1960年代初，“新人”已广泛

---

① 毛泽东：《在延安文艺座谈会上的讲话》，见《毛泽东选集》第三卷，人民出版社1991年版，第876页。

② 同①。

③ 周扬：《新的人民的文艺》，新华书店1949年版，第7页。

④ 周扬：《为创造更多的优秀的文学艺术作品而奋斗》，《人民文学》1953年第11期。

⑤ 佚名：《一个描写新农村新人新事的剧本》，《大众电影》1955年第1期。

运用于当时的文艺批评中,1979年,邓小平在第四次文代会上要求作家"应当在描写和培养社会主义新人方面付出更大的努力"①,表明"新人"理论正式获得官方的认可,从而引发了新时期进一步论证和书写的热情。如上所述,"新人"理论源头大半来自1920至1940年代具有左翼倾向的批评实践,另一小半则来自苏俄文学。对于苏俄文学新人理论的借鉴,用力最勤的是李希凡。1963年,李希凡从高尔基早期作品中归纳出"新人"的内涵,"革命人民、革命工人以及他们最杰出的代表者布尔什维克"②。在李希凡之前,周扬早于1942年撰文介绍车尔尼雪夫斯基及其美学时,就引用了"新人"③这一概念,但彼时周扬所理解的"新人"还留有浓厚的五四理念。

在实际创作中,1930年代的左翼文学、1940年代的解放区文学都初步涉及了一些"新人",例如,戴平万《村中的早晨》中的魏同志,胡也频《同居》中的吴大姐和王大宝,赵树理《小二黑结婚》中的小二黑、小芹,丁玲《太阳照在桑干河上》中的张裕民、程仁,周立波《暴风骤雨》中的赵玉林、郭全海等,但这些新人形象都具有特定的意义指向,其社会意义无法满足新中国成立后的政治需要。新中国成立后的农村正在经历前所未有的沧桑巨变,经历了从土改到互助组,再到合作社,再到人民公社,从个体经济到集体经济,从以家庭为单位的分散生产到以生产队为单位的集中劳动。这种转型不仅是生产方式、经济制度的彻底转变,而且是道德伦理、价值观念的激变,毛泽东在新中国成立前夕就充分认识到农民对这种转变的不适应,乃至抵触,因而提出"严重的问题是教育农民"的著名观点④。因而,自此,所有的农村书写都是围绕"教育农民"进行的,对于这一点,绝大多数作家和批评家都具有理论自觉及实践热情,就连不惯趋时的孙犁都认为"教育农民,用社会主义思想改造农民的落后思想,是其中很重要的一个方面,是一件重大的政治任务"⑤。

---

① 邓小平:《在中国文学艺术工作者第四次代表大会上的祝辞》,见中国作家协会编:《邓小平论文学艺术》,作家出版社1998年版,第250页。

② 李希凡:《召唤着新人的诞生——读高尔基早期作品的一点感想》,《世界文学》1963年第4期。

③ 周扬:《关于车尔尼雪夫斯基和他的美学》,见《周扬文集》第一卷,人民文学出版社1984年版,第363页。

④ 毛泽东:《论人民民主专政》,见《毛泽东选集》第四卷,人民出版社1991年版,第1477页。

⑤ 孙犁:《论农村题材》,见连云飞、潘陆阳编:《孙犁散文》中,中国广播电视出版社1995年版,第32页。

如何用文学教育农民？塑造榜样人物无疑是最直接有效的方式，因为“有样学样”是乡土民间的心理习惯和思维定式。柳青说：“无产阶级革命的时代特征规定了无产阶级革命文学的任务是创造正面人物的典型形象。”[①]李准说，“反映农业战线上新人物”是“生活斗争给我的启示，也是党交给我们的任务”。[②]当时文艺批评的焦点之一也是围绕是否塑造了成功的新人形象而展开的，即如严家炎所说：“自有社会主义文学的时候起，新英雄人物的创造，便成为一个具有特殊重要意义的课题。”[③]已有的新人形象集中呈现在阶级斗争的过程中，而此时阶级斗争已转化为“两条道路”[④]的斗争，更需要领导农民走集体化、合作化道路的新人，此乃 1950—1970 年代文学中“合作化”新人足可构成绵长而拥挤的人物画廊之原因。范灵芝、王玉生（赵树理《三里湾》），申玉枝（康濯《水滴石穿》），梁生宝、高增福（柳青《创业史》），刘雨生、陈大春（周立波《山乡巨变》），菊英、朱彦（刘澍德《归家》），许火照、许凤英（陈残云《香飘四季》），萧长春、焦淑红（浩然《艳阳天》），高大泉、朱铁汉（浩然《金光大道》），东山（李准《不能走那条路》），李双双（李准《李双双小传》），孙玉厚（马烽《四访孙玉厚》），韩梅梅（马烽《韩梅梅》），贺老栓、刘改梅（蓝翔《老社员》），宋老大（西戎《宋老大进城》），桑贵老头（刘绍棠《大青骡子》），翠枝儿（从维熙《鸡鸭委员》）……这些年龄、性别、身份、性格不一的农村新人有一个最大的共同点：他们都是走集体化、合作化道路的榜样。

1960 年代后期至 1970 年代，由于众所周知的原因，文学创作和批评中的“新人”又重回“英雄”论，且“英雄”形象绝对化、唯一化。新人形象又折回到英雄形象，其作为集体化、合作化榜样的意义让位于诠释忠诚、正确的使命。

三、新人、新品格：农村新人与乡贤的分野

不管是旧乡贤，还是“农村新人”，都是得到政府和社会认可、支持、推崇的乡村精英和榜样，其社会意义在相当程度上在于其榜样作用，有学者指出，“大

---

① 柳青：《美学笔记》，见《柳青文集》第 4 卷，人民文学出版社 2005 年版，第 279 页。

② 李准：《走乡集·前言》，中国电影出版社 1963 年版，第 1—2 页。

③ 严家炎：《关于梁生宝形象》，《文学评论》1963 年第 3 期。

④ 即社会主义道路与资本主义道路。

部分的人类行为是通过对榜样的观察而习得的”[①],也即政府和社会借助培养和树立榜样以推动社会按其意志发展。乡贤和农村新人虽然活跃在不同的历史时空中,但都发挥了榜样的作用,履行了维护乡村稳定、凝聚乡间力量、推动社会发展之职能,当然,由于上文提到的原因,“农村新人”在当时不可能被称为“乡贤”或“新乡贤”。

“农村新人”取代旧乡贤活跃在文学中国的新的乡土社会里。显然,现实生活中的新人经过了精心的艺术加工,裁剪添减之间寄寓了新社会、新政权的价值理念,具体而言,主要有如下特点:

其一,抛弃传统的发家致富思想,坚定而真诚地带领农民走合作化、集体化道路,属于“合作化新人”。在当时的乡土叙事中普遍存在“斗争新人”让位于“合作化新人”的现象。例如,郭振山之于梁生宝,范登高之于王金生,张山阳之于申玉枝。郭振山、范登高、张山阳都属于“斗争新人”,在土改乃至新中国成立前的革命历程中,均有出色的表现,属于有资历、有功劳的农村革命者,但他们的革命目标带有传统农民的本能欲望,“每个农民都期待拥有属于自己的田产——这是农民最热切的期待,只有拥有土地,他才能给他的家庭带来声望和财富,才能使他的后代将来在举办祭祖仪式上还能想起他”[②]。中国农民对田产的热切期待在漫长的小农经济体系形成与固化的过程中,逐渐内化成一种集体无意识,土改正是对这种集体无意识的满足。自 1951 年下半年开始,广大农村确立了走合作化、集体化道路的方向,要郭振山们迅速改弦易辙是不可能的,因为集体无意识无法根除。这群深受传统思想影响的农民必然要让位于资历更浅、更年轻、更单纯的梁生宝式的新人。梁生宝等新人最突出的品格就是对合作化、集体化道路的拥护、追随与践行。当时农村题材的长篇小说叙事主线几乎都是梁生宝式的“合作化”新人的“创业史”,除了上列诸部长篇小说外,其他如《山乡巨变》《归家》《香飘四季》《汾水长流》《金沙洲》《绿竹村风云》《艳阳天》等作品也无不如此。中短篇小说更是集中笔墨塑造“合作化”新人,不管是“山药蛋派”,还是“荷花淀派”,抑或其他作家,都在不约而同地塑造外貌、性格、年

① [美]阿伯特·班杜拉著,郭占基等译:《社会学习心理学》,吉林教育出版社 1988 年版,第 22 页。

② [美]易劳逸著,苑杰译:《家族、土地与祖先:近世中国四百年社会经济的常与变》,重庆出版社 2019 年版,第 144 页。

龄各异但信念一致的“合作化”新人。

“合作化”不仅是新的社会制度和政策，在作家笔下，它逐渐演化成新道德：认同、支持合作化的就是好人，否定、破坏合作化的就是坏人。这一道德准则在文本中转换成好人投身合作化，坏人破坏合作化的情节模式。虽然好人与坏人的个人利益未必构成直接的对立，但“合作化”像一条鸿沟将他们分置于是与非、正与邪、光荣与耻辱的两边。投身“合作化”成为农村新人鲜明的时代印记。

其二，有明确的阶级归属意识。新中国成立后的农村社会主义改造从根本上否定了旧的土地所有制、生产方式、分配方式乃至人际关系，其理论基础是马克思的阶级斗争学说和剩余价值理论。地主作为一个阶级或阶层迅速消亡，其所代表的政治、经济、文化、道德的合理性被彻底否定，但绝大多数地主的肉身还继续存在，地主由血缘、地缘、人情构成的人际关系，对于普通农民已成为沉重的负担，因此，疏远、躲避乃至伤害、打击地主就成为阶级觉悟的体现，《增广贤文》中的“亲不亲，故乡人”，在彼时被批抽掉了“阶级性”，是“黑话”，并衍生了流行一时的新“贤文”：亲不亲，阶级分①。

阶级归属感和阶级情感是农村新人政治进步的重要表征。已经失去地位和财富的地主其时已经完全被边缘化，已无抗争的“本钱”，农村新人的进步不是靠与地主斗争体现出来的，而是从对待富农、富裕中农的态度上显示出来的，如《三里湾》中马有翼不够进步是因为对保守且较为富有的父母抗争得不彻底；《创业史》中的富农姚士杰因“受不了孤立”，在粮食紧缺的当口，称“你叫哥拿出多少粮食，哥就拿出多少粮食，给咱渠岸的贫雇献礼”②。再者，有不光彩经历者也是大家防范、孤立的对象，如《山乡巨变》中的张桂秋、《创业史》中的白占魁、《冰化雪消》中的焦魁。在疏远与斗争富农、富裕中农及有不良经历者的同时，农村新人紧紧地与贫农、雇农团结在一起，即便这些人的生产生活能力弱于常人，也是团结的对象。新人不计得失，以鲜明的阶级情感与贫农、雇农奋斗在一起，因为阶级立场问题是原则问题，任何新人首先必须立场鲜明。

---

① 《人民日报》1971 年 4 月 24 日发表河北省河间县革命委员会写作组的文章《亲不亲，阶级分》，之后，“亲不亲，阶级分”大量出现在报刊、新民谣、新歌之中，如“亲不亲，阶级分，忠于毛主席，才是一家人”（昔阳民歌《亲不亲，阶级分》，见昔阳县文化馆编：《昔阳新歌谣》，人民文学出版社 1976 年版）。再如“亲不亲，阶级分，毛主席恩情比海深”（殷琪：《亲不亲，阶级分》，见《光辉永照宁夏川》，宁夏人民出版社 1978 年版）等。

② 柳青：《创业史》，中国青年出版社 1960 年版，第 172 页。

其三,不树个人权威,积极、主动接受上级领导的指示。旧乡贤在日常生活中发挥着重要作用,他们调解纠纷、裁决是非、指点迷津,凭的是个人威望。在倡导"无讼"的文化中,乡民对公平、正义、救助的渴望基本是通过乡贤而不是官府来实现的,这意味着乡贤的个人威望甚至高于官方权威,因此,乡贤与官方的关系非常微妙,有合作也有抗争,"在王权与民间社会的关系上,缙绅们依赖于王朝政权,但他们也在一定程度上保护乡族利益"①。新人在新农村改造和建设中,凭借的是官方的权力,而不是个人威望,因而树立官方权威,绝对服从官方,就是一条基本的政治标准。树立官方权威是进入新人行列的前提条件,越是进步的新人越是自觉维护上级的威信。向上汇报,寻求上级的指示是维护上级威信最常见的手段,如梁生宝进山割竹子前,主动到区委向王书记请示;萧长春找到了党委书记,就"找到了靠山,找到了主心骨"②;毫无酿酒经验的村妇女主任高秀贞调任酒厂厂长,回答丈夫"干得了吗"的担心时说:"啥事情不是人学的,多向党委跑几次就是了。"③新人之所以能在旧体制崩溃之时脱颖而出,是因为有上级的支持,因此,维护上级权威,才能获得自身存在的合理性。柳青在解释梁生宝形象的时候,曾说:"我根本没有一点意思把梁生宝描写为锋芒毕露的英雄……是因为有了党的正确领导,不是因为有了梁生宝,村里掀起了社会主义革命浪潮。"④柳青对党与新人的关系理解得非常透彻,而当时学者从英雄人物本身应具备的行为和性格方面批评梁生宝形象时,显然忽视了时代对文学形象的规训。凡对上级指示的不合情理、不切实际之处有所保留者,如《山乡巨变》中的乡支书李月辉、《锻炼锻炼》中的农业社主任王聚海,或不融入时代洪流者,如《铁木前传》中的六儿、《老定额》中的林忠,他们虽然都有优点,但都无缘于新人。当然,如果任李月辉们发展,难保不会建立起另一种威望。因此,他们必然要受到批评,乃至否定。

其四,涌现出大量女性新人。在旧的社会体系中,女性从事的职业一般只限于小范围的、服务性的行业,如女仆、乳母、女侍、媒婆、牙婆、接生婆、女红、小商贩,以及地位低下的娼妓、江湖卖艺人等,女性参与社会权力机构及公共服务

---

① 章开沅等:《中国近代史上的官绅商学》,湖北人民出版社 2000 年版,第 375 页。

② 浩然:《艳阳天》,人民文学出版社 2011 年版,第 296 页。

③ 李准:《两代人》,见《李准小说选》,四川人民出版社 1981 年版,第 261 页。

④ 柳青:《提出几个问题来讨论》,《延河》1963 年第 8 期。

系统的比例非常小，因而，旧社会的乡贤基本上都是男性，就连宋元时期传授纺织技术、造福一方的黄道婆也进不了正史，唯有陶宗仪和王逢[1]对其留下寥寥数行赞誉。1930年代有学者感慨："我们有史以来的女性只是被摧残的女性；我们妇女生活的历史，只是一部被摧残的女性底历史！"[2]新中国成立后，女性的身份和地位发生了巨大的变化。女性获得参与公共事务的机会，几乎所有的职业都向女性开放，特别是行政、教育、医疗、科研等领域的开放为女性提供了前所未有的机会和机遇。以现实主义为主潮的"前三十年"文学相应地塑造了众多女性新人，有担任县级领导的邓秀梅，有从事科研的菊英，有当医生的石翠兰，有从事气象工作的程敏、萧淑英，当然，更多的是活跃在农业生产中的女能手，她们聪明能干，有巾帼不让须眉之势，但又并非仅仅是心灵手巧、吃苦耐劳，而且思想进步、热爱集体，显示出社会主义时期女性的新品格。在上文提及的长篇小说中，大多有这样的女性形象，作家们用美丽、可爱的女性新人与坚毅无私的男性新人构成充满张力的情节模式，推动故事的发展。中短篇小说在塑造女性新人方面更为灵活，它们颂扬了女性新人热爱集体、敢于担当、崇尚科学、聪明能干的品格，这些品格既承续了五四新文化运动的余韵，又彰显了新中国新时代的道德伦理。从现实而言，亦是遵照领袖指示："在合作化以后，许多合作社感到劳动力不足了，有必要发动过去不参加田间劳动的广大的妇女群众参加到劳动战线上去。"[3]发动妇女参与劳动对增加劳动力、壮大第一产业可谓功不可没。

除性别特征之外，新人的品格并非孤立地存在于某一人物身上，而是多项品格集中于同一人物身上，这些品格共同显示了一个时代的精神风貌，凸显了新中国乡土社会领头人属于"体制选民"的本质特征，在他们身上"携带日后成长为'英雄'的基因"[4]。之后，英雄形象取代了新人形象，与旧时的"乡贤"渐行渐远。

---

① 见陶宗仪：《黄道婆》，《南村辍耕录》卷二十四，齐鲁书社2007年版，第322—323页。王逢：《黄道婆祠·有序》，《梧溪集》卷三，中华书局1985年版，第117页。

② 陈东原：《中国妇女生活史》，商务印书馆1937年版，第18—19页。

③ 毛泽东：《〈中国农村的社会主义高潮〉的按语》，见《毛泽东选集》第五卷，人民出版社1977年版，第252页。

④ 吴娱玉：《"社会主义新人"英雄化的两种时态——兼及浩然、柳青文学观比较》，《南方文坛》2014年第3期。

从传统社会的"乡贤"到社会主义的"农村新人",既是政治文化概念的转换,也是文学批评术语的变化,但两者内涵相似,他们都是政府鼓励、默许的模范和榜样,且在乡土民间得到广泛的认同,当然,细微的差别还是有的,尚贤是古老的传统,体现的是沉静闭塞的农业时代的政治文化认同,而"新人"则承载了新中国成立后万象更新的时代气息,"新"蕴涵"求新""创新""新起"之意,寓开拓进取之精神,与当时的政治文化语境高度契合。新中国经过三十年的奋斗,特别是经过1980年代以来的改革开放,政治、文化、经济基础全面得到夯实,已经从谋求生存转向稳步发展。在全球化时代,稳步发展既要汲取异域经验,也要发扬民族传统,而在这两者之间,从文化心理上看,民族传统更容易被接受,因此,1990年代以来,"乡贤"这个被历史淹没了很久的概念又重新活跃在政治、文化和文学之中。对于文学而言,当"社会主义新人""英雄人物"已经完成其历史使命之后,重塑乡贤形象是历史的必然,当然,任何时代的"乡贤"都会被打上时代的印记,不管与传统是分是合,他们终究是时代和政治文化的产物。

第二节 "新时期"文学思潮更迭中的乡贤叙事

"新时期"开始后,乡贤叙事也迎来了转变。一方面,在"拨乱反正"和"解放思想"的浪潮下,乡土文学得以复兴。"乡土文学堪称'最敏感的文化神经'。新时期当代文化思潮的演进变化,许多是从乡土小说中透露出最早信息的。"[①]乡土文学的复兴和演变带动了乡贤叙事的发展与变奏。另一方面,1980年家庭联产承包责任制开始推行,乡土世界再次迎来大变革,乡村社会秩序被打破,权力结构面临重组。在这样的背景下,作为对现实的回应,作家们不得不重新思考乡村的未来,他们重新审视乡贤的命运,创作出许多全新的乡贤形象。纵观这一时期的文学作品,乡贤形象呈现出以下三个新特征:

其一,人物类型多样化。1949年之后,在阶级斗争政治意识形态的影响下,文学作品中的乡贤几乎都可以划归到两种对立的形象序列中,即"土豪劣绅"和"农村新人"。进入"新时期"之后,随着政治思想的松动和文艺工具论的退场,

① 陈继会:《中国乡土小说史》,安徽教育出版社1999年版,第392页。

乡贤形象也得以从意识形态话语的桎梏中逃逸出来，呈现出多样化的特征。这一时期的文学作品中出现了以下几种类型的乡贤以及乡贤变异体形象：1. 受难的"土改新人"，如张一弓《犯人李铜钟的故事》中的李铜钟、古华《芙蓉镇》中的谷燕山等；2. 新时代乡村"能人"，如高晓声《李顺大造屋》中的李顺大、《陈奂生上城》中的陈奂生，张炜《古船》中的隋抱朴、《秋天的愤怒》中的李芒、《秋天的思索》中的老得、《声音》中的小罗锅，贾平凹《鸡窝洼的人家》中的禾禾、《浮躁》中的金狗等；3. 乡村知识青年，如路遥《人生》中的高加林、《平凡的世界》中的孙少平，郑义《老井》中的巧英，铁凝《哦，香雪！》中的香雪等；4. 乡村干部，如乔典运《满票》中的何老十、李佩甫《小小吉兆村》中的吉昌林；5. 宗族长老等传统旧绅形象，如路遥《人生》中的德顺爷、史铁生《我的遥远的清平湾》中的破老汉、王安忆《小鲍庄》中的捞渣、韩少功《爸爸爸》中的仲裁缝、李佩甫《李氏家族的第十七代玄孙》中的李氏几代族长、朱晓平《桑树坪纪事》中的李金斗、王蒙《淡灰色的眼珠》中的穆敏等；6. 新一代"乡霸"，如张炜《秋天的愤怒》中的肖万昌，《古船》中的赵四老爷，《浮躁》中的巩宝山、田有善、田中正，路遥《人生》中的高明楼等。这些人物类型丰富、性格各异、形象复杂，远超出阶级概念的标示范畴。

其二，人物形象圆形化。新中国成立后，乡土文学的创作大多从图解农村政策出发，在这样的创作思想影响下，作品中的人物沦为政策的注脚，乡贤人物的性格、命运轨迹无一不是被先行的主题划归好，再填充到相应的情节之中，呈现出扁平化、单一化的特征。"新时期"之后，这种脸谱化的创作倾向得到了反拨，作家们开始注重挖掘乡贤性格的复杂性，塑造出圆形的乡贤人物。一方面，乡贤性格的丰富性开始受到关注，他们不再被简单地抛掷到道德善恶的对立两端，相反，他们性格中的复杂、游移、晦暗与面对现实社会的种种无所适从得到充分表现。另一方面，对比此前作品关注农村政策给乡贤生活带来的变化，"新时期"文学则更侧重对乡贤心理深度的挖掘。如《人生》就提出了"高加林难题"，刻画了高加林面对人生选择时的挣扎、迷惘、困惑与虚无的心理活动。圆形化的人物让乡贤得以从意识形态的化身中挣脱出来，展现出个性化的一面，借由这一形象进行的乡村思考也得以更深入开展。

其三，评判价值多元化。1949 年之后，乡贤形象的书写是在阶级斗争的革命话语下展开的，作家塑造乡贤的标准只有一个维度，即这位乡贤的阶级身份。进入"新时期"之后，僵化的阶级斗争思想被摒弃，作家们不再从阶级立场出发去评判人物,相反,他们从人道主义立场出发,对人物的遭遇与选择持更审慎的态度。不过,除了人道主义的底色之外,这一时期对乡贤的评判价值标准还是多元的,甚至混乱的。这一时期的文学作品,除了对“土改新人”在“文革”期间遭遇的苦难表现出普遍同情之外,对其他乡贤人物的态度往往是莫衷一是。如对新时代“能人”,这一时期的作品中就出现了陈奂生、金狗与高加林等这类全然不一样的人物,陈奂生、金狗等都是积极变通、敢闯敢拼的行动派“能人”,而高加林则是陷入虚无情绪中痛苦迷惘的乡村知识青年。他们不同甚至相反的性格表现了作家对他们形象背后暗藏的时代话语的不同思考。作家除了对“能人”形象态度不一外,面对旧绅式的人物也多有分歧。一部分作家将这类人物视为传统乡村精神文明的化身,寄托了他们对“田园牧歌”式美好乡村的想象,如《人生》中的德顺爷、《我的遥远的清平湾》中的破老汉、《桑树坪纪事》中的李金斗等,这些人物在漫长的生活中积累了智慧,在主人公迷惘时,他们会给予指点,传承了古老的乡村文明。另一部分作家则将这类人物视为反思国民性的支点,这些作家有意无意间继承了鲁迅乡土文学揭示国民劣根性的写作脉络,在书写乡贤人物时践行了这种反思与批判,如韩少功在《爸爸爸》中将仲裁缝塑造成带领全村殉道的愚昧长者,并通过这一人物将“鸡头寨”的麻木、愚昧具象化。

评判价值多元与“思想解放”带来的文化活力有关,各种思潮汇聚到一起,不同思想杂糅成一团,于是催生了形态各异的乡贤形象。除此之外,评判价值的混乱多元还与革命话语的陡然失效之后作家们再难以对某一话语达成统一共识有关,面对乡村世界以及中国社会出现的剧变,作家们或乐观或迟疑或迷惘,都借由乡贤形象传递出来,从而使这一人物类型难以用统一的标准进行评判,呈现出复杂且歧见丛生的面貌。总而言之,这一时期的乡贤叙事开始逐渐摆脱1950—1970年代以来的乡贤叙事惯性,呈现出个性化、复杂化、多元化的叙事特征。具体来看,这一时期的乡贤叙事主要呈现出三种脉络。

一、对受难“新人”的创伤叙事

文学学者许子东认为,整个20世纪80年代文学的叙事前提是“文革”,刘复生进一步指出,“自(20世纪)70年代末以来,贯穿于整个80年代,甚至延伸至90年代,‘文革’为中国文学提供了讲述故事的动力、素材甚至灵感”“在这些文学中，形态各异的个人的命运以及内心图景，总是以这样那样的方式归结于‘文革’这个最终的历史起源，它提示着一道潜在的精神创伤，隐约标识着无法消除的历史疤痕”①。“新时期”文学对乡贤形象的塑造最早也与对“文革”的反思相关，“文革”结束后，作家们不约而同地创作在“文革”期间身心受创的受难“新人”形象，自觉加入到“伤痕文学”的创作浪潮中。这一时期的乡贤叙事呈现出“伤痕文学”叙事的普遍特征，即通过描写人物身体的伤病甚至生命的消逝反映“文革”带来的创伤。张一弓《犯人李铜钟的故事》中的李铜钟就被描述为一位身体残疾的乡贤，小说截取1960年李家寨遭遇饥荒的历史场面进行描写，故事开始时，李铜钟是一位模范队长，与“伤痕文学”中常见的人物一样，他跛了一条腿，这条腿是在战争时负伤的，标示着他光荣的过往，但是，随着政治氛围逐渐改变以及饥荒开始肆虐李家寨，面对全村近五百人即将饿死的命运，李铜钟拖着跛腿四处奔走，一层层揭开“大跃进”中瞒报瞒产的浮夸事实。他不惜触犯法律“借”出五万斤玉米，最后由模范队长变成了抢劫犯，饿死在审判台上，李铜钟的死正是乡贤创伤叙事的极致化表现。除了描写人物遭受的伤痛，为了强化叙事效果，“作家们还有意识地将受害者在战争年代落下的光荣的伤疤与‘文革’时代受冲击时所留下的‘耻辱’伤痕加以并置，在新伤与旧痕的比较与映衬中强化对一个时代的人妖颠倒、是非不清的控诉”②。在《犯人李铜钟的故事》中，李铜钟为国负伤的光荣伤痕——他的跛腿和他之后为民犯罪成为抢劫犯失去生命，形成了鲜明对比，昭示着失序时代给乡村带来的巨大创伤。古华的《芙蓉镇》把这种创伤体验描写得更细致。《芙蓉镇》中受难“新人”的代表是谷燕山，在反右斗争之前，他是芙蓉镇的粮站主任。与李铜钟一样，他也是一位为国负伤的英雄，他来到芙蓉镇之后在自己的职位上尽职尽责，为芙蓉镇带来一时的繁荣。可是随着政治风向的转变，他也逐步被排挤，并最终失去职权，被停职关在楼上反省。饶有意味的是，作者有意设置谷燕山所受的伤在男性生殖器官上，这本来是光荣的伤疤却因为负伤处的私密，无法展示于人，并且这一光荣的伤疤在之后的岁月中竟成了他的耻辱。为了验证谷燕山是否与胡玉音通奸，谷燕山被安排进行身体检查，那一天，“他就像一匹被阉掉的公马似的一动不动地

① 刘复生：《“伤痕文学”：被压抑的可能性》，《文艺争鸣》2016年第3期。
② 王爱松：《“伤痕文学”与生命政治》，《文艺争鸣》2016年第3期。

躺在那里,浑身起着鸡皮疙瘩,冒着冷汗,打着冷颤”[①]。同一处伤,光荣与羞耻被并置重叠在一起,完成了对秩序错乱的绝妙反讽。

除了具有“伤痕文学”叙事的普遍特征,这一时期的受难“新人”叙事一方面对1949年之后的乡贤叙事传统进行了反叛,另一方面又不自觉继承着这一叙事传统。

对传统的反叛主要表现为这一乡贤叙事呈现出“反”乡贤的特征,这些受难“新人”的乡贤身份几乎都是过去时。所谓乡贤,指的是“科举中取得功名而生活在乡村并有较高地位者。他们多半由退职返乡的文武官员或有一定功名而未出仕的乡村贤达组成”,“乡贤文化集中体现了乡村的人文精神、道德风范,在宗族自治、民风淳化、伦理维系及乡土情感激发、集体认同感保持等方面起着无可替代的作用”[②]。在文学书写中,乡贤形象随着时代不同会出现相应的嬗变,呈现出如劣绅恶霸、狂人废士、农村新人等或多或少背离传统乡贤定义的人物形象,但是无论如何背离乡贤的定义,这些人物依旧有权势把控一方,享有较高地位,甚至有着能够移风易俗的影响力。然而,在“新时期”乡贤叙事中,这些受难“新人”彻底丧失了乡贤所拥有的社会地位和治理权力,他们的乡贤身份被剥夺,成为过去时。《犯人李铜钟的故事》中的李铜钟死在审判台上,使其乡贤身份彻彻底底不复存在。《芙蓉镇》中的谷燕山在反右斗争中被关在楼上,实际上已经沦为边缘人,到了“文革”时期,谷燕山彻底成为局外人,他借酒浇愁,成为一名醉汉游走在镇上,除了不谙世事的小孩还跟在他身后听他讲故事外,镇上的众人已然将他遗忘。有意思的是,这些作品在描写这些受难“新人”失权失势的同时,又往往不吝笔墨交代这些乡贤人物的前史。这些人物通常出身贫苦,是典型的贫下中农,新中国成立之后,在土改和农村社会变革的时代浪潮下逐渐摆脱了穷苦生活,成长为农村“新人”,引领乡村社会取得土改胜利。“新人”的丰功伟绩与落难后的边缘处境形成鲜明对比,强化了对非正常年代的控诉。

对比“反”乡贤的特征,受难“新人”叙事更值得注意的是对传统的继承。苏州大学教授王尧曾指出,新时期文学其实处于一种“过渡状态”,“这不仅指文学史‘过渡状态’中旧的因素在消失或者转化,新的因素在孕育和生长,其中一些

① 古华:《芙蓉镇》,人民文学出版社1981年版,第115页。
② 赵普光、李静:《当代文学对乡贤文化的书写》,《人民日报》2016年8月9日第23版。

因素成为文学史新阶段的源头；而且认为‘过渡状态’是复杂的，并非简单的新旧转换或冲突，往往是多种因素的并存，矛盾冲突的结果则预示了此后文学发展的脉络”①。北京大学教授李杨在《重返“新时期文学”的意义》一文中也对新时期文学“断裂论”进行了反思，认为“事实上，在‘文革’结束后的相当长的时间内，中国作家最激烈的历史冲动，并不是要回到后来被阐释为历史起点的资本主义的‘五四’，而是要回归‘好的社会主义’的‘十七年’”②。这种“过渡状态”或者说继承/回归“十七年”传统，在受难“新人”的叙事中十分明显。“十七年”文学乡贤叙事的重要特征是在解构传统乡贤的同时，树立起新的农村权威——农村“新人”。传统乡贤与“新人”被塑造为一组对立的人物关系，传统乡贤被做了污名化处理，划归到“土豪劣绅”的阵营，“新人”则被塑造为道德品性高尚、领导治理能力极强的无瑕疵人物，两者界限分明，是对立的两极，形成二元对立关系。在这种二元叙事之中，作者通过贬抑旧乡贤、赞扬“新人”，实现对国家意识形态的传达。“新人”不仅仅是农村社会轰轰烈烈变革时代的领路人，更重要的，他们还是乡村政策和阶级斗争政治的代言人。这种二元对立、黑白分明的政治叙事在受难“新人”叙事中被保留了下来。《芙蓉镇》中的谷燕山与杨民高、李国香和王秋赦等人形成了鲜明的对立关系，他们不仅仅是政治立场不同，而且在道德品质上也形成了鲜明对比，谷燕山大公无私，甚至因为丧失男性功能，在个人生活上都保持着纯洁，相反，杨民高、李国香和王秋赦等人则自私自利，人格扭曲，欲壑难填。这种政治立场与个人品德勾连在一起的叙事是“十七年”文学乡贤叙事的典型特征，这一叙事在《犯人李铜钟的故事》等作品中也得到复制。不过，与“十七年”文学从阶级立场预设正反两极人物不同，受难“新人”叙事的二元人物关系是从反思“文革”政治话语出发进行设置的。“新人”的对立面不再是“土豪劣绅”，而是动乱时期的政治投机分子。《芙蓉镇》中的杨民高、李国香和王秋赦等人无一不是为了政治上位费尽心机，兴风作浪。《犯人李铜钟的故事》中李铜钟的对立面是杨文秀，小说中杨文秀“把全副精力用在揣摩上级意图，并在三天之内拿出符合这种意图的典型经验上”③。阶级斗争不再是叙

---

① 王尧：《论中国当代文学史的“过渡状态”——以1975—1983年为中心》，《文学评论》2013年第4期。

② 李杨：《重返“新时期文学”的意义》，《文艺研究》2005年第1期。

③ 张一弓：《犯人李铜钟的故事》，时代文艺出版社2001年版，第3页。

事背后的动机,相反,对“文革”的反思,以及对“十七年”“好的社会主义”的召唤,成了叙事的动力。不过,对“文革”的反思也并未让此时受难“新人”叙事超脱出政治叙事的范围。南京大学教授丁帆认为“新时期”伤痕乡土小说其实还是在书写国家意识形态,这些小说的创作主体都是体制内的公职干部,因此,“他们乐于其‘位’,紧跟当时的国家意识形态,自觉运用‘新时期’之初的‘新’政治话语,参与到具有时政色彩的新政治启蒙话语潮中”①。1980 年代初的受难“新人”叙事其实就是对当时新时代政治话语的迎合,作家们自述作品对“文革”的反思,无一不是在“十一届三中全会”精神引导下展开的。在这些作品的结尾,受难“新人”获得平反,曾经惨绝人寰的历史被描述为一种“例外状态”,是非秩序得以复归。然而,这一秩序其实是“十七年”文学中乡村秩序的复制,受难“新人”们官复原职,曾经的乡村权力结构再次复位,通过回归到“十七年”的传统,这些作品召唤了历史的幽魂,再次确证“新人”的合法性。

二、对新乡村“能人”的现代性书写

除了描写受难“新人”外,“新时期”还有许多作家从对“文革”创伤的直接书写中走出来,他们关注家庭联产承包责任制和改革开放政策推行之后乡村出现的剧变,以及在这种剧变之下个人命运即将面临怎样的改写。这些作家尝试以现实主义的笔调去描绘乡村的转型,并不约而同地将目光聚焦在锐意进取、大胆变通的乡村“能人”身上。所谓“能人”指的是在乡村社会中拥有某种突出技能、头脑灵活、聪明能干的人物。中国乡村向来不缺乏各式各样的“能人”,但是在此前的文学写作中,“能人”往往被一笔带过,不是乡土文学书写的重点。“能人”被忽略的原因主要有两个:首先,“能人”这一人物强调的是个人技能的施展和个人抱负的实现,突出个体而非集体,这较过往作家更关注作为整体的乡村风貌的风格有所冲突;其次,新中国成立之后,农村社会发生变革,在集体主义社会和农村合作社时代,“能人”没有施展个体技能和实现自我价值的天地,“能人”在一定程度上是缺席的,因此“能人”在乡土文学书写中自然也难以被重视。进入“新时期”之后,随着家庭联产承包责任制的推广,农村社会结构再次被打

① 丁帆:《中国乡土小说史》,北京大学出版社 2007 年版,第 243 页。

破，过往的“土改”和“合作社”“新人”不再适应乡村变革的现实语境，在这样的背景下，“再造新人”的思想被提出，乡村社会急需新的代言人，承接过往“新人”的衣钵。1979 年 10 月 30 日，邓小平在“中国文学艺术工作者第四次代表大会”上发表的祝辞就言明，“我们的文艺，应当在描写和培养社会主义新人方面，付出更大的努力，取得更丰硕的成果”[①]。在这样的呼唤下，乡土作家们开始塑造各式各样的新时代“能人”，以替换掉过往的“新人”，为新时代变革之中的乡村塑造新的乡土权威。这一时期塑造出的“能人”形象有着鲜明的时代特征。进入“新时期”之后，时代主潮逐渐由政治、革命、民族、国家置换到科学、知识、进步、自由等话语上，这一时期塑造出来的“能人”形象正是这一时代话语的投射。首先，与以往作品塑造的乡贤性格普遍沉稳持重不同，新时代的“能人”在作家的笔下则几乎都被描写为大胆灵活、敢闯敢拼的人物，他们一般都掌握着一些现代科技知识，代表着现代启蒙理性和科技进步的前沿力量，他们用这些科技知识改造乡村、启蒙乡村，暗示着传统乡村即将被改写的命运。作家将“能人”塑造为时代精神的代表，通过他们的境遇寄托作家对乡村变革的思考，他们的创新与拼搏说明乡村社会的无限潜力，同时他们遭遇的不公与精神上的迷惘则表现了变革将带来的种种阵痛。其次，这一时期作家在创作“能人”时更关注的是“能人”自我价值的实现而非他们对乡村集体的贡献，他们价值的实现依赖于他们技能得到发挥，阶层得以逾越，脱贫致富，改变自己的生活。当代著名作家王蒙曾经指出，社会主义革命意识形态假定一种高尚的“道德人”，与市场经济时代的人性假定格格不入，市场经济时代的人性假定，尊重人们自利的、平庸的欲望和需要，即将人视为是“经济人”[②]。这一时期的“能人”叙事正体现着叙事主体由“道德人”向“经济人”的转变。从集体转向个人并且开始显现出“经济人”的主体特征是这一时期“能人”形象的重要特征。

最早的“能人”形象出自高晓声的《李顺大造屋》以及《“漏斗户”主》《陈奂生上城》等系列作品。在《李顺大造屋》中，高晓声将重点放置在乡村历史的书写上，李顺大一直有建造新屋的梦想，在新中国成立之前，由于没有土地，他无法建屋，新中国成立之后，随着土改的推行，他分到土地，终于有了建造自己房屋

① 邓小平：《在中国文学艺术工作者第四次代表大会上的祝辞》，《人民日报》1979 年 10 月 30 日。

② 王蒙：《人文精神问题偶感》，见丁东、孙珉选编：《世纪之交的冲撞：王蒙现象争鸣录》，光明日报出版社 1996 年版，第 62—69 页。

的可能,但是随之而来的时代变革让李顺大建屋的梦想几次破灭,直到 1977 年"文革"结束,在新书记的帮助下,李顺大才成功建起屋子。李顺大身上显然有一些"能人"的特质,但是这部作品并不是真正意义上的"能人"叙事作品,小说真正关注的是李顺大在造屋过程中遭遇的各种波折,以此控诉过往乡村社会没有给"能人"的发展提供空间,本质上这依旧是一部历史反思小说。建造新屋、拥有自己的房子是农民主体性被承认的一种象征性表述。在这部小说中,李顺大几次想通过自己的力量建屋都以失败告终,最后凭借基层政府的深明大义才成功实现梦想,这其中包含着明显的自相矛盾,高晓声想通过农民"站起来"的故事讲述新时代变化下农村焕发的生机,却又陷入自身的局限性中走不出来,这里农民获得的主体性其实是一种虚假的主体性,"能人"们依旧需要在政治权力的帮助下,才能获得施展才华的机会。这一叙事逻辑,高晓声之后在"陈奂生"系列中进行了复制。

在高晓声之后,贾平凹也关注到时代变革对乡村社会造成的巨大震荡,在《鸡窝洼人家》中,他塑造了禾禾这一典型的"新能人"形象。与传统农民不同,禾禾不喜欢务农,他希望能摆脱土地的束缚,从事其他工作。他烧窑、卖豆腐、养鱼,均以失败告终,之后他来到城里打工,在城里学到了新技能,最后带着拖拉机、压面机等新东西回到乡村,改变了乡村传统小农耕作模式。在这一作品中,禾禾被描写成改造乡村的"能人",表明现代科技文明对乡村世界的冲击。贾平凹颂扬了乡村世界的这种变化,经济发展一度替代了传统伦理,成为衡量乡村世界发展与否的标准。然而,在他的另一部作品《浮躁》中,贾平凹则改变了态度。在《浮躁》中,贾平凹不仅关注改革开放给乡村带来的机遇,也关注新时代所具有的负面性,如市场经济冲击带来了功利主义,让人们陷入横流的物欲之中,整个世界笼罩在"浮躁"情绪之中,除此之外,在新旧权力更迭的过程中还出现了种种腐败、贪污、渎职和阴谋诡计。《浮躁》中的"能人"是主人公金狗,与禾禾一样,金狗也抓住了时代先机,有着强烈的改变自我命运的愿望。金狗一直有着英雄梦,他去参军,渴望有仗打,不怕死,想通过建立战功成为英雄。兵役结束之后,金狗复员回乡,凭借自己以前的经验,在州河里做起了河运,之后又因为自身有些才华,成了州城报社的记者,一步步高升,成为一方的风云人物。到这里,金狗似乎与禾禾一样,凭借着新的技能改变了自己的命运,也改变了乡村的命运。然而,小说的笔调并未停止于此,在描写"能人"金狗奋斗史的时候，贾平凹侧重描写了金狗遭遇的各种阻力和他精神上的困境。金狗奋斗过程中遭遇的阻力主要来自当地的当权派，即以巩宝山、田有善、田中正为代表的当地传统宗法势力，面对强势成长起来的“新能人”，当权派不愿意轻易放弃权势，于是对金狗处处施以诡计，造成金狗事业和人生的几次沉浮。当权派形象的设置暗示乡村改革的艰难，保守的小农经济思维和官僚主义结合在一起，成为改革最强硬的阻力。除了表现改革面临着保守力量的阻碍之外，作者还设置了与金狗形成对照关系的雷大空这一人物，暗示得不到公平保障的市场经济环境会催生出怎样的扭曲人格。雷大空与金狗一样是时代弄潮儿，但是他与金狗选择了完全相反的道路，走向了恶的一面，他与当权派勾结，最后冤死狱中。雷大空是这一时代“浮躁”氛围的化身，是变质了的市场经济的异化产物，雷大空与金狗构成了改革开放的两张面孔，表现了作者对物欲横流、金钱至上时代的担忧。雷大空与金狗的不同，说明贾平凹对以经济发展为评判标准的新时代价值体系提出疑问，他通过雷大空这一反面形象，说明除了拥有现代化技能和改善经济的能力之外，“能人”更应该具有善良品德，尽管这种善不再是自我牺牲式的奉献精神，而更多是独善其身，如此，“能人”象征的现代科技文明对乡村世界的改造才不至于像脱缰野马般奔向迷途。

除了陈奂生、禾禾、金狗这类积极进取、英气勃发的新时代“能人”，这一时期其实还出现了一些苦闷的“能人”，这类苦闷的“能人”多为乡村知识青年，《人生》中的高加林和《老井》中的巧英是其中的代表。与新时代积极向上的“能人”一样，这些乡村知识青年由于受过良好教育，掌握了一些现代知识，有着较为先进的理念和技能，呈现出“能人”的特质。不过与敢于逐浪前行，具有积极进取精神的新时代“能人”不同，这些乡村知识青年则陷入了乡村传统与现代文明冲突的价值漩涡之中，他们在城市与乡村之间进退失据，陷入人生选择的种种困境。在《老井》中，巧英的选择困难主要表现在她与孙旺泉的爱情上，巧英与孙旺泉是青梅竹马的同学，两人之间产生了浓烈的爱情，但是巧英一心想离开乡村，而孙旺泉由于家庭条件等各方面原因无法也不愿意离开乡村，两人在是否离乡问题上产生分歧，最后分道扬镳。在这个故事中，巧英是现代世界的象征，她掌握着现代技术，能运用科技手段探测地下水的路径，预测挖井的最佳地点，代表着现代文明给传统乡村注入的新活力，孙旺泉则是传统乡村的缩影，他与“老井”的意象在小说叙事中几次交叠在一起。巧英注定要离开村庄与她对孙旺泉有深深依恋形成了冲突,让她陷入困难选择之中,她要走向城市必然要放弃自己的爱情,这种困难选择正是传统乡村与现代文明接轨过程中产生种种矛盾的写照。

对比巧英的游移与徘徊,《人生》中的高加林更迷惘、更苦闷,他想离开乡村,却不能像巧英那样有离开乡村的助力(巧英的父亲在她离乡之前就调回了城里)。高加林想留在乡村有一番作为,他尝试推行水井“卫生革命”,但他不像巧英那样有现代科技探测技术,他的“革命”以失败告终。几次在城市与乡村之间游走徘徊之后,他离开乡村的愿望更强烈,这种强烈愿望对传统乡村秩序也更具破坏力。华东师范大学教授黄平认为,高加林面临的选择难题其实是一个关于“经济人”的边界在哪里的问题。所谓“经济人”指的是在市场经济的竞争社会中,个人变成一个经济单位。高加林的几段爱情选择都是他处理自己的“经济人”身份与共同体关系的选择。“作为《人生》核心情节的高加林与巧珍的‘爱情’,构成了经济人与共同体关系的表征。巧珍是乡村共同体至善至美的象征,善良、漂亮,不识字,无法进入现代世界”①。高加林放弃巧珍而选择城市女孩黄亚萍,正是他对乡村共同体的逃离与破坏的表现,这种破坏还体现在乡村长老德顺爷对高加林的召唤以失败告终上,德顺爷认为高加林“根上一点土也没有了,轻飘飘的”,希望高加林能“扎根到土里”去。然而,高加林对此回答道:“你们有你们的活法,我有我的活法!”不过,高加林逃离乡村共同体的愿望并没能顺利实现,他与金狗一样受到了官僚主义的围剿,屡次沉浮,他们的“经济人”主体身份没有在真正的市场环境下得以实现,相反,官僚主义与新形势结合后,形成了更险恶的世界,让他们的奋斗之路险象环生。

如果说受难“新人”叙事实际上还在召唤着梁生宝式的历史主体,还在尝试着恢复以往的革命话语和集体主义社会的乡村秩序的话,那么“能人”叙事则是尝试解决现实世界中革命话语失效之后,探索乡村个体如何在新的时代话语中寻找自身方向的问题。作家高晓声显然认为这个方向是容易寻找的,那就是追随改革开放的时代脚步,从乡村走向城市,缩小乃至消除城乡差别,他笔下的“能人”陈奂生就按照这样的发展方向,不仅上了城(《陈奂生上城》),而且还出

① 黄平:《新时期文学起源阶段的虚无——从“潘晓讨论”到“高加林难题”》,《文艺研究》2017年第9期。

了国(《陈奂生出国》)。其他作家,如路遥、贾平凹等则注意到乡村变革之后现实世界更残酷的真相,他们揭示了由乡到城递进道路上的种种陷阱,揭示了市场经济"自由竞争"被官僚主义操控之后腐败、贪污横行的社会,"能人"们在其间搏斗,或如金狗经历波折之后终于摆脱"浮躁"情绪找明方向,或如高加林在看不到出路的人生中不断陷入虚无情绪之中。无论是激越昂扬或是苦闷迷惘,两种情绪都是时代赋予"能人"的不同以往的新特质,从这些"能人"登场开始,过往的农村"新人"便纷纷退场,成为历史的幽魂。

三、对传统旧乡绅的寓言化叙事

旧乡绅一直是乡贤叙事的重点,随着现代文明不断冲击传统宗法制度,旧乡绅在乡村社会存在的合法性不断受到质疑,在以往的作品中,这种质疑化作了各式各样村霸权董、土豪劣绅的形象。然而,进入"新时期"之后,经历过历史劫难并接受过新一轮西方思想冲击的作家们对传统乡村不再简单地做出质疑或是否定的价值判断,相反,面对革命话语失效之后出现的文化危机,作家们选择回到乡村,重新审视传统乡村的价值。有一些作家将乡村想象为田园牧歌式的心灵栖所,以回避现实世界的种种痛苦、失落和苦闷,在这样的思想下,他们将传统乡村宗法制代表人物——传统乡贤塑造为长老型智者,这些智者用传承自古老乡村的神秘智慧点化、指引迷惘的青年人,让他们寻找到人生方向,如《我的遥远的清平湾》中的破老汉、《人生》中的德顺爷、《桑树坪纪事》中的李金斗、《淡灰色的眼珠》中的穆敏等。

1985年,韩少功发表《文学的根》一文,文学领域开始兴起"寻根"浪潮,"寻根文学"作家们尽管旨趣不同、风格各异,但是都不约而同地将目光调转到乡村,他们尝试通过拆解传统乡村,剖析深藏其中的民族文化深层心理结构,追寻中华民族的文化基因。在这样的背景下,旧乡绅也被寄寓了更多的文化意涵。首先,"寻根"作家们受到拉美魔幻现实主义文学的影响,大量采用象征主义、神秘主义、黑色幽默等手法进行创作,他们描写的乡村不再是现实主义作品中直接指涉现实的乡村,而是高度抽象、高度寓言化的乡村,这些乡村远离社会现实,亘古未变,象征着民族文化的原初形态。在这样的背景下,乡绅的形象也摆脱了现实主义文学典型人物塑造的陈规,他们成为中华民族文化基因编码结构中的一个元素,承载着对中华民族根性的深沉思考。其次,作家们不再从阶级立场或进化论的社会历史观念出发,将旧乡绅简单判定为是落后、腐朽文化制度的代表,他们往往持有透视民族文化的心理,去积极反思民族创伤,对乡绅进行或正面或负面的描绘,催生了“寻根小说”中善良仁义和愚昧落后甚至丑恶的两种乡绅形象。

王安忆《小鲍庄》中的捞渣是“寻根小说”中最具代表性的仁义形象。在这部小说中,王安忆将小鲍庄设置为一个“仁义”的乌托邦世界,“小鲍庄是个重仁重义的庄子,祖祖辈辈,不敬富,不畏势,就是敬重个仁义”,而捞渣则是小鲍庄“仁义”特质最突出的代表。“捞渣是一个‘仁义’的孩子,他的降生体现了小鲍庄居民身上的一切善良本性。他尊老,用天真的热忱冰释了鲍五爷的怨嫌。他敬兄,慷慨地把读书求知的机会让给了哥哥。他爱友,不愿为一时输赢伤了小伙伴的心,他甚至爱及一切生命,当文化子给他逮了一个叫天子时,他‘玩了半天,就把它放了’,因为他看出,‘它自个儿在笼子里太孤了’。”①捞渣的“仁义”特征在他去世时得到了进一步升华,小鲍庄发生洪水,年仅七岁的捞渣为了救鲍五爷而被淹死。中山大学教授黄子平认为,小说有意将捞渣的死进行神秘化处理,捞渣死亡的唯一见证人鲍五爷在喃喃两句“捞渣,捞渣”之后就咽气了,而之后对捞渣死亡的各种宣传使捞渣死亡的“本来面目”更模糊了。这种模糊处理,让捞渣的死亡深具神秘色彩,“捞渣的死,使他成为‘拟神话’的人格化体现,成为‘仁义’的化身”②。然而,尽管捞渣的形象如此完美,但当我们将他放置在乡贤人物的序列中时,还是可以轻易发现其中的不协调。一般而言,乡贤都是年长的男性,因为年长,他们才可以在乡村中建立起自己的威望,才能具备引领、教化风俗和游走于官民之间的影响力和权力。一言蔽之,所谓“乡贤”,其实有两重内涵,即“权”和“贤”,“贤”往往体现在他们接受过儒家思想的教育,而“权”的一面,往往体现在他们在乡间长久的声名经营和与基层官僚建立起的稳固又庞大的人脉关系网络。然而,王安忆所塑造的捞渣这一人物形象却是一位幼童,他七岁就过世了,永远不会长成男性宗族长老,没有在乡间运筹帷幄、把控权势的可能。这种设置其实拆解了乡贤的“权”与“贤”,在捞渣的“贤”中剔除掉

① 陈思和:《双重迭影·深层象征——谈〈小鲍庄〉里的神话模式》,《当代作家评论》1986年第1期。

② 黄子平:《语言洪水中的坝与碑——重读中篇小说〈小鲍庄〉》,《北京文学》1989年第7期。

“权”的成分，从而使他的“仁义”更纯粹、更本质。除此之外，正由于年幼即逝，捞渣来不及接受更全面深入的教育，因此他的“仁义”更多来自他的天性，而不是儒家思想长期教化的结果。来自天性的“仁义”让捞渣这一人物身上寄托的对民族根性的思考得以回避掉长期占据主流的反封建话语，摆脱掉后设思想话语的污染，回到历史原生状态之下展开。总而言之，捞渣作为“新时期”仁绅贤士的代表，其实已经突破了以往文学书写中仁绅贤士的陈规，甚至也超越了历史现实中乡贤形象的范式，他是一个幼童，却用自己的善良树起小鲍庄“仁义”的大旗，又用自己的死亡成全小鲍庄的进一步发展。作者塑造的捞渣身上的这种反差，并非为了进行反讽，相反，她尝试通过这样的设置剥离掉“乡贤”这一文化符号中的不纯粹性，试图甩掉种种后设的历史沉积，回归到在本原状态下发现至善至良的民族本性。

与王安忆不同，韩少功在《爸爸爸》中塑造了仲裁缝这一愚昧、迷信的旧乡绅形象。小说中的仲裁缝是一个爱说书、有气节、在村寨中说话很有分量的人，然而同时，他也是一个愚昧保守、故步自封的人。他憎恨一切新事物，对自己儿子仁宝弄的山下的新鲜玩意恨之入骨；他有着明显的厌女症状，在妻子死后，他不再和任何女人说话；他坚信今不如昔，喜欢读古书，看先人的故事，并感慨“一代不如一代”；他迷信鬼神，认为棺材上的老鼠是带来厄运的老鼠精，而鸡头寨收成不好必须请巫师来占卜；最后，他还疯狂向往殉道而死，以践行对卧龙先生的崇拜。显然，仲裁缝是一个典型的受落后、迂腐民族文化影响的旧乡绅，他身上的种种复杂、疯狂、保守的特质，都是落后民族文化的直接展现。

丁帆认为，寻根文学的文学理念与创作存在着“悖反现象”，“‘寻根小说’家们也把民族的根性分为优劣两种，想弘扬民族的‘优根性’，然而恰恰相反，在‘寻根小说’中，批判国民劣根性的作品却占据绝对优势”“尽管阿城们要弥合由‘五四’新文化运动所形成的‘文化断裂带’，否定‘五四’新文化运动对于民族文化的改造，要求回到复古文化的原生状态，他们的‘寻根’文学创作却作出了与理论相反的选择”①。这种“悖反现象”在韩少功这里表现得最典型，作为“寻根文学”的发起人之一，韩少功的作品却更多继承了鲁迅对国民根性进行批判的传统，在他的作品中往往出现的是封闭、愚昧的乡村，在这样的世界中，并非是

① 丁帆：《中国乡土小说史》，北京大学出版社2007年版，第262页。

善,而是愚昧和恶得到了彰显,这一点在仲裁缝身上也得到了表现。仲裁缝的形象刚好与捞渣的形象形成对照。一方面,捞渣的"仁义"出于自然天性,而仲裁缝的道德价值观显然来自看"古书",小说不吝笔墨地描写了他对古书的痴迷,以及沉浸在先人故事中无法自拔的各种细节。另一方面,捞渣有"贤"无"权",而仲裁缝则是有"权"无"贤",他在村上说话有分量,他也讲义气,但他只是个平庸的话事人,他的才能并不匹配他的威望,村子出事之后,他想到的解决方法是带领村里人一起殉道。如果说王安忆在《小鲍庄》中想借由捞渣这一形象追溯原生状态下民族文化的优良本性的话,那么,韩少功在《爸爸爸》中则借由仲裁缝这一形象展现经历了漫长积淀的历史沉疴对个体生命的毒害多么难以清涤。仲裁缝显然还不能被划归到劣绅权董之列,但是他的愚昧守旧平庸就已经对鸡头寨造成了致命打击,而这种平庸愚昧或许是被旧文化濡染甚深的旧"乡贤"的常态。

除了《小鲍庄》《爸爸爸》,张炜在《古船》中也刻画了两位颇具玩味的乡绅人物形象,即赵炳和隋抱朴。与《小鲍庄》《爸爸爸》只是将"小鲍庄"和"鸡头寨"与中华民族笼统对应起来不同,《古船》对民族历史和文化结构做了更细致和具体的拆解,在小说中,中国历史的更迭被指认为是宗族集团斗争的结果,作为中华民族历史象征的洼狸镇是一个由血缘关系构筑起来的世界,镇上"人口再多再乱,只要从家族、从谱系上去看,就会清楚得多"。从宗族血缘上看,洼狸镇主要有三大家族,即赵、隋、李三家,其中,赵、隋两家的势力尤其强大,在洼狸镇的历史上,不是隋家把控权势,统治赵、李两家,就是赵家掌控权势,剥削倾轧隋、李两家。这种超稳定的结构一直延续至今,即使外面世界风云涌动,洼狸镇的血缘宗法社会却没有被真正冲击。不过,尽管洼狸镇看似是一个封闭的、凝滞的世界,但是,随着时代变革浪潮的不断拍打,洼狸镇也开始"抖动"了起来,各种想法暗潮涌动,洼狸镇的未来将如何发展成为人们心中暗暗思忖的话题。作者通过对洼狸镇众生的描摹,追问"怎样才能使民族文化这条古老的破船驶出港湾走向世界?科技理性、资本主义生产方式、封建宗法主义、国民性格、世俗化倾向等等,哪些推动民族文化的博兴,哪些阻碍民族文化范围内人性的解放?"[①]赵炳和隋抱朴正代表着这一深沉思考的不同轴向。

① 张光芒:《追索道德之光——对张炜小说经典价值的一种解读》,《当代作家评论》2017年第3期。

赵炳是洼狸镇宗族力量的代表，他不但是赵氏家族的族长，而且是洼狸镇的话事人，小镇上发生的大到守城护墙，小到子女婚嫁等事情都由赵炳做主。他游走于官民之间，把控了政府与镇上百姓之间的沟通渠道，同时，他又借助赵多多民兵头子的身份，掌握着镇上的武装力量，成为镇上真正的掌权者，此外，他自称是“书生”，附庸风雅，与洼狸镇小学校长长脖吴交往频繁，以读书为乐。从表面上看，赵炳是典型的旧式乡贤，拥有极高的威望。然而实际上，赵炳却代表着宗族力量腐朽黑暗的一面。小说中赵炳原来也是穷苦出身，上学的钱都要靠父辈友人资助。新中国成立之后，老隋家逐渐衰败，与此同时，赵炳加入了共产党，担任土改复查指导员，逐渐开始掌权。他在镇上真正建立起威望则源于李氏家族族长李其生被民兵抓走，吊在梁上，命悬一线之际，这时赵炳不顾自己妻子病危临死，在不能两全的“家事公事”之间选择了公事。最后他背着吐满他脊背鲜血的李其生回来，为此没能见到病危的妻子最后一面。这之后，赵炳真正建立起自己的权威，“洼狸镇上，只要是活着的人，能够忘掉这一天吗?”然而，随着故事的发展，我们借由赵炳姘头张王氏之口得知，“四爷爷希望妻子欢儿快死”“吊打李其生的那些人必定是依了四爷爷的意思”，一切不过是赵炳的阴谋诡计，为了上位，他不仅残忍毒打李其生，还不惜牺牲自己的妻子来成全自己的名声。赵炳阴狠、残暴的形象在小说中处处得到暗示，小说有意将他与赵多多设置为双簧式的人物关系，赵炳在暗，赵多多在明，为了强化这种关系，赵多多还一度成了赵炳的“替身”，赵多多残暴、狠毒、嗜虐成性的种种行为几乎就是对赵炳恶行的侧面描写。赵炳的恶在他对隋含章的羞辱虐待上得到了集中体现。他使用计谋霸占强暴含章二十多年，对她进行精神和肉体上的双重凌辱，直到含章终于不堪忍受，崩溃反抗，这段扭曲不伦的关系才彻底结束。在这里，赵炳对隋含章的霸凌折磨，与赵多多对含章母亲茴子的戕杀羞辱再次形成了互文，小说对茴子受虐惨死场面的直接描写，暗示着含章遭受的严重创伤。

自《古船》发表以来，对该书的各种论述纷沓而至，不少论者认为赵炳是封建残余势力的象征，如北京师范学院教授冯立三认为《古船》描写的是“极左政治与封建残余结盟对农民的残酷剥夺以及农民对这种剥夺的麻木、隐忍、仇视和反抗”[①]，赵炳就是这一结盟的具象呈现。学者摩罗更是进一步指出，作为洼

① 冯立三:《沉重的回顾与欣悦的展望——再论〈古船〉》,《当代》1988 年第 1 期。

狸镇人民深重苦难的根源之一,赵炳"甚至是封建皇帝的复活与赓续"①。不过,以往乡贤叙事批判封建宗族制度,塑造"土豪劣绅"形象,都是为了论证革命的合法性,而《古船》创造赵炳这一全新的"乡霸"形象却意不在此,甚至,赵炳身上的许多特征都与革命的合法性论述相违背。如赵炳掌权上位借助的是农村社会动荡混乱的时代东风,而他"乡贤"身份建立起来的根基,不是科举成就标示出的儒家人伦思想话语权,而是他的共产党员身份。赵炳对洼狸镇的独裁统治也溢出了过往文学权绅劣董的范畴,他借着赵多多光明正大地打砸抢烧,进行血腥统治,这只有在伦理道德错乱的时代才不会被质疑和挑战。赵炳身上确实有许多"封建独裁者"的特质,然而,作者创造这一人物并非为了复归到"反封建"的文学脉络和革命话语里,而是借由这一人物反思在巨大的历史洪流下,人的自主性、独立性如何体现。这一点在另一位人物隋抱朴身上表现得更明显。

作为隋家代表的隋抱朴与赵炳之间有着世仇,然而两人之间真正的冲突却不在于家族仇恨,而在于他们对家族历史、宗族力量的不同理解。赵炳显然是历史投机者,他敏锐地捕捉到历史风向的异动,毅然投身到风潮中,翻云覆雨、审时度势,一步步上位,最终权倾一方。隋抱朴则相反,在历史、家族命运面前,他是游移的、悬置各种答案的。他见证了隋家的衰落,亲历了继母茴子被虐死以及家族的种种不幸,但是他没有奋起反抗,而是躲在粉丝厂的磨屋里不断进行自我反省和忏悔;进入"新时期"之后,乡村世界面临改革,他明知自己怀抱的技能可以让隋家再次崛起,但是他没有直接迎合历史潮流,依旧静坐如山,冷看世事变迁。不少论者指出,隋抱朴这一形象的塑造是受俄罗斯宗教哲学思想的影响,尤其是托尔斯泰《复活》中所宣扬的"救赎"精神的影响,还有学者认为这一形象是"葡萄园里的'哈姆雷特'"②,然而笔者认为,隋抱朴这一人物身上虽然有许多与聂赫留朵夫和哈姆雷特相似的特质,但是这一人物形象的深层内涵却与这两人全然不同,作者塑造隋抱朴这一形象,根本上还是为了进行历史反思,只不过这一历史反思不是过往文学领域的那种针对特定历史时代的反思,而是对中华民族整个浩浩荡荡的,甚至囊括此时此刻的历史进行反思。在小说中,隋抱朴显然是一个悲剧式人物,他的人生悲剧就在于,在一个宗法制的社会里,

---

① 摩罗:《灵魂搏斗的抛物线——张炜小说的编年史研究》,《当代作家评论》1997 年第 5 期。

② 程光炜:《张炜〈古船〉的主人公》,《文艺争鸣》2018 年第 11 期。

他想摆脱姓氏强加给他的种种命运而不得，甚至还会不自觉地陷入对宗法制的服从之中，他难以反抗这一隐形的枷锁，自我反省化作了深痛的忏悔，替自己、替兄弟、替整个家族忏悔，他用忏悔来完成自己作为隋家宗族代表的使命，同时又用忏悔来消解宗族的力量，动摇它的根基。在这里，张炜将中华民族浩荡的历史凝缩成宗族史，但显然，这里的宗族并不是实指，它包含着广阔的空间，正如停靠在镇头那艘古老的船具有广阔的象征意味一样。隋抱朴对宗法制度和家族历史的质疑、反思，其实是对华夏历史的反思，他旁观家族命运延宕，意欲复仇，也是他想要从历史的洪流中抽身出来，重新建立自我主体性的尝试。在这里，隋抱朴形象的内涵已经远远溢出了乡贤人物的范畴。

第三节　京派乡土文学传统的赓续与乡贤叙事

汪曾祺是京派文学的代表人物之一，也是京派乡土文学传统在当代的传承者与发展者。汪曾祺在新中国成立前创作的小说有四十余篇，新中国成立后创作的小说有一百篇左右。汪曾祺在新中国成立后的小说创作，始于 20 世纪 70 年代末，这些小说以抒情的笔调刻画了众多人物形象，其中“民间能人”的形象尤为引人瞩目。“民间能人”不但身处民间，而且各怀技能。按理说，“民间能人”虽有一技之长，但品德可能有好有坏，不过汪曾祺小说中的“民间能人”大都有着优秀的品德，可归入乡贤之列。关于“乡贤”，北京大学楼宇烈教授解释说：“‘乡贤’就是中国文化滋养出来的人，是本土本乡因德行而被本地民众所尊重的贤达之人。”①汪曾祺小说中的“民间能人”寄托着作者的审美理想，是乡土中国乡村治理的重要人物，对于推动社会发展、展现乡村风貌发挥着重要的作用。

一、“民间能人”形象的特点

汪曾祺的小说创作以乡土题材为主，其故事的主要背景是江苏高邮，他关于这方面的小说有四十六篇之多，其次是张家口，共十篇。“高邮是江苏省的一

① 楼宇烈：《“乡贤文化”漫谈》，《中国文化研究》2017 年第 2 期。

个小县城,保留较多由劳动人民创造的古老文化,亦即人类学之父爱德华·泰勒(Edward B. Tylor)所指的'遗留'(Survivals)。这些文化点滴,在八九十年代可谓弥足珍贵。北京、昆明虽然是大城市,但基于民间情绪,汪曾祺舍弃它们现代化的一面,义无反顾地投进琐碎平淡的市井生活之中。"[①]纵观汪曾祺小说中的"民间能人"形象,其特点主要体现在以下几个方面:

从题材选择上讲,汪曾祺小说中的"民间能人"形象具有现实性。需要指出的是,汪曾祺所关注的现实不是当下的现实,而是过去的现实,有人称之为"过去的'现实主义'"[②]。《徙》中的谈甓渔中过举人却累考不进,无意仕途,就在江南江北等地教书。他教出来的学生不少中了进士,他晚年回乡盖了大房子,喝酒闲遛,边吃螃蟹边看书,豁达无身架,无分贵贱,三教九流,贩夫走卒,都谈得来,是一个很通达的人,品望很高。《黄开榜的一家》中的黄开榜为人热情,非常喜欢给人"评理",虽然拿不到钱,他却乐此不疲。闹矛盾的两家谁也没有请他,他却自己搬张凳子,一屁股坐了下来,唾沫乱飞喷地讲了起来。《合锦》中的魏小坡是一位主办钱粮、税收、会计的"钱谷师爷"。他虽无官职,却能出谋划策,左右主管官长的思路举措。魏小坡一家三代在绍兴县城当师爷,民国以后就洗手不干了,于是买了四十亩好田,靠收租过日子,虽不算是缙绅之家,生活上却比一般人优裕得多。为何对旧题材感兴趣,汪曾祺曾多次做过解释。他在 1982 年撰文说:"旧社会三十年,新社会三十年。过去是定型的生活,看得比较准;现在变动很大,一些看法不一定抓得很准。"[③]他在 1985 年撰文说:"我写旧题材,只是因为我对旧社会的生活比较熟悉,对我旧时邻里有较真切的了解和较深的感情。我也愿意写写新的生活,新的人物。但我以为小说是回忆。必须把热腾腾的生活熟悉得像童年往事一样,生活和作者的感情都经过反复沉淀,除净火气,特别是除净感伤主义,这样才能形成小说。"[④]这种"回忆"的视角是对当下现实的一种超越,从而完成了饱含情感的文化想象。

从社会位置上讲,汪曾祺小说中的"民间能人"形象具有民间性。关于"民间",陈思和的观点比较有影响,他说:"民主性的精华与封建性的糟粕交杂在一

① 方星霞:《京派的承传与超越:汪曾祺小说研究》,南京大学出版社 2016 年版,第 66—67 页。
② 曾一果:《过去的"现实主义"——由汪曾祺的"现实主义"论谈起》,《文学评论》2006 年第 4 期。
③ 汪曾祺:《回到现实主义,回到民族传统》,《北京文学》1982 年第 2 期。
④ 汪曾祺:《桥边小说三篇·后记》,《收获》1986 年第 2 期。

起，构成了独特的藏污纳垢的形态。”[①]在构建民间形态时，莫言、余华、陈忠实等作家大都注意民间“藏污纳垢”的特点，汪曾祺却有意对民间“藏污纳垢”的一面视而不见，转而发现民间唯美、纯朴、恬静、舒展、欢乐、自由的一面，任何道德说教、任何制度条文在这里都显得苍白无力。纵观汪曾祺小说中的“民间能人”，他们大都是芸芸众生、凡夫俗子、引车卖浆之流，既不像身处庙堂的官员那样政绩卓著，有一种“先天下之忧而忧，后天下之乐而乐”的博大胸怀，也不像身处广场的知识分子那样饱读诗书，著书立说。他们处于社会的底层，面对的是风风雨雨和世俗生活。他们可能是小店老板、中小学教师、炕鸡的、赶鸭的、打鱼的、吹喇叭的、医生、车匠、银匠、画匠、货郎、地保、挑夫，但无论是什么身份和职业，都有着勤劳、善良、坚韧、踏实的美德，是地地道道的“德贤”。《岁寒三友》中的王瘦吾是开绒线店的，陶虎臣是开炮仗店的，靳彝甫是个画画的。这三人一起长大，虽然日子时好时坏，却能够保持劳动人民的美德。“他们都没有做过伤天害理的事，对人从不尖酸刻薄，对地方的公益，从不袖手旁观。某处的桥坍了，要修一修；哪里发现了一名‘路倒’，要掩埋起来；闹时疫的时候，在码头路口设一口瓷缸，内装药茶，施给来往行人；一场大火之后，请道士打醮禳灾……遇有这一类的事，需要捐款，首事者把捐簿伸到他们的面前时，他们都会提笔写下一个谁看了也会点头的数目。因此，他们走在街上，一街的熟人都跟他们很客气地点头打招呼。”[②]《塞下人物记》中的老蔫被称为“乡下的阿基米德”，他的最大特点就是脾气好，从没有跟人红过脸。他说起话来总是慢条斯理，面带微笑。另外他做事有主见，决不随风倒，只是表达的方式很含蓄。《故里三陈》中的陈小手是一个男“接生婆”，动作细腻，可以减少产妇的很多痛苦，只要有人来请，他立刻跨上白马，飞奔而去。完成任务后他总喜欢说：“恭喜恭喜，母子平安！”《鉴赏家》中的季匋民是全县首屈一指的大画家。他从不当众作画，只因觉得水果商贩叶三真正懂画，便在叶三面前作画，而且题上“画与叶三”“泽之三兄雅正”后送给他。高山流水觅知音，雅俗共通，在此得到了很好的诠释。这类具有一定艺术品位的“民间能人”在汪曾祺小说中并不多见。

---

① 陈思和：《民间的浮沉：从抗战到文革文学史的一个解释》，见《鸡鸣风雨》，学林出版社 1994 年版，第 35 页。

② 汪曾祺：《岁寒三友》，见《汪曾祺小说全编》，人民文学出版社 2016 年版，第 427 页。

从生存方式上讲,汪曾祺小说中的“民间能人”大都有一技之长,比如接生、赶车、游泳、绘画、踩高跷、做饭、养鸡、行医、捕鱼、盖房、做生意等。这些技能既是他们的生存之道,也是他们受人尊敬的主要原因。《塞下人物记》中的陈银娃精明能干,是一个出色的车倌。别人驯服不了的牲口,他只需甩一个响鞭,牲口立刻直直地竖起耳朵,再来一个响鞭,辕马就会猛力一蹬,把陷入绝境的车子拉上来。不仅如此,他的父亲也是有名的车倌,有人头上戴一顶毡帽,他的父亲一鞭子抽过去,毡帽被劈成两半,那人的头皮却纹丝未动。《晚饭花》中的秦老吉是个卖馄饨的,他的馄饨口味独特,品种多样。别人的馄饨只有葱花猪肉馅,他的馄饨有鸡肉馅、螃蟹馅、荠菜馅、冬笋馅……可谓一应俱全,因此他的馄饨名声远扬。不仅如此,他用的器皿也很特别,拌馅的大盘是雍正青花,非常珍贵。《兽医》中的姚有多是有名的兽医,外号“姚六针”。他给牲口扎针治病,最多六针便可见效。小说里是这样描写的:“他不像一般兽医,要把牲口在杠子上吊起来,只是让牲口卧着,他用手在牲口肚子上摸摸,用耳朵贴在肠胃部分听听,然后从针包里抽出一尺长的针,噌噌噌,照牲口肚子上连下三针,牲口便会放一连串响屁,拉好些屎;接着再抽出三根针,噌噌噌,又下三针,牲口顿时就浑身大汗;最后,把事先预备好的稻草灰,用笤帚在牲口身上拍一遍,不到一会儿,牲口就能挣扎着站起来,好了!”[①]这些靠一技之长生存的“民间能人”勤劳善良,以各自的行动默默地为乡村社会做着应有的贡献。

汪曾祺小说以回忆的视角塑造了各种各样的“民间能人”形象,从而绘制出文字版的巨幅《清明上河图》,处处散发着沁人心脾的泥土气息。在塑造这些“民间能人”形象时,汪曾祺特别注意挖掘他们身上潜伏着的“生命的韧性”。他们有艰辛和疲惫,有无奈和痛苦,甚至有意外和死亡,但从不跟生活妥协,从不向命运低头,一直坚守着做人的尊严。关于“生命的韧性”,汪曾祺说:“能够度过困苦的、卑微的生活,这还不算;能于困苦卑微的生活觉得快乐,在没有意思的生活中觉出生活的意思,这才是真正的‘皮实’,这才是生命的韧性。”[②]汪曾祺在小说中所塑造的“民间能人”形象无疑丰富了中国当代文学的人物画廊,为中国当代文学的“民间写作”提供了一种有意味的范式。

---

① 汪曾祺:《兽医》,见《汪曾祺小说全编》,人民文学出版社2016年版,第955页。

② 汪曾祺:《林斤澜的矮凳桥》,《汪曾祺全集》第四卷,北京师范大学出版社1998年版,第104页。

二、“民间能人”形象的文化意蕴

汪曾祺小说中的“民间能人”不但有鲜明的特点，还有浓浓的文化意蕴，正是这种浓郁的文化气息使得汪曾祺小说中的“民间能人”身上散发着迷人的魅力。

汪曾祺小说中的“民间能人”不但技艺高超，而且品德高尚，可视为“乡贤”。“乡贤是儒家思想的实践者，也是儒家文化的传播者。”①关于儒家文化的印迹，汪曾祺自己也说得很清楚：“我自己想想，我受影响较深的，还是儒家。我觉得孔夫子是个很有人情味的人，并且是个诗人。他可以发脾气，赌咒发誓。我很喜欢《论语·子路曾皙冉有公西华侍坐章》……我觉得儒家是爱人的，因此我自诩为‘中国式的人道主义者’。”②“我是一个中国人。中国人必然会接受中国传统思想和文化的影响。我接受了什么影响？道家？中国化了的佛家——禅宗？都很少。比较起来，我还是接受儒家的思想多一些。”③

“仁”是儒家思想体系的核心，也是人之为人的本质内容。“仁”的内涵包括两个方面：从个体的角度上说，一个人要爱自己，注重内在的精神、品质；从群体的角度上说，一个人要爱别人，注重外在的道德、礼仪。孔子所说的“里仁为美。择不处仁，焉得知？”④孟子所说的“仁也者，人也。合而言之，道也”⑤都在强调“仁”是人立身行道、守善勿舍的重要手段。可以看出，一个人只有具有仁德，才能仰不愧于天，俯不怍于人，从而成为所谓的“贤人”，受到别人的尊敬。《故乡人》中的王淡人是个医生，他医馆的通道里挂满了匾额，匾上题有“济世救人”“仁心仁术”“妙手回春”等赞美之词。他有两件事做得特别“傻”：一是家乡发大水，他冒着生命危险，在齐胸深的大水里来往奔波，为人治病。水退之后，村里人合送他一块匾，上面写着“急公好义”。拿命换来一块匾，真傻！二是发小汪炳得病，王淡人把他接到家里，管吃管住还全免药费。别人认为王淡人的“傻”

---

① 韩星：《中国乡贤文化析论》，《中国文化论衡》2016 年第 1 期。

② 汪曾祺：《自报家门》，《作家》1988 年第 7 期。

③ 汪曾祺：《我是一个中国人》，见《汪曾祺全集》第三卷，北京师范大学出版社 1998 年版，第 300 页。

④ 孔子：《论语·里仁》，见孔丘、孟轲等：《四书五经》，北京出版社 2006 年版，第 15 页。

⑤ 孟子：《孟子·尽心下》，见孔丘、孟轲等：《四书五经》，北京出版社 2006 年版，第 172 页。

恰恰显示出他的“仁”。《故里三陈》中的陈泥鳅具有儒家“仁者爱人”的思想。他水性极好,下水救人从不计报酬。民国二十年,运河决口,他在大风大浪中救人无数,连被救者的姓名都不问,更不用谈报酬啦。但如果是捞死尸,他却分文不少要,可是要来的钱很少落入自己的腰包,而是去救济守寡多年的陈五奶。

儒家思想除强调“仁”外,还强调“义”。所谓“义”是指人的行为要符合道德和法礼。天下有“义”则治,无“义”则乱。“义”与“利”截然相反,“义”是无私的,“利”是自私的。孔子特别重视“义”,认为“义”是君子必备的品质,只有小人才会见“利”而忘“义”。孟子提出舍生而取“义”,显然将“义”置于生命之上。他认为,“仁”好像住宅,“义”恰似大路。他说:“仁,人之安宅也;义,人之正路也。旷安宅而弗居,舍正路而不由,哀哉!”①儒家这种重义轻生的思想在汪曾祺小说中的“民间能人”身上得到了很好的体现。《大淖记事》中的二十来个锡匠都出自江苏兴化帮,特别讲义气。他们疾病相扶,互通有无,不抢生意。如果是合伙干活,工钱也分得很公道,从不会争吵。老锡匠很有威信,他对徒弟们管教甚严,不许他们赌钱喝酒,更不许他们和妇女嬉皮笑脸。《徙》中的高北溟是一位小学教员,从不参与派别之争。他教学生时注重因材施教,无所阿私,只看品学,不问家庭。恩师谈甓渔死后,怕其后代把遗稿卖给善于剽窃篡改的李三麻子,高北溟便狠心拿出一百块钱,将遗稿买下。为了将遗稿刻印出来,高北溟省吃俭用,甚至不惜牺牲女儿的大好前途。《鉴赏家》中的大画家季匋民出于个人情感送了水果商叶三很多画。十多年后,季匋民去世。叶三也不再卖水果,但每逢四季八节,他总要买些鲜果到季匋民的坟上供一供。更让人敬佩的是,季匋民死后,其画价大增。有一位日本人专程赶来高价购买叶三的藏画,但遭到叶三的断然拒绝。最后,叶三把他的藏画带进了棺材。

除儒家文化外,汪曾祺小说中的“民间能人”身上还散发着道家文化的气息。道家主张无为而治,天人合一,道法自然。“无为而治”是一种社会生态观,“无为”不是无所作为,而是指只有遵循社会发展规律,充分发挥广大民众的积极性和主动性,才能达到治理的目的。“天人合一”是指人道与天道相统一,人和宇宙相感应。“道法自然”中的“道”是指宇宙万物发展的最根本动力,“自然”是指自然而然的状态,因此,“道法自然”就是强调遵循客观规律,不干涉万物而

① 孟子:《孟子·离娄上》,见孔丘、孟轲等:《四书五经》,北京出版社2006年版,第119页。

任其自化自为。《复仇》以庄子的“复仇者不折镆干”为题记,讲述了一个替父报仇的故事。在儒家看来,替父报仇、以血还血,天经地义,而道家却主张以柔克刚,顺应自然,避免正面交锋。小说有意选择了后者。复仇者身背利剑,跋山涉水,寻找仇人。他的手臂上有母亲刺下的仇人的名字,但是他想象不出父亲和仇人的样子,他怕自己遇到仇人时无话可说,有时更愿意被那个仇人所杀。最后他遇到了仇人——一位瘦弱的和尚。此时一卷白云从洞口掠过,时间从洞外飞逝。复仇者竟然忘记了背上的利剑,感到自己不停地缩小,以至于最后消失。只听“铿”的一声,剑落回鞘里,仇恨泯灭。不以物喜,不以己悲。至此,他彻底完成了心路历程的转变。“一场轰轰烈烈的仇杀演变成大肆宣传道家学说的材料,温情脉脉,冲和平淡,极为‘玄虚’。”[①]《岁寒三友》中的画师靳彝甫虽然总是处于半饥半饱状态,可是仍活得有滋有味。他春天放风筝,夏天种荷花,秋天斗蟋蟀,冬天养水仙。他有三块田黄石章,在吃不饱的时候,只要看看这三块图章,他就觉得对这个世界没有任何可以抱怨的了。道家文化所提倡的顺应自然的思想在靳彝甫身上体现得非常明显。汪曾祺的小说有时喜欢描写景物,为“民间能人”的活动营造一种恬淡闲适的自然美氛围。比如《大淖记事》开篇的景物描写:“淖,是一片大水。说是湖泊,似还不够,比一个池塘可要大得多,春夏水盛时,是颇为浩淼的。这是两条水道的河源。淖中央有一条狭长的沙洲。沙洲上长满茅草和芦荻。春初水暖,沙洲上冒出很多紫红色的芦芽和灰绿色的蒌蒿,很快就是一片翠绿了。夏天,茅草、芦荻都吐出雪白的丝穗,在微风中不住地点头。秋天,全都枯黄了,就被人割去,加到自己的屋顶上去了。冬天,下雪,这里总比别处先白。”[②]在这种恬静的自然环境中,兴化帮的锡匠们从不争抢生意。遇到阴天下雨,不能出街,他们就吹打弹唱一整天。

汪曾祺小说中的“民间能人”形象还散发着佛家文化的气息。禅宗主要讲究“即心即佛”“即身成佛”“明心见性”,主张“无念”“无相”“无住”,认为佛法本有,它超越世间,同时又在世间,所以无需离开世间到世外去寻求。汪曾祺在小说中所主张的思想与禅宗思想在一定程度上是相同的。他小说中的“民间能人”都置身于平凡世俗的生活之中,都有一颗平常心,即禅宗所谓的“明心见

① 黄乐平:《美在自然　美在和谐——试析汪曾祺小说中的道家文化》,《中南林业科技大学学报》(社会科学版)2007 年第 1 期。

② 汪曾祺:《大淖记事》,见《汪曾祺小说全编》,人民文学出版社 2016 年版,第 468 页。

性”。汪曾祺小说中最具禅意的当数《受戒》。小说名为“受戒”,实为“破戒”。在小说中,佛教信仰的庄重和神圣被消解,取而代之的是充满情趣的世俗生活,即所谓“一花一世界,一草一天堂”。小说中的荸荠庵里人性善良,没有清规戒律。和尚可以喝酒打牌,杀猪吃肉,娶妻生子。大师父仁山不叫“方丈”,也不叫“主持”,却叫“当家的”,掌管着经账、租账和债账。他平时不穿袈裟,经常披着短僧衣,袒露着黄肚皮。二师父已有老婆,并且老婆每年夏秋还要到庵里住几个月。三师父风流倜傥,精明能干,身怀绝技,会“飞铙”和“放焰口”。因此,每次法事之后,村里就会有一两个大姑娘或小媳妇失踪——跟他跑了。可以看出,他们身处的不是“佛门净土”,而是现实版的“桃花源”。他们不做作,不伪装,时时流露着他们内心最本质的追求,见心亦见性。谈及《受戒》的创作时,汪曾祺说:“我一定要把他们写得很美,很健康,很有诗意!”[①]所谓“诗意”其实就是“禅意”。这些人性格平淡,顺应自然,随遇而安,在世俗琐碎的现实生活中找到自我,寻得一种悠然自得的禅趣。

以儒治世,以道治身,以佛治心。这三种文化和而不同,相互影响,在汪曾祺小说中的“民间能人”身上得到了综合体现。

三、“民间能人”形象的塑造方法

汪曾祺小说中的“民间能人”所表现出的形象特点和所体现出的文化意蕴与其所使用的塑造方法是分不开的。如前文所述,汪曾祺小说中的“民间能人”不但有一定的技能,而且还有着比较优秀的品德,也就是说,他们在经验、学识、特长、财富,尤其是在道德修养方面比一般人更突出,因此受到众人的推崇和赞誉。汪曾祺在刻画“民间能人”形象时多用对比手法。《鸡鸭名家》中的余老五是炕鸡行业的“状元”。他炕出来的小鸡跟别人家的摆在一起就显得特别大,因此来买的人首选他的小鸡。他之所以能炕出比较大的小鸡是因为他的炕鸡技术特别精湛。他炕鸡时比平常人敏锐沉着,他能把炕鸡的时辰做到极致,而一般人是做不到的。自掌炕以来,余老五从未失误一次,同行们无不赞叹称奇。《故里三陈》在刻画产科医生陈小手形象时有意把他设置成男性,这与产科医生

① 汪曾祺:《关于〈受戒〉》,见《汪曾祺全集》第六卷,北京师范大学出版社 1998 年版,第 339 页。

传统的女性形象形成对比。陈小手的手特别小,甚至比女人的手还小,还柔软细嫩,这也显得与众不同。更与众不同的是,别人接生,产妇会感到很痛苦,而陈小手接生,产妇几乎没有任何痛苦。正因为如此,陈小手赢得了人们的尊重。忌讳较少的中小户人家,遇到产妇胎位不正时,都要请陈小手上场。《仁慧》中的仁慧精明能干,乐于助人。谁家老太太过生日,她就去拜寿;谁家小少爷满月,她就去送长命锁。她做的素斋特别好吃,远近闻名。不仅如此,她还学会了放焰口。放焰口本是和尚做的事,因此她的做法就显得独异于众,她遭到了二师父的强烈反对。新中国成立后,观音庵的大部分尼姑还了俗,有的还嫁了人,而仁慧却拒绝还俗,云游四方,行踪不定。仁慧的观点和做法与周围的人形成了鲜明的对比。

汪曾祺小说在刻画"民间能人"形象时还喜欢运用肖像、动作、神态等外貌描写方法,使得人物外表细腻传神,内在性格和精神也更为突出。例如,他在《醒来》中对茶馆老板的描写:"茶馆老板一望而知是个阅历极深之人。他眼睛很黑,额上皱纹深平,一丝不乱,唇上一抹整整齐齐的浓八字胡子。他声音深沉,而清亮,说得很慢,很有条理,有时为从记忆中汲取真切的印象,左眼皮常常搭一点下来,手频频抚摸下巴,——手上一个羊脂玉扳指。"[①]他在《塞下人物记》中对车倌陈银娃的描写:"陈银娃是个二十五六的小伙子,眉清目秀,穿了一副大红牡丹花的'腰子',布衫搭在肩头。"[②]他在《当代野人系列三篇》中对梨园世家出身的耿四喜的描写:"他长得跟他父亲完全一样,四楞子脑袋,大鼻子,阔嘴,浑身肌肉都很结实,脚也像。这双脚宽,厚,筋骨突出,看起来不大像人脚,像一种什么兽物的蹄子。他走路脚步重,抓着地走。"[③]脸上皱纹深平、脚掌宽厚等描写,注重展现"民间能人"的外貌特征,羊脂玉扳指和红花牡丹等也在侧面暗示了"民间能人"的社会身份。

风俗描写也是汪曾祺小说塑造"民间能人"时的一种常见方法。汪曾祺对风俗情有独钟,他在《谈谈风俗画》一文中说道:"风俗使一个民族永不衰老……民族感情是抽象的,看不见摸不着,但它确实存在着。民族感情常常体现在民俗中。风俗,是具体的。"他认为风俗"反映了一个民族对生活的挚爱,对'活着'

① 汪曾祺:《醒来》,见《汪曾祺小说全编》,人民文学出版社 2016 年版,第 201 页。
② 汪曾祺:《塞下人物记》,见《汪曾祺小说全编》,人民文学出版社 2016 年版,第 383 页。
③ 汪曾祺:《当代野人系列三篇》,见《汪曾祺小说全编》,人民文学出版社 2016 年版,第 1024 页。

所感到的欢悦”。[1] 需要指出的是，在汪曾祺的小说中，风俗描写不是背景性的渲染和铺垫，而是表现人物心理、刻画人物性格、揭示人物身份的重要手段。他在《岁寒三友》中描写了放焰火的场景：“这天天气特别好。万里无云，一天皓月。阴城的正中，立起一个四丈多高的架子。有人早早吃了晚饭，就扛了板凳来等着了。各种卖小吃的都来了。卖牛肉高粱酒的，卖回卤豆腐干的，卖五香花生米的、芝麻灌香糖的，卖豆腐脑的，卖煮荸荠的，还有卖河鲜——卖紫皮菱角和新剥鸡头米的……到处是‘气死风’的四角玻璃灯，到处是白蒙蒙的热气、香喷喷的茴香八角气味。人们寻亲访友，说短道长，来来往往，亲亲热热。阴城的草都被踏倒了。人们的鞋底也叫秋草的浓汁磨得滑溜溜的。”[2]他在《故里三陈》中描写了看迎神赛会的热闹场景：“那真是万人空巷，倾城出观。到那天，凡城隍所经的要闹之处的店铺就都做好了准备：燃香烛，挂宫灯，在店堂前面和临街的柜台里面放好了长凳，有楼的则把楼窗全部打开，烧好了茶水，等着东家和熟主顾人家的眷属光临。这时正是各种瓜果下来的时候，牛角酥、奶奶哼(一种很‘面’的香瓜)、红瓤西瓜、三白西瓜、鸭梨、槟子、海棠、石榴，都已上市，瓜香果味，飘满一街。各种卖吃食的都出动了，争奇斗胜，吟叫百端。”[3]别林斯基说，风俗“构成一个民族的面貌，没有了它们，这民族就好比是一个没有脸的人物，一种不可思议、不可实现的幻象”[4]。汪曾祺小说中对风俗的大量描写无疑增强了“民间能人”身上的地域文化气息。

除了采用对比、外貌描写、风俗描写等方法，汪曾祺小说在塑造“民间能人”形象时还使用了白描、比喻、抒情等方法。正是运用了这些写作方法，“民间能人”的形象才有血有肉，栩栩如生。

四、“民间能人”形象的价值

汪曾祺小说对“民间能人”形象的塑造有多方面价值。首先，“民间能人”形

---

① 汪曾祺：《谈谈风俗画》，见《汪曾祺全集》第三卷，北京师范大学出版社 1998 年版，第 350 页。
② 汪曾祺：《岁寒三友》，见《汪曾祺小说全编》，人民文学出版社 2016 年版，第 435 页。
③ 汪曾祺：《故里三陈》，见《汪曾祺小说全编》，人民文学出版社 2016 年版，第 686 页。
④ [俄]别林斯基：《文学的幻想》，见满涛译：《别林斯基选集》第一卷，上海译文出版社 1979 年版，第 27 页。

象显示出了劳动的美和诗意。剃头、卖糖、作画、修鞋、赶车、做饭、收废纸、捕鱼、调解邻里纠纷……底层百姓虽然生活平淡，但他们热爱生活，热爱劳动，善于在从劳动中获取生活资料的同时获得做人的尊严和愉快的精神享受。他们对劳动一丝不苟的态度让人不由自主地产生敬意。他们每个人的劳动形式虽然单调而琐碎，却增添了市井生活的烟火气。当然，汪曾祺并不回避“民间能人”在劳动过程中的辛苦和无奈，即使是对于劳动之“苦”，汪曾祺也倾注了浓浓的情感，以优美的语言进行描述。总之，汪曾祺小说中“民间能人”的日常劳动蕴含着底层民众生命的意义，散发着劳动的美和诗意。对此，汪曾祺明确指出：“我写的是美，是健康的人性。美，人性，是什么时候都需要的。”①

其次，“民间能人”形象表现出汪曾祺鲜明的民间文化立场。中国文化向来三分天下，分为以政治官员为主体的主流文化、以知识分子为主体的精英文化和以普通大众为主体的民间文化。三者有所重合，此消彼长，它们在每个历史阶段的表现各有不同，从而形成复杂的文化生态。纵观汪曾祺小说中的人物形象，很难发现能够呼风唤雨、指点江山的政治人物，也很难找到学富五车、书通二酉的精英知识分子，占据主要位置的都是芸芸众生、凡夫俗子，他们身处民间，有着纯真质朴、勤劳能干、坚忍不拔的优良品质。他们所处的民间承载着汪曾祺无边的文化想象和价值立场，所以他努力挖掘民间自然、舒展、欢乐、诗意、唯美的因素。这种远离政治、与精英知识分子也保持着相当距离的民间文化立场固然与汪曾祺自身的曲折经历有关，同时与京派文学对他的影响也不无关系。

最后，从现实层面上说，汪曾祺小说中关于“民间能人”形象的塑造对民间文化的传承，尤其是非物质文化的保护也有着不可忽视的价值。民间文化保护手段多样，有实物保存，有影像录制，有文字记录，有口述录音等，其中，文艺作品的描绘也是一种重要手段，这种手段形象生动，充满着浓浓的人文气息。汪曾祺在小说中描写了“民间能人”的各种技艺，比如接生、制药、烹饪、踩高跷，还描写了各种风俗，比如放焰口、迎神赛会，这无疑传承了民间文化。影像可能退色，录音也可能失真，唯有文字描述永葆本色。

---

① 汪曾祺：《汪曾祺文集·文论卷》，江苏文艺出版社 1994 年版，第 32 页。

第四节 历史沧桑变幻中的“罪人”与“贤能者”

张炜的长篇小说《古船》最早连载于《当代》杂志 1986 年第 5 期，后于 1987 年 8 月由人民文学出版社出版了单行本。《古船》是张炜的长篇处女作，也是其早期最具争议的代表作，曾获庄重文文学奖、人民文学奖等重要奖项。1999 年，《古船》被评为“世界华语小说百年百强”和“百年百种优秀中国文学图书”。这部“饱含着古老中国文化密码、百年乡土中国的精神境遇、现代中国人多舛的苦难命运，充满着灵魂深处的现代性呐喊和生命‘天问’的‘大书’”①，一经出版便引人瞩目，至今依然是学术界重要的研究对象。在研究者们的论述中，《古船》被誉为中国当代文学史上继往开来的作品。就“继往”而言，《古船》是“伤痕文学、反思文学、迄今为止的改革题材文学的一个合乎逻辑的发展，在一定程度上还是它们的集大成者”②。就“开来”而言，“它是第一部这样的小说：不再以一个或几个人物为主角，而是将一群人同时推到读者眼前……可以这么说，它的重心不再是人物，而是历史，20 世纪中国的历史，也不再是图解某种权威的历史结论，而是表达作者个人的历史见解。这就是我所说的新道路，它或隐或显地贯穿在《古船》以后的许多小说中，而《故乡天下黄花》和《白鹿原》，则构成了它的两块最醒目的路标”③。贯穿在《古船》《白鹿原》等作品中的既有叙事“新道路”，也有当下学界比较关注的“乡贤叙事”。《古船》这部小说中的隋迎之、隋抱朴、李其生、李知常、郭运等乡村人物，都是有德有能的“贤能者”，但在很长一段历史时期，他们因为家庭出身等问题被视为“罪人”。这部小说中的赵炳、“长脖吴”、赵多多等乡村人物都是洼狸镇的当权者，他们曾执掌洼狸镇的权柄长达数十年，以各种合法的旗号和名义，干着家族复仇与宗法统治的阴暗勾当，给“贤能者”和普通村民制造了无穷无尽的苦难。这两类人物都是不同历史时期的乡村精英，影响着洼狸镇乡村社会政治、经济、文化、思

① 张丽军：《〈古船〉：百年乡土中国历史罪恶与精神救赎的“天问”》，《南方文坛》2019 年第 1 期。

② 冯立三：《沉重的回顾与欣悦的展望——再论〈古船〉》，《当代》1988 年 1 期。

③ 王晓明等：《〈古船〉的道路——漫谈〈古船〉〈故乡天下黄花〉和〈白鹿原〉》，《当代作家评论》1994 年第 2 期。

想、教育等领域的发展，是洼狸镇不同历史时期的灵魂人物，也是洼狸镇乡村治理的重要人物。从“乡贤叙事”的角度重新探究被誉为“民族心史”的《古船》，会有新的发现与认识。

一、历史变幻中的乡村真魂

《古船》中的洼狸镇古属“东莱子国”，不仅历史悠久，而且曾是“粉丝最著名的产地，到了本世纪（20世纪）初，河边已经出现了规模宏大的粉丝工厂，‘白龙’牌粉丝驰名世界。宽宽的河面上船帆不绝，半夜里还有号子声、吱吜吱吜的橹桨声。这其中有很多船是为粉丝工厂运送绿豆和煤炭，运走粉丝的”①。从20世纪初到三四十年代，是其发展的鼎盛时期，但令人感到奇怪的是，这个粉丝食品工业发达的古镇在新中国成立前的社会制度与生活方式却不是资本主义式的，而是宗法乡村式的。镇子上的人主要由三大姓组成，即“经营工商业，有文化、有眼光的隋家；依赖封建宗法势力独霸一方，具有凶残、报复、奸诈心理的暴发户式的赵家；古怪邪癖、善良而软弱的李家”②。这三大姓在洼狸镇的社会地位和影响力是随着历史的发展而不断变化的。

20世纪三四十年代，老隋家是镇上的大姓。老隋家是从粉丝工业上兴旺起来的，“最早他们只有一个小小的作坊。到隋恒德这一代，老隋家到了最兴盛的时候。他们在河两岸拥有最大的粉丝工厂，并在南方和东北的几个大城市里开了粉庄和钱庄”③。老隋家的兴旺是老赵家和老李家远不能比的，也因此惹得赵炳、赵多多等赵姓人羡慕妒忌恨，他们在心里埋下了对老隋家仇恨的种子。老隋家的创业精神、开拓精神和商业意识是老隋家的真魂，同时也可以说是这个历史时期洼狸镇人的真魂。在老隋家的带领下，洼狸镇的粉丝食品工业兴旺发达。倘若循此轨迹继续发展下去，洼狸镇的社会制度及生活方式、道德价值观念等都会发生质的变化，但这一历史进程在内忧外患中被打断了。老隋家的“绅商”隋迎之审时度势，以“还债”的理念与方式交出了自家的粉丝企业，为自己换来顶“开明士绅”的帽子，也为隋抱朴、隋见素、隋含章三兄妹换来了生存的

① 张炜：《古船》，山东教育出版社2016年版，第3页。

② 宋遂良：《真实的人生，完整的人性——〈古船〉人物漫议》，《当代作家评论》1987年第2期。

③ 同①，第4页。

机会。老隋家的真魂也得以在三兄妹身上遗存下来,在后来的历史岁月里,三兄妹沿着不同的方向发展,也因此有了不同的命运,为人们留下了许多像《天问》一样值得思考的问题。

20世纪40年代末至70年代末,老赵家在革命潮流中乘势而起,成为洼狸镇的权贵,隋、李两姓的大户人家成为被打击报复的对象。在长达四十年的时间里,以赵炳、赵多多为首的老赵家,依仗手中的权柄,在政治、经济及婚姻家庭生活等方面,把隋、李两姓死死地踩在脚底下。“四爷爷”赵炳明里暗里都是洼狸镇最有权威的人,也是赵氏家族事实上的“族长”与精神领袖。他以最革命的姿态行封建威权之实,在历次社会政治运动中如鱼得水,成为神一般的存在。他是“依靠封建政治、封建文化滋补起来的一个幽灵,是新中国横生的一头怪胎……是民族痼疾上长出的一个痈疽”①,因此可以视为新时代的“旧乡绅”。其所代表的赵氏家族的真魂,在某个意义上说,也是洼狸镇人的一种真魂,这种带有“民族痼疾”的真魂是与老隋家所代表的那种真魂共存并相颉颃的。赵氏真魂应该是现代思想文化革命的真正对象,但在很长的一段历史时期里,却很吊诡地借着革命话语掌握文化霸权,进行鲁迅所说的“革革命”。在以后的历史岁月里,赵氏真魂也不会真的魂飞魄散,将以或蛰伏或变换面貌或文化杂糅的方式继续存在,继续产生可能会扭偏历史发展方向的影响。

20世纪70年代末80年代初,在改革开放的时代大潮中,“四爷爷”赵炳退而不休,长袖善舞,继续躲在幕后玩弄权术,左右着洼狸镇的政治经济改革。代表赵炳出台表演的赵多多一改过去赵家家丁与打手的形象,以改革者形象出场,以改革的名义承包洼狸镇集体企业粉丝厂,将其变为实质上的赵氏家族的私企。初步市场化的经济变革很快就给新时代的“旧乡绅”与今日的“假改革家”与“真窃夺者”以教训,粉丝企业因管理不善、弄虚作假、以次充好等问题,不仅效益下滑,而且损害到昔日驰名世界的“白龙”粉丝的品牌声誉,直接影响到洼狸镇的改革与经济发展,由此引起洼狸镇人普遍的不满,也引起洼狸镇及更高层的真正当权者的震怒,上级调查组多次进驻洼狸镇展开调查。错估形势的赵炳一再玩弄权术,平息风波,但在新的形势面前,过去百灵百验的那套权术最终失效了,赵多多最后在绝望中撞车自焚。一直被赵家踩在脚底下的老隋家传

① 宋遂良:《真实的人生,完整的人性——〈古船〉人物漫议》,《当代作家评论》1987年第2期。

人隋抱朴，被时势推到了改革的历史前台，自荐成为“洼狸粉丝生产销售总公司”的经理。“粉丝总公司易手隋抱朴。一切好像都出人意料，但又合乎情理。”①

隋抱朴接替赵多多管理“洼狸粉丝生产销售总公司”，表面上看就是原本属于隋氏家族的粉丝企业现在又回到了隋氏后人手上，历史似乎出现了轮回。隋抱朴的弟弟隋见素和妹妹隋含章就是这样认识问题的。隋见素不同于患了“怯病”的哥哥隋抱朴，他热情进取，敢于抗争，对外部世界充满好奇，富有开拓精神，颇有隋氏家族传统真魂的风范。他往来于城乡，把各种流行文化带到古老的洼狸镇。这个“时尚青年”的内心深处其实并不“时尚”，他周旋于隋赵两个家族之间，一心想夺取粉丝厂的大权，让粉丝厂重新姓隋，为家族复仇。他曾参与粉丝厂承包竞争，败给了赵多多。他未能做到的事情哥哥隋抱朴做到了。隋抱朴成为粉丝公司的经理，在隋见素看来就是粉丝厂终于姓了隋，就是老隋家最终赢了。隋含章与隋见素有类似的想法。隋含章为了保护哥哥隋抱朴、隋见素，忍辱负重，暗地里给“四爷爷”赵炳当了数十年的性奴，牺牲了自己的爱情与幸福。隋抱朴当上粉丝公司经理后，隋含章觉得哥哥们不再需要自己的保护了，便决定向赵炳复仇，用剪刀捅伤了赵炳。隋见素、隋含章的精神气质与价值取向既有隋氏家族传统真魂的传承，亦有与赵氏家族真魂同质的部分。他们与隋抱朴不在同一个精神层面。隋抱朴克服“怯病”，走出老磨屋，不再沉默，自荐当上“洼狸粉丝生产销售总公司”经理，不是为了向老赵家复仇，也不是为了夺回原本属于老隋家的粉丝厂，而是粉丝厂已到了生死存亡的关头，为了保住并发展洼狸镇的经济，他必须出山挽狂澜于既倒。隋抱朴一再向弟弟隋见素言明，粉丝厂既不是老赵家的，也不是老隋家的，而是全洼狸镇人的。这不是故作谦虚或假话真说，而是他历经家族苦难、数十年阅读《天问》《共产党宣言》所达到的精神境界。隋氏家族的真魂到了隋抱朴这里发生了质的变化，提升到了一个新的高度。因此，隋抱朴当上粉丝公司经理不是历史出现了轮回，而是粉丝厂获得了向前发展的历史转机。洼狸镇人即使不明白隋抱朴的真实思想与其所达到的精神高度，至少在道德上和能力上是相信他的，洼狸镇人“从赵多多接

① 张炜：《古船》，山东教育出版社 2016 年版，第 505 页。

手粉丝大厂那天起就提心吊胆,直到如今才长长地舒了一口气”①。

张炜是站在隋抱朴这一边的。张炜理想中的乡村真魂不是隋恒德、隋迎之所代表的隋氏传统工商业真魂,当然肯定也不会是赵炳所代表的赵氏封建真魂,尽管这些真魂都存在过,并且都还继续存在着。这些各色乡村真魂都是有问题的,需要反省、批判乃至革故鼎新。张炜理想中的乡村真魂应该是隋抱朴所代表的乡村真魂,这个真魂有隋氏传统工商业真魂的遗存,但在长期阅读领会《共产党宣言》之后,隋抱朴已对其进行了改造,虽然他一如既往地重视技术改进、管理方法变革,但在企业所有权属问题上,隋抱朴坚持“洼狸粉丝生产销售总公司”既不姓赵,也不姓隋,而是全洼狸镇人的。经济改革的最高目标不是把计划经济变成市场经济,不是把国家的、集体的企业承包给个人或干脆变成私人企业就算是完成了,而应该是向《共产党宣言》所指明的历史方向发展。赵多多承包粉丝厂恰恰是向相反的方向发展,隋见素如果竞争承包权成功了,同样是向相反的方向发展,只有隋抱朴是代表未来的。张炜批判赵多多,让他不得好死。他也不待见隋见素,让其患上绝症,他把一切希望都寄托在隋抱朴身上,这比较集中地体现了作者对现实的思考和忧虑。

二、历史苦难中的生存救助

《古船》中的隋抱朴、李其生、李知常、郭运等乡村人物,都是洼狸镇有德有能的“贤能者”,但在很长的历史时期里,他们大都因为家庭出身等问题被视为“罪人”,甚至自认为是“罪人”。在灾难频仍的年代,这些自身难保的“罪人”们,却能不顾自身安危,以各自优于常人或常人所没有的某种技能,为遭遇困境或深陷苦难的人们提供力所能及的生存救助,尽可能地降低现实苦难的程度。

隋抱朴是老隋家的长房长子,受其家族影响,似乎天生就会做粉丝,是洼狸镇的第一技术高手。隋抱朴的独门绝技不是坐在老磨屋里看石磨,舀豆子,磨豆粉,而是“扶缸”。所谓“扶缸”就是把粉丝制作过程中出现的“倒缸”现象及时予以纠正,确保粉丝制作成功,而所谓“倒缸”就是粉丝制作过程中的某个步骤的失败,其中尤以发酵失败最为严重,会让淀粉腐败变质,造成巨大

① 张炜:《古船》,山东教育出版社2016年版,第505页。

损失。“镇上人从来就把粉丝工业当成一个古怪行当。老磨屋、漏制粉丝的房子，都有难以言说的复杂和神秘。在粉丝生产过程中，水温、酵母、浆液、面糊……任何一个微小的关节出了毛病都会招致全局失败：淀粉突然不沉淀了！粉丝突然断成一截一截！……做粉丝的人把这种情况叫‘倒缸’。他们惊呼着：‘倒缸了！倒缸了！’却常常束手无策。不知有多少老师傅最后背着人跳进了芦青河。有一个师傅被人救起，第二天他又把自己悬在老磨屋的梁上了。就是这样的一个行当。”[①]在这样一个“古怪行当”里，隋抱朴似乎是掌握了全部复杂技术和神秘的人，在改革开放前的集体经济时代及改革开放后赵多多承包洼狸镇粉丝大厂的阶段，每次出现“倒缸”都是隋抱朴出来“扶缸”救场。其中，有二次“倒缸”与“扶缸”对洼狸镇粉丝大厂及洼狸镇的经济发展意义重大，同时对表现隋抱朴的文化人格也起到很大作用。第一次影响重大的“倒缸”与“扶缸”发生在改革开放前的洼狸镇集体经济时代，为了“扶缸”，厂方重金聘请了一位外地手艺超群的老师傅，老师傅来看了看情况，“品了品沉淀缸里的浆液，就慌张地扔下重金逃去”[②]。危急关头，隋抱朴不请自来，不声不响地解决了问题，也为此大病一场。隋抱朴这时还是在磨屋里磨豆粉的工人，不是技术员，却敢于冲破“罪人”的身份限制，克服“怯病”的困扰，主动承担风险，解决粉丝生产中的重大技术问题，其目的就在于拯救集体企业和洼狸镇的经济。由此可以看出，隋抱朴把集体经济的安危看得比个人的政治风险更重要，这应该是他长期坚持阅读《共产党宣言》，不断“忏悔”的结果，这也是洼狸镇人重新认识隋抱朴的开始。隋见素也因此更加不理解哥哥的行为，明明有高超的技术，不做又体面又多挣钱的技术员，却偏偏躲在老磨屋里看石磨，读《天问》和《共产党宣言》。第二次影响重大的“倒缸”与“扶缸”发生在赵多多承包洼狸镇粉丝大厂之后，这次“倒缸”与隋见素有点关系。隋见素一直想报复赵氏家族，从赵多多手里夺回粉丝厂的大权，就想出了一个故意制造“倒缸”事故的恶毒主意，因为“要使粉丝厂‘倒缸’十分容易，无论是磨绿豆、淀粉沉淀、搅拌淀粉糊糊、水温、浸烫绿豆、搭配浆液……任何一个环节出点差错都会‘倒缸’”[③]。暗恋隋见素的女工大喜无意间阻止了隋见素的破坏行动，却又暗中替隋见素制造了非常严重的“倒缸”事

① 张炜：《古船》，山东教育出版社 2016 年版，第 33 页。
② 同①，第 32—33 页。
③ 同①，第 150 页。

故。这次人为的“倒缸”事故,可以说是隋赵两大家族历史矛盾冲突的继续。隋抱朴再次站了出来,用十几天时间“扶缸”,终于解决了问题,也因此与弟弟隋见素起了冲突。隋抱朴告诉隋见素自己要主动“扶缸”的理由:其一,替老隋家“赎罪”,因为即使这次“倒缸”不是隋见素动手做的,但隋见素已经“起意”了,这就有罪。其二,粉丝厂尽管由赵多多承包,但不是老赵家的,而是洼狸镇的,是国家的。隋抱朴对隋见素说:“你去查查镇史吧,看看洼狸镇做了几百年白龙粉丝。几辈子都做这个,国外都知道中国的白龙牌粉丝。外国人跟这个叫‘春雨’,叫‘玻璃面条’……粉丝厂‘倒缸’没人扶,就是全镇的耻辱!‘扶缸如救火’,自古洼狸镇就有这句话。”①隋抱朴能这样想这样做,他就是当之无愧的乡贤。总的来看,在多次的“倒缸”与“扶缸”故事叙述中,不仅写出了隋抱朴的乡贤品格,也写出了他高于洼狸镇所有人的思想境界,而这正是他长期反思家族历史、阅读和领会《天问》《共产党宣言》的结果,为他后来自荐当洼狸镇粉丝公司经理,对“四爷爷”赵炳当政时代的改革进行再改革做好了铺垫。

洼狸镇李氏家族的李其生、李知常同样可以视为扶危济困的乡贤。如果说洼狸镇的赵氏家族是政治家族,隋氏家族是“绅商”家族,那么李氏家族就是技术家族。李氏家族父子相继,在历史苦难与现实困境中,以自己的发明和机械技术为洼狸镇人的生存需要和生产发展提供技术支持。李其生早年在关东给资本家开过机器,被洼狸镇人喊成“资本家”,成为洼狸镇人眼中“古怪邪僻”的人,从此家道中落,一蹶不振,连累天赋极高的儿子李知常也不能继续上学读书。李其生会摆弄机器,为农业合作社开过洼狸镇人驾驭不了的“耕地机”,解决了洼狸镇农业合作社的大问题,成为洼狸镇人眼中的“能人”。李其生敢于直言,在大跃进时期,当着外地参观人的面,揭露赵炳、镇长周子夫等人的高产玉米造假行为,受到赵炳的严厉惩处,李其生在“资本家”名分上再加上揭露造假反对大跃进的政治错误,被打成“反动派”,由此跌入人生最低谷。李其生还是个狂热的发明家,他影响巨大的发明主要有两项:一是坩埚,二是“切糕”。在大炼钢铁时期,他带领隋不召、隋抱朴发明耐高温的坩埚,解决了洼狸镇乃至全省大炼钢铁的基本技术问题,这虽然有助长错误运动的意思,但实质上帮助洼狸镇人改进了炼钢的基本设备,在一定程度上降低了这一运动给洼狸镇人带来的

① 张炜:《古船》,山东教育出版社2016年版,第159页。

伤害。在三年困难时期，为了应对大饥荒，挽救人们的生命，李其生利用糠末、麸皮、甜草根等材料，发明了“切糕”。这种新发明的食品使洼狸镇人在一段时期里免于过度饥饿，从而在大饥荒中获得了更多的生存机会。毫无疑问，这是一件功德无量的事情。在饥饿年代，能以自己的食品技术发明救助濒于死亡边缘的人们，还有谁比他更配得上乡贤这个称号呢？李知常同其父亲李其生一样，也酷爱钻研机械技术，搞发明创造，他的贡献主要是在粉丝制造设备的改造上。

老中医郭运“悬壶济世”，是洼狸镇人的救助者与守护神。郭运精于中医，遵循阴阳规律，用平等的态度对待所有病人，他给洼狸镇的权贵赵炳、赵多多治病时不卑不亢，给隋迎之、隋抱朴、隋见素、隋含章、李其生等被视为家庭出身不好的“坏分子”“反动派”治病时，也尽心尽力，给有钱人和穷人治病都一样对待。郭运不仅是治疗身体疾病的仁医，还是治疗心理精神疾病的高明医生。郭运谙熟洼狸镇老隋家、老赵家、老李家的家世历史，对他们的内心世界也看得非常透彻，知道每个人的心理症结所在，他的有针对性的心理劝慰与开导，不仅缓解了患者的心理痛苦与精神迷茫，而且缓和了洼狸镇人的邻里关系。郭运其实还是一个不动声色的“政治活动家”，他给赵炳治病时，借讲修身养性养体之道暗示赵炳在洼狸镇施政不能“太过”，对赵炳的恶行恶政起到了一定的遏制作用。他对老隋家充满同情，他引导隋抱朴阅读《天问》，对隋抱朴的思想观念产生了深刻的影响。他在给隋见素治病的同时，对隋见素进行心理的与精神的引导，使这位一心复仇的隋家子孙最终“浪子回头”，逐渐认同哥哥隋抱朴的思想观念，“忏悔”自己过往的行为。从某种意义上说，郭运是隋氏兄弟的精神导师。总的来看，郭运在洼狸镇人身体疾病治疗、心理精神疾病治疗、思想引导、和睦邻里关系构建与洼狸镇社会治理等方面，都起到了不可小觑的重要作用，同样是一位当之无愧的乡贤。

综上所述，隋抱朴、李其生、李知常、郭运等都是洼狸镇有德有能的“贤能者”。在改革开放前的岁月中，除了老中医郭运外，其余几位“贤能者”都背负着各种莫须有的罪名。他们在自身生存步步维艰的困境里，却能以各自所掌握的医疗、机械、制造等方面的技能为洼狸镇人提供可能的生存救助，为洼狸镇人的生命财产安全、邻里关系和谐、集体经济发展等做出了各自独特的贡献。

三、改革时代的再改革者

改革开放后,洼狸镇粉丝厂有过两次影响巨大的改革。洼狸镇粉丝厂的第一次改革就是将曾经的乡镇集体企业改由赵多多私人承包经营,洼狸镇粉丝厂的第二次改革就是隋抱朴自荐担任洼狸镇粉丝生产销售总公司经理后对被赵多多败坏了的粉丝厂生产技术、管理方法等的再改革,从而将洼狸镇粉丝生产销售总公司扭转到现代化、国际化的正确发展轨道上。

洼狸镇粉丝厂的第一次改革是在赵炳包藏私心的权术操弄下进行的,改革的结果就是通过赵多多拿到承包权,将集体财产明里暗里变成了赵氏家族的私人财产,带有往后倒退的封建色彩。赵多多本来是一个流氓无产者,无德无能,无恶不作,却依傍"四爷爷"赵炳的权势,先后当过自卫团长、民兵头儿、"无敌战斗队"总司令等,一介草莽武夫,从无经营管理粉丝厂的经验,却在赵炳的权术操弄下拿到洼狸镇粉丝厂的承包经营权。赵多多采用流氓无产者的态度和方法经营粉丝厂,偷工减料,弄虚作假,克扣工人工资,"恨不能把公司吞进肚子里"[①]。赵多多在承包粉丝厂期间,损害了洼狸镇粉丝品牌的信誉,损害了洼狸镇的集体经济与洼狸镇投资者的利益。可以说,由赵炳主导的洼狸镇粉丝厂的第一次改革是失败的。

洼狸镇粉丝厂的第二次改革,就是隋抱朴自荐并成功担任"洼狸粉丝生产销售总公司"(赵多多承包时改名)经理,这是对第一次改革的再改革。这次再改革不仅是洼狸镇粉丝厂归属的再次改变,而且是企业经营理念、生产技术、管理方法与发展方向的变革。

隋抱朴自荐担任洼狸镇粉丝生产销售总公司经理后,所做的第一项重大改革,就是把曾经被以赵多多作为代理人的赵氏家族窃为己有的洼狸镇粉丝公司再次"归还"给洼狸镇人。如上文所述,隋抱朴一再言明,洼狸镇粉丝公司不姓赵,也不姓隋,而是洼狸镇人的乃至国家的,他接管洼狸镇粉丝公司,就是为了洼狸镇人,为了国家。对此,论者们亦多有阐述。如有论者认为,隋抱朴的思想意识中有来自托尔斯泰宗教伦理和《共产党宣言》中所蕴含的"希望人类摆脱苦

① 张炜:《古船》,山东教育出版社2016年版,第510页。

难的思想”及“大家一起过好生活”的超越性思想，“仿佛是身体里注入了新的生命力量，抱朴觉得他不能再犹豫、再像死人一样孤坐磨屋，他催促自己走出磨屋，振作起来，和全镇人一起过好生活，不能让苦难和流血老跟着洼狸镇人”①。为此，隋抱朴“自荐担任粉丝公司经理，洼狸镇翻开了历史新的一页”②。有论者从全球化与民族主义角度阐述，认为“粉丝大厂的粉丝在改革开放的历史进程中无可挽回地进入了全球贸易系统……隋抱朴有责任要保护这个民族品牌……他以加入全球化的方式来展示自己的民族主义，以民族主义的微妙身份汇入全球化的大势”③。这些论述都很深刻地阐释了隋抱朴全然不同于赵炳、赵多多的改革动机。

隋抱朴接管粉丝大厂后做的第二项改革就是废除赵多多施行的“踢球式”管理法。“踢球式”管理法是赵多多“误读”日本 TQC 企业管理方法所实施的管理方法，要点有五：其一，延长工时；其二，盯紧财务，坚持让管账的人每日报账；其三，统一女工装扮，让粉丝厂的女工们穿上特制的围裙，扎上头发，吊起眼梢；其四，监视工人言论，让本家族的工人注意别人议论些什么；其五，对偷懒的工人特别是女工进行体罚。赵多多夜里在工厂巡查时，如若哪个女工偷懒，他就“照准她的屁股踢一脚”，这种体罚带有极强的性骚扰色彩。赵多多为自己搞的这套管理方法沾沾自喜，认为这套方法十分有效。这种“踢球式”管理法带有原始资本主义与封建主义的双重色彩，赵多多把他当年带领民兵惩治“阶级敌人”“反动分子”的方法移植到企业管理中，残酷剥削压榨工人。就像赵炳建立属于他个人的洼狸镇王国一样，赵多多通过“踢球式”管理法在粉丝工厂建立了属于他的“封建领地”。对此，洼狸镇人有苦难言，敢怒不敢言。直到隋见素把大城市的流行文化引入洼狸镇后，“踢球式”管理法才开始受到冲击。隋抱朴觉得赵多多的“踢球式”管理法非常不人道，他一接任经理工作就废除了“踢球式”管理法。女工们“当即解开了头发，于是立刻变得更加妩媚”④。隋抱朴将采用何种更人道的现代管理方法管理粉丝公司，小说中没有提供更多的情节与信息，也

---

① 王达敏：《中国新文学第一部“完全忏悔”之作——再论〈古船〉》，《杭州师范大学学报》（社会科学版）2017 年第 2 期。

② 同①。

③ 王侃：《〈古船〉的批评史及其他》，《文艺争鸣》2019 年第 10 期。

④ 张炜：《古船》，山东教育出版社 2016 年版，第 506 页。

不可能提供更多的信息,因为 20 世纪 80 年代的中国乡镇企业尚未解决这道难题。可以猜想的是,隋抱朴将为找到科学合理的现代管理方法做极为艰辛的探索。

隋抱朴做的第三项改革就是技术革新,他将粉丝制造的全过程由手工生产改为机械化生产。隋抱朴主导的技术革新很快取得成功,其原因有几点:第一,隋抱朴当粉丝公司经理得到了洼狸镇大多数人的支持,减少了技术改革的社会阻力;第二,他得到了隋不召、李知常等有技术才能的人的切实帮助。李知常在赵多多承包粉丝大厂时期就开始研制粉丝制造机械用的"变速轮",因各种原因迟迟未能成功,其中最重要的原因就是他不愿意帮助赵多多,这是因为李氏家族与赵多多有仇,隋氏家族对李氏家族有恩,他不能做亲者痛仇者快的事情。家族间的恩怨情仇迟滞了技术改革的进程,这正是导致赵多多经营失败的一个重要原因。隋抱朴主导技术革新时,情况就不同了。李知常为了报恩也为了与隋含章的爱情,倾尽全力搞技术改革,安装"变速轮",技术革新很快就取得了成功,粉丝生产的每一道工序几乎都让机器取代了。李知常在技术革新中的道德站位虽然没有隋抱朴高,有很多私心杂念,但他也有"为全镇人"的集体观念,这是他与隋抱朴声气相通的地方。技术革新不仅关乎粉丝大厂的命运,更关乎洼狸镇人的未来。隋抱朴迈出了这一步,让粉丝生产实现了机械化,这是洼狸镇粉丝制造划时代的开始。与此同时,机械化生产带来的"机器吃人"现象亦开始出现,许多工人因此失去了工作岗位。譬如拍漏勺出粉丝的黑大汉失去了工作岗位,想挑选一个轻松的工作做,隋抱朴不同意他的选择,给他安排了与其身体条件相称的工作岗位。如何处理这类新出现的问题,不走资本主义的老路,按照《共产党宣言》指明的方向前进,这对隋抱朴是一个全新的考验。小说对此未做更多的描述,也做不了描述。

在主导粉丝公司各项改革的同时,隋抱朴也开始参与并主导洼狸镇的一些社会活动,试图以此改革洼狸镇不良的社会风气。譬如为隋小青应征入伍操办酒席就有这样的社会改革愿景。隋抱朴把洼狸镇的老隋家、老赵家、老李家以及其他家族的成员都请了来,让准新兵隋小青给各个姓氏的老人敬酒,热热闹闹的庆祝宴似乎很快化解了家族间的历史恩怨,全镇人在欢乐中结成了亲密的一体。历史的痛苦记忆虽然还萦绕在心头,但新的航程已然开始。隋抱朴希望洼狸镇能在苦难中涅槃重生,团结一心创造新的未来,就像埋藏在地下的芦青河，在潜行中焕发出新的生机。

综上所述，隋抱朴、李知常、隋不召等都是改革时代有德有能的再改革者。他们对赵炳、赵多多的第一次改革进行了再改革，把赵炳、赵多多窃为己有的集体粉丝制造企业“归还”给全镇人民，进行现代管理改革和技术革新，同时试图重建乡村社会的公序良俗，带领洼狸镇向《共产党宣言》指明的发展方向前进。他们因此可被视为当代新农村建设最迫切需要的“贤能者”，亦即新的乡贤。

出现在《古船》中的隋抱朴、隋不召、李其生、李知常、郭运等是张炜贡献给当代乡土文学的有德有能的乡贤人物，他们代表了张炜理想中的乡村真魂。在改革开放前的历史岁月里，他们多因家庭出身等原因背负莫须有的罪名，成为那个年代的所谓“罪人”。正是这些历史沧桑变幻中的“罪人”，在物质与精神双重匮乏的年代里，以各自掌握的医疗、机械、制造等方面的技能，为深陷于困苦中的人们提供可能的生存救助。在改革开放年代，他们敢于冲破自设或他设的种种限制，自觉承担起应当承担的社会责任，对赵炳、赵多多之流变味的经济改革进行再改革，将洼狸镇粉丝公司扭转到现代化、国际化的正确发展轨道上，同时重建乡村的公序良俗，起到了新乡贤应该起到的乡村自治作用。从这个意义上说，他们正是当下新农村建设所需要的“贤能者”，亦即有德有能的“新乡贤”的早期样板。

第四章
当代中国的乡贤文化与乡贤叙事(下)

20世纪90年代的乡土文学秉持多元文化观念、改革开放精神,对历史与现实做了价值取向不尽相同的叙述。乡土文学作品中的乡村现实叙事,对乡村能人和新富人蜕变为新的"乡霸"进行了揭露,对乡村治理危机与乡村文化的颓败进行了揭露和批判,对乡村干部、乡村能人和新富人中的有德者及其在乡村治理中的地位与作用予以了肯定。以陈忠实小说《白鹿原》为代表的乡村历史叙事作品,对中国传统乡贤文化进行了历史反思,重新发现与评价了传统乡贤及乡贤文化在乡村治理中的历史意义与现实作用。

第一节 "后新时期"的多元文化观念与乡贤叙事

20世纪80年代的乡贤叙事主要在反思"文革"和家庭联产承包责任制推行引发的乡村变革两大主题下展开。与之不同,进入20世纪90年代后,对"文革"进行反思已经不再是乡贤叙事的书写主流,改革开放进一步诱发的乡村社会转型以及乡村传统价值的解体成为此时乡贤叙事关注的主要议题。"从上世纪90年代至今,中国社会现代转型的总体趋势是工业文明对农业文明的挤压与置换。"[1]"庞大的城市文明快速无声地向农耕文明下的田园牧歌乡村逼近。城市的价值观念侵蚀着乡村的价值体系,城市人的思维方式、行为准则改变乡

---

① 丁帆等:《中国乡土小说的世纪转型研究·导论》,人民文学出版社2013年版,第3页。

村人的生活，现代商品生产与机械理性改变传统小农生产及具有自由感性特征的农耕理性。"[1]

城市对乡村的侵蚀，现代对传统的冲击在上一阶段的"能人"叙事中已有涉及，不过这种冲击在当时的写作者看来大多是正面的。在"能人"叙事中，城市往往被视为现代文明的灯塔，指引化外之地的农民去朝圣取经，他们在城市中学会现代科技知识之后再次回到乡村，对乡村进行启蒙，召唤乡村世界的改革，使乡村开始步入现代化浪潮。进入 20 世纪 90 年代，改革逐渐步入深水区，改革引发的社会危机开始不断显现，与此同时乡村社会转型步伐也急剧加快，乡村传统价值进一步崩塌，城与乡的对立与撕裂问题前所未有地突现出来，对城市所象征的现代文明的美好想象和向往被残酷的现实摧毁，在这样的背景下，为改革开放鸣锣开道的"能人"叙事遭遇了裂变与分化。

首先，在 20 世纪 80 年代的乡贤叙事中，"能人"走出乡村到城市闯荡被视为时代精神的缩影，他们在城市中努力拼搏，安营扎寨，实现阶层的跃升和自我理想，这种"成功"故事为"改革开放"在乡村世界的试行提供了文学背景。然而到了 90 年代，作家们开始关注离乡"能人"遭遇的精神困境，随着城市与乡村所象征的现代文明与前现代文明的交锋日益激烈，这些"能人"逐渐沦为撕裂的城乡结构的牺牲者，他们陷入城与乡的双重失落之中，在城市里寻找不到精神归宿，同时又难以回归乡村，成为游走在城与乡之间的"异乡者"。李佩甫的《无边无际的早晨》、张宇的《乡村情感》、贾平凹的《土门》《高老庄》等都关注这一主题下的乡贤命运。

其次，上一阶段"能人"回到乡村，对愚昧、守旧的化外之地进行启蒙的叙事，在这一时期已然难以与现实对接。作家们关注到在现实世界中，"能人"在乡村世界推行的经济改革在这一时期遭遇到危机，改革的全面停滞让乡村现代化转型步履维艰，过往的"成功故事"不复有效，泡沫褪去后剩下的是各种赤裸欲望的难堪收场。此外，还有一部分"能人"在积累了经济资本之后，迅速将经济资本转化为权力资本，"致富带头人"摇身一变成为乡村基层政权的一把手，他们对乡村世界进行宰制，树立个人权威，建立个人王国，成为一方"乡霸"。作为对现实世界的记录与反思，这一时期乡贤叙事的权力书写关注两个话题：其

[1] 丁帆等：《中国乡土小说史》，北京大学出版社 2007 年版，第 321 页。

一是转型时期改革遭遇各种挫折之后，基层官场浮现的众生相，批判权力与资本合谋结盟后滋生的各种腐败现象，何申的《乡镇干部》《村长》《村民组长》《男户长李三贵》《村民钱旺的从政生涯》《乡村英雄》、张继的《村长的玉米》《村长与鱼》、倪泓的《代理村长》、刘醒龙的《村支书》《挑担茶叶上北京》《分享艰难》、关仁山的《大雪无乡》、浩然的《苍生》、谈歌的《大厂》等作品都聚焦这一主题。其二是关注乡村基层权力的异化，剖析基层发生权力腐败的原因，李一清的《山杠爷》、张宇的《晒太阳》、李佩甫的《羊的门》、浩然的《苍生》、周大新的《向上的台阶》等作品围绕这一主题进行写作。在这些讨论基础权力的作品中，绅治与法治、传统宗法制度与现代选举制度之间复杂暧昧的关系成为作家们共同关注的话题，大多数作品指出乡村权力结构中存在的严重问题，那些曾经的“能人”在掌握了乡村世界的生杀予夺大权之后，难以割舍对权力的迷恋，沉迷于建立个人权威和编织权力关系网络，而底层乡村在传统价值瓦解之后，再难有可以对抗威权的力量，曾经的“能人”最终成为乡村世界道德失范的典型和权力“异化者”，从“能人”进阶为“乡霸”“权绅”甚至是“土皇帝”。

除了“能人”叙事的嬗变与迭进，这一时期还有许多作家依旧深受上一阶段寻根文学后遗症的影响，同时又结合西方“后现代主义”文学风格的元素，沿用寓言化的叙事策略，将乡村世界视为封闭的文化符号，通过巡视乡村，寻找中国文化的密码，思考民族的命运，如陈忠实的《白鹿原》、阎连科的《日光流年》、赵德发的《缱绻与决绝》《君子梦》、刘震云的《故乡天下黄花》等。在这些作品中，乡贤作为乡村世界的领袖，依旧被视为传统乡村文化的精神化身，他们是农耕中国的文化载体，通过审视这一人物类型，作家们对中国传统农耕文化再次做出判定。

一、城乡裂变与乡村“能人”的心灵震荡

“农民进城”是乡土叙事的重要主题，回看中国历史，从晚清“洋务运动”开始，中国迈出现代化步伐，工业化和城市化促使农民开始走出乡村，进入城市，在城市中出卖劳动力，成为工业化进程的一个部分，这一社会历史现象在乡土叙事中不断得到呈现。进入20世纪90年代，随着城乡裂变的加剧，城市化不断扩张，乡村不断受到侵蚀和挤压，“农民进城”现象大规模增长，“农民工”问题

已然成为此时社会和媒体对“三农”问题进行讨论的首要议题，“农民工”在城市中面临的物质生活、社会保障和精神处境等各方面困难是此时大家共同关注的话题，在文学作品中也不断得到书写。不过与普通的“打工文学”或“底层文学”不同，乡贤叙事对“农民进城”现象的关注点并不在底层打工者身上，这些打工者的工作“大都不是‘资本密集型’‘技术密集型’，而是‘劳动密集型’，这就使得他们无缘真正的‘现代工业’”[①]，而乡贤叙事关注的进城农民往往是在城市中取得一定成绩，实现了阶层跃升，甚至获得城市身份的一部分人。这些人与普通的底层打工者相比不是城市生活的边缘人，他们物质生活有所保障，不再因为生活发愁而沦落到从事各种灰色产业，陷入由贫困引发的各种焦虑情绪中，相反，他们的困境纯粹是精神层面的，是由城与乡双重失落引发的精神危机。作家们借由塑造这一人物类型对城乡分化进行思考，剥离了现实物质层面的因素，关注乡村与城市之间纯粹文化上的冲突，反思不断消逝的乡村和扩张的城市给这些时代“乡贤”带来的心灵震荡。与底层农民一样，“乡贤”们在城市中生活时也遭遇到各种身份危机，不过，他们的身份危机不是由外部歧视或没有保障的物质生活引发的，他们的身份危机在于作为一名“乡贤”，他们身份根基在于“乡”，如果“乡”不复存在，他们与乡村之间的关联便被割断了，那么，“乡贤”身份的合理性就不复存在了。

李佩甫《无边无际的早晨》中“返乡”的李治国就是被困在城与乡裂缝之间的乡贤代表。李治国的乡贤成长道路十分具有典型性，他是一个孤儿，成长于公社大院，由乡民们一起抚养长大，在乡民帮助下他成为一位领导手下的“勤务兵”，之后靠着自己的聪明才智与领导的提拔一步步当上县长，在城市中取得事业成功。然而，走出乡村之后，李治国却陷入了深深的精神焦虑之中，他无法平息自己的返乡梦，他深受乡土文化洗礼，认为自己是土地的儿子，是乡人的质朴感情培养了他，在城市之中尽管事业有成受人尊敬，却依然抵消不掉他深入灵魂的身份认同危机。为了平复自己的精神焦虑，也为了偿还乡民的感情，李治国终于下定决心回李家庄探望，然而，回去之后，早已被现代化冲击得面目全非的乡村已然没有了他可以寄托情感的旧时样貌和人情，他匍匐在地上痛哭，用红布裹着乡间的黄土，用一系列具有仪式感的行为寄托自己的乡愁。然而，他

① 丁帆等：《中国乡土小说的世纪转型研究》，人民文学出版社 2013 年版，第 32--33 页。

深沉的乡愁在乡民看来却是滑稽可笑的,那用红布裹着的黄土,在车上被身边的女人从车窗扔出去,那一刻,“他的‘老娘土’,他的‘命根儿’,还有那漫无边际的乡情,都被女人扔在半道上……”①李治国的成长经历再次揭示了历史洪流席卷下个人的无能为力和无可奈何。他诞生于乡村,之后脱离乡村母体,与乡村决裂,失去乡村的根魂,成为城市中的异乡者,这显然是历史宿命的一种写照。在这样的命运下,“乡贤”其实已经与“乡”无关,独留下“贤”,没有乡村依托的“乡贤”成了对乡村现代化的一种反讽。李治国受伤的心灵反映了现代化力量不由分说扫荡乡村之后,乡村即将终结和乡村游魂没有归宿的可悲命运。

像李治国般受伤的心灵在张宇的《乡村情感》中也得到相似的表达,小说一开始,“我”便自述:“我是乡下放进城里来的一只风筝,飘来飘去已经二十年,线绳儿还系在老家的房梁上。在城里夹紧着尾巴做人,二十年前的红薯屁还没有放干净。”②在表达了对城市生活的惶恐之后,“我”开始十分自觉地将自己的处境与父亲和麦生伯当年“在城里放着官不做,又没有犯错误,却跑回山里当庄稼人”作对比,通过追溯过往尝试理解父亲的选择。在“我”的回忆中,父亲和麦生伯是“打国民党,打土匪”时候结识的战友,两人在战争中立下赫赫战功,却毅然回到家乡做普通农民。两人回忆往事,坦言当时不进城而回乡,是因为不能“让别人去冲锋陷阵,咱当县团级”,而且两人参加革命的初衷是为了“让老百姓过上好日子”,让老百姓过上好日子就应该服务群众,而不是让群众服务自己。在这里,作者通过留在城市与回乡的对比,暗示了城市中存在的享乐主义和权力腐败问题,而乡村则是保存赤子之心的精神归所。接着作者更进一步描写父亲和麦生伯之间坚不可摧的战友情,在麦生伯临终之际,只有“我”的父亲能打开其心结,且不顾风俗毅然将女儿嫁到麦家,完成麦生伯最后的愿望,从侧面描写乡村风俗人情的真挚动人。“我”在回忆这一切之后,终于也能理解父亲的选择。不过“我”对城市的排斥并不像父亲那般顽固,在故事最后,作者通过“我”与城里人讲述父亲与麦生伯的乡村故事,让主人公终于在城市中找寻到一些认同感,他意识到城里人也是可以理解乡村的,“也许城市感情的溪水是从乡村流过来的,乡村情感是城市情感的源头”,城与乡之间有沟通的可能。

---

① 李佩甫:《无边无际的早晨》,《北京文学》1990 年第 9 期。

② 张宇:《乡村情感》,《人民文学》1990 年第 5 期。

张宇在《乡村情感》中对城与乡之间冲突的思考还具有一些浪漫主义的幻想色彩，他认为追忆过往的革命史，呼唤无私奉献的集体主义精神，就能弥合当下城与乡之间的裂缝，治愈“城市异乡者”的精神焦虑症。张宇在《乡村情感》中对城乡问题的思考显然是一厢情愿的乌托邦想象，历史现实的巨轮已经将这样的乌托邦梦想粉碎了。对城乡冲突问题进行更为严峻思考的是贾平凹，在其20世纪80年代创作的《鸡窝洼人家》《浮躁》中，贾平凹就开始思考城乡冲突问题，进入90年代，随着城乡分化的加剧，贾平凹的思考显然也更进了一步。他屡次感叹乡村世界变化太大，“记忆中那个故乡的形状在现实中没有了”[1]，对乡村即将消逝命运的焦虑之情深深印刻在他的作品中。贾平凹的《土门》将叙事地点聚焦在处于城与乡夹缝之间的仁厚村，他将不断扩张的城市像巨兽一样吞噬乡村，造成乡村“死亡”的忧思之情外化出来。这部小说围绕着处于城乡交界的仁厚村如何摆脱被城市吞噬的命运存活下来展开故事，在危急时刻，村民推举“故事成段成段地在仁厚村流传着，但几乎全是些劣迹”的成义为村长，期待他能够通过“能顶事”的韧性和雷霆手段挽救仁厚村于危时。有论者指出，仁厚村推举成义出面担任村长，本身就构成了一种反讽，“这一事件本身就使人对‘仁厚’产生了深刻的怀疑，在现实利益面前，村民还是放弃了‘仁厚’而选择了实用”[2]。从“乡贤”形象类型看，成义刚好与李治国形成对照，李治国是有“贤”无“乡”，而在成义这里，当“乡”岌岌可危之际，为了挽救保卫“乡”，“乡贤”就必须牺牲“贤”的品质，才能力挽狂澜，获得一线生机。显然，这两种错位的“乡贤”形象都是对乡村现代化进程的警惕甚至批判。在《土门》中，成义为了保卫仁厚村，推行了各种举措，办药房，修牌楼，整街巷，组织一支农民队伍演出“明王阵鼓乐”，宣传乡村独有文化，然而这些举措在城市化的强大作用之下，一一宣告失败。正如小说中另一人物范景全所言：“国家工业化，表现在社会生活方面就是城市化，这一进程就是大趋势啊，大趋势是能避免的?!”小说最后，成义为了筹钱，竟想出了偷盗兵马俑的荒唐办法，这一办法与此前所有保卫仁厚村的行为一样，还是以失败告终，作为代价，成义被枪毙。成义的死亡宣告仁厚村保卫战彻底失败，乡村城市化不可逆转地朝前推动着。

---

① 贾平凹：《关于〈秦腔〉和乡土文学的对谈》，《上海文学》2005年第7期。

② 孟繁华：《面对今日中国的关怀与忧患——评贾平凹的长篇小说〈土门〉》，《当代作家评论》1997年第1期。

工业化和城市化进程不仅深刻改变了乡村的命运,也改变了乡贤的命运。分崩瓦解的乡村传统价值,崩然而逝的乡村精神文化,都让“乡贤”失去了存在的根基,这一时期关注城乡裂变的乡贤叙事作品,前所未有地让“乡贤”们走出广大的乡村世界,游走到城乡边界或城市之中。在城市中,“乡贤”们陷入了身份认同的焦虑之中,他们的“乡贤”身份出现各种“零件”松动和缺失,或者独有“乡贤”之名却无“乡”可治,或者有“乡贤”之实却放弃了“贤”的原则,无论如何,面对乡村世界前所未有的巨变,他们都陷入无所适从的惶恐之中。这一时期的“乡贤”随着乡村的终结,也面临着被时代解构的命运。如果说上一时期的乡村“能人”还是时代弄潮儿,通过自己的奋进改变乡村历史,那么这一时期的乡村“能人”已经反过来被历史所牵制,彻彻底底地淹没在历史洪流之中。

二、乡镇治理与权力新贵的人格变异

有论者指出,“中国乡村权力崇拜意识的日益膨胀,有极为悠久的历史文化传统。与其联系的文化心理积淀、价值观念、人身依附观念、伦理道德和风俗习惯等,都潜藏在不同形态的现代文化形式中,成为其‘深层现实’”①。权力问题一直是乡贤叙事的重要主题之一,“乡贤”这一概念本身就包含两重内涵,即“权”和“贤”,传统乡村世界中的乡贤往往就是宗族长老,他们在乡村拥有强大的话语权,掌控着乡村社会生活的方方面面。清末之后,随着科举制被废除,旧乡绅失去了上升渠道,他们或放弃绅士身份流入城市,或与体制合谋,或在乱世之中“借机谋利,把持一切”,逐渐沦为“劣绅”②。与此同时,政府推行地方自治政策,地方“绅权”得到了极大扩张,不受约束的权力腐蚀乡绅,进一步催生“劣绅”的产生。在这样的背景下,对“绅权”的反思开始在文学作品中得到呈现,成为乡贤叙事最重要的主题,并一直持续到“十七年”时期。进入 90 年代,权力问题再次回归到乡贤叙事的主题之列,在不同作品中得到反复书写,这一主题重新被发现、被提出,主要有以下原因:

(一) 20 世纪 90 年代以来,乡村世界发生了急剧变化,家庭联产承包责任

---

① 丁帆等:《中国乡土小说的世纪转型研究》,人民文学出版社 2013 年版,第 130 页。

② 王先明:《乡绅权势消退的历史轨迹——20 世纪前期的制度变迁、革命话语与乡绅权力》,《南开学报》(哲学社会科学版)2009 年第 1 期。

制和改革开放的推行与深化使乡村加快了现代化转型，“在20世纪与21世纪之交，被现代性挤压了一个多世纪的农业经济及相应的社会文化结构则逐渐走向解体，日益迅速增长的资本及相应的社会文化结构大有取而代之之势”①。现代化转型既带来了机遇，同时也暗藏着种种风险。面对云波诡谲的局势，乡村世界呼唤大胆进取、勇于创新、拥有魄力的新型领袖人物带领村民度过变革时代。然而，在现代冲击传统的同时，乡村宗法制度和传统价值失去了合法性根基，“告别革命”之后，革命话语在乡村世界也已然失效，与此同时，乡村基层选举制度存在不少漏洞，对权力的有效监督机制在乡村世界尚未建立起来，在乡村社会政治生态中，乡村底层几乎失语。在这样的背景下，对新领袖的制约力量几近缺席，那些在变革时代上位掌权的风云人物手握权杖之后，在不受约束的权力浸淫下，轻而易举地利用自己的个人魅力和非凡手段，在乡村世界建立起个人王国，逐渐化身为一方“土皇帝”。

（二）正如费孝通所说，人们渴求权力，“喜欢的是从权力中得到的利益。如果握在手上的权力并不能得到利益，或是利益可以不必握有权力也能得到的话，权力引诱也就不会太强烈”②。20世纪90年代乡村权力崇拜问题之所以再次凸显出来，与此时乡村世界不完全不彻底的现代化转型有关。一方面，政府大力支持建设乡镇企业，将乡村各种资源、经济资本、权力资本等都集中起来，由乡村基层干部代理与把控，基层干部的话语权大大扩张，膨胀的欲望与不受约束的权力相结合，催生出被权力腐蚀的各种扭曲人格。另一方面，进入90年代后，乡村改革遭遇挫折，进入停摆期，不完善的市场经济规则催生出许多灰色空间，权力与资本合谋诱使新的利益格局得以形成并且逐步固化，作为摘取改革果实的既得利益方，基层干部为了巩固自身利益，更全身投入到权力场的游戏之中，不断争权、专权、弄权。

总之，20世纪90年代出现的乡村权力崇拜问题与乡村现实政治经济状况密切相关，作为对现实世界的回应，作家们纷纷剖析乡土世界的权力机制和政治生态，揭露权力异化下的各种丑恶现象。这时候乡贤叙事的权力书写主要围绕两个问题展开。

---

① 丁帆等:《中国乡土小说的世纪转型研究》，人民文学出版社2013年版，第3页。

② 费孝通:《乡土中国　生育制度》，北京大学出版社1998年版，第16页。

其一是乡村改革进入深水区之后乡村名利场中浮现出来的众生相。在关涉这一主题的作品中，乡村总是一副凋敝、荒凉且危机四伏的样子，在这样绝望的环境下，“乡贤”即乡村基层干部作为权力场中的核心人物，串联起牵涉乡村改革浪潮中的各利益方，大家一一登场，八仙过海，在凋敝的乡镇空间里各显神通。刘醒龙的《村支书》就是以村支书作为中心，串联起其他基层干部和村民，通过展示村支书在不同人物之间游走，努力平衡各方势力，反映乡村改革的举步维艰以及形色各异的人间世态。在这之中，自私、狡诈、呆板、愚昧构成了乡村世界的真实图景，权力场中人与人之间复杂微妙的关系像是一块隐形的巨石，拖拽着村支书寻找改革出路的步伐。关仁山的《大雪无乡》也描写了一个几乎一样前途渺茫的乡镇世界，小说一开始就以冬天无雪、天气反常暗示福镇的异动，接着借由镇长陈凤珍的视角展示一幅灰暗败落的乡镇图景，“镇政府每天都有要账的，还有农民告状的”“镇里经济越治越乱，好多企业关门放假了，银行还催还贷款，外地索债的不断”。为了解决乡镇经济滑坡的问题，陈凤珍尝试推行企业股份制改革，由此牵出与改革相关的各方人物，其中曾经的改革先锋，现在“五毒俱全”的腐败企业家潘老五是这场改革角力的中心人物。在改革过程中，由于经验、心机、权谋都不如投机取巧的潘老五，陈凤珍的改革计划以失败告终。面对累累债务，潘老五通过控制董事会宣布企业破产，破产避免了他自己的损失，却将债务转嫁到贫穷的农民身上，同时也让福镇的经济复苏彻底无望。面对股份制改革失败的结局，陈凤珍只好感叹，“在这无雪的平原上能打着红兔子吗?”

如果说在这两部作品中，乡镇干部还在尝试肩负起自己的责任，艰难地挽救危局，权力的异化作用还未影响到他们的话，那么在刘醒龙的另一部作品《分享艰难》中，乡镇干部的正面形象也开始崩塌。在这部作品中，刘醒龙用十分冷峻的笔触描绘改革进入瓶颈期后，乡村世界出现的各种荒诞行径和道德失范的行为。在小说前半部分，乡镇干部还以“救世主”形象出现，腐败的企业家依旧是改革失败的罪魁祸首，为了挽救不断衰退的乡镇经济，县长孔太平竟不得不与强奸了他表妹的腐败企业家洪塔山和解，积极扶持其发展养殖业。这一时期，孔太平作为权力代表，与资本的合谋还有一丝无可奈何的悲壮气息。然而，到了下半部，孔太平到省委党校学习，在见识了官场种种丑恶乱象，直接呼吸到官场的污浊空气之后，他也学会了官场玩弄权术的计谋，被权力异化，彻底出让个人的情感和人格，这时候他与资本的合谋已经是腐败灵魂的直接写照。在这部作品中，作家开始意识到权力场和名利场是交混一起沆瀣一气的，膨胀的物欲不仅让曾经的改革模范变得“五毒俱全”，也让基层干部自我腐化，沉沦欲海。

其二是审视基层权力腐化滋生的种种劣行。改革开放之后，乡村社会一度出现了基层政权黑社会化的趋向，不少乡村涌现出横行一方、鱼肉乡里的“土皇帝”。中国社会科学院文学研究所研究员赵园认为这一现象的出现与 1949 年之后“宗族势力”在乡村基层政权中一直隐秘存在有关，改革开放后，“基层选举中的贿选者所赖除经济实力（多金）外，另有人脉，即使不限于同宗同族同姓”[①]。不过，不同于《古船》确实将“宗族势力”与乡村基层权力的腐败联系在一起进行反思，这一时期的文学作品却将矛头指向了 90 年代极端个人主义盛行和历史遗留问题的合流，“宗族势力”非但是“乡霸”横行的原因，不少作品中“乡霸”的出现甚至与“宗族势力”的瓦解有关。如李佩甫《羊的门》中的呼天成能够在呼家堡呼风唤雨四十年，就与他主动摧毁“宗族势力”有关。《羊的门》从呼天成下决心做呼家堡的“主人”开始，以他病重决定传位给呼国庆结束，整部小说描写呼天成在呼家堡建立个人王国，呼风唤雨四十年的专权独裁历程。呼天成之所以能够在呼家堡拥有君临天下的权威，在于他极其精于“统治术”。对村民，他用雷霆手段施行愚民洗脑政策，这些政策可总结为“瓦解”和“重建”两个方面。被呼天成瓦解的东西有三：

（一）村民的个人尊严。这是呼天成“治人心”的开始，他一方面叫嚣着“人是活脸的”，一方面借用孙布袋的“脸面”树立反面典型，将个人尊严被摧毁的过程直接展现出来，瓦解人们的心理防线，让大家心甘情愿地臣服于他。

（二）乡村传统民间信仰。村中女娃溺水身亡，女娃父母为了祭奠女儿，举行了盛大的祭拜河神的仪式，呼天成认为民间信仰会冲击他的权威，于是决心阻扰祭拜仪式。在这次斗争中，呼天成打败了神秘不可见的巫神，取而代之成为呼家堡新的“神”。

（三）宗族社会结构。呼天成对宗族社会结构的摧毁主要表现在他对地上地下两座新城的设计上，在乡村，乡里邻居经常因为建屋土地界线问题引发纠

---

① 赵园：《家族、宗族组织与乡村——写作〈家人父子〉札记》，《东方早报 · 上海书评》2015 年 3 月 22 日。

纷,在现代法治精神尚未传达到乡村社会之前,土地纠纷通常依赖宗族长老出面解决。然而,在呼家堡出现这一问题,族人请呼天成以宗族代表身份解决问题时,呼天成却大笔一挥,决定建立新村,彻底变革掉土地与宗族力量直接的关联。呼天成摧毁宗族结构更彻底的手段是建立地下新村,即呼家堡墓园,在他的设想中,墓园中所有墓碑都只能按顺序统一标示数字编号,不能出现任何墓主的个人信息,甚至连自己的母亲也不例外,如此一来,关系到宗族社会文化根基的祭祖活动便不复有意义,最终宗族社会结构被彻底摧毁。

在着手瓦解传统信仰和传统乡村社会结构的同时,呼天成也在建立新的东西,他重建的东西也有三:

(一)新信仰、新法规。建立新信仰主要体现在呼天成对"工程师"老曹死后的加封上,老曹在为呼家面工厂进行试机时不幸殒命,呼天成隆重地将老曹推举为集体英雄,在他的墓碑上刻下一颗星。作为一名外乡人,老曹原本是呼家堡的边缘人,他死后的风光让村民为之一震,深受感化,于是纷纷被召唤投入到集体主义的信仰中。建立起集体主义信仰之后,呼天成推行了一系列新法规,对呼家堡实行统一化管理。

(二)权力关系网。呼天成深谙在村民心中,村级组织不具有政治权力形态,比村级组织更高一级的政府对村民来说才具有权力的震慑作用,于是他费尽心机向上攀附关系,在"文革"时营救并培养了一批中央和省市级干部,建立了庞大的权力关系网,成了真正的"通天人物"。

(三)个人权威。呼天成在对村民实行愚民政策时,还尝试将自己"神化"。为了成"神",他一方面不断挑战传统信仰,想取而代之,另一方面收敛隐藏自己的"人性",对自己进行"去人欲"的自我改造。为了证明自己超越了"人性",呼天成设计了荒诞的一幕,他不断让村里最美丽的女人秀丫来到自己房间,脱光衣服,自己面对她的胴体不为所动。如果说"去人欲,存天理"是封建理学的糟粕,那么在这里,呼天成对封建理学借尸还魂的利用,则是被个人极权崇拜反噬的生动写照,最后,呼天成想要恢复"人欲",却发现多年的隐藏、压抑与修炼早已让他丧失了产生欲望的机能,他彻底沦为权力机器,没有了灵魂。

在《羊的门》中,作者设计了两条时间线,说明"乡霸""土皇帝"虽然出现在新时期,然而基层权力腐化却是一个历史问题,农村社会经历了半个世纪的动荡,传统价值和信仰一一崩塌,是非秩序颠倒错乱,恶之花深植在历史土壤之中，没有在“文革”结束后得到及时纠正与反思，改革开放之后，在膨胀的欲望和个人主义的催化下，这朵恶之花迅速绽放。

除了李佩甫，张宇在《晒太阳》中也将基层权力腐化问题视为一个历史问题，不过，他将批判的矛头指向中国盛行已久的官本位思想，小说以第一人称的方式展现了官场上官官相护、假公济私的丑恶现实。县长杨润生与呼天成一样精于权谋，善于笼络人心。为了上位，杨润生不惜放弃原则，背叛亲友，甚至在父亲赌博被抓的家丑爆出时，杨润生和呼天成一样为了保全自己的政治前途，选择牺牲亲情。通过这些圆滑冷静狠辣的手段，杨润生在官场上混得风生水起。小说用了大量笔墨描写杨润生的矛盾心理和复杂身份，他原本是贫困的农民，改革开放之后，他接受现代教育读完大学，之后进入仕途步步高升，成为县长。杨润生虽然接受的是现代教育，但是他身上处处体现着传统儒家知识分子为人处事“外圆内方”的特征，受到儒家人伦思想的牵制。然而，作为“文革”当中成长起来的一代人，杨润生显然又被扭曲的政治观戕害，为了“政治”可以牺牲一切，包括父子人伦。杨润生的形象是儒家道德教化和“文革”经历相互渗透交织催生出来的，在改革开放推行之后，经历了传统与现代碰撞和个人主义盛行后，这一形象又发生了许多嬗变，呈现出复杂矛盾的样貌。通过对杨润生复杂性格和文化基因的剖析，张宇与李佩甫一样将基层权力的腐败问题归结为历史遗留问题，在他们眼中，90 年代的乡村尽管经历了种种剧变，然而潜藏在广袤土地上的文化暗流却并没有被截断，这些暗流与时代浪潮汇聚在一起，才掀起了权力腐败的浪花。《羊的门》中在权力淫威下心甘情愿变身为狗吠叫不已的人们，其实早在几十年前已经在心中吠叫了一遍，进入 90 年代，乡村的精神本貌并没有随着现代化的到来而跃进到另一个时代，相反，原本就存在的许多乡村病症随着新时代的到来，在历史“断裂论”的遮蔽下被悬置起来，这些病症潜藏在新时代的土壤下，随时可能发作。

第二节　传统乡贤文化的重新发现与叙事建构

除了剖析转型之中乡村的现实命运之外，20 世纪 90 年代还有一部分作家将乡村视为中国文化的基因密码，他们在寻根文学后遗症、新历史主义和西方后现代文学的影响下,尝试借由追溯乡村变迁史来回眸历史,寻找“历史的新诗意”。在这样的思想影响下,传统乡贤这一人物形象作为乡村文化拼图中最重要的部分,再次进入作家们的视野,得到重新塑造。这一时期对传统乡贤进行写作最具代表性的作品是《白鹿原》。

陈忠实的长篇小说《白鹿原》最初连载于《当代》1992 年第 6 期和 1993 年第 1 期,后由人民文学出版社于 1993 年 6 月出版单行本,是当年“陕军东征”系列中最具代表性的作品,相继被改编为同名电影与电视剧。陈忠实的《白鹿原》1997 年获茅盾文学奖。这部被作者在扉页上标定为“民族秘史”的小说一出版就受到社会各界的广泛关注,享誉海内外,至今依然是学术界研究的重要对象。在中国当代小说史上,《白鹿原》的特立独行之处就是它的“乡贤叙事”。出现在这部小说中的白嘉轩、朱先生、冷先生、徐先生等乡村人物也与过去以革命和阶级视点塑造的同类人物形象判然有别,他们以乡村贤达人士的面貌活跃在中国传统乡村社会的历史舞台上,以他们的道德理想、人生成就与人格魅力影响着中国传统乡村社会的政治、经济、文化、思想、教育等领域,是中国传统乡村的灵魂人物,也是宗法乡村治理的重要人物。《白鹿原》所揭示的民族历史的“秘密”,也与晚清至民国时期中国传统乡村的“乡贤治乡”和“乡官治乡”有关。

一、传统乡村的灵魂

出现在《白鹿原》中的白嘉轩、朱先生、冷先生、徐先生等都是白鹿原的乡贤,是白鹿村的灵魂,是传统乡村宗族治理的领导者。乡贤一词始于东汉,盛于明清,其所指在不同语境中有所不同。有论者将乡贤限定在“士”即知识分子范畴,认为乡贤属于“士”阶层,在宋代以后与乡村发生紧密联系。明清时期,乡贤的发展与乡绅阶层的兴起紧密相关,而“广义上的乡绅是指‘士之居乡者’。乡绅又可分为官绅、学绅和商绅。官绅是指曾经或现任官员在乡者;学绅是指那些有功名或学衔但又尚未入仕者;商绅是指那些具有商人身份的士绅,其在地方上具有一定权威并获得民众认可”[①]。《白鹿原》在比较宽泛的意义上使用“乡贤”这一概念,那些在乡村里有德行、有才能、有声望,并且受当地民众尊重的

① 胡彬彬:《古代乡贤与乡村治理》,《文史知识》2016 年第 6 期。

人，都可以视作乡贤。白嘉轩、朱先生、冷先生、徐先生等都是这样的乡贤。

白嘉轩只上过五年乡村学堂，自然算不上“士”，但他有德行、有才干、有声望，深受白鹿村乃至整个白鹿原民众的敬重，是当之无愧的乡贤。对白嘉轩这位在中国当代文学史上横空出世的乡贤形象，二十多年来学术界做了非常深入的研究，对其正面的认识与评价主要有以下几点：第一，讲仁义，他是儒家道德传统的忠实践行者，如对鹿三一家的关爱。第二，讲宽恕，如他不计前嫌，营救遭受牢狱之灾的黑娃、鹿子霖等，朱先生称赞说：“这心肠这肚量这德行，跟白鹿原一样宽广深厚永存不死。”第三，坚持“耕读传家，学为好人”的修身齐家信念，挺直做人的腰杆。第四，勤劳俭朴，发家致富，不失庄稼人本色。第五，远离党派政治，拒绝为官，淡泊宁静，善于慎独。第六，沉着、内敛、坚强，不失为大丈夫男子汉，具有强大的魅力。对白嘉轩的负面认识与评价主要有以下几点：第一，是个封建人物，思想保守落后，对所谓新学持怀疑拒斥态度。第二，在对违反《乡约》的村民和家人进行惩罚时，专横粗暴、冷酷无情，等等。总的来看，已有的研究忽略了白嘉轩在乡村自治中表现出来的宗族领导者特征及其作用。

从宗族治理角度看，白嘉轩在乡村宗族治理中所表现出来的特征有以下几点：第一，有思想，有梦想。白嘉轩治理宗族的指导思想是儒家思想，这不仅源于姐夫兼精神导师朱先生的教导与灌输，也是他自己的生命体验与人生感悟。白嘉轩的“宗族梦”就是要把白鹿村建成真正的“仁义白鹿村”。第二，以法治村，有法可依，执法严格。朱先生拟的《乡约》其实就是民间法规，白嘉轩以此为白鹿两姓宗族的法律法规，严格执法，对违反《乡约》的族人绝不因情废法。第三，有组织领导能力。在祈神祭祖、主持礼仪、抗灾济困等宗族公共事务中，白嘉轩都表现出很强的组织领导能力。第四，处事公平。他惩罚违反《乡约》的田小娥、白孝文等都一视同仁，对儿子白孝文的处罚甚至比其他人还要严酷。第五，有公心，无贪欲。他从不以权谋私，因私废公。第六，身先士卒。在处理与宗族有关的各项公共事务时，白嘉轩都率先垂范走在族人的前面。正因为有像白嘉轩这样具备优秀品格的乡贤主导宗族治理，白鹿村才能成为“仁义白鹿村”。在宗族治理中，白嘉轩看重的是口碑，是道德评价，享受的是道德意义上的成就感，与乡官鹿子霖对乡村事务的管理主要出自对权、钱、色的贪恋是完全不同的。白嘉轩在宗族治理中表现出的这些政治道德品格，即使对今天的乡村治理者而言，也是十分珍贵的。

朱先生是白鹿原民众心目中的“圣人”,是白鹿原传统文化的灵魂人物,是白鹿原乡村治理思想的提供者与实践者。对朱先生这位乡村知识分子形象,二十多年来学术界也做了非常深入的研究,对其正面的认识与评价主要有以下几点:第一,是关中大儒。他是程朱理学的传承者与践行者,是关中文化和儒家精神的象征。第二,慎独济世。慎独是朱先生的生存哲学,济世是朱先生的人生姿态,他用儒家“内圣外王”思想指导自己的言行,并努力成就慎独济世的人生。第三,淡泊名利。他与政治保持距离,绝仕进,弃功名,有“富贵不能淫,威武不能屈”的凛凛气节,有仙风道骨。第四,有爱民、爱国精神。抗战时期面对民族灾难,他投笔从戎,亲赴战场抗击倭寇。第五,是一位智者。他知识结构比较全面,除孔孟儒学之外,还精通天文地理、农业耕种,能够预测天气和农业的丰与歉,能为人指点迷津。对朱先生的负面认识与评价主要有以下几点:第一,持保守主义立场,局限在传统文化知识体系之中。第二,虽然对政局及未来发展有敏锐的洞察力,但他与各种所谓的时代新思想保持着距离。第三,将白鹿原政党政治的翻云覆雨,称之为“翻烧饼的鏊子”,认识深刻,但政治态度暧昧不明,等等。总体上看,已有研究虽对朱先生在乡村治理中的作用有所论述,但还不够充分。

从乡村治理角度看,朱先生以救世济民、教化天下为己任,在保持遗世独立清高姿态的同时,积极参与白鹿原乡村社会的各项公共事务:第一,协助晚清滋水县府在白鹿原禁烟,亲自动手铲除妻舅白嘉轩种的罂粟,做了一件利国利民的大好事。第二,在晚清民国改朝换代之际,只身一人劝退数十万入陕清兵,平息战火,让白鹿原免掉了一场可怕的战争灾难,也让白鹿原乡村社会由晚清王朝平安地过渡到民国,功在三秦。第三,参加赈灾,负责救济,一丝不苟,一介不取。第四,为抗战英雄举行公祭。投笔从戎,亲赴抗日战场,影响巨大。第五,编纂县志,鞠躬尽瘁。第六,在白鹿书院办学讲学,志在为国家为社会培育栋梁之材。第七,为白鹿原制定《乡约》,引导民众德业相劝,过失相规,礼俗相交,患难相恤。此外,他还调解家族纠纷,庇护政治落难者,等等。概而言之,朱先生以自己的声望和学识,积极投身到救世济民的各项活动中,在政治、经济、文化、教育、军事等各个方面,都对白鹿原产生了广泛而深远的影响。

冷先生、徐先生也都是白鹿原不可或缺的乡贤。冷先生是白鹿原医术最高明的中医,他悬壶济世,德艺双馨。他除了给白鹿原人提供医疗服务外,还积极参与调解民间纠纷、赈灾救困等各项乡村公共事务。徐先生是朱先生推荐到白鹿村坐馆的私塾先生，其思想学说、道德理想等与朱先生相同。他在白鹿村的教育及《乡约》的宣传推广中，起到了不可替代的重要作用。

如上文所述，白嘉轩、朱先生、冷先生、徐先生等都是白鹿原当之无愧的乡贤，是白鹿原的灵魂人物。他们分布在乡村政治、经济、文化、教育、医疗等各个领域，既是各自领域的杰出者，又是热心乡村公共事务的贤达人士。白鹿村能够在中国历史大变革时期的血雨腥风中顽强地生存下来，能够在"城头变幻大王旗"的乱世中成为"仁义白鹿村"，与白嘉轩、朱先生、冷先生、徐先生等优秀乡贤在乡村自治中的倾心付出是分不开的。

二、传统乡村的自治

在《白鹿原》中，白鹿村是陕西滋水县白鹿镇下的一个自然村庄，由白鹿两姓人家组成。白鹿两姓同出一宗，有共同的祖先，有共同的祠堂，依照儒家伦理长幼尊卑的方式组织起来，宗族有族长，家庭有家长，族人们在家长、族长的领导下，按照乡约族规做人行事，是一个典型的宗法社会。村里的事务其实就是宗族的事务。宗族的事务，一部分与国家有关，主要包括钱粮、赋税、户籍等；一部分则与宗族自身有关，主要是四时八节、生老病死、婚丧嫁娶、天灾人祸等。所有这些宗族事务主要都由族长负责打理，采用的是比较典型的宗族自治模式。

在传统中国乡村的宗族自治模式中，族长是乡村治理的核心人物。宗族族长的产生方式通常有两种：一是推举制，大都选择"齿德俱尊"者为族长，这种方式较为普遍。二是继承制，由大宗嫡长子世袭族长之位，如白嘉轩就是通过这种方式取得族长身份和地位的，这种方式并不常见，是因为长房长子在财富、品德、能力等方面有可能不堪大任，难以服众。白嘉轩能通过继承制世袭族长之位，这与白鹿村独特的村史有关，也与白嘉轩的个人才能有关。首先，就白鹿村历史而言，这个村庄原本不姓白也不姓鹿，"这个村庄后来出了一位很有思想的族长，他提议把原来的侯家村（有胡家村一说）改为白鹿村，同时决定换姓。侯家（或胡家）老兄弟两个要占尽白鹿的全部吉祥，商定族长老大那一条蔓的人统归白姓，老二这一系列的子子孙孙统归鹿姓；白鹿两姓合祭一个祠堂的规矩，一直把同根同种的血缘维系到现在……改为白姓的老大和改为鹿姓的老二在修建祠堂的当初就立下规矩,族长由长门白姓的子孙承袭下传。原是仿效宫廷里皇帝传位的铁的法则,属天经地义不容置疑。老族长白秉德死后,白嘉轩顺理成章继任族长是法定的事。"(《白鹿原》第五章)。其次,就个人才能而言,白嘉轩精明能干,勤俭持家,接替父亲白秉德成为名副其实的家长之后,就带领家人通过各种方式快速发家致富,其"才足以断事,德足以服众"[①]。当上族长的白嘉轩成为白鹿村自治机构的最高行政长官,掌握了管理白鹿两姓宗族各项事务的权力,如主祭权、准司法权、准行政权等,并很快显示出管理宗族事务的能力,成为白鹿原最具影响力的族长。

白嘉轩当上族长后做的第一件大事就是翻修祠堂。祠堂是宗族制度的产物,是宗族开展祭祀、行政、司法、教育、文化、社交、礼仪、娱乐等活动的公共场所,是宗族的神圣之地,具有独特的宗法政治文化功能。在《白鹿原》中,祠堂出现过一百七十五次。反复出现或曰始终"在场"的祠堂,是白鹿原乡村社会变迁、时局动荡、风云变幻的聚散地,是白鹿村村民上演人生悲喜剧的重要场所,当然也是白嘉轩族长践行自己的宗法道德理想,精心治理宗族的重要阵地。在这个阵地上,白嘉轩祭祖先,续族谱,办学堂,立乡约,主婚礼,解纠纷,断曲直,将祠堂在宗族自治中的政治文化潜能发挥到了极致。

在祠堂的诸多政治文化功能中,白嘉轩最看重的是祠堂"管摄人心"亦即建立归属感、凝聚人心的作用,他说:"凡是生在白鹿村炕脚地上的任何人,只要是人,迟早都要跪倒到祠堂里头的。"(《白鹿原》第三十章)。这在黑娃(鹿兆谦)和白孝文身上有非常显著的戏剧性表现。黑娃曾经是白鹿家族中最彻底的反叛者,后来也是最彻底的回归者。黑娃与田小娥的婚恋不符合白鹿家族的规矩,也没有得到宗族的认可,不允许在祠堂举行婚礼。心生恨意的黑娃先是参加革命,失败后上山为匪。不论是参加革命还是上山当土匪,黑娃都把反叛的矛头对准代表封建家族的族长白嘉轩和象征封建家族的祠堂,打折了白嘉轩挺直的腰,砸碎了祠堂里刻有《乡约》的石碑。归顺民国政府后,黑娃拜朱先生为师,修习儒学,"学为好人",带着再婚的妻子,又跪倒在祠堂里,在祖宗牌位下真诚忏

---

① 《安徽古歙·东门许氏宗谱·家规》,转引自叶娟丽:《我国历史上宗族组织的政权化倾向》,《学术论坛》2000 年第 2 期。

悔自己犯下的罪过。白嘉轩不计前嫌，以最隆重的仪式迎接黑娃的回归，借此彰显宗祠巨大的凝聚力。相似的故事在白孝文身上又重复上演了一次。宗祠之所以如此有吸引力，与祖先崇拜有关，“朴素的祖先崇拜，被赋予了借着血缘关系维系宗族内部特别是统治者家族内部团结的意义”[①]。

白嘉轩当族长后做的第二件大事就是实施《乡约》。所谓“乡约”，“就是指在宗族乡里订立的共同遵守的规约，村民自愿遵守，自发执行。族长的道德名望使争讼双方信服他们的公平裁决，而不需要司法介入解决矛盾纠纷，农村宗族保持着内部的秩序稳定与和谐”[②]。白嘉轩所实施的《乡约》是朱先生制定的。这部《乡约》实为宋代“吕氏四贤”之一的吕大钧执笔写成的《吕氏乡约》。朱先生作为关中大儒，与宋代“吕氏四贤”是一脉相承的。朱先生所在的白鹿书院，就是从前的“四吕庵”。这座庵是为了纪念“吕氏四贤”的功德由皇帝钦定修建的，吕氏后人又将其改成了现今的白鹿书院。吕大钧的《吕氏乡约》包括《乡约》《乡仪》两部分。《乡约》由“德业相劝，过失相规，礼俗相交，患难相恤”四大部分组成，除此之外还包括罚式、聚会和主事等内容。《白鹿原》只摘录了其中的“德业相劝”与“过失相规”两个部分。如中国社会学家杨开道所说，《吕氏乡约》有四个特点：第一，以乡为单位，而不是以县为单位，这样自下而上地进行，与儒家学说中修身、齐家、治国平天下的人生哲学和政治哲学主张一致；第二，是由人民公约，而不是由官府命令；第三，是局部参加，自由参加，而不是全体参加，强迫参加；第四，是成文法则[③]，但属于民间法的范畴，是对国家法的补充。因“这些乡约与统治者宣传的官方价值观高度契合，甚至本身就是律法的翻版，得到了统治者的认可和支持，也符合中国人的传统道德观念，易于为村民所接受”[④]。

白嘉轩实施《乡约》的方法有三个：第一，“铸刑鼎”，将《乡约》刻在两方青石板上，镶在祠堂正门的两边，与立在院子里的“仁义白鹿村”石碑交相辉映。第二，定时组织宗族成员集体学习，白嘉轩经常召集白鹿两姓十六岁以上的男子齐聚学堂，请徐先生逐条讲解《乡约》内容，要求每个男人再教给妻子和儿女，学生在学堂里也要学《乡约》。第三，督促村民遵循《乡约》，违约必罚，处罚的方法

① 萧默：《文化纪念碑的风采：建筑艺术的历史与审美》，中国人民大学出版社 1999 年版，第 30 页。
② 郑重：《白鹿原的“乡约”社会治理》，《人民法院报》2012 年 9 月 28 日第 7 版。
③ 杨开道：《中国乡约制度》，商务印书馆 2015 年版，第 69—73 页。
④ 同②。

有罚跪、罚款、罚粮以及鞭抽板打等。自实施《乡约》以后，村民都照《乡约》做人行事，白鹿村“从此偷鸡摸狗摘桃掐瓜之类的事顿然绝迹，摸牌九搓麻将抹花花掷骰子等等赌博营生全踢了摊子，打架斗殴扯街骂巷的争斗事件再不发生，白鹿村人一个个都变得和颜可掬文质彬彬，连说话的声音都柔和纤细了”(《白鹿原》第六章)，白鹿村真的成了“礼仪之邦”。

白嘉轩当族长后做的第三件大事就是办学堂。学堂就设在祠堂，白嘉轩翻修祠堂的重要动机之一就是要在祠堂里办学堂。“白鹿村百余户人家，历来都是送孩子到七八里地的神禾村去念书，白嘉轩就是在那里早出晚归读了五年书。”白嘉轩办学堂有方便两个儿子上学的想法，也有让自己的名字与祠堂和学堂一样不朽的动机，但主要还是出于一个族长为宗族万世传承的公心。白嘉轩办学堂的善举不仅得到了鹿子霖等族人的积极响应，而且得到了精神导师朱先生的充分肯定与高度评价：“你们翻修祠堂是善事，可那仅仅是个小小的善事；你们兴办学堂才是大善事，无量功德的大善事。祖宗该敬该祭，不敬不祭是为不孝；敬了祭了也仅只尽了一份孝心，兴办学堂才是万代子孙的大事。”(《白鹿原》第五章)学堂最后虽然受到了现代新学校的冲击，但也让白孝文、白孝武、白孝义、白灵、黑娃、鹿兆鹏、鹿兆海等白鹿宗族子弟在这里受到了儒学教育，他们后来大都成了白鹿原的风云人物，其影响与意义是深远的。

白嘉轩当族长后做的第四件大事就是抗灾济困。白鹿村在白嘉轩任族长期间遇到过两次重大灾害：一是旱灾，二是瘟疫。为了抗击旱灾，白嘉轩带领族人举行伐神取水仪式，以自残的方式求神降雨，但天不遂人愿。旱灾导致饥荒，白嘉轩又投入到赈灾之中。饥荒过后是肆虐白鹿原的瘟疫，白嘉轩带领族人用给田小娥亡魂修镇鬼塔的方式抵抗瘟疫。受个人识见的局限，白嘉轩带领族人用求神镇鬼的方法抗击旱灾和瘟疫，虽然没有也不可能取得什么实际效果，但表现出了一个道德英雄应有的自我牺牲精神与担当。

白嘉轩当族长后做的第五件大事就是带领族人保家卫族。“白狼”的出现使得白鹿村人恐慌，“白狼”实际上是民国初年河南农民白朗领导的起义军，起义军打击了陕西的军阀统治，但也侵扰了沿途百姓的生活。出于宗族自保的需要，白嘉轩带领族人把白鹿村堡子的围墙豁口全部补平。白嘉轩在组织族人修补围墙豁口的同时，把族中十六岁以上的男人组织起来，夜夜巡逻放哨。放哨的人在围墙上点燃麦草，手持梭镖和铁铳严阵以待。白嘉轩组织的保家卫族活动，在一定程度上保障了宗族的安全、人心的安定与社会秩序的稳定。

如上文所述，白嘉轩在当族长期间，做了很多与整个白鹿两姓宗族利益相关的大事情。白嘉轩运用族长的权力和自己的人格魅力带领族人所做的这些事情，一方面巩固了他族长的位置，增强了族长的威严与号召力；另一方面把族人们组织和团结起来，共同面对艰难的时世，勉力维持在中国历史大变革时期白鹿原宗法乡村的社会秩序，其宗族治理的成效及意义是不言而喻的。

白嘉轩主导的宗族自治得到了晚清时期滋水县令的肯定，将白鹿村表彰为“仁义白鹿村”。滋水县令大力表彰白嘉轩及其治理下的白鹿村，其原因是不难理解的，如美国学者艾尔曼所说：“我们不难理解国家支持地方性宗族发展的原因。儒家系统化的社会、历史、政治观点都是围绕祖先崇拜展开的，宗族关系被奉为道德行为的文化基础。忠孝等宗法观念又被外化到国家层面。因此，宗族秩序的道德影响作为地方社会的建设性基石，被国家认为是有益的。”①

三、乡村自治与官治的互动

在《白鹿原》中，白嘉轩和他的族人们先后经历了晚清、民国及新中国成立初期三个历史时期，但小说所叙述的白鹿原故事主要发生在晚清与民国这两个阶段。在这两个历史阶段，白鹿原由乡贤主导的乡村“自治”与由政府基层官僚主政的乡村“官治”之间的互动关系是很不一样的。在晚清时期，二者之间是一种互补关系；在民国时期，二者之间演变成为对抗关系。

据《白鹿原》第七章记述，晚清时期的白鹿原没有什么正经八百的行政机构和地方官员，仅设有白鹿仓，“白鹿仓原是清廷设在白鹿原上的一个仓库，在镇子西边三里的旷野里，丰年储备粮食，灾年赈济百姓，只设一个仓正的官员，负责丰年征粮和灾年发放赈济，再不管任何事情”。也就是说，晚清时期的滋水县依旧是“皇权止达于县”，白鹿原还处在“无政府”状态，乡村税赋、治安、户籍、教化等事务主要依赖乡村中有威望、有能力、有财富的贤达士绅，亦即乡贤。白鹿村的治理就是由白鹿两姓共同的族长白嘉轩主导的，朱先生、冷先生和徐先生

① ［美］艾尔曼著，赵刚译：《经学、政治和宗族：中华帝国晚期常州今文学派研究》，江苏人民出版社 1998 年版，第 18 页。

等乡贤则主要充任白嘉轩的精神导师与支持者。

如前文所述,辛亥革命前的白鹿原处在平静的"自治"状态,清朝"没在原上公开征召过一兵一卒,除了给皇上交纳皇粮外,也再没增收过任何名堂的军粮"(《白鹿原》第三十章)。白鹿村修祠堂、立乡约、办学堂、正乡风、恤孤寡、抗灾害、祈神祭祖等非政府行为,都是在族长白嘉轩主导下进行的。白嘉轩做这些事情不是在完成晚清政府下达的工作任务,也不要政府支付俸禄,他是在自觉履行族长的职责,他把做好这些事情看成是自己应该担负起的宗族使命。白嘉轩主导的白鹿村自治,其意义在于两个方面:第一,根源于皇权的族权弥补了皇权未能抵达县以下乡村的"权力空白",维护了乡村社会的秩序,保障了乡村社会在政治、经济、文化乃至人口生产等方面的运行与发展。第二,晚清政府借助乡贤主导的乡村自治实现了对乡村社会的控制,减轻了国家政权运行的负担,降低了统治成本。简而言之,二者之间的这种互补或曰依赖是双赢的。

美国华人学者李怀印在论述晚清和民国时期国家与乡村的关系时提到,德国社会学家马克思·韦伯"在分析中国的社会组织时,始终强调村社自主性的存在以及其与世袭君主之间的紧张关系。根据韦伯的解释,中国乡村的此种自主性和内聚性,源于地方自治组织。这些组织承担着诸如修路、河道疏浚、地方防卫、犯罪控制、办学、丧葬仪式等职责。同样重要的是村社生活中的宗族组织,尤其是族长权利和宗祠至高无上的地位。正是这种基于对祖先膜拜的宗族凝聚力,'抵制着世袭君主行政体系的无情入侵',并导致自上而下的世袭君主统治与自下而上的宗族强大反制力之间持久的冲突"①。这种观点用于描述白鹿村与晚清王朝之间的关系是有问题的,用于分析白鹿村与民国政府之间的关系则比较适用。

民国时期,政府几度提倡地方自治,曾先后颁布过《地方自治试行条例》《地方自治试行条例及施行规则》《县自治法》《县自治法施行细则》等。民国政府搞的这些乡村自治,其本意是为了向乡村社会渗透,强化对乡村的控制,以维护其统治,因而"名为自治,实为官治"②。国家权力向乡村渗透的办法有很多,如设立区乡行政机构,建立保甲制度,推行国家法律制度和国家意识形态,用具有强

---

① [美]李怀印著,王士皓校:《华北村治——晚清和民国时期的国家与乡村》,中华书局2008年版,第10页。

② 王培棠:《江苏省乡土志》,商务印书馆1938年版,第229页。

权专制色彩的“官治”挤压乡贤主导的“自治”，从而实现对乡村社会的控制。

据《白鹿原》第七章记述，辛亥革命后，“皇帝在位时的行政机构齐茬儿废除了，县令改为县长，县下设仓，仓下设保障所，仓里的官员称总乡约，保障所的官员叫乡约……现在白鹿仓变成了行使革命权力的行政机构，已不可与过去的白鹿仓同日而语了。保障所更是新添的最低一级行政机构，辖管十个左右的大小村庄”。《白鹿原》对民国初期北方乡村基层政权的记载是符合历史事实的。自民国初年起，政府打破中国古代“皇权止达于县”的传统，强行进入乡村社会，将行政权力由县下沉至区乡一级，设立区乡行政机构，区乡从此成为国家最基层的行政单位。这样的巨变让白嘉轩等地方贤达人士始料不及，也莫名就里。当投机分子鹿子霖当上保障所的“乡约”时，白嘉轩禁不住狐疑地问：“乡约咋成官名了？”（《白鹿原》第六章）在这场历史巨变中，乡官鹿子霖获得的行政权力远大于族长白嘉轩的宗族管理权力。当鹿子霖为当上白鹿仓第一保障所乡约举行庆祝活动时，白嘉轩尽管满腹狐疑，还是不得不与冷先生及保障所下辖各村的头面人物一起，参加了庆祝活动。（《白鹿原》第七章）这可以看成是白鹿原乡村自治与官治的首次直接碰撞。

据《白鹿原》第三十章记述，“某天早晨，中华民国政府对设在白鹿原的行政机构的名称进行了一次更换，白鹿仓改为白鹿联保所，田福贤总乡约的官职名称改为联保主任；下辖的九个所一律改为保公所，鹿子霖等九个乡约的官职称谓也改为保长；最底层的村子里的行政建制变化最大，每二十至三十户人家划为一甲，设甲长一人；一些人多户众的大村庄设总甲长一人。这种新的乡村行政管理制度简称为保甲制”。20 世纪 30 年代，国民政府推行的这套保甲制度不同于中国古代的保甲制度。中国古代保甲制度大体上是乡村自治与官治互济的制度，而国民政府推行的保甲制度受区乡行政控制，是官僚化的准行政组织，是国民党用以控制乡村社会、维护其政权的统治工具。

中华民国政府在白鹿原实行的保甲制度，其职能有二：第一，防共剿共，不让共产党势力在白鹿原蔓延。联保主任田福贤在对联、保、甲三级官员训话时，就开宗明义地说，建立保甲制度就是要对付共产党，在白鹿联防所辖属的区域彻底消灭共匪。第二，征丁征粮，“原上现存的年龄最长的老者开启记忆，说从来没有见过这样普遍的征丁和这么大数目的军粮，即使清朝也没在原上公开征召过一兵一卒，除了给皇上交纳皇粮外，也再没增收过任何名堂的军粮。

民国出来的第一任滋水县史县长征收印章税引发‘交农’事件挨了砖头,乌鸦兵射鸡唬众一亩一斗,时日终不到一年就从原上滚蛋了。而今保甲制度征丁征粮的做法从一开始就遭到所有人的诅咒”(《白鹿原》第三十章)。

国民政府通过区乡行政机构及保甲制度对乡村进行具有强权专制色彩的“官治”,在实现对乡村社会控制的同时,也给乡村社会带来了前所未有的沉重负担乃至毁家灭族的灾难,其表现主要有三:第一,设置区乡行政机构及实行保甲制度使官僚人员迅速膨胀,增加了民众的负担。第二,竭泽而渔式的征丁征粮征税超出了乡村的承受能力,摧垮了乡村经济,使“白鹿镇的三六九集日骤然萧条冷落下来,买家和卖家都不再上市”。第三,严重的贪腐与巧取豪夺,充任乡村官治的人员大都是与鹿子霖一样品行低劣的土豪劣绅和地痞流氓,他们除了完成政府交派的税赋征缴任务外,还往往随心所欲地摊派,趁机从中牟利,如鹿子霖出狱后当了田福贤的“钦差”,保长甲长们征收的苛捐杂税使得鹿子霖在监狱“腾空的皮囊开始充填起来,脑门上泛着亮光,脸颊上也呈现出滋润的气色”(《白鹿原》第三十三章)。

国民政府对乡村的“官治”造成了中国农业的凋敝与农村的萧条,激起了农民的仇恨与反抗。在白鹿原,以白嘉轩为首的白鹿村的宗族势力与以田福贤、鹿子霖为代理人的乡村官治人员之间形成了激烈的对抗。白嘉轩们采取的斗争方法主要有四种:第一,抗争,如民初滋水县县长史维华通过鹿子霖等乡约们收所谓“印章税”,遭到白鹿原农民的反对,白嘉轩通过“鸡毛传贴”,组织农民“起事交农”,到县府游行示威。第二,不合作,如“交农”事件发生前夕,总乡约田福贤和乡约鹿子霖要求族长白嘉轩出面阻止,白嘉轩拒不合作。第三,消极应对,如乡约鹿子霖要族长白嘉轩收税,白嘉轩只是应付了事,并不真的执行。第四,逃避,白嘉轩自己多次拒绝当乡官,也鼓励和帮助儿子白孝武逃避当保长这类的乡官。这些斗争方法的运用,在一定程度上对乡村官治起到了制衡作用,维护了乡村农民最起码的生存权益。

概而言之,晚清时期,“皇权止达于县”“帝国的统治者乐意减少对地方治理的行政干预,并且鼓励村民们通过自愿合作完成对国家的应尽义务”[①]。白鹿村由

---

① [美]李怀印著,王士皓校:《华北村治——晚清和民国时期的国家与乡村》,中华书局 2008 年版,第 10 页。

族长白嘉轩等乡贤主导的乡村治理具有很强的自治特征，与国家权力之间形成了互补共赢的关系。与之相反，民国时期，国民政府通过区乡行政机构及保甲制度对乡村进行“官治”，限制了乡村自治的空间，其意在强化统治，实际上却是苛政横行，官贪吏掠，使农业凋敝、农村萧条、农民贫困，引起了农民的憎恨与反抗，反而动摇了国家的权力根基，其教训十分深刻。

陈忠实的《白鹿原》生动形象地展现了传统中国乡村治理的历史图景。在《白鹿原》中，有两种对比鲜明的乡村治理模式：一是以白嘉轩为代表的“乡贤治乡”模式，二是以鹿子霖为代表的“乡官治乡”模式，这两种治理模式给白鹿村带来的影响是完全不同的。从清末民初到中华人民共和国成立前夕的半个多世纪里，这两种不同的乡村治理模式在白鹿村始终存在，二者之间既冲突不断，又相互妥协，共同维系着历史大变革时期动荡不安中的乡村社会秩序。在当代中国乡村治理中，如何用好“乡贤治乡”与“乡官治乡”两种模式，平衡好二者的关系，从而收到最好的乡村治理效果，值得深入思考和认真借鉴。

第五章
乡贤文化与乡贤叙事艺术的嬗变

在自晚清至今的一百多年中，中国文学乡贤叙事中的乡贤文化与乡贤叙事模式是不断变化的。传统乡村精英中的传统乡贤与以“农村新人”为代表的现代乡村精英中的现代乡贤有不同的叙事演进轨迹。

传统乡贤是传统文化的象征，由于不同人对传统文化持不同态度，传统乡贤或遭遇解构，或得到重构。在文化上，传统乡贤的形象书写关系到如何面对传统与现代的关系。五四乡土小说基于启蒙立场，将传统文化视为落后愚昧的观念，由此对传统乡贤进行了解构。京派乡土文学则尝试回归传统，在传统乡土世界中发现人性美，京派作家在传统乡贤身上发现了闪光点。除了文化观念，政治观念也影响着传统乡贤形象的呈现。在我国，不同时代主流政治话语对传统的态度并不一致，20 世纪 40 到 70 年代，传统文化一直被视为反动的、倒退的，传统乡贤在这一时期多被塑造为负面形象。改革开放之后，时代政治话语和文学观念发生了巨大改变，传统乡贤的历史意义与现实价值被重新发现和建构。传统乡贤形象的历史流变是不同历史时期政治文化观念不断发生改变的叙事表现。

中国乡土小说中的“农村新人”形象最能够代表不同历史时期对中国革命、社会制度和新国家形象的想象，他们的出现大都与土地制度的变革有关。中国农村的土地制度先后经过土改、合作化、大包干和土地流转四次大变革，乡土小说亦塑造了在变革中涌现的四代“农村新人”形象。他们参与到不同历史时期新土地制度的制定、执行和变革中，由此形成了不同的新制度性人格。每一代“农村新人”的制度性人格随土地制度的变革发生显著的变化，后来者往往是对前一代的扬弃，从而呈现出辩证发展的代际演变特征。“农村新人”形象曾是衡量作品成败的重要标准，也是观察中国社会制度变迁的风向标。[①]

在晚清至今的中国文学特别是乡土文学中，乡贤文化与乡贤叙事形成了一些相对稳定的叙事模式。在诸多相对稳定的叙事模式中，尤以二元对立叙事模式、“新人”成长叙事模式、“能人”叙事模式最为突出，也最有研究价值。

第一节　观念变革与传统乡贤形象塑造的嬗变

传统乡村精英中的传统乡贤是乡贤人物谱系中最重要的类别，所谓传统乡贤，指的是“科举中取得功名而生活在乡村并有较高地位者。他们多半由退职返乡的文武官员，或有一定功名而未出仕的乡村贤达组成”[②]。随着时代的变迁，乡贤的内涵有所变化，在文学领域，乡村干部、乡村知识分子、乡镇企业家、退休返乡的知识分子以及退休干部等新的乡村权威也都可以归入到乡贤之列[③]，成为乡贤书写的对象。但是，无论乡贤的概念如何演变，怎么评价、描述、建构传统意义上的乡贤形象，一直都是乡贤书写的重要主题。在不同时代，出于不同的文化政治因素考量，作家们对传统乡村精英中的传统乡贤的态度大相径庭，塑造人物形象的方法也各不相同，因此，他们塑造出来的传统乡贤形态各异、性格复杂多样。传统乡村精英、传统乡贤形象的历史流变是不同历史时期政治文化观念不断发生改变的叙事表现。

一、文化视域中的传统乡绅与传统乡贤形象塑造

回顾 21 世纪之前的乡贤叙事，五四乡土文学和京派乡土小说都从文化的角度对传统乡贤进行审视，不过，这两个文学派别对传统乡贤的态度判然不同。五四乡土小说作家基于启蒙立场，倡导“民主”与“科学”，对传统伦理观念进行批判和反思。传统乡贤作为传统文化、传统秩序和传统价值的拥护者，在五四

---

① 参见李兴阳：《“农村新人”形象的叙事演变与土地制度的变迁》，《文学评论》2015 年第 4 期。

② 赵普光、李静：《当代文学对乡贤文化的书写》，《人民日报》2016 年 8 月 9 日第 23 版。

③ 李静：《当代乡村叙事中乡贤形象的变迁》，《江苏社会科学》2016 年第 2 期。

作家的笔下遭遇了解构,他们不再是乡村世界德高望重的精神领袖,而是虚伪狡诈的"卫道士",他们对乡村世界的管理,也并非是要在乡村践行儒家的政治理想,而是为了盘剥和控制底层农民。与五四乡土小说作家从"现代"的视角批判"传统"不同,京派小说家则基于"逆现代"的文化观念,对传统乡贤的形象进行重构。在京派作家的笔下,传统乡贤成为乡村世界美好品格的象征,他们在作品中往往散发出令人神往的人格魅力,甚至被赋予"神性"。这两个文学派别在塑造传统乡贤时表现出来的不同取向,暗示了作家们对传统乡贤所代表的传统文化的两种审视态度。

(一) 五四乡土文学对传统乡贤的解构

正如鲁迅自述,"说到'为什么'做小说罢,我仍抱着十多年前的'启蒙主义',以为必须是'为人生',而且要改良这人生。我深恶先前的称小说为'闲书',而且将'为艺术而艺术',看作不过是'消闲'的新式的别号。所以我的取材,多采自病态社会的不幸的人们中,意思是在揭出病苦,引起疗救的注意"①。在鲁迅的影响下,五四乡土小说家们将乡村世界视为"病态社会"的缩影,他们尝试借由描述一个个蒙昧、保守、贫穷、狭隘的中国农民的代表,揭示出隐藏在中国文化深层结构中的痼疾,从而希望"人"可以从中获得解救。乡贤在这一时期并不是乡土小说重点描述的对象,他们更多是作为乡村世界的背景或者社会结构中的一环进入到作品中,然而,即使乡贤只是作为点缀,他们在这些作品中的出场依旧富有深意。如果说农民是五四乡土小说的绝对主角,在一个以农业文明为主的社会中,他们的形象肩负起对整个民族精神面貌的象征,那么乡贤作为乡村世界的统治者和文化规则的制定者,他们的出场则直观而形象地解释了农民不幸的原因。以揭示和批判病态社会为使命的五四乡土小说,对传统乡贤进行了基于启蒙理性的解构。具体来看,这一时期,乡土小说家对传统乡贤的解构主要表现在两个方面:

1. 在新旧对立观念下对"假道学"的揭发

新旧对立是五四乡土小说家进行乡村审视的基础逻辑,正如上文所说,五四乡土小说家以"启蒙"作为旗帜,在"启蒙"的观念下,西方现代文明被视为先

① 鲁迅:《我怎么做起小说来》,《鲁迅全集》第 4 卷,人民文学出版社 2005 年版,第 526 页。

进的光明的新生力量,而中国传统文明则被视为腐朽的陈旧的有机体。在新旧对立的观念下,传统乡贤所代表的旧文化不再被正面书写。相反,劣绅受到注意,他们成为封建糟粕的化身,不断遭到鞭挞。新旧冲突的书写在鲁迅小说中得到最极致的呈现。在鲁迅看来,以儒家文化为核心的传统文化充满着反人性的内容,与尊重人性、倡导个性解放的西方现代文明形成鲜明对比。在《肥皂》和《高老夫子》等作品中,鲁迅直接将深受本能欲望困扰的乡绅推到台前,这些乡绅由于长期受到儒家道德人伦观念的浸淫,无法正视自己的欲望,将之视为洪水猛兽,然而,他们对欲望的压抑并没有让他们"成王成圣",而是让他们显露出虚伪的本性。在这里,鲁迅通过正视"人欲"的存在,捍卫"人"的价值,戳破了儒家学说的神话。

除了揭示乡绅在面对人的本能欲望方面的虚伪,这一时期的作家还侧重描写乡绅的假仁假义。在传统文化观念中,乡贤是品德优秀且深受民众爱戴的精神领袖,然而,在五四乡土小说作家的笔下,不见乡贤,只见乡绅,这些乡绅往往霸占着乡村统治者的位置而不具备相应的良好品德。在鲁迅小说中,《孔乙己》中的丁举人没有一点仁德之心,因孔乙己在自己家小偷小摸,将他的腿打折;《离婚》中的慰老爷和七大人以势压人;《阿Q正传》中的赵太爷专横刻薄、贪婪自私;《风波》中的赵七爷小肚鸡肠、幸灾乐祸;《长明灯》中的四爷贪婪阴险。这些乡绅无不是德不配位,他们在作品中的出场,暗示了在是非黑白颠倒的乡村世界,正常的人是没有生存空间的。除了鲁迅,叶圣陶在《倪焕之》中也塑造了劣绅的形象,在这部小说中,蒋士镳在乡村世界拥有巨大的话语权。当新乡贤蒋冰如要在乡村试行教育改革时,他开始真相毕露,表现出贪婪、奸诈、投机、钻营的一面,为了维护自己的私人利益,处处为难蒋冰如。在蒋士镳身上,传统乡贤的宽厚品质已经消失殆尽,剩下的只是被满嘴仁义道德所掩盖的丑陋灵魂。

2. 问题意识下乡贤复杂人格的呈现

五四乡土小说作家将儒家文化视为旧文化的代表,将乡绅中的劣绅塑造为反面人物,但并不是做简单化处理,而是以现实主义作为写作原则,正视乡绅身上的复杂个性。这些作家往往有丰富的乡村生活经验,他们对乡土世界的态度也更为复杂,他们怀抱着"改良人生"的创作目的,将传统乡绅身上好坏交织的一面表现出来。如彭家煌在《今昔》中塑造的芝大王爷因为官员"见了绅士不起身,不脱眼镜"而大怒,他不畏惧权贵,一拳打碎了官员的眼镜,表现了传统乡绅的魄力。这种刚直守礼的乡贤形象,在彭家煌的另一本小说《怂恿》和鲁彦的《阿长贼骨头》中都有所呈现。还有一部分作品则颂扬传统乡贤为人正派、心地善良的品质,如《倪焕之》中的赵举人就是一个正派的乡贤,小说中他三次出场,每次都是为乡村世界主持正义,在小说中,当五四运动的消息传到镇上时,赵举人甚至以欢欣的态度接受并鼓吹这一运动。在台静农的《天二哥》中,吴六先生则是有仁义心的乡贤的代表,当小柿子被天二哥痛打时,他毅然将小柿子解救下来。

尽管五四乡土小说作家描写了传统乡贤“好”的一面,但是,他们依旧不忘对这些乡贤身上的迂腐味进行讽刺,如《今昔》中的芝大王爷虽然因为痛殴傲慢的官员而得到民众的拥戴,但是他对官员的不满依旧是为了维护乡绅阶层的特权,而不是出于为民请命的目的。《倪焕之》中的赵举人是难得的愿意拥抱新事物新思想的乡贤,但当他获邀成为倪焕之的证婚人时,却又摇头晃脑地以朗诵八股文的腔调诵读长篇祝词。这些人物身上的陈腐气息使他们难逃作为旧文化的象征,成为作家们嘲讽的对象。除了嘲讽乡贤的旧品格,还有一部分作家对乡贤的“失权”进行了描述。鲁彦在《黄金》中将乡贤身份与经济地位关联在一起,乡贤一旦发生经济危机,其乡贤地位即不复存在。将乡贤的身份视为经济地位的附庸,这本身就是对乡贤内涵的一种嘲讽,即使经济能力再强,“贤”的缺席依旧让乡村世界的掌权者难以复归乡村秩序,乡村依旧是作为病态社会的缩影而被呈现。

20世纪20年代末,夏丏尊在评论《倪焕之》时指出,这部作品的价值在于“逼真”,“十余年来中国的教育界的状况,乡村都会的情形,家庭的风波,革命前后的动摇,遂如实在纸上现出,一切都逼真,一切都活跃有生气”[①]。“逼真”其实不仅仅是《倪焕之》的艺术追求,也是其他问题小说家的追求,这些作家以写实的原则要求自己,塑造出复杂的乡贤形象,使这一时期对乡贤的解构更具历史价值。

(二) 京派乡土小说对传统乡贤的重构

如果说五四乡土小说家往往是从传统与现代对立的文化立场对包括传统

① 夏丏尊:《关于〈倪焕之〉》,见叶至善等:《叶圣陶集》第三卷,江苏教育出版社2004年版,第274页。

乡贤在内的传统乡村精英进行抨击的话，那么，京派作家则希望弥合传统与现代之间的巨大裂缝，他们将传统与现代的对立悬置起来，从人性“美”和“真”的角度重新发现传统乡贤身上的闪光点，对之加以称颂。京派小说家对乡贤的重构主要有以下手法：

1. 对时代背景进行隐匿

五四乡土小说家对传统乡贤进行解构的方法之一就是将乡贤放置在道德秩序倒错、时局动荡不安的环境中去考量，在这种环境下，乡绅的失德失能自然得到呈现。然而，京派小说家在表现乡贤时，往往将之放置在一个远离混乱的现时政治环境中，在这个世界里，自给自足的自然经济尚未解体，有序的社会结构依旧在运转，而乡贤作为这个完满自在的世界中的一员，他的形象自然也是自在自为的。

如废名在《桥》中就塑造了一个不受凡尘俗世干扰的乡土世界，这里“充满了一切农村寂静的美”“不但那农村少女动人清朗的笑声，那聪明的姿态，小小的一条河，一株孤零零长在菜园一角的葵树，我们可以从作品中接近，就是那略带牛粪气味与略带稻草气味的乡村空气，也是仿佛把书拿来就可以嗅出的”①，史家奶奶正是在这样的世界里出场，这里没有钩心斗角，没有道德沦丧，有的只是与美好乡村图景相匹配的美好人物。在《边城》中，沈从文塑造了一个更封闭也更自在的“世外桃源”。湘西本来就是一个远离中原文化的“边陲小城”，沈从文借由这样一个地方塑造出一个现代文明不曾侵扰的理想世界，由于没有受到外部世界的干扰，湘西始终保存着淳朴的民风，人们依照着古老的道德准则与他人、自然及社会和谐相处，没有高度紧张、自我膨胀与心灵焦虑。在这样的乡村世界图景中，人性被充分浪漫化，乡贤作为这个世界的精神化身，也一样被进行了浪漫化处理。

2. 对传统乡贤的文化品格进行有选择的展现

京派作家在塑造乡贤时，除了隐匿时代背景、远离政治之外，还对传统乡贤的文化品格进行了筛选。传统意义上的乡贤一般是儒家文化的代言人，他们以儒家道德伦理观念作为准则来规范自己和治理乡村。这种儒家伦理道德有好的一面，如“仁义”思想、“爱人”观念等，然而，它也有不好的一面，如森严的等级

---

① 沈从文：《论冯文炳》，见《沈从文选集》第5卷，四川人民出版社1983年版，第293—294页。

制度和反人性的伦理纲常。京派小说家在塑造传统乡贤形象的时候,往往保留传统乡贤的好品格,而将坏品格剔除掉。如许多京派乡土小说都写到传统乡贤的仁义,却并不涉及反人性的"道学"。如《桥》中的史家奶奶,《边城》中的船总顺顺,《长河》中的商会会长、橘子园主人滕长顺等,都是仁义善良的传统乡贤的代表,他们对乡民的苦楚都能感同身受,尽自己所能帮助乡邻,他们身上有以传统文化为底色的优良品格,而又不那么迂腐刻板。

在部分京派小说家笔下,有的传统乡贤并不那么传统,他们更尊重人的本性,表现出一定的解放人性的思想。如《边城》里的船总顺顺,他并没有依照家长制的原则对两个儿子的婚姻进行干涉,没有按照门当户对的要求给他们指婚,而是支持他们对爱情的追求,肯定他们在婚姻上的自由权利。在《夫妇》中,夫妇在野外欢爱被撞破,众人以有伤风化为由欲对他们施加惩罚,当地的团总竟然不同意,他出面为这对夫妇化解了尴尬。无论是《边城》中的船总顺顺,还是《夫妇》中的团总,他们虽然是传统乡贤的代表,但是他们身上少有传统乡贤身上的迂腐刻板,他们的许多做法甚至与儒家伦理纲常相悖。

3. 将传统乡贤与民俗风情相结合

"民俗风情是京派乡土小说田园牧歌风格构成的基质。民俗风情所体现的相对独立的民间文化是在长期的社会生活中经过创造、继承、衍化后自然而然形成的,大都体现了民间对世界的理解,对美好生活的向往与现实的生存策略,传达了民间社会日常生活中的文化趣味,也就成了京派乡土小说作家用以传达文化理想与文学理想的叙事凭借。"①在京派乡土小说中,传统乡贤往往与民俗风情关联在一起,他们是这些民俗活动的组织者,如在废名的《桥》中,作为乡贤的史家奶奶在为小林与琴子两个未成年人的婚事奔走的过程中,民俗得以展现。在部分京派乡土小说中,乡贤本身就是"能工巧匠",他们所具备的技艺才能本身就具有民俗价值,如《鸡鸭名家》中陆长庚在养鸭赶鸭方面的神奇技能,余老五在炕鸡方面的惊人天赋;《戴车匠》中的戴车匠行云流水般的制车技术等,这种将民俗与乡贤捆绑在一起的设置,使传统乡贤被赋予了更加传奇的色彩,呈现出超凡魅力。

---

① 丁帆:《京派乡土小说的浪漫寻梦与田园诗抒写》,《河北学刊》2007年第2期。

（三）文化观念差异与人物塑造方法的适配性

从创作目标来看，五四乡土文学重点在于启蒙，京派乡土文学则强调对人性的尊重。五四启蒙文学以鲁迅为旗帜，追求“为人生”“改良人性”的启蒙意识。传统乡贤在他们笔下往往成为反面人物，被建构为劣绅，成为被批判和反讽的对象。京派小说家则不将乡绅一概视为劣绅，他们没有质疑乡贤存在的合理性，而只是直叙乡贤在某一件事情发生时的实际影响力，传统乡贤在他们笔下得以保留完美的品格。京派作家将着力点放在对传统文化的选择与适度认同上，他们不能接受的是新文化运动对中国文化的彻底否定，故事中的人物形象往往带有人性的温情和良善，以此抵抗启蒙文学中的问题叙事，革命意味在京派乡土小说中得到了一定程度的消解。不过，京派小说家对传统文化过于留恋的态度也有危险性，京派乡土小说对“‘人性’复归的召唤可能具有某种普遍意义，但其理论前提——断定接受现代工业文明是‘失乡’与‘迷路’，则是颇可怀疑的。而‘归来’的呼唤背后，蕴含着对于农民及传统农业的极度推崇，以及对于现代知识分子的极度贬抑，则更是预伏着某种危险”①。从创作技巧上看，五四启蒙文学更多以嘲讽、白描、烘托、点染等方式刻画传统乡村精英的卑劣之处，人物形象趋于戏剧化、脸谱化，而京派小说家则希望“贴着人物写”，在尊重人物情感和性格的前提下，对生活中的人物进行提纯和加工，构建出更为符合人情常理的乡土人物形象。

二、政治视域中的传统乡绅与乡贤形象塑造

中国新文学从特定的政治文化观念出发塑造传统乡绅与乡贤形象，这种创作方式贯穿叙事历史的始终，但有两个历史时期特别突出，一是 20 世纪三四十年代，二是 20 世纪 50 至 70 年代。在这两个大的历史时期，因政治文化观念随着时代的变化而变化，乡土叙事从特定政治视域塑造传统乡绅与传统乡贤形象的方法也随之发生变化。

---

① 钱理群：《中国现代堂·吉诃德的“归来”——〈莫须有先生传〉、〈莫须有先生坐飞机以后〉简论》，《云梦学刊》1991 年第 1 期。

(一) 20世纪三四十年代的阶级观念与传统乡绅及乡贤形象塑造方法

20世纪30年代,左翼文学开始兴盛。左翼文学将阶级斗争的理念挪用到文学创作中,他们认为阶级之间是剥削与被剥削、压迫与被压迫的关系,遭受剥削与压迫的被统治阶级要通过阶级斗争的方式来获得自由。在阶级斗争理念的影响下,乡绅等传统乡村精英作为乡村世界的统治阶级被塑造为反面人物,他们与被压迫的底层农民之间形成如同水火的对立关系。在这一时期,作家们往往站在底层被压迫者的立场,对乡绅等传统乡村精英进行批判。从底层农民的利益出发,作家们就自然带有阶级利益的功利性诉求,乡绅等传统乡村精英能否对无产者的生活起到助力和调节功能,成为他们是不是乡贤及其进步与否的标尺。

在20世纪三四十年代的作家作品中,部分传统乡绅面对大时代的变局,迅速适应了国民政府政权管理系统,依然在政府与乡民之间起到有效的调节作用,如王统照《山雨》中的吴练长成为政府与当地民众之间的调节者,茅盾《霜叶红似二月花》中的地主钱良才也同样是地方事务的热心支持者。有些乡绅为了一己私利,仍然扮演着封建卫道士的角色,如叶圣陶《倪焕之》中的蒋士镳,在革命前,他是当地的"蒋老虎",为了多得地盘可以不择手段;革命时期,他又抢占先机抓住机会对蒋如冰进行批判攻击,混进了新的政权组织机构和系统。还有一些腐朽的、没落的"太爷"形象,如茅盾小说《子夜》中时常读《太上感应篇》的吴老太爷。正是这些为富不仁的"主人",促使贫苦的农民们产生反抗的决心。农民们的反抗与斗争在吴组缃的《一千八百担》、叶紫的《丰收》里有具体表现。在吴组缃小说《一千八百担》中,走向破产边缘的旧乡绅们为了瓜分祠堂里的一千八百担积谷吵闹不休,饥饿的农民冲进祠堂抢走积谷,这预示了地主与农民之间矛盾冲突的不可调和性。叶紫小说《丰收》中的地主何八爷、李三爹对农民盘剥无度,农民遭了天灾,他们也不肯给农民减租,走投无路的农民只能奋起反抗,其中的觉悟青年农民已然走上了革命道路。叶紫对乡村社会中地主与农民之间激烈冲突的真实表现,得到了鲁迅的肯定。鲁迅称赞说,叶紫尽管"还是一个青年,但他的经历,却抵得太平天下的顺民的一世纪的经历"①。

---

① 鲁迅:《且介亭杂文二集·叶紫作〈丰收〉序》,见《鲁迅全集》第6卷,人民文学出版社1981年版,第220页。

在20世纪三四十年代的乡土叙事特别是左翼乡土叙事中，亦存在对传统乡绅与乡贤形象塑造的政治化、极端化倾向，“批判”逐渐成为作家对待传统乡村精英的共同态度。如20世纪30年代初出版的华汉（阳翰笙）的长篇小说《地泉》中的豪绅地主形象相较于此前的乡土小说，其恶与坏更加突出。20世纪40年代出现在丁玲小说《太阳照在桑干河上》、赵树理小说《李家庄的变迁》中的地主也都是对农民进行政治压迫、经济剥削的道德败坏的比较极端的反面人物。

（二）20世纪50至70年代的阶级观念与传统乡绅及乡贤形象塑造

新中国成立后，农民与地主等传统乡村精英的历史地位与政治地位发生了根本性的变化，农民成为新型国家建设的主力军，传统乡村精英成为社会建设与发展的阻力。这一变化要求作家的文学创作与国家的社会主义建设形成同声部的合奏，将“政策思想和艺术形象统一起来”（周立波）。周扬在评价解放区文学创作时，就曾明确提出：“我们是处在这样一个充满了斗争和行动的时代，我们亲眼看见了人民中的各种英雄模范人物，他们是如此平凡，而又如此伟大，他们正凭着自己的血和汗英勇地勤恳地创造着历史的奇迹。对于他们，这些世界历史的真正主人，我们除了以全副的热情去歌颂去表扬之外，还能有什么别的表示呢？”①

歌颂“人民中的各种英雄模范人物”，将乡村革命精英即“农村新人”塑造成有新理想新道德的新乡贤，就要批判否定地主、富农、旧知识分子等传统乡村精英，从而形成特定政治观念下的二元对立叙事模式。符合这一叙事模式设定就会受到主流政治话语的肯定，否则就会受到批判。如秦兆阳小说《改造》中的地主王有德仅是有一点土地的村民，而不是刻板印象中的那种道德败坏、无恶不作、压榨农民的坏地主。王有德同村的许多人“暗地里却都爱谈论王有德的笑话”“都认为他是个废物蛋，也没办过什么大坏事，跟他说不出什么道理来”。在批斗大会上，村民们也会因为王有德家中尚有老母亲，而放弃对其进行暴力批斗。作家写出的是乡土中国最朴素、最自然的道德观。这种抒写是对二元对立叙事的抵抗，作家也因此遭受了无情的打击与批判。

在当代作家的土改叙事中，传统乡村精英中的地主、富农都是因为自己的

---

① 周扬：《新的人民的文艺》，见《周扬文集》第一卷，人民文学出版社1984年版，第516页。

命根子土地被剥夺而成为土改的对立面与破坏分子,出现在《太阳照在桑干河上》《暴风骤雨》中的地主、富农都是如此。在合作化叙事中,曾经的土改积极分子即土改时的"农村新人"有的会蜕化变质成坏分子,地主、富农等依旧是破坏分子,并且开始走向极端。如浩然在《艳阳天》中设计了一个地主马小辫谋害小石头的情节,并安排了丧子的萧长春说出这样一段话,"不,我们有后代,有根苗……走社会主义道儿的人永远绝不了",以此来应对阶级敌人的破坏和挑衅。浩然的《金光大道》中既有参与农村三大改造的英雄,也有破坏分子,如英雄人物高大泉与地主歪嘴子和富农冯少怀形成了鲜明的对比和反差。歪嘴子叉腰、挺肚子、破锣嗓子等外形塑造充满了喜剧感,显得又蠢又坏;高大泉却总是威武不屈,有勇有谋,成为"三突出"的"高大全"式人物。

总的来看,从20世纪三四十年代的左翼文学到20世纪50至70年代的当代乡土叙事,作家们对传统乡村精英与传统乡贤的塑造都受到阶级斗争话语的影响。在不同时期,阶级斗争话语的内涵也不同,对传统乡村精英与传统乡贤形象的塑造也有相应的变化,其总的趋势是在政治观念影响下走向符号化。

三、政治与文化双重视域中的传统乡绅与乡贤形象塑造

如果说在改革开放前,传统乡村精英与传统乡贤形象塑造经历了从文化书写向政治书写转变的话,那么,进入"新时期"之后,文化视野再次回归,与新时代的政治话语相结合成为作家审视传统乡村精英与传统乡贤的新标准,在文化与政治的双重视域下,传统乡村精英与传统乡贤的形象呈现出新的特征。

(一) 观念变革与"重写地主形象"现象

进入"新时期"之后,"解放思想,实事求是"的基本价值得到确认,这给文学的复苏带来了希望。乡土文学是最早捕捉到时代异动的文学类型,"新时期当代中国文化思潮的演进变化,许多是从乡土小说中透露出最早信息的"[①]。在新文化思潮给乡土小说带来的种种变化中,就包含着对传统乡贤形象的重新梳

---

① 陈继会:《中国乡土小说史》,安徽教育出版社1999年版,第392页。

理、重新审视和重新塑造。在经历了一段动荡时光之后，作家们一方面急于续接已经断裂的五四精神传统，重拾“启蒙”话语，另一方面则想对过往极端化的政治斗争话语进行反拨，这两种文化和政治倾向都在传统乡贤形象塑造方面得到呈现。

总体来看，这一时期创作者开始在传统乡贤的形象塑造上表现出多元化的价值观念。自左翼文学出现以来，传统乡村精英与传统乡贤的塑造就一直受到阶级斗争理念的规约，作家们在塑造传统乡村精英与传统乡贤时只有一个标准，即他的阶级身份。传统乡村精英与传统乡贤作为旧时代的乡村权威，往往被视为剥削阶级，被塑造成“阶级敌人”，成为品行恶劣的土豪劣绅。然而，进入“新时期”之后，僵化的阶级斗争思想被摒弃，作家们不再简单地从阶级政治立场出发设定人物，而是从更复杂的政治文化维度对传统乡村精英、传统乡贤以及传统乡贤所代表的传统文化进行思考。一部分作家从反思现代性的立场出发，在经历动荡并且告别革命之后，他们希望回到传统之中去寻找新的文化能量以度过精神危机。传统乡贤作为传统乡村精神文明的化身，在这一时期寄托了作家“田园牧歌”式的乌托邦想象。汪曾祺系列小说中的传统乡贤形象，如在重写 20 世纪 40 年代历史的《异秉》等作品中，出现了具有儒道文化色彩的诚信友善的“民间能人”形象。这些人物在漫长的生活中积累了独特的生存经验与劳动智慧，传承着古老的乡村文明，指引着迷惘的年轻人。另一部分作家则将传统乡村精英、传统乡贤视为反思“国民性”的支点，这些作家继承了鲁迅乡土文学揭示国民劣根性的写作传统，在传统乡村精英、传统乡贤这一类人物身上挖掘中国现代化转型滞后的原因。不过，这一时期，有关“国民性”的思考不仅是为了追问中国为何落后，还为了追问浩劫如何发生；作家们对传统乡贤的考察，也不仅是为了挖掘传统文化中愚昧、保守、虚伪、迂腐等方面，他们还尝试在其中发现疯狂和自毁的原因。如韩少功在《爸爸爸》中塑造的仲裁缝，就在常见的愚昧、保守的文化性格之外表现出偏执和疯狂的一面。

这一时期作家所塑造的传统乡村精英、传统乡贤形象也比过往的同类人物更丰富、更多样、更复杂。他们不再从图解农村政策出发，将传统乡村精英、传统乡贤塑造为扁平的、单一的反面人物，而是从更深的历史维度和文化价值反思中去挖掘传统乡村精英、传统乡贤身上所具有的复杂品质。如张炜在《古船》中就前所未有地塑造了赵炳和隋抱朴这两个乡村精英人物形象，赵炳看似是

“土豪劣绅”人物类型的延续,然而,作者对他的塑造并不是为了标示阶级斗争话语下统治者的丑恶面目,而是为了从追问民族历史命运的角度,对历史投机者和破坏性力量进行反思。在《白鹿原》中,陈忠实摆脱了将传统乡村精英、传统乡贤塑造为“土豪劣绅”的观念窠臼,他将白嘉轩塑造为具有理想人格的传统乡贤,赋予这一人物许多优秀品格。

总而言之,在“新时期”思想解放浪潮下,传统乡村精英、传统乡贤形象前所未有地丰富起来,他们所指涉的政治和文化比之前要广阔得多。具体来看,传统乡村精英、传统乡贤之所以能够得到重写,主要是由于整个社会在政治观念、历史文化观念和文学观念三个方面进行变革所致。

1. 政治观念变革

正如上文所言,长期以来,乡土文学对传统乡村精英、传统乡贤的塑造都受到阶级斗争话语的影响,以传统乡村精英、传统乡贤被划归到哪一个阶级阵营作为塑造这一人物的标准。不过,阶级斗争观念在“新时期”之后开始动摇。在政治上,1978年,十一届三中全会召开,“解放思想,实事求是”的思想路线被重新确立,阶级斗争理念开始被取代。1979年1月11日,中共中央做出《关于地主、富农分子摘帽问题和地、富子女成分问题的决定》,指出“地主、富农分子经过二十多年以至三十多年的劳动改造,他们当中的绝大多数已经成为自食其力的劳动者”。为此宣布“凡是多年来遵守政府法令、老实劳动、不做坏事的地主、富农分子以及反革命分子、坏分子,经过群众评审,县革命委员会批准,一律摘掉帽子”“地主、富农家庭出身的农村人民公社社员……今后,他们在入学、招工、参军、入团、入党和分配工作等方面,主要应看本人的政治表现,不得歧视”“地主、富农家庭出身的社员的子女,他们的家庭出身应一律为社员,不应再作为地主、富农家庭出身”①。这标志着阶级斗争理论寿终正寝。

在文学领域,同一时期,“以阶级斗争为纲”的创作理念也得到了转变。1979年,“中国文学艺术工作者第四次代表大会”召开,邓小平在会上指出,“围绕着实现四个现代化的目标,文艺的路子要越走越宽,在正确的创作思想的指导下,文艺题材和表现手法要日益丰富多彩,敢于创新。要防止和克服单调刻

① 《关于地主、富农分子摘帽问题和地、富子女成分问题的决定》,收录于中共中央文献研究室、国务院发展研究中心编:《新时期农业和农村工作重要文献选编》,中央文献出版社1992年版,第12—13页。

板、机械划一的公式化概念化倾向”“党对文艺工作的领导，不是发号施令，不是要求文学艺术从属于临时的、具体的、直接的政治任务，而是根据文学艺术的特征和发展规律，帮助文艺工作者获得条件来不断繁荣文学艺术事业”[①]。邓小平的讲话使文学创作得以从工具论的桎梏中挣脱出来，“以阶级斗争为纲”的思想不再被奉为圭臬，传统乡村精英、传统乡贤终于摘掉剥削阶级的身份标签，开始获得广阔的书写空间。正是这一身份的解绑，使这一时期的传统乡村精英、传统乡贤形象呈现出丰富的面貌，他们不再被紧紧钉在剥削者的耻辱柱上，他们可以是仁义之士，在乡村中真正肩负起乡贤的重任，如《白鹿原》中的白嘉轩。他们也可以是深谋远虑的投机者，在乡村世界建立起个人帝国，如《古船》中的赵炳。甚至，他们还可以是“有贤无权”的幼童，如《小鲍庄》中的捞渣。这些各具特点的传统乡贤形象的塑造，是乡土作家摆脱阶级斗争话语之后重新获得艺术创造力的表现。

2. 历史文化观念变革

除了政治观念的变革之外，历史文化观念的变革是重写传统乡村精英、传统乡贤形象的又一动力。自晚清开始，以反叛的目光审视传统就成了主流。五四时期，受新文化运动的影响，乡土小说家把传统文化视为落后的、腐朽的文化。到了左翼文学盛行时期，反传统的观念与阶级斗争的革命话语相结合，传统不仅仅被认为是落后腐朽的，而且传统文化之中还被视为暗含着为阶级统治辩护的内容，成为要消解和斗争的对象。新中国成立之后，传统社会与新中国之间的界线被更加分明地标示出来，它们被解构为黑暗与光明的对立关系，水火难容。这些反传统的立场和态度影响着传统乡贤形象的呈现，传统乡贤要么被塑造为迂腐落后的旧文化代表，要么被塑造为阻碍国家民族朝现代化方向发展的消极力量。这一时期，虽然京派乡土小说对传统文化有不同观察，传统乡贤在其作品中表现出另一副面孔，但是，随着历史的推进，反传统的立场终究还是占据了上风。

进入“新时期”之后，对传统全盘否定和批判的倾向也有所改变。文学评论家季红真认为，在“新时期”，由于立场和标准的不同，作家们对待传统的态度是

① 邓小平：《在中国文学艺术工作者第四次代表大会的祝辞》，见《邓小平论文艺》，人民文学出版社1989年版，第3、9页。

复杂的,总体而言,这一时期出现了反传统和对传统的重新发现两种倾向。[①] 在反传统方面,这一时期部分作家接续五四传统,尝试继续在传统之中发现阻碍中国社会现代化转型的因素,但同时,他们又将五四对传统与现代之间冲突的思考放置在他们所经历过的具体的历史时代语境中去校验,尝试在传统中寻找走上极“左”道路的原因。由此,在他们的乡贤叙事中,“‘新’/‘旧’、‘现实’/‘历史’对应于‘现代’/‘非现代’,并被赋予‘文明’/‘愚昧’这样的价值内涵”[②]。在重新发现传统方面,部分作家在经历动荡之后,尝试回到传统之中去寻找具有普适性的文化价值。不过,季红真认为,这一时期对传统的重新发现,并不意味着对传统的简单复归。“对民族传统的再认识,目的仍然在于克服长期的封闭停滞所造成的社会积习。”“他们都试图在传统中打破传统,又在反叛沉滞萎靡的社会积习时,沟通着被割断了的民族民间久远的文化传统。”[③]

这种复杂的对待历史的态度深刻地影响了这一时期传统乡贤的形象塑造。部分作家从反传统的立场出发,继续对传统乡贤进行解构,传统乡贤在他们的作品中依旧以反面形象示人,如韩少功的小说《爸爸爸》等。另一部分作家则出于对传统的重新发现,对传统乡贤进行重构。在这部分作家笔下,乡村再次被赋予独有的文化品格,而传统乡贤则再次成为美好的乡土世界的精神图腾,汪曾祺的系列小说、张炜的小说《古船》等都表现了这一叙事倾向,传统乡村精英、传统乡贤在他们笔下闪耀着温暖的人道主义光芒。在陈忠实的《白鹿原》中,传统乡村精英、传统乡贤还被做了神圣化处理,成了理想人格的化身。

3. 文学观念变革

文学观念的巨大改变也是传统乡贤呈现出不一样面貌的原因之一。在“新时期”之前,乡贤叙事主要受到文学反映论和文学工具论两种文学观念的规约,在反映论的要求下,作家主要以现实主义的笔触记录传统乡贤的遭遇,五四启蒙文学和早期革命文学属于此列。文学工具论则要求政治介入到文学创作之中,文学要为特定的政治目的服务,成为某种指定的世界观、政治话语和意识形态的表现形式。在20世纪五六十年代的乡贤书写中,创作者正是依照工具论

---

① 季红真:《文明与愚昧的冲突(下)——论新时期小说的基本主题》,《中国社会科学》1985年第4期。

② 贺桂梅:《挪用与重构——80年代文学与五四传统》,《上海文学》2004年第5期。

③ 同①。

的要求，将传统乡贤塑造为阶级敌人。在工具论的规约下，乡贤叙事一度沦为国家乡村政策的图解，对传统乡村精英、传统乡贤进行污名化描写成为作家的“革命任务”。

进入“新时期”，工具论的文学观念得到了反拨，理论界开始出现让文学回归“人学”的呼声。最早提出“文学是人学”观念的是钱谷融，早在1957年，他就提出文学与人之间存在密切联系，认为“文艺的对象，文学的题材，应该是人，应该是时时在行动中的人，应该是处在各种各样复杂的社会关系中的人”①。进入“新时期”，钱谷融重提当年的观点，认为文学应该反映现实，而“所谓现实就应该是指的人的个性”“一切都是为了人，一切都是从人出发的”②。钱谷融的观点在“新时期”获得了热烈反响。在钱谷融之后，王蒙、钱中文等人也加入到对这一问题的思考之中。王蒙认为“文学作品是写人的，一篇作品的思想力量和道德力量和它们具有的人道主义精神是不可分的”③。钱中文则进一步认为“人学”关注的是人性的共同形态，而人性的共同形态可以从真实性、历史性与道德要求三方面评价人性共同形态的描写。④ 经过一系列讨论，文学开始与工具论解绑，作家们开始去挖掘“人性的共同形态”，而不再局限于描写人的阶级性。在回归“人学”的呼声下，传统乡贤也得以摆脱阶级身份的桎梏，作家们开始描写他们身上所具有的普遍人性，地主身上的复杂性得到呈现。

“文学是人学”的思想其实呼唤的是反映论的文学观念，在这一观念获得普遍认同之后，现实主义创作理念再次成为正统。不过，现实主义的传统也很快受到冲击。进入20世纪80年代，西方不同文学派别和文学潮流大规模涌入，我国文学理念发生了重大改变。其中，拉美魔幻现实主义文学对乡土小说产生了巨大的影响，作家们开始大量采用象征主义、神秘主义、黑色幽默等手法进行创作，他们描写的乡村不再是现实主义作品中直接指涉现实的乡村，而是高度抽象、高度寓言化的乡村，这些乡村远离社会现实，亘古未变，象征着民族文化的原初形态。传统乡贤不再是某种“典型人物”，而是作为民族文化基因编码结构中的一个元素、一种文化符号参与到作品的编码序列中。

---

① 钱谷融：《论“文学是人学”》，《文艺月报》1957年5月号。
② 钱谷融：《〈论“文学是人学”〉一文的自我批判提纲》，《文艺研究》1980年第3期。
③ 王蒙：《“人性”断想》，《文学评论》1982年第4期。
④ 钱中文：《论人性共同形态描写及其评价问题》，《文学评论》1982年第6期。

文学观念的变化使传统乡村精英、传统乡贤的表现形式更加复杂,不同文学潮流中的传统乡村精英、传统乡贤形象也迥然不同。

(二) 地主形象的"重写"方法

在文化、政治观念的巨大变革中,传统乡村精英、传统乡贤,尤其是地主形象得到了重写。具体来看,这一时期,创作者对地主形象的重写主要表现在人性重写、道德重写、政治重写三个方面。

1. 人性重写:多元的、复杂的立体描摹

不同于政治化乡土叙事将传统乡村精英、传统乡贤塑造为单一、扁平形象的做法,新时期之后,作家们摆脱了文学工具论的桎梏,开始将地主塑造为个性复杂、形象立体的人物。譬如,出于对传统儒家文化和宗族社会制度的探究和思索,韩少功在《爸爸爸》中塑造了仲裁缝这一复杂的传统乡绅形象。仲裁缝一方面是个爱看书、有气节、说话有分量的乡绅,但与此同时他又是一个食古不化、冥顽不灵的迂腐人物。在小说中,仲裁缝憎恨一切新事物,坚信今不如昔,迷信鬼神,认为棺材上的老鼠是带来厄运的老鼠精,当鸡头寨发生变故之后,他疯狂地向往殉道而死,以践行对卧龙先生的崇拜。仲裁缝这一人物有着五四启蒙小说中"劣绅"形象的影子,作家塑造这一人物明显是为了向鲁迅"致敬",借着这一人物开启对"国民性"的反思。不过,对比过往的传统乡贤形象,仲裁缝的形象要复杂得多,他的疯狂、保守、执着、迂腐,都让过往的同类人物相形失色。在这里,作家也是要借由对仲裁缝这一传统乡村精英形象的改写,回到民族文化的深处去思考民族命运曲折多变、社会动荡不宁的原因。张炜小说《古船》中的隋迎之,陈忠实小说《白鹿原》中的白嘉轩、鹿子霖等传统地主形象都有了非常复杂的人性开掘,而不是简单地改成概念化的"好地主"或"坏地主",如白嘉轩的发家是从种罂粟开始的,设计夺风水宝地也表现出他人性中"恶"的一面。

2. 道德重写:乡约民俗的礼法困境

受到阶级斗争革命话语的影响,此前地主形象往往被做了污名化处理,他们被划归到"土豪劣绅"的阵营,表现出贪婪、阴毒、钻营、残忍等阶级共性。然而,在"新时期"之后,随着文化政治观念的改变,传统乡村精英、传统乡贤在道德上的败坏形象得到重写。传统乡村精英、传统乡贤道德重写的方法主要有以下几个:

(1) 赋予道德品行更复杂的文化内涵。在阶级斗争话语下,传统乡村精英、

传统乡贤被视为阶级敌人，他们尽管恶事做尽，但是他们的形象比较单一，文化指向也较为单调。在"新时期"之后，传统乡村精英、传统乡贤的道德品质被寄予了更多文化内涵，作家们书写乡贤的"贤"与"不贤"是为了对民族国家命运的发展进行反思。陈忠实小说《白鹿原》中的白嘉轩与鹿子霖，依照传统的阶级观念看，就是两个地主。陈忠实在塑造这两个地主形象时，将鹿子霖塑造为代表官治的地主，道德品质很差，是一个"土豪劣绅"；将白嘉轩塑造为符合儒家道德理想的人物，同时也不忘写出他的一些道德污点。概而言之，道德不再与政治、阶级简单挂钩，具有比较复杂的文化内涵。

(2) 将公德与私德区别开来进行评价。采用这种写作方法的代表作品依然是陈忠实的《白鹿原》。小说中的白嘉轩是一位道德品性比较复杂的传统乡贤，作为乡村世界的民间统治者，白嘉轩为白鹿原的发展尽心尽力，深受村民爱戴。在私德上，他虽有瑕疵，但总体上是符合儒家道德要求的。他用乡规民约治理白鹿原，对田小娥、白孝文等动用私刑，无视别人的生命权益和现代民主法治要求，在某个意义上说，是缺乏现代公德的表现。白嘉轩这种复杂的传统乡贤形象暗示着即使是要重新反思历史，但在现实社会中，乡贤治乡，传统与现代的冲突依旧是难以化解的难题。

(3) 将传统乡贤理想化、神圣化。与将传统乡贤污名化的写作传统截然不同，"新时期"还出现了将传统乡贤理想化、神圣化的重写趋势，这种理想化、神圣化的写作倾向在这一时期的京派传人汪曾祺的小说中得到明显表现。无论是《徙》中的谈甓渔、《黄开榜的一家》中的黄开榜，还是《合锦》中的钱谷师爷，在汪曾祺的笔下，这些传统乡贤都是豁达、乐观、乐于助人、颇有智谋的正面人物，与品行败坏的"土豪劣绅"相去甚远，寄寓了汪曾祺对乡土世界唯美、纯朴、恬静、舒展的理想化想象。

在张炜之后，陈忠实在《白鹿原》中更是塑造了一批具有理想色彩的传统乡贤形象。在小说中，白嘉轩虽然在公德、私德上有瑕疵，但总体上还是被塑造成一位讲仁义、守节操、明是非、轻生死的乡村权威形象。他宽厚待人，不仅资助鹿三的儿子黑娃上学，而且在黑娃、鹿子霖等人身陷牢狱时，不计前嫌营救他们。在乡民为苛捐杂税所苦时，白嘉轩也不顾个人生死，勇于为民请命。可以说，白嘉轩是儒家"仁义"思想的代表和忠实维护者。除白嘉轩之外，朱先生也是典型的儒家知识分子形象，他是程朱理学的传承者与践行者，秉持儒家"内圣外王”的处事原则，淡泊名利、慎独济世。在抗战时期，他甚至投笔从戎亲赴前线参加抗日。在白、朱等人的统治和管理下，白鹿原成为一个由儒家伦理道德构筑起来的乌托邦。

3. 政治重写：社会变革与乡村治理

在政治方面，传统乡村精英、传统乡贤在此前之所以被解构，是因为他们往往与统治者、剥削者的身份关联在一起。在土改运动中，传统乡村精英、传统乡贤作为土地的最大拥有者，成了被打倒的对象，创作者在这种时代政治话语的呼唤下，将地主阶级描写为反面人物，将之塑造为面目可憎的压迫者。然而，进入“新时期”之后，乡村社会的组织结构和土地制度再次发生重大变化，公私之间不再被明确对立起来，其中的个体也不再因为拥有过多生产资料而被视为剥削阶级，这种新的时代政治话语让创作者开始重新审视传统乡村精英、传统乡贤的形象。

一部分作家从土地制度入手，反思传统乡贤与农民之间的依附关系。在过往的乡贤叙事中，地主与农民之间的关系被一刀切地视为剥削与被剥削的经济关系进行描写，然而，在“新时期”之后，这种雇佣、租赁关系被客观地呈现出来。在《白鹿原》中，白嘉轩与长工鹿三的关系就被塑造为比较正常的主仆关系。他们之间并非简单的剥削与被剥削的关系，而是相互依赖、相互滋养的双向互动关系，白嘉轩对鹿三一家关爱有加，甚至送鹿三的儿子上学。这种关系已经超出了经济关系，有着浓厚的人情道义的意味，这种传统乡贤与底层农民之间朴实温暖的关系是这一时期作家重写传统乡贤形象的重要面向。

除了表现正常化的乡村雇佣关系之外，这一时期还有一部分作家对土地改革运动及与之相关的其他政治制度进行了反思。在《古船》中，隋迎之有敏锐的时代政治嗅觉，在革命风雨到来之前，除留了生存所需的小部分企业外，他把自己家族的粉丝企业大部分都交还给了人民，从而为自己换来一顶“开明士绅”的帽子，为隋抱朴、隋见素、隋含章等儿女赢得了生存的机会。但在后来的改革中，赵炳以改革之名将洼狸镇粉丝企业据为己有，历史出现了轮回的迹象，这是令人深思的。

在所有含有政治重写内容的乡土叙事中，家族冲突与政治冲突总是如影随形地绞缠在一起。如张炜小说《古船》中的政治变革使老赵家与老隋家、老李家的政治地位相互颠倒置换，但讽刺的是，曾经的“农村新人”赵炳将理想主义的现代乡村革命暗暗地变成了家族之间的复仇与斗争，而曾经的阶级敌人的子女代表隋抱朴却沿着《共产党宣言》指引的方向领导洼狸镇粉丝企业的再改革，将集体企业的权利重新归还洼狸镇人民。陈忠实小说《白鹿原》中也存在类似的历史政治现象。白嘉轩与鹿子霖之间的冲突，最终是以代表乡村自治的白嘉轩获胜，代表国民党进行乡村治理的乡官鹿子霖败给了按照儒家伦理道德治理乡村的白嘉轩。但吊诡的是，曾经的道德败坏者白孝文成为新政权的受益者，成功地击败了政治上几经起伏后来回归祠堂且"学为好人"的黑娃鹿兆谦，历史再次陷入以政治之名行家族冲突之实的怪圈。这些作品对传统乡村精英、传统乡贤政治际遇的重写，其意蕴开掘达到了相当的历史深度与现实广度，为当代新乡贤治乡、乡村官治与自治提供了有益的历史思考与借鉴。

概而言之，在"新时期"之后，随着乡村世界土地制度再次发生变革以及时代政治话语发生改变，传统乡村精英、传统乡贤作为剥削者、压迫者的身份被重新审视，这一时期，传统乡村精英、传统乡贤在乡村的正面治理作用开始得到展示，如白嘉轩在白鹿原修祠堂、办学堂、订乡约、赏罚惩戒等方面，都得到了正面书写，传统乡贤不再是无恶不作的"阶级敌人"，而是一个普通人，甚至是一个有理想品质的"圣人"。

第二节　乡贤文化与乡贤叙事模式的嬗变

乡贤是中国乡村精英中的有德有能者，不论是传统乡村精英中的乡贤还是现代乡村精英中的乡贤，都是中国乡村的灵魂人物。在自晚清至今的中国文学特别是乡土文学中，乡贤文化与乡贤叙事形成了一些相对稳定的叙事模式。在诸多相对稳定的叙事模式中，尤以二元对立叙事模式、"新人"成长叙事模式、"能人"叙事模式最为突出。这些相对稳定的叙事模式，其内在结构在与不同历史时期的叙事对象、叙事主旨结合应用时，也会发生相应的变化。

一、二元对立叙事模式的嬗变

二元对立叙事模式是文学作品中最常见的叙事模式之一。克洛德·莱维-

斯特劳斯在研究神话叙事时,认为形色各异的神话叙事其实暗含着统一的深层结构,二元对立就是这一深层结构的根基,二元对立是一种"心灵的永恒结构",是"最广泛的一般性和最极端的抽象性"①。在乡贤书写中,作家们也依照二元对立的原则建构乡村世界。乡贤叙事中的二元对立不仅隐藏在深层结构之中,而且浮现在叙事的表层,在人物关系和时代背景的设置中得到表达。在乡贤叙事中,二元对立叙事模式主要以政治二元对立、道德二元对立等模式表现出来。

(一) 政治二元对立

政治二元对立是从政治视角建构起来的二元对立关系,政治一直是作家考察乡贤的重要角度。一方面,从传统意义上看,乡贤本身就具有"贤"和"权"两重内涵,乡贤不仅是乡村德高望重的精神领袖,往往还是乡村社会的掌权者。乡贤是乡村社会权力结构和等级秩序的重要组成部分,作家们对乡贤的观照难以规避政治视角。另一方面,从 20 世纪 30 年代开始,一部分作家对乡村世界的关注便由此前的自然村落转变为乡村的政治组织。他们希望将政治革命话语引入乡村,以一种政治化的视角审视乡村,在乡村社会里校验他们所信奉的革命理想。这种政治化的叙事逐渐演变为从土地制度、社会结构乃至时事政策等角度去拆解和重构乡村,甚至将乡村书写视为写政治、写政策、写中心的"革命任务"。在政治化书写背景下,乡贤作为乡村世界的中心人物,也难逃政治化的审视,这种政治审视催生了一系列政治二元对立的乡贤叙事模式。

以政治为驱动力建构起来的二元对立具体又呈现为阶级二元对立、新政与旧政之间的二元对立以及乡村自治与官治的二元对立等模式。

1. 阶级二元对立

从阶级的角度来考察乡村社会,并以阶级斗争作为切入点重新塑造旧式乡贤形象这一风潮最早由左翼文学带动。左翼文学兴起于 20 世纪 30 年代,这一时期作家们将阶级斗争理论运用到文学创作之中。所谓阶级斗争理论,即认为"阶级之间是剥削与被剥削、压迫与被压迫的关系,因此,遭受剥削与压迫的被

---

① [法]克洛德·莱维-斯特劳斯著,俞宣孟等译:《结构人类学》第二卷,上海译文出版社 1999 年版,第 127 页。

统治阶级只有通过阶级斗争的方式来获得自由、正义和平等”①。在阶级斗争理论的指导下，作家将传统乡村社会中的乡贤，即乡绅地主划归为压迫阶级，而乡村社会中的底层农民则被视为被压迫阶级。压迫阶级与被压迫阶级之间被描述为水火不容的二元对立关系。这种二元对立关系最早在蒋光慈的《咆哮了的土地》、阳翰笙的《地泉》、丁玲的《水》、叶紫的《丰收》等“革命小说”中得到表现，这些小说致力于描写地主所代表的剥削阶级与普通农民所代表的被剥削阶级之间的冲突，以此宣扬阶级斗争思想。在“革命小说”之后，其他左翼作家进一步强化旧式乡贤与农民之间的矛盾，如在洪灵菲的《在洪流中》、毕奂午的《村中》、张天翼的《三太爷和桂生》、丁玲的《母亲》、端木蕻良的《科尔沁旗草原》、台静农的《被侵略者》、鲁彦的《野火》、蒋牧良的《南山村》等小说中，地主对农民的迫害进一步加强，他们不仅对农民进行经济压榨，还进一步对农民进行肉体凌辱和精神戕害。

左翼作家致力于塑造地主与农民的二元对立关系是为了将阶级斗争观念合理化，只有将传统乡贤描述为面目可憎的压迫者，左翼作家所信奉的以斗争方式推翻压迫阶级、解放被压迫阶级的革命理念才更具合理性。

在左翼文学之后，阶级斗争观念在解放区文学和20世纪五六十年代的乡贤书写中得到延续。在解放区文学中，阶级观念依旧是理解乡村社会结构的主导观念。这一时期，中国共产党在乡村开展了一系列土地革命运动，为了赋予“土改”合法性，消解旧的乡村秩序，作家再一次将乡村旧宗族里的乡贤塑造为剥削阶级，并将之与要求“土改”的农民设置为二元对立关系。如周立波小说《暴风骤雨》中的地主韩老六就与“赵光腚”赵玉林形成一组二元对立的人物关系。赵玉林是地主韩老六家的长工，被压榨得衣不蔽体，在赵玉林觉醒并带领村民进行“土改”之后，韩老六成为被打倒对象。这种底层农民与旧的乡村权威之间的冲突在丁玲的《太阳照在桑干河上》、赵树理的《李有才板话》以及歌剧《白毛女》中反复得到书写。不过，值得注意的是，不同于左翼作家全面展示地主阶级的恶行，解放区文学为了配合“土改”的政治话语，作家们更侧重于描写地主与底层农民之间围绕“土地”展开的经济冲突和政治冲突。

---

① 余荣虎、李兴阳：《左翼乡土文学的阶级观念与乡贤叙事》，《江苏师范大学学报》（哲学社会科学版）2020年第4期。

进入20世纪五六十年代,“道路斗争”“思想斗争”“路线斗争”成为主流政治话语。“阶级斗争”观念在这一时期的乡贤叙事中依旧发挥着重要作用,“以阶级斗争为纲”是作家们理解“道路斗争”“思想斗争”“路线斗争”的指导性原则,各种斗争都在阶级斗争的基础上被呈现出来,与阶级斗争交叠在一起。如在“道路斗争”中,地主所走的道路被认定为资本主义道路,它与合作化“新人”所推行的社会主义道路构成了二元对立关系。不过,这一时期由于乡村社会已然经历了土地改革,地主阶级趋近消亡,反动力量的代表只能是富农和中农。

阶级冲突和道路冲突的合体在浩然的《艳阳天》中得到最直观地书写,小说将维护私有制的中农、富农与支持集体化的贫农划分为两个阵营,中农和富农受到挑唆,对合作化运动百般刁难,而坚决拥护合作化运动的贫农则与之划清界线,形成二元对立关系。小说直接将对立关系以地理区隔的方式具象地呈现出来,中农和富农大多聚集在东山坞的沟北,而支持合作化运动的贫农则在沟南集结。除了《艳阳天》,其他描写合作化运动的小说也都出现将“道路斗争”和“阶级斗争”结合在一起的设计,中农、富农等在“土改”之后依旧保有势力的阶层,在这些作品中都被设置为阻碍合作化、集体化运动的否定性力量,如柳青小说《创业史》中的姚士杰、浩然小说《艳阳天》中的马斋、杜鹏程小说《飞跃》中的李兴发、王汶石小说《新任队长彦三》中的彦子玉、胡正小说《汾水长流》中的赵玉昌、陈登科小说《风雷》中的黄龙飞、刘澍德小说《桥》中的吴林贵、秦兆阳小说《在田野上,前进!》中的郑洪兴、于逢小说《金沙洲》中的“老鼠福”等,他们都充当着各自作品中的反派形象,与代表着新气象、新价值的合作化“新人”形成二元对立关系。

2. 新政与旧政之间的二元对立

除了阶级二元对立之外,由政治驱动的二元对立还表现为新政与旧政之间的二元对立。新政与旧政指的是不同的土地制度和乡村政策,它们往往引发乡村社会政治结构的转变。21世纪之前,中国乡村社会出现过多次乡村政策更迭,如土地改革运动、农村合作化运动、家庭联产承包责任制等,每一次乡村政策和制度的变更都在乡村社会引起极大的震动,促使乡村社会进行重构,不同阵营的人们走向对立。

在合作化“新人”的叙事中,新政与旧政之间的二元对立关系主要表现为合作化“新人”与部分土改“新人”之间的对立。在土地改革时期,土改“新人”曾经代表着“先进”的革命理念，带领农民把地主的土地分给无地的农民，从而动摇了地主阶级的经济基础。然而，到了合作化时期，土地改革所建立起来的新土地“私有制”成了被否定和消解的对象。在这种新旧制度更迭的背景下，作家们转而将不愿意参加合作社运动的土改“新人”塑造为“保守势力”，他们不再是“先进”观念的代表，相反，他们成为“落后分子”，是集体化运动中的阻碍力量。在柳青的《创业史》、赵树理的《三里湾》、康濯的《水滴石穿》等作品中，梁生宝与郭振山、王金生与范登高、申玉枝与张山阳等都构成了这样的二元对立关系。郭、范、张都属于土改时期的“新人”，他们都曾带领本村农民开展过土地改革运动，并在土改之后成为乡村新领导人。然而，到了合作化时期，梁、王、申等人则开始取代郭、范、张，两组人物之间形成了微妙的对立关系。“这样的角色换位，显得意味深长。郭振山之类的土改‘农村新人’是土改的最大受益者，他们在土改运动中的‘勇敢’与‘积极’为其换得了巨大的政治经济利益，政治上入党当官，经济上多分优质田地和浮财。他们形成于封建土地制度中的旧制度性人格和个人欲望，在那个时代的革命话语中，得到最大程度的伸展与满足。”①但是，当乡村走上合作化道路之后，土改“新人”则需要牺牲自己的既得利益，在政治和道德上进行彻底改造以适应新的时代话语，然而，“这是那些在根柢上代表小农经济的土改‘农村新人’很难做到的，他们中的部分人因此成为时代的‘落伍者’与‘革命的局外人’，有的甚至成为建立新土地制度的阻力”②。

进入“新时期”后，这种新旧制度之间的二元对立依旧是作家们建构人物关系的主导思想。20 世纪 80 年代，“为直接的政治任务服务”的乡土叙事方式依旧在延续③，只不过，这一时期的文学作品是“用一种政治意识形态去批判另一种违背人文精神的政治意识形态”④。在乡贤叙事中，两种政治意识形态之间的冲突也被建构为新政与旧政之间的二元对立。如在《平凡的世界》中，路遥就基于新政与旧政的对立原则将曾经的合作化“新人”田福堂设置为保守势力的代言人，他与代表乡村改革新方向的孙少安之间形成了二元对立关系。贾平凹的

---

① 李兴阳：《“农村新人”形象的叙事演变与土地制度的变迁——以〈太阳照在桑干河上〉、〈创业史〉、〈平凡的世界〉和〈麦河〉为中心》，《文学评论》2015 年第 4 期。

② 同①。

③ 李兴阳：《中国乡土小说叙事传统的承续与变异》，《中国现代文学论丛》2017 年第 2 期。

④ 邓晓芒：《灵魂之旅——九十年代文学的生存境界·序》，湖北人民出版社 1998 年版，第 3 页。

《浮躁》也是运用这种二元对立叙事模式的典范。这部小说中的新乡村“能人”金狗与巩宝山、田有善、田中正等当权派之间形成对立关系。巩宝山、田有善、田中正不仅是当地传统宗法势力的代表,还是旧乡村制度的象征,是小农经济体制和官僚主义的结合体,面对强势成长起来的“新能人”,当权派不愿意轻易放弃权势,他们不断阻挠金狗的改革,处处施以诡计。巩宝山、田有善、田中正等人对金狗领导的乡村改革的阻挠,其实是自合作化小说兴起以来,乡村创业叙事中新旧经济体制间发生冲突的又一次书写。

在有关农村的创业叙事中,新政与旧政的冲突,总是潜藏在叙事深层或表层结构中,成为主人公需要面对的首要考验。这种叙事其实说明了乡村世界的变革总是受到国家土地经济政策的影响,农民创业的个体化叙事也总是难以摆脱时代主流政治经济话语的范畴,个体叙事总是与宏大叙事结合在一起的。

3. 乡村自治与官治的二元对立

在乡贤叙事中,还存在乡村自治与官治的二元对立。在传统的乡村世界,乡村社会实行的是自治模式,“国权不下县,县下惟宗族,宗族皆自治,自治靠伦理,伦理造乡绅”①,乡贤是自治模式下乡村社会的实际领导人。自 20 世纪二三十年代开始,乡村基层管理制度开始发生改变,乡村自治模式开始解体,官治模式强势介入乡村治理。官治模式出现之后,乡贤在乡村社会的职能和身份都发生了巨大改变。为了表现乡村基层管理模式的变化,塑造新的乡村权威,作家们对乡贤形象的考察也常常会涉及乡村自治与官治之间的矛盾。

把乡村世界放在历史纵轴上进行考量的作品,常常会将乡村世界由自治向官治的转变作为重要的历史时刻进行重点描写,如陈忠实的小说《白鹿原》。有论者指出,《白鹿原》描写了两种乡村治理模式,“一是以白嘉轩为代表的‘乡贤治乡’模式,二是以鹿子霖为代表的‘乡官治乡’模式”②。在小说中,白嘉轩与鹿子霖就形成了对立关系。小说前半部分,作者着重描写“乡贤治乡”的乡村治理模式,后半部分着重描写“乡官治乡”的乡村治理模式。与“乡贤治乡”让白鹿原秩序井然、乡风淳朴有所不同,“乡官治乡”让白鹿原的井然秩序瞬间瓦解,苛捐

---

① 秦晖:《传统中华帝国的乡村基层控制:汉唐间的乡村组织》,见［美］黄宗智主编:《中国乡村研究》第一辑,商务印书馆 2003 年版,第 3 页。

② 朱言坤:《乡贤·乡魂·乡治——〈白鹿原〉乡贤叙事研究》,《江苏社会科学》2018 年第 1 期。

杂税压垮了乡村。陈忠实借由“乡贤治乡”和“乡官治乡”两种模式的对比，表明了自己对两种乡村治理模式的态度，在他看来，以儒家伦理为底色的“乡贤治乡”模式显然更接近理想社会。

关注乡村世界实时状态的作品常常会注意到乡贤在乡村自治与官治之间的跨越。在左翼文学中，左翼作家就关注旧乡村权威，即地主与官府之间的勾结关系。地主作为乡村世界的权威人物，为了进一步盘剥农民，他们往往与其他基层权力机构结成同盟，对无辜农民加以迫害。如茅盾小说《残冬》中的地主张剥皮就与警察相勾结，将李老虎抓去坐牢；洪灵菲小说《在洪流中》里的阿进的父亲被二老爹借官方之手杀害。在左翼作家看来，无论是自治的乡村还是官治的外部世界，都没有农民的容身之地，地主与官府一起织就的剥削网络，让农民逃无可逃，他们只有奋起反抗，才有获得自由的机会。

在左翼文学盛行之后，随着时代不断呼吁新的历史主体，乡土小说开始塑造一批与以往不同的乡村权威人物，这些新的“新人”和“能人”往往是乡贤与乡村干部身份的结合。如土改“新人”，无论是《太阳照在桑干河上》中的张裕民、《暴风骤雨》中的赵玉林，还是《孟祥英翻身》中的孟祥英等，都既是村民自发尊重的乡村权威，又是“上级组织”所认可的乡村干部。自治和官治的身份在他们身上重叠在一起，这种身份重叠的设置，在之后的合作化“新人”、新时期“能人”中反复出现，无论是梁生宝还是孙少安，都是这一人物类型在不同时期改头换面后的重演。改革文学部分作品中的改革者主要是乡镇基层干部，官治依然是改革开放时期乡村治理的主要模式。

从土改“新人”开始，一直到 20 世纪 90 年代现代化改革中的“能人”，作家们之所以一直设计自治与官治交汇融合的关系，是为了说明官方意志在乡村改革浪潮中的绝对在场，乡村世界的改革看似被写成个人奋斗或个人带领村民奋斗的故事，但是这一故事背后是官方意志在发挥主导作用，也就是说，乡村社会发生的各种变革的解释权始终掌握在官方手中。

（二）道德二元对立

道德是作家审视乡贤的另一个维度。乡贤这一概念本身就包含着“道德”的成分，乡贤“是村庄的道德典范，是村庄的精神领袖，并因此而成为村庄秩序的守护者”[①]。随着时代的不同,乡贤的内涵也有所改变,退休干部、退休教师、退休工人、乡村族长、村干部、乡村知识青年等,都可以归入到乡贤的范围之中。[②] 不过,无论乡贤的概念如何演变,“贤”依旧是乡贤文化内核中最重要的内容。从道德维度审视乡贤,主要有善恶冲突、新旧道德冲突、公德与私德的冲突等二元对立模式。

1. 善恶冲突

善恶冲突是乡贤道德二元对立最主流的表现模式。自晚清知识分子面向乡村反思中国社会落后的原因开始,他们就塑造出一系列劣绅形象,来论证中国传统社会制度的落后与腐朽,善与恶的冲突就开始在乡贤叙事中得到表现。在乡贤叙事中,善与恶并非绝对的理念,而是被建构起来的一套观念,随着时代话语的变迁,善恶的具体内涵和评判标准也有所改变。

在晚清及五四文学中,作家们基于启蒙国民的目的,将传统乡村中的权威人物塑造为劣绅,不过,这一时期,作家们还没有明确建立起善恶二元对立理念,他们在塑造劣绅的同时,极少直接引入“善”的角色与之作对比,这使乡贤叙事中善恶冲突以一种十分暧昧模糊的方式显现出来。善恶二元对立真正清晰化、明确化是在左翼文学兴起之后。在左翼文学中,为了在作品中论证阶级斗争的合理性,作家们十分自觉地将旧乡村权威与底层农民的关系想象为二元对立关系,同时又对这一对立关系进行道德化描绘。在左翼作家笔下,旧式乡贤被塑造为品行败坏的反派人物,他们对底层农民进行残酷剥削,会因为一点小过错就对农民大加责罚;在荒年对农民趁火打劫,极尽经济压榨之能事;擅于钻营,与奸商、军队、警察、官府相勾结;好色成性,调戏强暴穷家女子等。这些残忍、贪婪、钻营、好色的旧乡绅与底层农民的无辜质朴形象形成鲜明对比。

将善恶对立进一步提纯化、概念化、抽象化的是解放区文学和 20 世纪五六十年代乡土文学的乡贤书写。这一时期,善恶二元对立与阶级立场的对立被紧紧捆绑在一起,比起左翼文学中面目尚有些模糊的底层“善人”,解放区文学和改革开放前的文学直接在底层农民中提炼出“新人”,这些“新人”与需要被打倒的剥削阶级之间形成了前所未有的鲜明的善恶对立。在解放区文学中,地主阶

① 赵法生:《再造乡贤群体　重建乡土文明》,《光明日报》2014 年 8 月 11 日第 2 版。

② 张兆成:《论传统乡贤与现代新乡贤的内涵界定与社会功能》,《江苏师范大学学报》(哲学社会科学版)2016 年第 4 期。

级都被划归到“土豪劣绅”的阵营，被描写为自私贪婪、巧取豪夺、横行霸道的人物形象。如《暴风骤雨》中的韩老六、《太阳照在桑干河上》中的钱文贵、《李有才板话》中的阎恒元、《村仇》中的赵文魁、《白毛女》中的黄世仁、《赤叶河》中的吕承书、《王贵与李香香》中的崔二爷等都是为了经济利益和政治利益不择手段的“土豪劣绅”。与之相反，土改“新人”则被塑造为重义轻利、有勇有谋、大公无私的英雄人物，如《暴风骤雨》中的赵玉林、《太阳照在桑干河上》中的张裕民、《高干大》中的高生亮等。

在20世纪五六十年代的合作化小说中，作家们依旧延续道德化书写的路径，只不过这一时期对好坏善恶的区分是以是否支持“合作化”运动为标准的。“合作化”不仅被视为新的社会制度和政策，而且逐渐演化成新道德，认同、支持“合作化”运动的就是好人，否定、破坏“合作化”运动的就是坏人。在《三里湾》《水滴石穿》《创业史》《山乡巨变》《归家》《香飘四季》《艳阳天》《金光大道》等作品中，支持并领导乡村社会走上合作化道路的“新人”，如王玉生、申玉枝、梁生宝、陈大春、朱彦、许凤英、萧长春、高大泉等，都被设定为好人，甚至除了一般意义上的“好”之外，为了顺应“合作化”对“私有制”的否定，作家们还重点强调了这些人物身上大公无私的品质，他们彻底消解了个人欲望，成为“圣人”。否定合作化道路的中农、富农和其他保守势力都被塑造成反面人物，他们蝇营狗苟、自私自利、投机钻营，与合作化“新人”的高尚形象形成对比。

20世纪70年代末至80年代初的“伤痕文学”“反思文学”等，将政治立场与个人品德捆绑在一起，将政治问题伦理化。如《芙蓉镇》中的谷燕山与杨民高、李国香和王秋赦等人形成了鲜明的对立关系，他们不仅政治立场不同，而且在道德品质上也形成了鲜明的对比。《犯人李铜钟的故事》中的李铜钟与杨文秀之间也形成了这样的善恶对立。不过，与改革开放前的文学从阶级斗争立场预设正反两极人物不同，这一时期的二元对立人物关系是从反思当代社会动乱角度设置的。“新人”的对立面不再是“土豪劣绅”，而是动乱时期的政治投机分子。

20世纪八九十年代的乡土作家根据作品所表达的不同主题，设置了各种不同的善恶二元对立结构。在《古船》中，张炜基于对民族历史进行反思的立场，设计了隋抱朴和赵炳这一组具有象征意味的存在善恶对立关系的人物。隋、赵二人有着世仇家恨，但作家将这二人设置为对立关系，根本上是为了表现两种历史观的区别。赵炳是历史投机者,他敏锐地捕捉到历史风向的异动,毅然投身到风潮中,翻云覆雨,审时度势,一步步上位。隋抱朴则相反,在历史和家族命运面前,他是被动的,冷观一切,不做变动。张炜将隋、赵二人所代表的不同历史观念与倒错的善恶秩序结合在一起,是为了对民族历史命运和前进方向提出疑问。

在《浮躁》中,贾平凹则根据乡村现代化转型过程中出现的不同利益冲突,设计了善恶对立。在《浮躁》中象征着现代化力量的"新能人"金狗是善的代表,而阻碍改革的保守势力则是恶的代表,两者之间形成的冲突表明了贾平凹对乡村发展方向的思考。不过,与20世纪五六十年代"新人"书写有所不同,这一时期贾平凹等人的"能人"书写,其实在善恶对立关系中注入了多维度的思考。除了代表新秩序新价值的"能人"与代表落后的保守派之间形成善恶冲突之外,他们还在"能人"形象序列之中建构起善恶对立。在《浮躁》中,金狗与同为改革者的雷大空之间就形成了善恶冲突,这一设置,让这一时期"能人"叙事的主题表达更加丰富,对现代化转型的思考更加多维。

总体来看,在乡贤叙事中,"善"总代表一种拯救性和建构性的力量,而"恶"则代表落后、需要被消解的力量;"善"的出现给乡村世界带来希望,"恶"给乡村世界带来破坏。善恶往往与乡村世界新旧价值观的更迭关联在一起,一个行将就木,向世界发出最后的污浊之气;而另一个则代表新生,迎来勃勃生机。只要善恶的界线被清晰划出,那么乡村世界的发展方向就标示出来了,乡贤在其中也就能找到自身的位置。

2. 新旧道德冲突

在乡贤叙事中,新旧道德冲突也是常见的二元对立模式。旧道德指的是乡贤作为传统宗法制度代言人所具备的道德品质,新道德则指不同的时代主流话语所规定和要求的新品德。有学者认为,乡贤作为一个描述性的概念,随着时代的不同内涵也有所不同。对于传统乡贤而言,他们除了要具备较高的社会地位和政治影响力,拥有较高声望和知名度,有良好的教育背景之外,还需要弘扬特定时代的价值观念。① 传统乡贤所要弘扬的特定时代的价值观念,往往就是

---

① 张兆成:《论传统乡贤与现代新乡贤的内涵界定与社会功能》,《江苏师范大学学报》(哲学社会科学版)2016年第4期。

以儒家伦理道德为根基的一套价值体系，这套价值体系除了以仁义为中心发散出来的种种观念之外，还包含一套严密的伦理纲常观念。在不同历史时期的乡贤叙事中，传统乡贤身上的所谓“旧道德”得到不同程度的反思和表现，与“新道德”之间构成了对立关系。

新旧道德的冲突最早在五四乡贤书写中得到表达。五四作家基于对国民进行启蒙的立场，以民主和科学的现代性观念作为参照，批判传统制度的落后与腐朽，以期把“人”从旧文化、旧习俗中解放出来。在这种文学观念下，他们对乡绅身上的旧品质进行了质疑和否定。如鲁迅就认为乡绅的“旧道德”是“假道学”，是反人性的、虚伪的。在《肥皂》《高老夫子》中，鲁迅塑造了受欲望困扰的乡绅形象，从“人欲”的角度解构旧道德。在《孔乙己》《阿Q正传》《离婚》《祝福》等小说中，鲁迅描写了一系列冷酷自私、贪婪阴险的旧乡绅，揭露“旧道德”中阴暗的一面。除了揭示“旧道德”的不堪之外，五四乡土文学还通过塑造新派知识分子的方式，直接将新旧道德的对立标示出来。如鲁彦小说《一个危险的人物》中的子平就被塑造为悲情的新派知识分子形象，他接受过新式教育，在生活做派上处处显示出“新”的特征，他受到了保守的乡人的攻讦，被视为“恶魔”，最后被无辜处决。子平的命运是新道德与旧道德发生冲突的直接写照，他的死其实是旧伦理、旧习俗对新价值、新道德彻底排异的结果。

新旧道德之间的冲突在晚清至今的乡贤叙事中一直延续着。它们之间的冲突可以总结为以下几个方面：

(1) 封建家长制与现代政治制度之间的冲突

这种冲突首先表现为封建家长制与自由婚姻制度的对立。在五四小说中，争取婚姻自由，反对包办婚姻是乡土写作的重要主题，接受过新式教育的年轻人向包办婚姻制度发起挑战，以宣告与传统伦理的决裂。五四之后，这一主题继续有所发展，赵树理的小说《小二黑结婚》就是代表。小二黑和小芹作为第一代“新人”，他们的“新”就表现在对新式民主婚姻的追求上。为了追求自由婚姻，小二黑和小芹遭遇到了八字属相等迷信习俗和“父母之命”等封建观念的阻挠，最后二人冲破各种阻碍，拒不妥协，终于自由结合。在这里，赵树理就通过小二黑和小芹的婚姻遭遇，表现争取婚姻自由的现代政治观念与旧伦理道德之间的冲突。

除了封建家长制与自由婚姻制度之间的冲突之外，乡贤叙事还涉及封建家长制与现代民主选举制度之间的冲突。这一冲突在李一清的小说《山杠爷》中得到极致描写。山杠爷原本是堆堆坪的当家人,一心一意为群众着想,却受传统封建宗法思想的影响,在村里搞封建"家长制""一言堂"。在乡村开始实行基层民主选举制之后,山杠爷依旧想依照传统宗法制度行事而无视国家法律,在他即将卸任的时候,他无视民主投票直接指定了继承人,他还对犯错的村民动用私刑,这一举动最后使山杠爷因触犯法律而被逮捕。山杠爷的遭遇是新道德与旧道德冲突的经典书写案例,也是德治与法制相互冲突的经典案例。

(2) 传统家庭伦理观念与集体主义之间的冲突

家庭是儒家伦理观念中的关键元素,然而,以家庭为核心的观念却在农村走合作化、集体化道路时受到了挑战。在合作化"新人"叙事中,家庭与集体之间的二元对立关系不断得到书写,作家要么直接将"新人"与父亲之间的父子关系设置为对立关系,如《山乡巨变》中陈大春与父亲陈先晋、《艳阳天》中萧长春与父亲萧老大;要么书写"新人"为了走合作化道路牺牲家庭利益,与家庭决裂,如《创业史》中梁生宝与梁三老汉之间的关系。总而言之,在这里,投身集体事业的"大公无私"品德成了新道德,而传统的家庭观念则代表着旧道德,在新旧道德发生冲突时,作家们总是颂扬新道德,而将旧道德视为落后的、保守的观念。

(3) 传统伦理纲常与要求平等权利观念之间的冲突

这一点在女乡贤叙事中得到最明显的表达。在传统儒家伦理中,"夫为妻纲"是不可动摇的观念,传统乡贤往往由男性担任,乡贤文化与父权制度紧密结合在一起,女性应该受男性的统治和管理。然而,从解放区文学开始,乡贤叙事中就涌现出大量的女性乡贤形象,对父权制度发起挑战。女乡贤的出现一方面是具有现代色彩的性别平等理念渗入乡村的表现,另一方面是阶级斗争话语福泽性别解放斗争的结果,无论是性别平等还是阶级斗争,它们都是"新道德",与旧道德所要求的"夫为妻纲"的陈旧观念发生冲突。李准的《李双双小传》是表现这一冲突的经典文本,李双双不仅是合作化"新人",是乡村世界的模范,而且她在合作化道路上的自我成长还改变了她与丈夫之间的权力关系,使传统儒家伦理中的夫妻权力结构被重构。

3. 公德与私德的冲突

正如上文所言,道德是乡贤文化人格中不可或缺的一环。梁启超认为道德可以进一步区分为公共道德和私人道德两个领域。在《新民说·论公德》中，梁启超认为公德对民族国家的发展尤其重要，只有发展公德，才能培养出具有新道德、能够适应新时代的新国民，即“知有公德，而新道德出焉矣，而新民出焉矣”[①]。有学者认为，其实无论是在思想界还是在文学界，对公德的关注远不如私德，在文学领域，“‘公德’维度就越发没有了位置，道德至上、私德优先的原则在近代以降文学史上时隐时显，连绵不断”[②]。不过，乡贤书写或许是个例外，作家们在塑造乡贤人物形象时，总是从公德与私德两个维度去考量。

公德与私德在乡贤身上的冲突往往不那么明显。作家们塑造的乡贤，要么是公德私德皆无的劣绅，如左翼作家、解放区作家等对地主阶级的形塑；要么是公德私德趋近完美的“圣人”，如解放区文学和改革开放前文学中的土改“新人”与合作化“新人”等人物形象，以及京派乡土小说中出现的乡贤形象。公德与私德发生冲突主要出现在20世纪80年代之后的作品中，这一时期的作家不再以“圣人”的标准去要求新时代的“能人”，“能人”开始得以展现出个体的复杂性，他们在私德方面的缺陷得到表现，路遥的小说《人生》就是一个范本。在这部作品中，高加林就是私德并不完美的人物，他不仅个性不够决断，犹豫迟疑，而且在感情上也不够负责，在与巧珍确定情感关系之后，又与同学黄亚萍发生情感关系。这种私德不够完美的人物形象在这一时期的文学作品中十分常见，这与经历了社会动乱之后，作家们通过人物的自我探索重新确定历史主体的叙事动机有关。

除了展现“能人”作为个体的复杂性之外，这一时期的作家还往往从反思乡村社会的历史和现状的角度出发，对乡贤形象进行重新审视，公德与私德成为他们进行反思的切入点。如在《羊的门》中，李佩甫将呼天成设置为公德与私德有冲突的复杂形象。从私德上看，呼天成似乎并没有太大问题，他没有过往劣绅身上常见的物欲横流、色胆包天等问题，相反，为了将自己神化，呼天成对自己进行了十分严格的精神“阉割”，以“存天理、灭人欲”作为修身准则，让自己失去凡人的七情六欲。然而，看似私德没有问题的呼天成却是呼家堡实实在在的“土皇帝”，他在呼家堡实行个人崇拜。在公德上，呼天成是不折不扣的反面典

① 梁启超：《新民说·论公德》，见吴松等点校：《饮冰室文集点校》第一集，云南教育出版社2001年版，第556页。

② 张光芒：《中国近现代文学的道德叙事批判》，《吉首大学学报》（社会科学版）2004年第2期。

型,他以一己之力将呼家堡规训为村民心甘情愿下跪臣服的专制社会。贾平凹《土门》中的成义是私德与公德有冲突的又一典型人物。在私德方面,成义被塑造为“故事成段成段地在仁厚村流传着,但几乎全是些劣迹”的形象,但是这一人物在仁厚村行将消亡的时候被村民寄予厚望,希望由他出面拯救即将被城市吞噬的仁厚村。在公德方面,成义成为村长之后,为了保卫仁厚村,推行了各种举措,办药房、修牌楼、整街巷等,无不尽心。成义在公德与私德方面的巨大反差,暗示了作家对受到城市化挤压的乡村即将没落的命运的无限哀叹。

总体来看,无论是善与恶、旧道德与新道德、公德与私德的冲突,还是官治与乡治、新政与旧政的冲突,二元对立叙事结构总是包含着正/反、正确/错误对立的价值逻辑。不过,这一壁垒分明的对立关系并非客观事实,而是作家们建构起来的一套价值评判体系。在这一系列的二元对立结构中,作家总是美化某一方,而对另一方进行污名化想象,这种褒此贬彼的写作方法让作家所认同肯定的价值观念在作品中被合理化地呈现出来,成为作品世界里的自在真理。有意思的是,作家并非凭空想象出一套价值标准,他们的创作是受时代主流话语启发的结果,只不过,有时候这一启发是正向的,二元对立叙事结构正是主流话语的具象化表达。如在解放区文学、改革开放前的文学中,乡贤叙事基本上是乡村政策、乡村制度的浪漫化图解。有时候这一启发则是反向的,作家们不仅没有被成功召唤,反而对时代话语进行了反思与批判。如在五四启蒙文学和左翼文学中,作家对主流话语就基本持批判的态度,这一时期作家基本上站在底层农民的立场,对乡村社会的现行统治制度进行抨击。左翼作家们的批判性态度使得国民政府采取了一系列针对左翼文学的查禁行动,在他们看来,左翼文学是在“煽动无产阶级斗争,非难现在经济制度”①。在“新时期”和“后新时期”,对主流话语进行反思的立场在乡贤叙事中再次出现,在以现代化转型为主潮的时代语境里,不少作家对现代性进行了反思,其中最典型的就是《白鹿原》,陈忠实“不合时宜”地描述了一个以儒家伦理为文化基底的乌托邦村庄,与现实世界中轰轰烈烈开展的现代化、城市化变革形成了十分有意味的对比。

二元对立的叙事模式在相当长的一段历史时期内过于依附政治话语,它将

① 陈瘦竹主编:《左翼文艺运动史料》,《南京大学学报》编辑部 1980 年版,第 310 页。

原本复杂的社会现实进行了简单化、概念化、模式化处理，这损害了文学的多样性和丰富性。二元对立的叙事模式是特定历史时期的产物，通过二元对立结构的演变，我们可以清晰辨明与乡贤有关的时代话语的变迁。

二、"新人"成长叙事模式的嬗变

自20世纪40年代中后期开始，"新人"成长叙事模式成为叙述农村青年"成长"为现代乡村精英的独特叙事模式。成长叙事源自成长小说，主要是"描写主人公经历了'时间'之后的'主体性'（自我认同及信仰、价值选择等）生成过程"[①]。俄国文艺理论家巴赫金认为，成长小说与其他小说有着明显的叙事区别。其他小说的主人公在叙事过程中命运虽然经历变故，但是形象是固定的。在成长小说中，主人公不再是"静态的统一体"，而是"动态的统一体"，主人公的形象会随着情节的发展而发展。[②] 成长小说从根本上是要表现个体在由少年向成人过渡过程中，学习社会规则，经历社会文化的洗礼，将社会规则内化，最终达到"坚定地将社会规范视为自己的规范""将外在的强迫和内在的冲动融合成为一个新的整体，直到前者再也无法与后者区分开来"的过程。[③]

与一般的成长小说不同，"新人"成长叙事专指对普通农村青年逐渐成长为现代乡村精英亦即新乡贤的叙事，其叙事空间一般稳定在乡村社会以及与乡村有关联的城镇之中，叙事视角则聚焦在即将成为"新人"的乡村青少年身上。在这类叙事中，"新人"成了理想人格的化身，成了终点坐标，指引着农村青年不断探索外部世界和内部世界。Howe Susanne 认为成长小说的叙事模式可总结为："主人公独自踏上旅程，走向他想象中的世界。由于他本人的性情，他往往在旅程中会遭遇一系列的不幸，在选择友谊、爱情和工作时处处碰壁，但同时又绝处逢生，往往会认识不同种类的引领人和建议者，最后经过对自己多方面的调节和完善，终于适应了特定时代背景与社会环境的要求，找到了自

---

① 祝亚峰：《20世纪90年代成长小说的叙事与性别——从"60年代生"人的成长小说谈起》，《文艺研究》2006年第11期。

② ［俄］巴赫金著，钱中文译：《巴赫金全集》第三卷，河北教育出版社2009年版，第224—226页。

③ Moretti, Franco. The way of the world: The Bildungsroman in European Culture. London: Verso, 1987, p5.

己的定位。”[①]这一成长叙事模式,可以进一步总结为几个要点:主人公弑父或寻父,经历磨难和考验,举办成人仪式。“新人”成长叙事模式与此大体相同。

(一) 主人公弑父或寻父

成长叙事中总是出现主人公“弑父”或“寻父”的情节,其原因就在于父亲是孩子成长时期的重要参照,父亲代表着“现成的道德与‘人生的优秀品质’”,“父亲被看作是外部世界的重要象征,因为他在孩子正要力图进入的那个外部世界里已确认了自己的地位。在那个外部世界里,他是一个被仿效的楷模和一种要实现的抱负,孩子潜意识通过对‘父亲’的角色扮演,了解社会对该角色的期望,并逐渐形成与此期望相一致的行为模式”[②]。因此,在表现成长过程的叙事中,“父亲”总是一个标靶。作为外部秩序的象征,父亲或者成为主人公要打倒的偶像,或者是主人公追随的精神楷模,主人公的成长如婴儿要成人一样,伴随着自我最终取代父亲这一过程。这种以“父亲”为参照标准展开的各种行动,被结构为“弑父”或“寻父”等情节。

在“新人”成长叙事中,“弑父”或“寻父”等情节更具深意,因为成长小说原本就是父权制在叙事中的呈现。传统乡贤本来就是乡村宗族社会家长制的代言人,乡贤书写与这一套以父权秩序为内核的叙事体系严丝合缝地连接在一起。在乡贤成长叙事中,“父亲”被更深刻、更直接地与制度、价值和文化组构在一起。以“父亲”为参照标准,“新人”成长叙事有如下特点:

1. “肉身父亲”的在场与缺席

自20世纪40年代中后期开始,一直到20世纪90年代,“新人”成长叙事中出现了主人公的“肉身父亲”由“缺席”向“在场”的转变。20世纪五六十年代,作家们在设计“新人”成长路径时,往往给这些“新人”设计“无父”的身份。“肉身父亲”的缺席是为了在叙事时更方便引入“精神父亲”的角色,即如有论者所言,“成长主人公的破茧成蛹关键是要有一个‘精神之父’派来当引路人,而生身之

① Howe Susanne. Wilhelm Meister and His English Kinsmen. New York: AMS Press, 1966, p25. 转引自买琳燕:《走近“成长小说”——“成长小说”概念初论》,《解放军外国语学院学报》2007年第4期。

② 樊国宾:《主体的生成:50年成长小说研究》,中国戏剧出版社2003年版,第28—29页。

父则不宜参加这一重大进程”[①]。在20世纪五六十年代的“新人”成长叙事中，“准新人”在故事之初往往是乡村社会的底层人物，他们不仅物资匮乏，精神世界也十分贫瘠。这类人物的生父显然不可能超越其时代和环境的局限，担负起“精神父亲”的重任。为了使具有局限性的生父不必承担教导“下一代”的职责，将精神“灯塔”的重担托付给真正受过先进思想洗礼的精神偶像，那么，将主人公设计为“无父”不失为一种方便有效的叙事策略。

在柳青的小说《创业史》中，梁生宝就是没有父亲的人，他与母亲逃难来到下堡村蛤蟆滩，被梁三老汉收养。因为没有“肉身父亲”，所以梁生宝在对农村社会进行改革时，便没有顾忌和牵挂，不会被梁三老汉所代表的老一辈的小农意识所束缚。在周立波的小说《山乡巨变》中，盛淑君的父亲也早早离世，无父的身份让她更心无旁骛地投入到团支部这个集体组织中，成为一名积极分子。在克非的小说《春潮急》中，李克的父亲十多年前死去，这让他在实践农村合作化道路时，没有遭到父辈的阻拦。

“肉身父亲”的缺席让这一时期的“新人”成长叙事得以剔除伦理道德的争议，人物在成长过程中对“父亲”所象征的旧世界、旧秩序发起挑战时，无需背上伦理负担。《创业史》中的梁三老汉始终明白自己只是梁生宝的养父，在梁生宝开始自我成长，并将集体事业放在家庭利益之上时，他即使不理解但也不强加干涉。这样的父子关系使梁生宝与梁三老汉决裂时，没有被赋予太多伦理色彩。“肉身父亲”的缺席让“新人”成长叙事可以在纯粹的政治话语下展开，成为一种提纯了的革命叙事。

然而，在“新时期”之后，“新人”的“肉身父亲”开始回归。在路遥的小说《平凡的世界》《人生》、郑义的小说《老井》、贾平凹的小说《鸡窝洼人家》《浮躁》中，孙氏兄弟、高加林、孙旺泉、禾禾和金狗的生父都没有消失，他们实实在在地在主人公的生活中出现。“肉身父亲”的回归意味着“主人公的成长不再‘对应’着以某种先验观念或信仰亲和在一起的某个‘阶级’的‘成长’或‘进步’”[②]。这一时期，“生父”已经不再是那种需要革除和改造的旧价值、旧秩序的象征，他们是农村世界里的一块拼图，他们的“在场”暗示着这些新时代“能人”对乡土世界难

① 樊国宾：《主体的生成：50年成长小说研究》，中国戏剧出版社2003年版，第33页。
② 同①，第167页。

以割舍的复杂情感。

2. “弑父”

“弑父”并不意味着对“父亲”的直接谋杀,“弑父”本质是“对某种父权式专断和僵化的秩序法则产生出感情上的离合性(与亲合性相对)、心理上的本能抗拒以及由内在恐惧所衍发的文化防卫机制,从而以逼视的姿态表现出对其的决绝意识和审丑化处置”[①]。在乡贤叙事中,作者设计“弑父”情节是为了说明人物对“父亲”所象征的那套秩序的反叛。

在20世纪五六十年代的乡贤叙事中,“弑父”往往与阶级斗争和农村改革的意识形态话语紧密关联在一起。“弑父叙事的指向已完全定格在政治阶级代表型的父亲身上,弑父的对象已演化成他所属的那个阶级的类型化人物。”“在这类弑父叙事中,父亲身上的阶级性或政治本质常常遮蔽了形象本身的‘父’性,‘弑父’与反‘弑父’的冲突因此也演变成阶级与阶级之间的斗争。”[②]柳青小说《创业史》中的“弑父”情节表现为梁家父子的决裂。梁家父子之所以决裂,本质在于梁生宝作为新时代的“新人”,代表着中国革命的最新方向,而梁三老汉则是传统观念的化身,新的革命话语与旧的观念之间的冲突是“弑父”的根本动因。《创业史》中的这种“弑父”模式,在同时期的其他“新人”成长叙事中得到复制。在周立波的小说《山乡巨变》中,陈大春出于同样的原因向代表落后观念和价值的父亲陈先晋发起挑战。在浩然的小说《艳阳天》中,萧长春也不满父亲萧老大的所作所为,成为违背父命的“不孝子”。这些人物对“父亲”的悖逆使他们得以从家庭空间挣脱出来,完成“党的儿女”的身份转变。

与20世纪五六十年代不同,改革开放后的“新人”成长叙事中的“弑父”情节不再将“父亲”视为绝对的对立面,更多时候,他们只是不认同父亲所代表的那种旧的价值观念,并不把他们视为打倒的对象。在路遥的小说《平凡的世界》中,孙少安、孙少平兄弟的父亲孙玉厚被塑造成勤劳朴实的普通农民,孙氏兄弟虽然不认同父亲保守谨慎的作风,但是他们对父亲的背离是温和的。在路遥的另一部小说《人生》中,高加林的父亲高玉德也被塑造成老实、勤恳、善良的形象,高加林与父亲之间存在着不可调和的观念冲突,高父屈从、懦弱,而高加林

① 杨经建:《以“父亲”的名义:论西方文学中的审父母题》,《外国文学研究》2006年第1期。
② 杨经建:《论中国当代文学的“审父”母题》,《文艺评论》2005年第5期。

则向往走出乡村，在小说中高家父子的冲突依旧不以激烈决绝的方式呈现。在郑义的小说《老井》中，孙旺泉作为子辈的代表，对父亲所代表的传统世界已经有所疏离，但是，出于对家庭的不舍，他没有走出村落，完成“弑父”，而是尝试从内部去改造乡村。这些人物出于对父辈的理解和疼惜，都采取了温和的反抗方式。

3. “寻父”

如上文所述，“新人”在成长的过程中，往往需要“精神父亲”的指引，主人公寻找“精神父亲”，得到指引并实现蜕变的过程可视为“寻父”的过程。“寻”不仅指寻找，还有召唤、认同和接受等内涵。“寻父”并不简单对应寻找父亲，“寻父”其实意味着主人公获得启蒙并辨明成长方向，摆脱认识的局限，朝向更高的人格境界进阶。在“寻父”情节中，被召唤的“精神父亲”可以直接以男性长者的面目出现，也可以是人格化了的“组织”或其他事物。

在20世纪五六十年代的“新人”叙事中，“精神父亲”往往就由人格化了的党组织担任。在《创业史》中，当梁三老汉发现自己无法对梁生宝的成长做指导时，发出哀叹“人家都和党里头的人商量哩”。在这里，作者借由梁三老汉之口，直接挑明他“父亲”的身份被“党里头的人”给替代了。也就是说，在梁生宝成长的过程中，“党里头的人”成了他真正的引路人。梁生宝的成长历程几乎与其他表现农村“新人”成长的小说如出一辙。在《三里湾》《金光大道》《山乡巨变》等表现“新人”成长的小说中，成长为“新人”的主人公，无一不以党组织作为“精神父亲”，在党组织的指引下实现自我蜕变。

在改革开放后的“新人”叙事中，有一部分作品把传统乡村宗法制的长老作为“准新人”们的精神父亲，如史铁生小说《我的遥远的清平湾》中的破老汉、路遥小说《人生》中的德顺爷、朱晓平小说《桑树坪纪事》中的李金斗、王蒙小说《淡灰色的眼珠》中的穆敏等，这些“精神父亲”的出现让“准新人”们不得不去重估传统文化的价值，重新思考乡村社会变革的方向。还有一部分作品则以“现代性”体验作为主人公的“精神父亲”，如《老井》《人生》《平凡的世界》《鸡窝洼人家》《浮躁》等，主人公在城镇接受到的“现代性”洗礼让他们获得启蒙，改变成长方向。

总而言之，不同的“父亲”形象指向不同的话语体系，父性叙事的转变暗示着“新人”成长叙事背后的文化观念的改变。

(二) 经历磨难和考验

在成长叙事中,磨难和考验是主人公成长过程中必不可少的经历,设置什么样的考验就意味着主人公要习得什么样的规则、接受什么样的价值观念的洗礼,主人公在此基础上才能完成社会化甚至英雄化的人格成长。在“新人”成长叙事中,主人公成长过程中面临的考验主要有如下几个方面:

1. 思想情感的考验

思想情感的考验是“新人”成长过程中面临的最重要的考验。在 20 世纪五六十年代的“新人”成长叙事中,普通青年成长为“新人”,首先就要接受一系列的思想考验,而思想考验往往又与其对新的土地政策的理解组构在一起。《太阳照在桑干河上》中的张裕民要成长为土改“新人”,他需要对“土改”的政治意义和革命意义有深刻认识,并完成价值观念的转变。《创业史》中的梁生宝作为合作化“新人”,需要对农村合作化道路有深入的了解,而对合作化道路理解的过程,本身就是思想改造的过程。在不断深入解读上级文件,去“党里头”学习之后,梁生宝开始意识到私有制是万恶之源,意识到小农经济的局限性,坚定了走集体主义道路的信念。与此同时,他也完成了人格上“大公无私”的转变。

改革开放后,随着家庭联产承包责任制的推行,公与私的内涵再次发生转变,改革开放前的“能人”在理解新土地制度的过程中,重新找寻到自己的价值坐标。如《平凡的世界》《人生》等作品都描写了主人公在公与私之间进行的思想斗争。

值得注意的是,思想情感的考验并非一直排在“新人”成长叙事的首位。在《平凡的世界》中,孙少安带领乡村改革就包含着“私心”,与梁生宝的“公而忘私”有着思想境界上的差别。到 20 世纪 90 年代贾平凹写作《土门》时,更是将私德与公德区分开来评价,成义是一个“劣迹斑斑”的人,却被村民寄予厚望,成了仁厚村新的领袖。不过,小说以悲剧结尾,也说明作者对这样的设定其实暗含反讽态度。

2. 意志品质的考验

除了思想情感之外,“新人”在成长过程中还要经受意志品质的考验。在“新人”成长叙事中,主人公无一不是经历各种磨难后才最终成长为合格“新人”的。在《创业史》中,梁生宝带领蛤蟆滩走合作化道路时就遇到了村民不理解、保守势力干扰以及合作化模式探索等困难，但是梁生宝没有屈服，一步步过关斩将，最后成功实现了合作化。在改革开放后的文学中，“准新人”也历经磨难，如《平凡的世界》中的孙少安三次推行改革，三次改革都以失败告终。在《鸡窝洼人家》中，禾禾尝试各种致富手段，也均以失败告终。《浮躁》中的金狗甚至一度被诬陷入狱。这些困难非但没有让作品中的主人公屈服，反而让他们获得经验，为进一步成长积累了必要的人生经验。

3. 组织领导能力的考验

组织领导能力也是主人公要成为乡贤必须经受的考验。梁生宝能成功组织互助社和灯塔合作社即是他具有组织领导能力的证明。对其他“新人”来说，具有组织领导能力也是不可或缺的一环，没有组织领导能力，主人公的成长只能局限于自我，只有当主人公成长为可以造福整个乡村的人物时，他才是真正的“新人”。

不过，在“新人”成长叙事中，人物的组织领导能力的来源各不相同。在 20 世纪五六十年代，“新人”在乡村世界的号召力除了来自自身的高尚品德之外，他们的领导力其实都是上级党组织赋予的。只有被上级党组织肯定，“新人”对乡村的领导才具有合法性。在《创业史》《山乡巨变》《三里湾》等小说中，无不如此。在改革开放后，“新人”的组织能力则往往是他们勇于冒险、敢为人先、走在时代前列的探索精神的外在表现，他们最早将“现代性”引入乡村社会，并且获得成功。有了这样的经历，他们在乡村世界才获得话语权，才能组织领导乡村世界进一步变革。《平凡的世界》中的孙氏兄弟、《鸡窝洼人家》中的禾禾、《浮躁》中的金狗、《老井》中的巧英和孙旺泉等都是这样的“新人”代表。

4. 处理矛盾冲突能力的考验

“新人”成长叙事往往伴随着乡村世界新旧制度和秩序的更替，在这一时势中，不同阵营的矛盾被激化，成为乡村改革面临的重要难题。处理新旧势力之间的矛盾往往成为“新人”成长过程中最直观的叙事线索。如《创业史》就围绕走合作化道路的梁生宝和代表保守力量的郭振声之间的矛盾展开故事。在《平凡的世界》中，孙少安代表的“新能人”与田福堂所代表的旧价值观念之间的冲突也是故事的主线之一。《浮躁》着重表现金狗在对乡村世界进行现代化改革的过程中，遭遇了巩宝山、田有善、田中正等当地当权派的阻挠。正因为这些人物能一一化解危机，解决矛盾，他们才最终成长为“新人”。

值得注意的是,作家们在设计这些考验时,都是从有利于乡村共同体发展的角度出发的,这些考验面向的大多是公共场域。在经受考验的过程中,“准新人”们或许也曾在公与私之间摇摆,但最终私人情感都要让位于公共利益。如《创业史》在临近尾声时描写了梁生宝在私人情欲和公共人格之间的挣扎。小说让改霞在路上拦下梁生宝,欲望之火在梁生宝体内逐渐燃烧,然而,就在梁生宝几乎要臣服之时,他开始意识到“夏收和插秧的时节到了”“怎么能抱着女人亲嘴呢”。在这里,“夏收”和“插秧”象征集体事业,代表了农村改革的宏大革命话语,梁生宝的私人情感最终让位于这一话语。只有在公私利益发生冲突时,“准新人”成功地站在乡村共同体一方,他才能真正获得入选“新人”的资格,最终达成理想人格的转变。

(三) 举办成人仪式

在“新人”的成长过程中,作家往往会设计“成人仪式”,“宣告主人公完成成长并正式生成为‘主体’”,“在成长仪式上……宣布自己从个体中‘招募’主体工作的成功”①。“成人仪式”一般在故事尾声部分出现,标示着叙事结构的闭合。在“新人”成长叙事中,主人公的成人时刻往往通过入党、升官、成为模范、结婚等几种“成人仪式”显现出来。其中,入党是最常见、最主流的“成人仪式”,在 20 世纪五六十年代的“新人”成长叙事中,入党几乎是“成人仪式”的标配。《三里湾》《创业史》《山乡巨变》《金光大道》中的人物都通过“入党”获得了成为“新人”的资格。入党意味着“准新人”认同党的教化、党的政策,并真正将这套话语内化成自己的信仰,完成自我确证。在这里,“党”成了真理的化身,在这一叙事中,党与真理的“同一性”不断被确证,不断被合理化,最终成为共识。

除了入党,“成人仪式”还包括升官、当模范等。从《创业史》《山乡巨变》《艳阳天》到《平凡的世界》《鸡窝洼人家》《浮躁》等,主人公最终都会从普通的农村青年成长为队长、村镇干部等。“升官”与“当模范”之所以能成为“成人仪式”,是因为只有“上级组织”才具备给个体“升官”和成为“模范”的资格,而梁生宝和孙少安们升官、成为模范,意味着他们得到了“组织”的肯定,终于成了“组织”的一分子。在这里,叙事逻辑依旧与“入党”的“成人仪式”一样,“成人仪式”不仅

① 樊国宾:《主体的生成:50 年成长小说研究》,中国戏剧出版社 2003 年版,第 64、72 页。

是对个体自我的确认，也是对体制合法性的再次确认。

相比入党、升官、当模范，结婚作为“成人仪式”则要私人得多，从普适性角度看，结婚意味着人物完成了生物意义上的成年，同时在心智上也能担负起家庭责任，因此，结婚是“成人时刻”最直观的表达。不过，在改革开放后的“新人”成长叙事中，“结婚”往往还意味着主人公结束了在情感世界的游荡，不再在自我探索时有所迟疑和不解，如《平凡的世界》中的孙氏兄弟最终择定爱人，就是他们经过自我探索后达成圆满的表现。

总体来看，“新人”成长叙事的本质是在塑造新的历史主体。“新人”成长叙事在 20 世纪 50 年代出现，并逐渐形成潮流，这与当时呼唤“新人”的时代语境密切相关。1942 年，毛泽东明确提出了写“新人”的要求，“希望革命根据地的作家告诉他们(指‘大后方’的读者——引者注)新的人物，新的世界”[①]。之后，周扬进一步提出“当前文艺创作的最重要的、最中心的任务：表现新的人物和新的思想”[②]。作家们正是要呼应这样的时代主题，才在作品中不断塑造成长中的“新人”，来参与到“新人”的建构中。20 世纪 80 年代，“新人”成长叙事再次回归，这与中国乡村实行家庭联产承包责任制，“土改”及“合作社”时代的“新人”不再适应乡村变革的现实语境有关。邓小平提出：“我们的文艺，应当在描写和培养社会主义新人方面，付出更大的努力，取得更丰硕的成果。”[③]正是这样的呼唤使得作家们开始创作改革开放时代所需要的各式各样的“能人”，以替换掉过往的“新人”，召唤新的历史主体。

由于两个时期的时代主流话语不一样，召唤的历史主体也有所不同。在 20 世纪五六十年代，“新人”成长叙事突出的是个人习得规则融入共同体之中，成为共同体的一部分。在这里，这个共同体表面指向乡村共同体，但更深一层则指向以“党”为代表的革命共同体。这一时期的作家基本认可这一时代话语，他们创作出来的“新人”正是对这一话语的表达。不过，这一时期的“新人”都呈现出过于理想化的特征，主人公的成长轨迹和形象特征与现实人物相比都有所失真。20 世纪 80 年代，尽管作家们总体上依旧与国家意识形态同步，但在面对具体个体的时候，他们则尝试在时代政治话语许可的范围内挖掘人物的复杂情

---

① 毛泽东：《在延安文艺座谈会上的讲话》，见《毛泽东选集》第三卷，人民出版社 1991 年版，第 876 页。
② 周扬：《为创造更多的优秀的文学艺术作品而奋斗》，《人民文学》1953 年第 11 期。
③ 邓小平：《在中国文学艺术工作者第四次代表大会上的祝辞》，《人民日报》1979 年 10 月 30 日。

感。如《平凡的世界》《人生》和《老井》等作品所塑造的“新人”都是“能人”,他们都有愁苦彷徨的时候。他们在城乡之间进退失据,在公与私的边界犹疑迷失,甚至尝试冲破共同体的限制,追寻自我价值。人物的这种彷徨迷惘也是作家自己在时代话语面前有所迟疑的表现。到 20 世纪 90 年代,“新人”成长叙事甚至出现了一定的反思倾向,如在《浮躁》《土门》等具有反思性的作品中,作家对主流话语已经有所偏离。

三、“能人”叙事模式的嬗变

所谓“能人”指的是在乡村社会中拥有某种突出技能、头脑灵活、聪明能干的人物。“能人”叙事在 20 世纪 80 年代之后才形成潮流,这与这一时期国家进行改革开放,乡村社会推行家庭联产承包责任制的时代背景有关。在改革浪潮席卷而来的时代,“土改”和“合作化”时代的“新人”不再适应乡村变革的现实需要,锐意进取、大胆变通的乡村“能人”成为被寄予厚望的新的历史主体。不过,回望 21 世纪前的乡土书写,虽然“能人”叙事到 20 世纪 80 年代才壮大成为主潮,但其实“能人”形象在京派乡土小说中一直存在。京派作家笔下的“能人”形象与 20 世纪 80 年代之后出现在“改革文学”序列中的“能人”形象有着明显的区别。

(一) 德艺双馨的“能人”

京派乡土小说可以溯源到 20 世纪 20 年代中期。这一时期,面对动荡的局势,京派小说家们采取了与现实保持距离的叙事立场,提倡“返璞归真”和描写“人性美”的文学理念。“能人”是京派乡土叙事人物序列的重要组成部分,与同一时期左翼文学从阶级斗争立场拆解乡土社会,并将传统乡村精英进行劣绅化处理不同,京派作家们塑造的“能人”则是乡村世界美好品质的化身,他们的形象特点可以总结为“德艺双馨”。在“艺”方面,京派作家常常将“能人”的技艺能力描述得神乎其神。汪曾祺小说《故里三陈》中的陈泥鳅是水性极好的水手;《鸡鸭名家》中的陆长庚可以肉眼看出鸭子的重量,而余老五则拥有出神入化的炕鸡技术,他不但从未失手,而且炕出来的鸡比别家的都大;《戴车匠》中的戴车匠宛如“庖丁”一样拥有行云流水般的制车技术;《侯银匠》中的侯菊在经营和管理方面有惊人的天赋。将“能人”的技艺做“神化”处理，其实是京派浪漫化写作风格在“能人”身上的显影。“京派是一个疏离政治的具有自由主义色彩的作家群体”[①]“‘京派’作家心目中的乡土，多不是实指，更多的是一种审美的理想和精神的寄托”[②]。为了与理想化的乡土世界相匹配，京派作家不仅将乡村世界的风土样貌描写得如田园牧歌，而且把乡村世界里的人物给理想化，“能人”超常的技艺正是这种乌托邦想象的外化投影。

除了写“艺”方面的出神入化之外，京派作家还侧重写“能人”在“德”方面的品行高洁。《鸡鸭人家》中的余老五不仅技艺超群，而且知恩图报、淳朴善良，有外家看中他的手艺，想高价将他挖走，但余老五念及旧恩，并不屈从于金钱。《故里三陈》中的陈泥鳅更是贤德匠人的代表，他常常不求回报偷偷周济孤寡老人，河里船只出事，他不顾一切去救人，而当有捞尸的活儿时，他高价收费，却把所收的费用尽数交给陈五奶奶，他还抱起得急惊风的孩子快步寻找医馆。如果说“艺”的高超已经让京派乡土叙事中的“能人”充满了传奇色彩，那么德行和技艺的合二为一则让这些人物真正被赋予“神性”，成为京派乡土小说中理想乡土世界的文化品格化身。正如沈从文所言，“我还得在‘神’之解体的时代，重新给神作一种赞颂”[③]，这些德艺双馨的能工巧匠正是“神”的具体化身，是独特的乡贤。

（二）德能错位的“能人”

与京派乡土小说以一种浪漫化的笔调描写“能人”不同，20 世纪 80 年代之后的作家们则往往以现实主义的写作方法塑造“能人”。相比京派乡土小说中的“能人”流连于田园牧歌之中，改革开放之后的乡村“能人”面对日益变化的城乡世界，他们尝试在巨大的变革之中为乡村世界谋得一份未来。为了适应云谲波诡的时代变局，“能人”们不再被描绘成“德艺双馨”的具有“神性”光彩的理想人物，而被塑造为在道德层面有瑕疵，或者面对时代变革力不从心的德能错位的凡人。总体来看，改革开放之后的乡村“能人”，主要有以下几种类型：

---

① 丁帆：《中国乡土小说史》，北京大学出版社 2007 年版，第 97 页。

② 陈继会：《中国乡土小说史》，安徽教育出版社 1999 年版，第 136 页。

③ 沈从文：《抽象的抒情》，复旦大学出版社 2004 年版，第 276 页。

1. 有能无德

“有能无德”的人物类型是20世纪80年代之后出现的比较特殊的一种“能人”形象。如果说此前京派乡土小说中的“能人”是“德艺双馨”的理想“能人”代表的话,那么这一时期的“有能无德”的“能人”则是京派“能人”的反面。作家们借由这一人物类型对乡村社会的现代化转型进行反思,这一类型的“能人”大都是改革开放时期的弄潮儿,他们在改革开放初期就精准把握机会,通过创业的成功等方式证明了自己的能力。然而,一部分“能人”在积累了经济资本之后,迅速将经济资本转化为权力资本,“致富带头人”摇身一变,成为乡村基层政权的把控者,他们对乡村世界进行宰制,树立个人权威,建立个人王国,成为一方“乡霸”。在张宇的小说《晒太阳》、李佩甫的小说《羊的门》、浩然的小说《苍生》、周大新的小说《向上的台阶》等作品中,都出现了“有能无德”的“能人”形象。另一部分“能人”则在奋斗过程中迷失了自己,他们被越来越强烈的物欲所吞噬,不断追求更多财富,为了财富不惜放弃原则,成为在改革浪潮中堕落的人。《浮躁》中的雷大空就是这类人物的代表,他在时代发展的浪潮中迷失自我,缺乏理性,为了得到贷款贿赂贪官,贩卖残次品,坑害集体,成为“无德”的“能人”。雷大空是这一“浮躁”时代的化身,是变质了的市场经济的异化产物,他的“无德”最终导致他走向自我毁灭的悲惨结局。“有能无德”的“能人”形象是作家们为了反思现代化转型所专门设计出来的人物类型,这一人物类型是改革所带来的负面性后果的具体画像,他们的“能”是时代的东风所赋予的,而他们的“无德”则象征着市场化改革带来的负面影响,人们有可能陷入功利主义的陷阱,在物欲横流和金钱至上观念的浸淫下把自我异化为追求物质的工具。

2. 有德有能,但德行有缺陷

相较于“有能无德”的人物类型,“有德有能”但德行稍有缺陷的人物更常见,作家们塑造这种类型的“能人”是为了区别于此前“圣人”化书写的农村“新人”叙事模式。作家们试图摆脱过去时代图式化、概念化的叙事模式,将人物塑造得多样起来、立体起来。在这样的文学观念影响下,他们往往将“能人”设计为有小缺陷的“凡人”,以此彰显这类人物的复杂性。《人生》中的高加林就属于这种人物类型。与梁生宝式的“新人”相比,高加林在德行上并不完美,他不仅个性不够决断、犹豫迟疑,而且在感情上也不够负责,使两位与他有情感纠葛的女性受到伤害。除了高加林之外,贾平凹小说《腊月·正月》中的韩玄子也属这类人物。韩玄子是一名退休教师，原本也是德能出众的乡贤代表，然而，当王才出现，并在乡村中的声望逐渐盖过韩玄子时，韩玄子德行有缺陷的一面就表现了出来，他受嫉妒心驱使，不断给王才使绊子。韩玄子身上的德行瑕疵虽然使他无法成为正面意义上的乡贤，却让这一人物更加立体可信。作家们设计德行有缺陷的"能人"，除了使"能人"形象更立体多样之外，还出于对特定主题的考量。如李一清小说《山杠爷》中的山杠爷，他的能力和品德都得到了村民的认可，然而这一人物身上又具有落后文化的烙印，他对基层选举制度不满，在自己卸任的时候一意孤行地指定继承人。作家通过山杠爷的形象表现出新旧伦理道德的冲突。

3. 有德有能，但能力有待提升

这一人物类型又可分出两种序列：一种是成长叙事中的"能人"，另一种是在改革进入深水区后受各种利益集团牵制的"能人"。成长叙事中的"能人"在故事发展过程中一直处于并未"成人"的状态，他们的自我探索并未完成，他们的能力需要不断提升。《人生》中的高加林在其人生道路上经过了一番求索后才找到真正的目标与归宿，最终仍是回到生育他的黄土地，找到自己的心灵港湾。《鸡窝洼人家》中的禾禾要从乡村出走来到城市学习技能，才能成长为"能人"。这类人物的行动轨迹和时代发展是息息相关的，其自身的起伏跌宕，以及其在人生道路上做出的种种选择既有个人性格的因素，更有时代影响的烙印。除了成长叙事中的"能人"之外，这一时期还有一部分"能人"受时代影响，在改革进入深水区之后，受各种利益集团牵制，难以在乡村世界发挥应有的作用。表现这一类有心无力"能人"的作品有何申的《乡镇干部》《村长》《村民组长》《男户长李三贵》《村民钱旺的从政生涯》《乡村英雄》、张继的《村长的玉米》《村长与鱼》、倪泓的《代理村长》、刘醒龙的《村支书》《挑担茶叶上北京》《分享艰难》、关仁山的《大雪无乡》、浩然的《苍生》、谈歌的《大厂》等。在这些作品中，对比乡村兴起的其他力量，"能人"往往成为最无力的那一方，他们失去了对乡村世界的控制，在各种局面中举步维艰。

总体来看，"能人"叙事中"能"与"德"的辩证关系背后其实是传统与现代的冲突。在京派乡土小说中，"能人"之所以被塑造为德艺双馨的具有"神性"的理想人物，主要是这类人物承载着京派作家们对传统乡土世界的想象。京派乡土小说的乡贤书写呈现出"逆现代化"姿态，"逆现代化"意味着京派乡土小说有

"恋乡"与"恋旧"情结。在"恋乡"与"恋旧"情结的驱动下,他们对乡土世界进行了浪漫化的书写,从而使其获得某种永恒的诗意。京派小说家们的"逆现代化"并不意味着他们就"反现代化","沈从文正是通过文化的消解来达到反封建的目的,甩掉文化造成的人的困顿,让人走向自然才是作者的本意。我们绝不能将他对一种原始生命意识的认同和张扬与现代文化的渴求对立起来看待。恰恰相反,他正是想通过对这种生命形式的肯定来达到对现代文化的某种认同"①。

与京派乡土小说的"逆现代化"有所不同,改革开放后参与"能人"书写的作家对传统与现代之间的思考则要复杂得多。他们既将乡村世界的未来寄托于现代化转型,同时又对城市化引起的传统乡村的衰落感到痛惜难过,对现代化转型中出现的各种腐败、道德败坏、金钱至上的不良现象进行批判。为了表现这种复杂的思想情感,他们塑造了各种不一样的"能人",在"能人"的德行和能力的各种变量中找到表达他们复杂情感的叙事手法。概而言之,传统与现代的冲突是"能人"书写中难以规避的文化底色,而这一冲突也将是乡贤叙事继续朝前发展的深层动力。

---

① 丁帆:《京派乡土小说的浪漫寻梦与田园诗抒写》,《河北学刊》2007年第2期。

参考文献

一、著作

[日]田中忠夫著,李育文译:《国民革命与农村问题》,村治月刊社、上海商务印书馆 1927 年版。

[俄]别林斯基著,满涛译:《别林斯基选集》,上海译文出版社 1979 年版。

[德]恩斯特·卡西尔著,甘阳译:《人论》,上海译文出版社 1985 年版。

[美]阿伯特·班杜拉著,郭占基等译:《社会学习心理学》,吉林教育出版社 1988 年版。

[英]伯特兰·罗素著,肖巍译:《权威与个人》,中国社会科学出版社 1990 年版。

[美]孔飞力著,谢亮生等译:《中华帝国晚期的叛乱及其敌人》,中国社会科学出版社 1990 年版。

[法]费尔南·布罗代尔著,施康强、顾良译:《15 至 18 世纪的物质文明、经济和资本主义:世界的时间》,生活·读书·新知三联书店 1992 年版。

[法]托克维尔著,冯棠译:《旧制度与大革命》,商务印书馆 1992 年版。

[美]费正清著,杨品泉等译:《剑桥中华民国史:1912—1949 年》,中国社会科学出版社 1994 年版。

[美]杜赞奇著,王福明译:《文化、权力与国家:1900—1942 年的华北农村》,江苏人民出版社 1996 年版。

[美]艾尔曼著,赵刚译:《经学、政治和宗族:中华帝国晚期常州今文学派研究》,江苏人民出版社 1998 年版。

[法]克洛德·莱维-斯特劳斯著,俞宣孟等译:《结构人类学》,上海译文出版社 1999 年版。

[日]狭间直树编:《梁启超·明治日本·西方》,社会科学文献出版社 2001 年版。

[德]马克思、恩格斯:《共产党宣言》,中央编译出版社 2005 年版。

[日]丸山升著,王俊文译:《鲁迅·革命·历史——丸山升现代中国文学论集》,北京大学出版社 2005 年版。

[加拿大]卜正民著,张华译:《为权力祈祷——佛教与晚明中国士绅社会的形成》,江苏人民出版社 2005 年版。

[美]李怀印著,王士皓校:《华北村治——晚清和民国时期的国家与乡村》,中华书局 2008

年版。
[俄]巴赫金著,钱中文译:《巴赫金全集》,河北教育出版社 2009 年版。
[美]杜赞奇著,王宪明、高继美等译:《从民族国家拯救历史:民族主义话语与中国现代史研究》,江苏人民出版社 2009 年版。
[日]柳宗悦著,石建中、张鲁译:《民艺四十年》,广西师范大学出版社 2011 年版。
[美]易劳逸著,苑杰译:《家族、土地与祖先:近世中国四百年社会经济的常与变》,重庆出版社 2019 年版。
魏徵等:《钦定隋书》卷 46—50,五洲同文局 1903 年版。
柔石:《二月》,上海书店 1929 年版。
陈东原:《中国妇女生活史》,商务印书馆 1937 年版。
茅盾:《茅盾代表作选》,上海全球书店 1937 年版。
郑振铎、傅东华编:《我与文学》,上海生活书店 1937 年版。
王培棠:《江苏省乡土志》,商务印书馆 1938 年版。
周祥骏:《更生斋全集》,古邳新华印刷所 1944 年铅印本。
许寿裳:《亡友鲁迅印象记》,峨眉出版社 1947 年版。
吴晗、费孝通等:《皇权与绅权》,观察社 1948 年版。
周扬:《新的人民的文艺》,新华书店 1949 年版。
中华全国文学艺术工作者代表大会宣传处编印:《中华全国文学艺术工作者代表大会纪念文集》,新华书店 1950 年版。
中共中央马克思恩格斯列宁斯大林著作编译局研究室编:《五四时期期刊介绍》,人民出版社 1959 年版。
柳青:《创业史》,中国青年出版社 1960 年版。
李准:《走乡集》,中国电影出版社 1963 年版。
毛泽东:《毛主席论教育革命》,人民出版社 1967 年版。
昔阳县文化馆编:《昔阳新歌谣》,人民文学出版社 1976 年版。
章太炎:《章太炎政论选集》,中华书局 1977 年版。
《光辉永照宁夏川》,宁夏人民出版社 1978 年版。
北京大学、北京师范大学、北京师范学院中文系中国现代文学教研室编:《文学运动史料选》,上海教育出版社 1979 年版。
故宫博物院明清档案部编:《清末筹备立宪档案史料》,中华书局 1979 年版。
陈赓竹主编:《左翼文艺运动史料》,南京大学学报编辑部 1980 年版。
丁玲:《生活·创作·修养》,人民文学出版社 1981 年版。
古华:《芙蓉镇》,人民文学出版社 1981 年版。
胡也频:《胡也频选集》,福建人民出版社 1981 年版。
李准:《李准小说选》,四川人民出版社 1981 年版。
孙中山:《孙中山全集》,中华书局 1981 年版。
王统照:《王统照文集》,山东人民出版社 1981 年版。
张玉法编:《晚清革命文学》,台湾经世书局 1981 年版。

丁守和主编:《辛亥革命时期期刊介绍》,人民出版社 1982 年版。
阳翰笙:《阳翰笙选集》,四川人民出版社 1982 年版。
李华盛、胡光凡编:《周立波研究资料》,湖南人民出版社 1983 年版。
朱有瓛主编:《中国近代学制史料》,华东师范大学出版社 1983 年版。
上海文艺出版社编,巴金序:《中国新文学大系(1927—1937)·小说集一》,上海文艺出版社 1984 年版。
周扬:《周扬文集》,人民文学出版社 1984 年版。
王逢:《梧溪集》,中华书局 1985 年版。
中国社会科学院文学研究所鲁迅研究室主编:《1913—1983 鲁迅研究学术论著资料汇编》,中国文联出版公司 1985 年版。
柳亚子:《柳亚子文集·磨剑室诗词集》,上海人民出版社 1985 年版。
柳亚子:《柳亚子文集:自传·年谱·日记》,上海人民出版社 1986 年版。
陶成章:《陶成章集》,中华书局 1986 年版。
彭家煌:《彭家煌小说选》,湖南文艺出版社 1987 年版。
蒋光慈:《蒋光慈文集》,上海文艺出版社 1988 年版。
欧阳山:《欧阳山文集》,花城出版社 1988 年版。
汪曾祺:《晚翠文谈》,浙江文艺出版社 1988 年版。
邓小平:《邓小平论文艺》,人民出版社 1989 年版。
毛泽东:《毛泽东选集》,人民出版社 1991 年版。
张仲礼著,李荣昌等译:《中国绅士——关于其在 19 世纪中国社会中作用的研究》,上海社会科学院出版社 1991 年版。
中共中央马克思恩格斯列宁斯大林著作编译局编:《列宁选集》,人民出版社 1992 年版。
中共中央文献研究室、国务院发展研究中心编:《新时期农业和农村工作重要文献选编》,中央文献出版社 1992 年版。
陈忠实:《白鹿原》,人民文学出版社 1993 年版。
柳亚子:《磨剑室文录》,上海人民出版社 1993 年版。
翟立功、朱铁臻主编:《中国工业产业的发展》,中国发展出版社 1993 年版。
台湾"中央研究院"近代史研究所主编:《认同与国家——近代中西历史的比较论文集》,台湾"中央研究院"近代史研究所 1994 年版。
中共中央马克思恩格斯列宁斯大林著作编译局编译:《马克思恩格斯选集》,人民出版社 1995 年版。
连云飞、潘陆阳编:《孙犁散文》,中国广播电视出版社 1995 年版。
丁东、孙珉主编:《世纪之交的冲撞:王蒙现象争鸣录》,光明日报出版社 1996 年版。
王肃撰,廖名春、邹新民校点:《孔子家语》,辽宁教育出版社 1997 年版。
费孝通:《乡土中国　生育制度》,北京大学出版社 1998 年版。
邓小平:《邓小平论文学艺术》,作家出版社 1998 年版。
刘声木:《历代史料笔记丛刊·清代史料笔记·苌楚斋随笔　续笔　三笔　四笔　五笔》,中华书局 1998 年版。

商务印书馆编辑部编:《辞源》(修订版),商务印书馆 1998 年版。
邓晓芒:《灵魂之旅——九十年代文学生存的境界》,湖北人民出版社 1998 年版。
钱理群:《1948:天地玄黄》,山东教育出版社 1998 年版。
汪曾祺:《汪曾祺全集》,北京师范大学出版社 1998 年版。
陈继会:《中国乡土小说史》,安徽教育出版社 1999 年版。
梁启超:《梁启超全集》,北京出版社 1999 年版。
马以君主编:《南社研究》,香港天马图书有限公司 1999 年版。
李泽厚:《中国思想史论》,安徽文艺出版社 1999 年版。
王岳川:《后殖民主义与新历史主义文论》,山东教育出版社 1999 年版。
萧默:《文化纪念碑的风采:建筑艺术的历史与审美》,中国人民大学出版社 1999 年版。
叶德辉:《书林清话》,中华书局 1999 年版。
江庆柏:《近代江苏藏书研究》,安徽文艺出版社 2000 年版。
柔石:《柔石小说全集》,时代文艺出版社 2000 年版。
石元康:《从中国文化到现代性:典范转移?》,生活·读书·新知三联书店 2000 年版。
姚昆群等编:《姚光集》,社会科学文献出版社 2000 年版。
章开沅等:《中国近代史上的官绅商学》,湖北人民出版社 2000 年版。
周荣德:《中国社会的阶层与流动:一个社区中士绅身份的研究》,学林出版社 2000 年版。
虞和平:《中国现代化历程》,江苏人民出版社 2001 年版。
张一弓:《犯人李铜钟的故事》,时代文艺出版社 2001 年版。
张灏:《张灏自选集》,上海教育出版社 2002 年版。
阿英:《阿英全集》,安徽教育出版社 2003 年版。
胡适:《胡适全集》,安徽教育出版社 2003 年版。
孙之梅:《中国古典文学研究丛书·南社研究》,人民文学出版社 2003 年版。
樊国宾:《主体的生成:50 年成长小说研究》,中国戏剧出版社 2003 年版。
瞿同祖著,范忠信、晏锋译:《清代地方政府》,法律出版社 2003 年版。
叶至善等编:《叶圣陶集》,江苏教育出版社 2004 年版。
马勇编:《章太炎讲演集》,河北人民出版社 2004 年版。
徐茂明:《江南士绅与江南社会(1368—1911 年)》,商务印书馆 2004 年版。
夏晓虹:《晚清女性与近代中国》,北京大学出版社 2004 年版。
高王凌:《租佃关系新论:地主、农民和地租》,上海书店出版社 2005 年版。
黄遵宪:《黄遵宪全集》,中华书局 2005 年版。
沈晓敏:《处常与求变:清末民初的浙江咨议局和省议会》,生活·读书·新知三联书店 2005 年版。
柳青:《柳青文集》,人民文学出版社 2005 年版。
梁启超著,夏晓虹辑:《〈饮冰室合集〉集外文》,北京大学出版社 2005 年版。
鲁迅:《鲁迅全集》,人民文学出版社 2005 年版。
周松青:《上海地方自治研究(1905—1927)》,上海社会科学院出版社 2005 年版。
梁启超:《中国近三百年学术史》,上海三联书店 2006 年版。

梁漱溟:《乡村建设理论》,上海人民出版社 2006 年版。
郑逸梅:《南社丛谈:历史与人物》,中华书局 2006 年版。
朱希祖:《朱希祖文存》,上海古籍出版社 2006 年版。
孔丘、孟轲等:《四书五经》,北京出版社 2006 年版。
费勇:《刹那花开:坛经心读》,海南出版社 2006 年版。
陶宗仪:《南村辍耕录》,齐鲁书社 2007 年版。
岑大利:《中国历代乡绅史话》,沈阳出版社 2007 年版。
丁帆:《中国乡土小说史》,北京大学出版社 2007 年版。
康有为:《康有为全集》,中国人民大学出版社 2007 年版。
王铭铭主编:《中国人类学评论》,世界图书出版公司 2007 年版。
秦燕春:《清末民初的晚明想象》,北京大学出版社 2008 年版。
陈去病:《陈去病诗文集》,社会科学文献出版社 2009 年版。
冯自由:《革命逸史》,新星出版社 2009 年版。
鲁迅:《鲁迅著译编年全集》,人民出版社 2009 年版。
李瑄:《明遗民群体心态与文学思想研究》,巴蜀书社 2009 年版。
金观涛、刘青峰:《观念史研究:中国现代重要政治术语的形成》,法律出版社 2009 年版。
沈从文:《沈从文全集》,北岳文艺出版社 2009 年版。
周作人:《周作人散文全集》,广西师范大学出版社 2009 年版。
上海商务印书馆编译所编纂:《大清新法令:1901—1911》(点校本),商务印书馆 2010 年版。
王汎森:《中国近代思想与学术的系谱》,吉林出版集团有限责任公司 2010 年版。
陈永明:《清朝前期的政治认同与历史书写》,上海古籍出版社 2011 年版。
张玉法:《清季的革命团体》,北京大学出版社 2011 年版。
侯宜杰:《二十世纪初中国政治改革风潮:清末立宪运动史》,中国人民大学出版社 2011 年版。
费孝通:《乡土中国　生育制度　乡土重建》,商务印书馆 2011 年版。
浩然:《艳阳天》,人民文学出版社 2011 年版。
张明观、黄振业编:《柳亚子集外诗文辑存》,上海人民出版社 2011 年版。
萧功秦:《危机中的变革:清末政治中的激进与保守》,广东人民出版社 2011 年版。
丁帆等:《中国乡土小说的世纪转型研究》,人民文学出版社 2013 年版。
江庆柏主编:《江苏地方文献书目》,广陵书社 2013 年版。
王汎森:《权力的毛细管作用:清代的思想、学术与心态》,台湾联经出版事业有限公司 2013 年版。
余英时:《士与中国文化》,上海人民出版社 2013 年版。
沈从文:《沈从文文集》,中南出版传媒集团、湖南人民出版社 2013 年版。
张朋园:《立宪派与辛亥革命》,上海三联书店 2013 年版。
关晓红:《从幕府到职官:清季外官制的转型与困扰》,生活·读书·新知三联书店 2014 年版。
马平安:《晚清变局下的中央与地方关系》,新世界出版社 2014 年版。
周振鹤:《中国地方行政制度史》,上海人民出版社 2014 年版。
杨开道:《中国乡约制度》,商务印书馆 2015 年版。

贾振勇编:《左翼十年——中国左翼文学文献史料辑》,人民出版社 2015 年版。
王锡荣:《“左联”与左翼文学运动》,上海人民出版社 2016 年版。
汪曾祺:《汪曾祺小说全编》,人民文学出版社 2016 年版。
张大明:《中国左翼文学卮言》,社会科学文献出版社 2016 年版。
张炜:《古船》,山东教育出版社 2016 年版。
方星霞:《京派的承传与超越——汪曾祺小说研究》,南京大学出版社 2016 年版。
章太炎:《章太炎全集》,上海人民出版社 2018 年版。

二、论文

[美]哈雷特·密尔斯:《鲁迅:文学与革命——从摩罗到马克思》,乐黛云编:《国外鲁迅研究论集(1960—1981)》,北京大学出版社 1981 年版。
[美]杜赞奇著,褚建芳译:《地方世界:现代中国的乡土诗学与政治》,王铭铭主编:《中国人类学评论》2007 年第二辑。
《绅衿论》,同治壬申五月一日《申报》,1872 年 5 月 1 日
韩文举:《治始于乡说》,《知新报》1897 年第 8 期。
黄遵宪:《黄公度廉访南学会第一、二次讲义》,《湘报》1898 年第 5 号。
梁启超:《论湖南应办之事》,《湘报》1898 年 4 月第 26—28 号。
任公:《南海康先生传》,《清议报》1901 年第 100 册。
中国之新民:《新史学·中国之旧史学》,《新民丛报》1902 年第 1 号。
明夷:《公民自治篇》,《新民丛报》1902 年第 5、6、7 期。
忧患余生生:《扪虱谈虎录·〈新广东〉》,《新民丛报》1902 年第 14 期。
侯生:《哀江南》,《江苏》1903 年第 1 期。
铁生:《江苏改革之方针》,《江苏》1903 年第 1 期。
《湖北同乡会缘起》附录《湖北同乡会章程》,《湖北学生界》1903 年第 3 期。
《江苏同乡会轫始记事》,《江苏》1903 年第 1 期。
《江苏同乡会募捐公启》,《江苏》1903 年第 1 期。
《江苏同乡会创始记事》,《江苏》1903 年第 1 期。
公猛:《浙江文明之概观》,《浙江潮》1903 年第 1 期。
攻法子:《敬告我乡人》,《浙江潮》1903 年第 2 期。
文诡:《浙声》,《浙江潮》1903 年第 2 期。
《江苏同乡会公约草案·杂志部公约》,《政艺通报》1903 年第 2 卷第 3 期。
初我:《常熟殷次伊传》,《江苏》1903 年第 4 期。
刘师培:《亭林先生佚诗·羌胡引》,《江苏》1903 年第 4 期。
醒狮:《雪湖高士杨硕父先生小传》,《江苏》1904 年第 8 期。
佚名:《杨公维斗血书》,《江苏》1903 年第 5 期。
《汉声》,《汉声》1903 年 6 月号。
广告:《陆沉丛书》,《江苏》1903 年第 6 期。
魏肇:《与邑人书》,《游学译编》1903 年 7 月第 8 册。

《嘉定农人生计》,《江苏》1903 年第 7 期。
张煌言:《浙江文献录》,《浙江潮》1903 年第 9 期。
梁启超:《饮冰室诗话》,《新民丛报》1903 年 10 月第 38、39 合刊号。
《湖南自治篇》,《游学译编》1903 年 11 月第 12 册。
《旧学》,《汉声闰月大增刊》1903 年。
公孙:《无诸王传》,《福建白话报》1904 年第 2、3 期。
亚卢:《中国第一女豪杰女军人家花木兰传》,《女子世界》1904 年第 3 期
光汉:《攘夷实行家曾襄闵公传》,《中国白话报》1904 年第 21—24 期合刊。
中国之新民:《袁崇焕传》,《新民丛报》1904 年第 46、47、48 合刊。
蘧照演:《木兰》,《安徽俗话报》1904 年第 6 期。
《民族精神论》,《江苏》1904 年第 8 期。
黄节:《黄史・总叙》,《国粹学报》1905 年第 1 期。
《国粹学报略例》,《国粹学报》1905 年第 1 期。
邓实:《国学保存会小集叙・附国学保存会简章》,《国粹学报》1905 年第 1 期。
刘光汉:《孙兰传》,《国粹学报》1905 年第 9 期。
中国之新民:《中国殖民八大伟人传》,《新民丛报》1905 年第 63 号。
《论立宪当以地方自治为基础》,《东方杂志》1905 年第 2 卷第 12 期。
铁郎:《二十世纪之湖南》,《洞庭波》1906 年第 1 期。
《叙例》,《潮声》1906 年第 1 期。
《云南大实业家赵老人传》,《云南》1906 年第 2 期。
润:《陈璧娘传》,《潮声》1906 年第 6 期。
《国学保存会刊刻古籍广告》,《国粹学报》1906 年第 6 期。
《国学保存会藏书楼开楼小集纪》,《国粹学报》(分类合订本)1906 年第 1 册。
陈去病:《第一次征书目录》,《国粹学报》1906 年第 10 期。
模妽女士:《郭贤妇传》,《潮声》1906 年第 12 期
黄式苏:《通讯》,《国粹学报》1907 年第 1 期。
汉思:《桑海遗征叙》,《民报》1907 年第 18 号。
《论地方自治为预备立宪之根本》,《东方杂志》1907 年第 4 卷第 1 期。
邓实:《张文烈公遗诗跋》《叶天寥年谱别记跋》《留都见闻录跋》,《国粹学报》1907 年第 11 期。
老大帝国之老大区域人:《通讯》,《国粹学报》1907 年第 12 期。
记者:《选录》,《梅州》1908 年第 1 期。
《博征遗稿告白》,《梅州》1908 年第 1 期。
侠仁:《史丛序》,《东莞旬报》1908 年第 1 期。
邓实:《国粹学报第三周年祝典叙》,《国粹学报》1908 年第 1 期。
璇三郎:《东莞旬报叙例》,《东莞旬报》1908 年第 1 期。
金沙:《衷圣斋诗》,《四川》1908 年第 3 期。
缪荃孙:《江阴先哲遗书序》,《国粹学报》1909 年第 1 期。
承业:《通讯》,《国粹学报》1909 年第 2 期。

邓实:《滇南杨文襄公一清谢总督三边表略》,《国粹学报》1909 年第 3 期。
高燮:《陈卧子先生安雅堂稿序》,《国粹学报》1910 年第 1 期。
飞将军:《云南失败之大野心家李文秀传》,《云南》1910 年第 20 号。
独秀:《联省自治与中国政象》,《向导》1922 年第 1 期。
朱希祖:《联省自治商榷书》,《北京大学日刊附张》1922 年 7 月 29 日。
钱杏邨:《死去了的阿 Q 时代》,《太阳月刊》1928 年第 3 期。
柳诒徵:《中国文化史》,《学衡》1929 年 7 月第 70 期。
宋阳(瞿秋白):《大众文艺的问题》,《文学月报》1932 年 1 卷 1 期。
任白戈:《农民文学底再提起》,《质文》1935 年第 4 期。
周扬:《关于政策与艺术——〈同志,你走错了路〉序言》,《解放日报》1945 年 6 月 2 日。
周扬:《论赵树理的创作》,《解放日报》1946 年 8 月 26 日。
周扬:《为创造更多的优秀的文学艺术作品而奋斗》,《人民文学》1953 年第 11 期。
佚名:《一个描写新农村新人新事的剧本》,《大众电影》1955 年第 1 期。
钱谷融:《论“文学是人学”》,《文艺月报》1957 年 5 月号。
严家炎:《关于梁生宝形象》,《文学评论》1963 年第 3 期。
李希凡:《召唤着新人的诞生——读高尔基早期作品的一点感想》,《世界文学》1963 年第 4 期。
王杏元:《“铁笔御史”》,《作品》1963 年第 4 期。
柳青:《提出几个问题来讨论》,《延河》1963 年第 8 期。
邓小平:《在中国文学艺术工作者第四次代表大会上的祝辞》,《人民日报》1979 年 10 月 30 日。
钱谷融:《〈论“文学是人学”〉一文的自我批判提纲》,《文艺研究》1980 年第 3 期。
沈怀玉:《清末地方自治之萌芽(1898—1908)》,台湾《“中央研究院”近代史研究所集刊》1980 年第 9 期。
谢国桢:《明清野史笔记概述》,《史学史资料》1980 年第 5 期。
吕志伊、李根源:《凡例》,《滇粹》,杭州古旧书店 1981 年复制。
汪曾祺:《回到现实主义,回到民族传统》,《北京文学》1982 年第 2 期。
王蒙:《“人性”断想》,《文学评论》1982 年第 4 期。
钱中文:《论人性共同形态描写及其评价问题》,《文学评论》1982 年第 6 期。
季红真:《文明与愚昧的冲突(下)——论新时期小说的基本主题》,《中国社会科学》1985 年第 3、4 期。
陈思和:《双重迭影·深层象征——谈〈小鲍庄〉里的神话模式》,《当代作家评论》1986 年第 1 期。
汪曾祺:《桥边小说三篇·后记》,《收获》1986 年第 2 期。
杨天石:《鲁迅和越社新考》,《鲁迅研究动态》1986 年第 6 期。
宋遂良:《真实的人生,完整的人性——〈古船〉人物漫议》,《当代作家评论》1987 年第 2 期。
吴福辉:《乡村中国的文学形态〈京派小说选〉前言》,《中国现代文学研究丛刊》1987 年第 4 期。

汪曾祺:《自报家门》,《作家》1988 年第 7 期。
冯立三:《沉重的回顾与欣悦的展望——再论〈古船〉》,《当代》1988 年第 1 期。
黄子平:《语言洪水中的坝与碑——重读中篇小说〈小鲍庄〉》,《北京文学》1989 年第 7 期。
钱理群:《中国现代堂·吉诃德的"归来"——〈莫须有先生传〉、〈莫须有先生坐飞机以后〉简论》,《云梦学刊》1991 年第 1 期。
王先明:《中国近代绅士阶层的社会流动》,《历史研究》1993 年第 2 期。
谭桂林:《佛学与中国现代作家》,《文学评论》1993 年第 4 期
王晓明等:《〈古船〉的道路——漫谈〈古船〉〈故乡天下黄花〉和〈白鹿原〉》,《当代作家评论》1994 年第 2 期。
闵杰:《戊戌学会考》,《近代史研究》1995 年第 3 期。
邱永山:《鲁迅与乡邦文献及乡贤故书》,《鲁迅研究月刊》1995 年第 10 期。
孟繁华:《面对今日中国的关怀与忧患——评贾平凹的长篇小说〈土门〉》,《当代作家评论》1997 年第 1 期。
王向远:《近代中日小说的题材类型及其关联》,《齐鲁学刊》1997 年第 3 期。
摩罗:《灵魂搏斗的抛物线——张炜小说的编年史研究》,《当代作家评论》1997 年第 5 期。
沈松侨:《我以我血荐轩辕——黄帝神话与晚清的国族建构》,《台湾社会研究季刊》1997 年 12 月第 28 期。
沈松侨:《振大汉之天声——民族英雄系谱与晚清的国族想象》,《"中央研究院"近代史研究所集刊》1999 年第 33 期。
叶娟丽:《我国历史上宗族组织的政权化倾向》,《学术论坛》2000 年第 2 期。
孙之梅:《南社及南社研究》,《山东大学学报》(哲学社会科学版)2000 年第 6 期。
余岱宗:《"红色创业史"与革命新人的形象特征——以二十世纪五六十年代中国农村题材小说为中心》,《文艺理论与批评》2002 年第 2 期。
蒋寅:《清代诗学与地域文学传统的建构》,《中国社会科学》2003 年第 5 期。
张光芒:《中国近现代文学的道德叙事批判》,《吉首大学学报》(社会科学版)2004 年第 2 期。
贺桂梅:《挪用与重构——80 年代文学与五四传统》,《上海文学》2004 年第 5 期。
李杨:《重返"新时期文学"的意义》,《文艺研究》2005 年第 1 期。
杨经建:《论中国当代文学的"审父"母题》,《文艺评论》2005 年第 5 期。
贾平凹:《关于〈秦腔〉和乡土文学的对谈》,《上海文学》2005 年第 7 期。
曾一果:《过去的"现实主义"——由汪曾祺的"现实主义"论谈起》,《文学评论》2006 年第 4 期。
祝亚峰:《20 世纪 90 年代成长小说的叙事与性别——从"60 年代生"人的成长小说说起》,《文艺研究》2006 年第 1 期。
黄乐平:《美在自然　美在和谐——试析汪曾祺小说中的道家文化》,《中南林业科技大学学报》(社会科学版)2007 年第 1 期。
郑海麟:《陈宝箴、黄遵宪的交谊与湖南新政(三)——纪念戊戌变法 110 周年》,《文史知识》2008 年第 8 期。
魏峰:《从先贤祠到乡贤祠——从先贤祭祀看宋明地方认同》,《浙江社会科学》2008 年第

9期。
王先明:《乡绅权势消退的历史轨迹——20世纪前期的制度变迁、革命话语与乡绅权力》,《南开学报》(哲学社会科学版)2009年第1期。
陈雯怡:《“吾婺文献之懿”——元代一个乡里传统的建构及其意义》,《新史学》2009年第20卷第2期。
王泉根:《中国乡贤文化研究的当代形态与上虞经验》,《中国文化研究》2011年第4期。
杨东:《谁为绅士,何以开明——中共视野中的开明绅士与根据地民众的乡土映像》,《福建论坛》(人文社会科学版)2012年第6期。
郑重:《白鹿原的“乡约”社会治理》,《人民法院报》2012年9月28日第7版。
解扬:《乡邦文献与民族革命:李根源辑刻滇籍明臣著作的现实关怀》,《新史学》2012年第23卷第4期。
王尧:《论中国当代文学史的“过渡状态”——以1975—1983年为中心》,《文学评论》2013年第4期。
牛建强:《地方先贤祭祀的展开与明清国家权力的基层渗透》,《史学月刊》2013年第4期。
吴娱玉:《“社会主义新人”英雄化的两种时态——兼及浩然、柳青文学观比较》,《南方文坛》2014年第3期。
王先明:《“新乡贤”的历史传承与当代建构》,《光明日报》2014年8月20日。
王先明:《乡贤:维系古代基层社会运转的主导力量》,《北京日报》2014年11月24日第19版。
赵法生:《再造乡贤群体　重建乡土文明》,《光明日报》2014年8月11日第2版。
赵园:《家族、宗族组织与乡村——写作〈家人父子〉札记》,《东方早报·上海书评》2015年3月22日。
李兴阳:《“农村新人”形象的叙事演变与土地制度的变迁——以〈太阳照在桑干河上〉、〈创业史〉、〈平凡的世界〉和〈麦河〉为中心》,《文学评论》2015年4期。
许纪霖:《“土豪”与“游士”——清末民初地方与国家之间的士大夫精英》,《华东师范大学学报》(哲学社会科学版)2015年第4期。
杨军:《弘扬乡贤文化　发挥乡村新乡贤作用》,《文化学刊》2015年第5期。
胡彬彬:《乡贤文化与核心价值观》,《光明日报》2015年5月21日第11版。
韩星:《中国乡贤文化析论》,《中国文化论衡》2016年第1期。
钱念孙:《乡贤文化为什么与我们渐行渐远》,《学术界》2016年第3期。
刘复生:《“伤痕文学”:被压抑的可能性》,《文艺争鸣》2016年第3期。
王爱松:《“伤痕文学”与生命政治》,《文艺争鸣》2016年第3期。
张兆成:《论传统乡贤与现代新乡贤的内涵界定与社会功能》,《江苏师范大学学报》(哲学社会科学版)2016年第4期。
胡彬彬:《古代乡贤与乡村治理》,《文史知识》2016年第6期。
赵普光、李静:《当代文学对乡贤文化的书写》,《人民日报》2016年8月9日第23版。
王达敏:《中国新文学第一部“完全忏悔”之作——再论〈古船〉》,《杭州师范大学学报》(社会科学版)2017年第2期。

楼宇烈:《“乡贤文化”漫谈》,《中国文化研究》2017 年第 2 期。
李兴阳:《中国乡土小说叙事传统的承续与变异》,《中国现代文学论丛》2017 年第 2 期。
张光芒:《追索道德之光——对张炜小说经典价值的一种解读》,《当代作家评论》2017 年第 3 期。
黄平:《新时期文学起源阶段的虚无——从“潘晓讨论”到“高加林难题”》,《文艺研究》2017 年第 9 期。
孙绪芹、张生:《〈东方杂志〉对 20 世纪二三十年代中国乡村危机的聚焦和分析》,《民国研究》2018 年第 2 期。
朱言坤:《乡贤 · 乡魂 · 乡治——〈白鹿原〉乡贤叙事研究》,《江苏社会科学》2018 年第 1 期。
程光炜:《张炜〈古船〉的主人公》,《文艺争鸣》2018 年第 11 期。
张丽军:《〈古船〉:百年乡土中国历史罪恶与精神救赎的“天问”》,《南方文坛》2019 年第 1 期。
余荣虎:《五四乡土文学的启蒙观念与乡贤叙事》,《江苏社会科学》2019 年第 2 期。
王侃:《〈古船〉的批评史及其他》,《文艺争鸣》2019 年第 10 期。
余荣虎、李兴阳:《左翼乡土文学的阶级观念与乡贤叙事》,《江苏师范大学学报》(哲学社会科学版)2020 年第 4 期。

后记

乡贤与传统乡贤文化在新世纪成为备受关注的热点话题。关心中国乡村现代发展与现代治理的人们纷纷将探寻的目光投向影响中国乡村命运的乡村精英，特别是有着传统美德的乡贤及其所代表的传统乡贤文化，试图为命运多舛的中国乡村找到治理与发展的新路径和新方法。时任《江苏社会科学》主编的李静研究员十分关注这一新话题，成功申请到了 2016 年度国家社科基金重大项目“中国现代文学中的乡贤文化研究”。我应邀承担了该重大项目的子课题，《中国现当代文学中的乡贤文化研究(20 世纪卷)》就是此子课题的最终研究成果。

在获得国家社科基金重大项目立项资助后，我在自己多年从事乡土文学研究的基础上，对课题研究和本书写作框架做了理论设计，拟定了写作大纲，得到了首席专家李静研究员和课题开题会与会专家的肯定。而后，我与课题组成员余荣虎、冯仰操、朱言坤、许莹、李玲玲、罗袆英、王琳、陈雪、王宇轩、蔡一然、杨露、张士哲、韦黄丹等青年新锐学者一起，开启了艰苦而愉快的研究写作之旅。该子课题研究成果的写作分工如下：

李兴阳负责绪论部分，冯仰操负责第一章，余荣虎负责第二章第一节及第三节和第三章第一节，陈雪负责第二章第二节和第三章第三节，王琳负责第二章第四节，李玲玲负责第三章第二节和第四章第一节，王宇轩、李兴阳负责第三章第四节，朱言坤负责第四章第二节，许莹负责第五章第一节，张士哲、杨露、蔡一然负责第五章第二节，参考文献由蔡一然、朱言坤负责。全书由李兴阳、朱言坤统稿。

本书的研究及撰写启动于 2016 年，完成于 2021 年，历经五个春秋，跨越六个年头。中国现当代文学中的乡贤文化研究目前还是一个新的研究领域，具有重要的理论意义和实用价值。在研究过程中，我们尽管遇到很多困难，但是在首席专家李静研究员全程参与及多方帮助下，课题组成员克服各种困难，协同合作，努力完成各自承担的任务，使本书的研究及撰写得以顺利进行。众多青年学者的参与也为本书带来不少新锐的学术气息。中国现当代文学中的乡贤文化与乡贤叙事涉及的问题很多，需要深入展开研究，本书只是开了个头，我们将继续拓展和深化这一领域的研究，以期在方家的赐正与鼓励下有更大的收获。

本书的出版得到全国哲学社会科学工作办公室、江苏凤凰教育出版社的大力支持。责任编辑王岚女士为本书的出版付出了辛勤的劳动。在此特表谢意。

李兴阳

2023 年 10 月 13 日于南京大学中国新文学研究中心